孔子曰:"知之者不如好之者,好之者不如乐之者。"诚哉斯言,请从读书中求赏心乐事。

金庸

【新修珍藏本】

连城诀

全

金庸

图书在版编目（CIP）数据

连城诀/金庸著. —广州：广州出版社，2009.9（2022.9重印）
ISBN 978-7-5462-0154-2

Ⅰ.连… Ⅱ.金… Ⅲ.侠义小说－中国－当代 Ⅳ.I247.5

中国版本图书馆CIP数据核字（2009）第127116号

广东省版权局版权合同登记图字：19-2012-021号

朗声图书

本书版权由著作权人授权广州市朗声图书有限公司在中国大陆（不包括香港、澳门、台湾地区）专有使用

版权所有·侵权必究

封面图画选自董培新先生金庸小说国画

连城诀

出版发行	广州出版社	
	（地址：广州市天河区天润路87号广建大厦九楼、十楼　邮政编码：510635	
	网址：www.gzcbs.com.cn）	
策　　划	欧阳群	
责任编辑	何　娴　田宇星	
责任校对	林春光	
内文插画	姜云行	
封面设计	国　雄	
代理发行	广州市朗声图书有限公司（发行专线：020-34297719）	
印　　刷	深圳市贤俊龙彩印有限公司	
	（地址：深圳宝安区石岩镇水田村石龙大道56号　邮编：518108）	
开　　本	900毫米×1280毫米　1/32	
字　　数	302千	
印　　张	10.75	
版　　次	2018年11月第4版	
印　　次	2022年9月第6次	
书　　号	ISBN 978-7-5462-0154-2	
定　　价	65.00元（全一册）	

金庸在香港办公室。

金庸在香港寓所书房。

武俠小說雖說是通俗作品，以大眾化、娛樂性強為重要，但對廣大讀者終究是會發生影響的。我希望傳達的主旨是：愛護尊重自己的國家民族，也尊重別人的國家民族；和平友好，互相幫助；重視正義和是非，反對欺負人利己；注重信義，歌頌純真的愛情和友誼；頌揚奮不顧身的為了正義而奮鬥；小說中所寫的都是反對暴君、惡霸、奸臣、劣官的藝術作品，是歌頌為了大多數人而犧牲自己生命和利益的英雄。輕視爭權奪利、自私可卑的思想和行為。武俠小說並不鼓勵讀者模仿小說中俠士們的行為，因為書中的情節大都只是幻想之中，要讀者在閱讀時幻想自己是個好人，要努力做各種各樣的好事，想像自己要愛國家、愛社會、幫助別人得到幸福，由於做了好事、積極貢獻，得到所愛之人的欣賞和傾心。

衬页印章／
齐白石「吾草木众人也」。

齐白石《葫芦图》：齐白石，湖南湘潭人。湘潭与本书主角狄云的故乡相距不远，因此选用一些他的作品，以显示湖南风物。

右图／齐白石《农具图》。
左图／齐白石《柴爬图》。
狄云所用之农具，当与以上二图相同。

力群《绿菊》：力群,当代木刻家,此为套色木刻。凌小姐给丁典看的绿菊花,或与此类似。任何花卉,以绿色者最为名贵。

右页图／
仇英《秋冬山水图》（部分）：仇英，字实父，号十洲，明代四大家之一。
此图为其精心杰构，原图着色，现为日本人所藏。
图中情景，有点像湘鄂群豪追赶血刀僧和狄云而深入川边雪地。

左页图／
荆州府附近图：狄云在荆州受伤后，即循图中红线，乘小舟自长江顺流而下。
原图录自《古今图书集成》。

右页图／
齐白石《蝴蝶花图》：
这种蝴蝶，民间有时称为
「梁山伯、祝英台」。

左页图／
黄公望《九峰雪霁图》（部分）：
黄公望，元代大画家。
图中所绘为群峰积雪，开始消融。

秦仲文《瞿塘写意》（部分）：秦仲文，当代国画家。瞿塘峡是长江三峡之一。丁典在险峡急流中救梅念笙，或与此情景相似。

北魏泥塑大佛：狄云等在荆州城南庙中所发现的涂泥黄金大佛，与此为同一时代的制作。

西汉时期的玉辟邪：希世珍物，现藏台北故宫博物院。诸如此类的珍宝，在荆州大金佛肚中一定甚多。

"金庸作品集"新序

小说是写给人看的。小说的内容是人。

小说写一个人、几个人、一群人,或成千成万人的性格和感情。他们的性格和感情从横面的环境中反映出来,从纵面的遭遇中反映出来,从人与人之间的交往与关系中反映出来。长篇小说中似乎只有《鲁滨逊飘流记》,才只写一个人,写他与自然之间的关系,但写到后来,终于也出现了一个仆人"星期五"。只写一个人的短篇小说多些,尤其是近代与现代的新小说,写一个人在与环境的接触中表现他外在的世界、内心的世界,尤其是内心世界。有些小说写动物、神仙、鬼怪、妖魔,但也把他们当作人来写。

西洋传统的小说理论分别从环境、人物、情节三个方面去分析一篇作品。由于小说作者不同的个性与才能,往往有不同的偏重。

基本上,武侠小说与别的小说一样,也是写人,只不过环境是古代的,主要人物是有武功的,情节偏重于激烈的斗争。任何小说都有它所特别侧重的一面。爱情小说写男女之间与性有关的感情和行动,写实小说描绘一个特定时代的环境与人物,《三国演义》与《水浒》一类小说叙述大群人物的斗争经历,现代小说的重点往往放在人物的心理过程上。

小说是艺术的一种,艺术的基本内容是人的感情和生命,主要形式是美,广义的、美学上的美。在小说,那是语言文笔之美、安排结构之美,关键在于怎样将人物的内心世界通过某种形式而表现出来。什么形式都可以,或者是作者主观的剖析,或者是客观的叙述故事,从人物的行动和言语中客观的表达。

读者阅读一部小说,是将小说的内容与自己的心理状态结合起来。同样一部小说,有的人感到强烈的震动,有的人却觉得无聊厌倦。读者的个性与感情,与小说中所表现的个性与感情相接触,产生了"化学反应"。

武侠小说只是表现人情的一种特定形式。作曲家或演奏家要表现一种情绪，用钢琴、小提琴、交响乐或歌唱的形式都可以，画家可以选择油画、水彩、水墨或版画的形式。问题不在采取什么形式，而是表现的手法好不好，能不能和读者、听者、观赏者的心灵相沟通，能不能使他的心产生共鸣。小说是艺术形式之一，有好的艺术，也有不好的艺术。

　　好或者不好，在艺术上是属于美的范畴，不属于真或善的范畴。判断美的标准是美，是感情，不是科学上的真或不真（武功在生理上或科学上是否可能），道德上的善或不善，也不是经济上的值钱不值钱，政治上对统治者的有利或有害。当然，任何艺术作品都会发生社会影响，自也可以用社会影响的价值去估量，不过那是另一种评价。

　　在中世纪的欧洲，基督教的势力及于一切，所以我们到欧美的博物院去参观，见到所有中世纪的绘画都以圣经故事为题材，表现女性的人体之美，也必须通过圣母的形象。直到文艺复兴之后，凡人的形象才大量在绘画和文学中表现出来，所谓文艺复兴，是在文艺上复兴希腊、罗马时代对"人"的描写，而不再集中于描写天使与圣人。

　　中国人的文艺观，长期以来是"文以载道"，那和中世纪欧洲黑暗时代的文艺思想是一致的，用"善或不善"的标准来衡量文艺。《诗经》中的情歌，要牵强附会地解释为讽刺君主或歌颂后妃。对于陶渊明的《闲情赋》，司马光、欧阳修、晏殊的相思爱恋之词，或惋惜地评之为白璧之玷，或好意地解释为另有所指。他们不相信文艺所表现的是感情，认为文字的唯一功能只是为政治或社会价值服务。

　　我写武侠小说，只是塑造一些人物，描写他们在特定的武侠环境（中国古代的、缺乏法治的、以武力来解决争端的不合理社会）中的遭遇。当时的社会和现代社会已大不相同，人的性格和感情却没有多大变化。古代人的悲欢离合、喜怒哀乐，仍能在现代读者的心灵中引起相应的情绪。读者们当然可以觉得表现的手法拙劣，技巧不够成熟，描写殊不深刻，以美学观点来看是低级的艺术作品。无论如何，我不想载什么道。我在写武侠小说的同时，也写政治评论，也写与历史、哲学、宗教有关的文字，那与武侠小说完全不同。涉及思想的文字，是诉诸读者理智的，对这些文字，才有是非、真假的判断，读者或许同意，或许只部份同意，或许完全反对。

对于小说,我希望读者们只说喜欢或不喜欢,只说受到感动或觉得厌烦。我最高兴的是读者喜爱或憎恨我小说中的某些人物,如果有了那种感情,表示我小说中的人物已和读者的心灵发生联系了。小说作者最大的企求,莫过于创造一些人物,使得他们在读者心中变成活生生的、有血有肉的人。艺术是创造,音乐创造美的声音,绘画创造美的视觉形象,小说是想创造人物、创造故事,以及人的内心世界。假使只求如实反映外在世界,那么有了录音机、照相机,何必再要音乐、绘画?有了报纸、历史书、记录电视片、社会调查统计、医生的病历记录、党部与警察局的人事档案,何必再要小说?

武侠小说虽说是通俗作品,以大众化、娱乐性强为重点,但对广大读者终究是会发生影响的。我希望传达的主旨,是:爱护尊重自己的国家民族,也尊重别人的国家民族;和平友好,互相帮助;重视正义和是非,反对损人利己;注重信义,歌颂纯真的爱情和友谊;歌颂奋不顾身的为了正义而奋斗;轻视争权夺利、自私可鄙的思想和行为。武侠小说并不单是让读者在阅读时做"白日梦"而沉缅在伟大成功的幻想之中,而希望读者们在幻想之时,想像自己是个好人,要努力做各种各样的好事,想像自己要爱国家、爱社会、帮助别人得到幸福,由于做了好事、作出积极贡献,得到所爱之人的欣赏和倾心。

武侠小说并不是现实主义的作品。有不少批评家认定,文学上只可肯定现实主义一个流派,除此之外,全应否定。这等于是说:少林派武功好得很,除此之外,什么武当派、崆峒派、太极拳、八卦掌、弹腿、白鹤派、空手道、跆拳道、柔道、西洋拳、泰拳等等全部应当废除取消。我们主张多元主义,既尊重少林武功是武学中的泰山北斗,而觉得别的小门派也不妨并存,它们或许并不比少林派更好,但各有各的想法和创造。爱好广东菜的人,不必主张禁止京菜、川菜、鲁菜、徽菜、湘菜、维扬菜、杭州菜、法国菜、意大利菜等等派别,所谓"萝卜青菜,各有所爱"是也。不必把武侠小说提得高过其应有之份,也不必一笔抹杀。什么东西都恰如其份,也就是了。

我写这套总数三十六册的《作品集》,是从一九五五年到七二年,前后约十五六年,包括十二部长篇小说,两篇中篇小说,一篇短篇小说,一篇历史人物评传,以及若干篇历史考据文字。出版的过程很奇怪,不论在香港、台湾、海外地区,还是中国大陆,都是先出各种各样翻版盗印本,然后再出版经我校订、授权的正版本。在中国大陆,在"三联版"出版之前,只有天津百花文艺出版社一家,是经我授权而出版了《书剑恩仇录》。他们校印认真,依足合同支付版税。我依足法例缴付所得税,余数捐给了几家文化机构及支助围棋活动。这是一个愉快的经验。除此之外,完全是未经授权的,直到正式授权给北京三联书店出版。"三联版"的版权合同到二〇〇一年年底期满,以后中国内地的版本由广州出版社出版,主因是港粤邻近,业务上便于沟通合作。

翻版本不付版税,还在其次。许多版本粗制滥造,错讹百出。还有人借用"金庸"之名,撰写及出版武侠小说。写得好的,我不敢掠美;至于充满无聊打斗、色情描写之作,可不免令人不快了。也有些出版社翻印香港、台湾其他作家的作品而用我笔名出版发行。我收到过无数读者的来信揭露,大表愤慨。也有人未经我授权而自行点评,除冯其庸、严家炎、陈墨三位先生功力深厚,兼又认真其事,我深为拜嘉之外,其余的点评大都与作者原意相去甚远。好在现已停止出版,出版者道歉赔偿,纠纷已告结束。

有些翻版本中,还说我和古龙、倪匡合出了一个上联"冰比冰水冰"征对,真正是大开玩笑了。汉语的对联有一定规律,上联的末一字通常是仄声,以便下联以平声结尾,但"冰"字属蒸韵,是平声。我们不会出这样的上联征对。大陆地区有许许多多读者寄了下联给我,大家浪费时间心力。

为了使得读者易于分辨,我把我十四部长、中篇小说书名的第一个字凑成一副对联:"飞雪连天射白鹿,笑书神侠倚碧鸳"。(短篇《越女剑》不包括在内,偏偏我的围棋老师陈祖德先生说他最喜爱这篇《越女剑》。)我写第一部小说时,根本不知道会不会再写第二部;写第二部时,也完全没有想到第三部小说会用什么题材,更加不知道会用什么书名。所以这副对联当然说不上工整,"飞雪"不能对"笑书","连天"不能对"神侠","白"与"碧"都是仄声。但如出一个上联征对,用字完全自由,总会选几个比较有意思而合规律的字。

有不少读者来信提出一个同样的问题:"你所写的小说之中,你认为哪一部最好?最喜欢哪一部?"这个问题答不了。我在创作这些小说时有一个愿望:"不要重复已经写过的人物、情节、感情,甚至是细节。"限于才能,这愿望不见得能达到,然而总是朝着这方向努力,大致来说,这十五部小说是各不相同的,分别注入了我当时的感情和思想,主要是感情。我喜爱每部小说中的正面人物,为了他们的遭遇而快乐或惆怅、悲伤,有时会非常悲伤。至于写作技巧,后期比较有些进步。但技巧并非最重要,所重视的是个性和感情。

这些小说在香港、台湾、中国内地、新加坡曾拍摄为电影和电视连续集,有的还拍了三四个不同版本,此外有话剧、京剧、粤剧、音乐剧等。跟着来的是第二个问题:"你认为哪一部电影或电视剧改编演出得最成功?剧中的男女主角哪一个最符合原著中的人物?"电影和电视的表现形式和小说根本不同,很难拿来比较。电视的篇幅长,较易发挥;电影则受到更大限制。再者,阅读小说有一个作者和读者共同使人物形象化的过程,许多人读同一部小说,脑中所出现的男女主角却未必相同,因为在书中的文字之外,又加入了读者自己的经历、个性、情感和喜憎。你会在心中把书中的男女主角和自己或自己的情人融而为一,而每个读者性格不同,他的情人肯定和你的不同。电影和电视却把人物的形象固定了,观众没有自由想像的余地。我不能说哪一部最好,但可以说:把原作改得面目全非的最坏、最自以为是、最瞧不起原作者和广大读者。

武侠小说继承中国古典小说的长期传统。中国最早的武侠小说,应该是唐人传奇的《虬髯客传》、《红线》、《聂隐娘》、《昆仑奴》等精彩的文学作品。其后是《水浒传》、《三侠五义》、《儿女英雄传》等等。现代比较认真的武侠小说,更加重视正义、气节、舍己为人、锄强扶弱、民族精神、中国传统的伦理观念。读者不必过份推究其中某些夸张的武功描写,有些事实上是不可能的,只不过是中国武侠小说的传统。聂隐娘缩小身体潜入别人的肚肠,然后从他口中跃出,谁也不会相信是真事,然而聂隐娘的故事,千余年来一直为人所喜爱。

我初期所写的小说,汉人皇朝的正统观念很强。到了后期,中华民族各族一视同仁的观念成为基调,那是我的历史观比较有了些进步之故。这在《天龙八部》、《白马啸西风》、《鹿鼎记》中特别明显。韦小宝的父亲可能是汉、满、蒙、回、藏任何一族之人。即使在第一部小说《书剑恩仇录》中,主角陈家洛后来也对回教增加了认识和好感。每一个种族、每一门宗教、某一项职业中都有好人坏人。有坏的皇帝，也有好皇帝；有很坏的大官，也有真正爱护百姓的好官。书中汉人、满人、契丹人、蒙古人、西藏人……都有好人坏人。和尚、道士、喇嘛、书生、武士之中，也有各种各样的个性和品格。有些读者喜欢把人一分为二，好坏分明，同时由个体推论到整个群体，那决不是作者的本意。

历史上的事件和人物，要放在当时的历史环境中去看。宋辽之际、元明之际、明清之际，汉族和契丹、蒙古、满族等民族有激烈斗争；蒙古、满人利用宗教作为政治工具。小说所想描述的，是当时人的观念和心态，不能用后世或现代人的观念去衡量。我写小说，旨在刻画个性，抒写人性中的喜愁悲欢。小说并不影射什么，如果有所斥责，那是人性中卑污阴暗的品质。政治观点、社会上的流行理念时时变迁，不必在小说中对暂时性的观念作价值判断。人性却变动极少。

在刘再复先生与他千金刘剑梅合写的《父女两地书》（共悟人间）中，剑梅小姐提到她曾和李陀先生的一次谈话，李先生说，写小说也跟弹钢琴一样，没有任何捷径可言，是一级一级往上提高的，要经过每日的苦练和积累，读书不够多就不行。我很同意这个观点。我每日读书至少四五小时，从不间断，在报社退休后连续在中外大学中努力进修。这些年来，学问、知识、见解虽有长进，才气却长不了，因此，这些小说虽然改了三次，相信很多人看了还是要叹气。正如一个钢琴家每天练琴二十小时，如果天份不够，永远做不了萧邦、李斯特、拉赫曼尼诺夫、巴德鲁斯基，连鲁宾斯坦、霍洛维兹、阿胥肯那吉、刘诗昆、傅聪也做不成。

这次第三次修改，改正了许多错字讹字以及漏失之处，多数由于得到了读者们的指正。有几段较长的补正改写，是吸收了评论者与研讨会中讨论的结果。仍有许多明显的缺点无法补救，限于作者的才力，那是无可如何的了。读者们对书中仍然存在的失误和不足之处，希望写信告诉我。我把每一位读者都当成是朋友，朋友们的指教和关怀，自然永远是欢迎的。

二〇〇二年四月　于香港

目录

一	乡下人进城	5
二	牢狱	31
三	人淡如菊	67
四	空心菜	89
五	老鼠汤	109
六	血刀老祖	137
七	落花流水	165
八	羽衣	193
九	「梁山伯·祝英台」	225
十	《唐诗选辑》	251
十一	砌墙	273
十二	连城宝藏	299
后记		315

『我决不放手,人家买了大黄去,要宰来吃的,我无论如何不舍得。』

一　乡下人进城

托！托托托！托！托托！

两柄木剑挥舞交斗，相互撞击，发出托托之声，有时相隔良久而无声息，有时撞击之声密如联珠，连绵不绝。

那是在湘西沅陵南郊的麻溪铺乡下，三间小小瓦屋之前，晒谷场上，一对青年男女手持木剑，正在比试。

屋前矮凳上坐着个老头儿，嘴里咬着一根短短的旱烟袋，双手正在打草鞋，偶尔抬起头来，向这对青年男女瞧上一眼，嘴角边微微含笑，意示嘉许。淡淡阳光穿过他口中喷出来的一缕缕青烟，照在他一头花白头发、满脸皱纹之上，但他向吞吐伸缩的两柄木剑瞥上一眼之时，眼中神光炯然，凛凛有威，他年纪其实也还不老，似乎五十岁也还不到。

那少女十七八岁年纪，圆圆的脸蛋，一双大眼黑溜溜地，这时累得额头见汗，左颊上一条汗水流了下来，直流到颈中。她伸左手衣袖擦了擦，脸上红得像屋檐下挂着的一串串红辣椒。那青年比她大着两三岁，长身黝黑，颧骨微高，粗手大脚，那是湘西乡下常见的年轻庄稼汉子，手中一柄木剑倒使得颇为灵动。

突然间那青年手中木剑自左上方斜劈向下，跟着向后挺剑刺出，更不回头。那少女低头避过，木剑连刺，来势劲急。那青年退了两步，木剑大开大阖，一声吃喝，横削三剑。那少女抵挡不住，突然收剑站住，竟不招架，娇嗔道："算你厉害，成不成？把我砍死了罢！"

那青年没料到她竟会突然收剑不架，这第三剑眼见便要削上她腰间，一惊之下，急忙收招，只是去势太强，噗的一声，剑身竟打中了自己左手手背，"啊哟"一声，叫了出来。那少女拍手叫好，笑道："羞也不羞？你手中拿的若是真剑，这只手还在吗？"

那青年一张脸黑里泛红，说道："我怕削到你身上，这才不小心碰到了自己。若是真的拼斗，人家肯让你么？师父，你倒评评这个理看。"说到最后这句话时，面向老者。

那老者提着半截草鞋，站起身来，说道："你两个先前五十几招拆得还可以，后面这几招，可简直不成话了。"从少女手中接过木剑，挥剑作斜劈之势，说道："这一招'哥翁喊上来'，跟着一招'是横不敢过'，那就应当横削，不可直刺。阿芳，你这两招是'忽听噀惊风，连山若布逃'，忽然听得风声大作，剑势该像一匹布那样逃了开去。阿云这两招'老泥招大姐，马命风小小'倒使得不错。不过招法既然叫做'风小小'，你出力的使剑，那就不对了。咱们这一套剑法，是武林中大大有名的'躺尸剑法'，每一招出去，都要敌人躺下成为一具死尸。自己人比划喂招虽不能这么当真，但'躺尸'二字，总是要时时刻刻记在心里的。"

那少女道："爹，咱们的剑法很好，可是这名字实在不大……不大好听，躺尸剑法，听着就叫人害怕。"

那老者道："听着叫人害怕，那才威风哪。敌人还没动手，先就心惊胆战，便已输了三分。"他手持木剑，将适才这六招重新演了一遍。他剑招凝重，轻重进退，每招俱狠辣异常，青年男女瞧得心下佩服，同时拍起手来。那老者将木剑还给少女，说道："你两个再练一遍。阿芳别闹着玩，刚才师哥若不是让你，你小命儿还在么？"

那少女伸了伸舌头，突然挺剑刺出，迅捷之极。那青年不及防备，忙回剑招架，但给那少女占了机先，连连抢攻，那青年一时竟没法扳回。眼见败局已成，忽然东北角上马蹄声响，一乘马快奔而来。

那青年回头道："是谁来啦？"那少女喝道："打败了，别赖皮！谁来了跟你有甚相干？"唰唰唰又连攻三剑。那青年奋力抵挡，喝道："我还当真怕了你不成？"那少女笑道："你说不怕，心里可怕了！"左刺一剑，右刺一剑，两招去势甚为灵动。

马上乘客勒住了马，大声叫道："'天花落不尽，处处鸟衔飞！'

妙啊！"

那少女"咦"的一声，向后跳开，打量乘客，只见他约莫二十三四岁年纪，服饰考究，是城里有钱人家子弟的打扮，不禁脸上一红，轻声道："爹，他……他怎么知道？"

那老者听得马上乘客说出女儿这两招剑法的名称，也感诧异，正待相询。那乘客已滚鞍下马，上前抱拳说道："请问老丈，麻溪铺有一位剑术名家，'铁锁横江'戚长发戚老爷子，请问住在哪里？"那老者道："我便是戚长发。什么'剑术名家'，那可万万不敢当了。大爷寻我作甚？"

那青年壮士拜倒在地，说道："晚辈卜垣，跟戚师叔磕头。晚辈奉家师之命，特来叩见。"戚长发道："不敢当，不敢当！"伸手扶起，双臂微运内劲。卜垣只感半身酸麻，脸上一红，退后一步，说道："戚师叔考较晚辈，晚辈可出丑啦。"

戚长发笑道："你内功还差着点儿。你是万师哥的第几弟子？"卜垣脸上又微微一红，道："晚辈是师父第五个不成材的弟子。师父他老人家日常称道戚师叔内功深厚，晚辈今日受教了。多谢师叔。"戚长发哈哈大笑，道："万师哥好？我们老兄弟十几年不见啦。"卜垣道："托你老人家福，师父安好。这两位师哥师姊，是你老人家的高足罢？剑法真高！"

戚长发招招手，道："阿云，阿芳，过来见过卜师哥。"又向卜垣道："这是我的光杆儿徒弟狄云，这是我的光杆儿女儿阿芳。嘿，乡下姑娘，便这么不大方，都是自己一家人，怕什么丑了？"

戚芳躲在狄云背后，也不见礼，只点头笑了笑。狄云道："卜师兄，你练的剑法跟我们的都是一路，是吗？不然怎么一见便认出了师妹剑招。"

戚长发"呸"的一声，在地下吐了口痰，说道："你师父跟他师父同门学艺，学的自然是一路剑法了，那还用问？"

卜垣打开马鞍旁的布囊，取出一个包袱，双手奉上，说道："戚师叔，师父说一点儿薄礼，请师叔赏面收下。"戚长发谢了一声，便叫女儿收了。

戚芳拿到房中，打开包袱，见是一件锦缎面羊皮袍子、一只汉玉腕镯、一顶毡帽、一件黑呢马褂。戚芳捧了出来，笑嘻嘻的叫道：

"爹，爹，你从来没穿过这么神气的衣衫，穿了起来，哪还像个庄稼人？这可不是发了财、做了官么？"

戚长发一看，也不禁怔住了，隔了好一会，才忸忸怩怩的道："万师哥……这个……嘿嘿，真是的……"

狄云到前村去打了三斤白酒。戚芳杀了一只肥鸡，摘了园中的大白菜和空心菜，满满煮了一大盘，另有一大碗红辣椒浸在盐水之中。四人团团一桌，坐着吃饭。

席上戚长发问起来意。卜垣说道："师父说跟师叔十多年不见，好生记挂，早就想到湖南来探访，只是师父他老人家每日里要练'连城剑法'，没法走动……"戚长发正端起酒碗放在唇边，将刚喝进嘴的一口酒吐回碗里，忙问："什么？你师父在练'连城剑法'？"卜垣神情很是得意，道："上个月初五，师父已把'连城剑法'练成了。"

戚长发更是一惊，将酒碗重重往桌上一放，小半碗酒都泼了出来，溅得桌上和胸前衣襟都是酒水。他呆了一阵，突然哈哈大笑，伸手在卜垣的肩头重重一拍，说道："他妈的，好小子！你师父从小就爱吹牛。这'连城剑法'连你师祖都没练成，你师父的玩艺又不见得怎么高明，别来骗你师叔啦，喝酒，喝酒……"说着仰脖子把半碗白酒都喝干了，左手抓了一只红辣椒，大嚼起来。

卜垣脸上却没丝毫笑意，说道："师父知道师叔定是不信，下月十六，是师父他老人家五十岁寿辰，请师叔带同师哥师妹，同去江陵喝杯水酒。师父命晚辈专诚前来相邀，无论如何要请师叔光临。师父说道，他的'连城剑法'只怕还有练得不到之处，要跟师叔一起来琢磨琢磨，他好改正。师父常说师叔剑法了得，师父他是大大不如。我们师兄弟如得师叔指点几招，大伙儿一定大有进益。"

戚长发道："你那言二师叔，已去请过了么？"卜垣道："言二师叔行踪无定，师父曾派二师哥、三师哥、四师哥三位，分别到河北、江南、云贵三处寻访，去了三个多月，回来都说找不到言达平师叔。戚师叔可曾听到言师叔的讯息么？"

戚长发叹了口气，说道："我们师兄弟三人之中，二师哥武功最强，若说是他练成了'连城剑法'，我倒还有三分相信。你父嘛，比我当然强得多，嘿嘿，但说已练成这套剑法，我真不信，对不住，我不信!"

他左手抓住酒壶,满满倒了一碗酒,右手拿着酒碗,却不便喝,忽然大声道:"好!下月十六,我准到江陵,给你师父拜寿,倒要瞧瞧他的'连城剑法'是怎么练成的。哈哈!嘿嘿!"

他将酒碗重重在桌上一顿,又有半碗酒泼了出来,溅得桌上、衣襟上都是酒水。

"爹爹,你把大黄拿去卖了,来年咱们耕田怎么办啊?"

"来年到来年再说,哪管得这许多?"

"爹爹,咱们在这儿不好好的么?到江陵去干什么?万师伯做什么生日,他做他的,关我们什么事?卖了大黄做盘缠,我说犯不着。"

"爹爹答应了卜垣的,一定得去。大丈夫一言既出,怎能反悔?带了你和阿云到大地方见见世面,别一辈子做乡下人。"

"做乡下人有什么不好?我不要见什么世面。大黄是我从小养大的。我带着它去吃草,带着它回家。爹爹,你瞧瞧大黄在流眼泪,它不肯去。"

"傻姑娘!牛是畜生,知道什么?快放开手。"

"我决不放手。人家买了大黄去,要宰来吃的,我无论如何不舍得。"

"不会宰的,人家买了去耕田。"

"昨天王屠户来跟你说什么?一定是买大黄去杀了。你骗我,你骗我。你瞧,大黄在流眼泪。大黄,大黄,我不放你去。云哥,云哥!快来,爹爹要卖了大黄……"

"阿芳!爹爹也舍不得大黄。可是咱们空手上人家去拜寿,那成么?咱们三个满身破破烂烂的,总得缝三套新衣,免得让人家看轻了。"

"万师伯不是送了你新衣新帽么?穿起来挺神气的。"

"唉,天气这么热,老羊皮袍子怎么背得上身?再说,你师伯夸口说练成了'连城剑法',我就是不信,非得亲眼去瞧瞧不可。乖孩子,快放开了手。"

"大黄,人家要宰你,你就用角撞他,自己逃回来。不!人家会追来的,你逃得远远的,逃到山里……呜呜呜……"戚芳跟大黄一起流眼泪,紧紧抱住了黄牛的脖子,不肯松手。

半个月之后,戚长发带同徒儿狄云、女儿戚芳,来到了江陵。三人都穿了新衣,初来大城,土头土脑,都有点儿心虚胆怯,手足无措。打听"五云手"万震山的住处,途人说道:"万老英雄的家还用问?那边最大的屋子便是了。"

狄云和戚芳一走到万家大宅之前,瞧见那高墙朱门、挂灯结彩的气派,心中都暗自嘀咕。戚芳紧紧拉住了父亲的衣袖。戚长发正待向门公询问,忽见卜垣从门里出来,心中一喜,叫道:"卜贤侄,我来啦。"

卜垣忙迎将出来,喜道:"戚师叔到了。狄师哥好,戚师妹好。你们正好在师父生日的正日赶到!师父这几天老是说:'戚师弟怎么还不到?'请罢!"

戚长发等三人走进大门,鼓乐手吹起迎宾的乐曲。唢呐突响,狄云吃了一惊。

大厅上一个身形魁梧的老者正在和众宾客周旋。戚长发叫道:"大师哥,我来啦!"那老者一怔,似乎认不出他,呆了一呆,这才满脸笑容的抢将出来,呵呵笑道:"老三,你可老得很了,我几乎不认得你啦!"

师兄弟正要拉手叙旧,忽然鼻中闻到一股奇臭,接着听得一个破锣似的声音喝道:"万震山,你十年前欠了我一两银子,今日该还了罢?"戚长发一转头,只见厅口一人提起一只木桶,双手一扬,满桶粪水,疾向他和万震山二人泼将过来。

戚长发眼见女儿和徒弟站在身后,自己倘若侧身闪避,这一桶粪水势须兜头泼在女儿身上,他应变奇速,双手抓住长袍,运劲一崩,啪啪啪啪一阵迅速轻响,扣子崩断,左手抓住衣襟向外一崩,长袍已然离身,内劲贯处,一件长袍便如船帆鼓风,将泼来的粪水尽行兜在其中。他顺手一送,兜满粪水的长袍向来人疾飞过去。

那人掷出粪桶,便即跃在一旁,砰嘭、啪啦,粪桶和长袍先后着地,满厅臭气弥漫。只见那人满腮虬髯,身形魁梧,威风凛凛的站在当地,哈哈大笑,说道:"万震山,兄弟千里迢迢的来给你拜寿,少了礼物,送上黄金万两,恭喜你金玉满堂啊!"

万震山的八名弟子见此人如此前来捣乱,将一座灯烛辉煌的寿堂弄得污秽不堪,无不大怒。八个人一拥而上,要揪住他打个半死。

万震山喝道:"都给我站住了。"八名弟子当即停步。二弟子周圻向那大汉破口大骂:"操你奶奶的雄,你是什么东西?今天是万老爷子的好日子,却来搅局,不揍你个好的,你王八羔子,也不知道五云手万家的厉害。"

万震山已认出这虬髯汉子的来历,说道:"我道是谁,原来是太行山吕大寨主到了。吕大寨主这几年发了大财哪,家里堆满了黄金万两使不完,随身还带着这许多。"

众宾客听到"太行山吕大寨主"这七个字,许多人纷纷交头接耳的议论:"原来是太行山的吕通,不知他如何跟万老爷子结下了梁子。""这吕通是北五省中黑道上极厉害的人物,一手六合刀六合拳,黄河南北可是大大的有名。""善者不来,来者不善!今日有一番热闹瞧的了。"

吕通冷笑一声,说道:"十年之前,我兄弟在太原府做案,暗中有人通风报信,坏了我们的买卖。那也不打紧,却累得我兄弟吕威坏在鹰爪子手里,死于非命。直到三年之前,才查到原来是你万震山这狗贼干的好事。这件事你说怎么了结?"

万震山道:"不错,那是我姓万的通风报讯。在江湖上吃饭,做没本钱买卖,那也没什么,可是你兄弟吕威强奸人家黄花闺女,连坏四条人命。这等伤天害理之事,我姓万的遇上了可不能不管。"

众人一听,都大声叫嚷起来:"这种恶事也干,不知羞耻!""贼强盗,绑了他起来送官。""采花大盗,竟敢到荆州府来撒野!"

吕通突然一个箭步,从庭院中窜到厅前,横过手臂,便向楹柱上击了过去。连击数下,再转身以背脊在柱上猛力撞去,只听得喀喇喇一声响,一条碗口粗细的楹柱登时从中断折,屋瓦纷纷堕下,院中厅前,一片烟尘弥漫。许多人逃出了厅外。众人见他露了这手铁臂功和铁背功,无不凛然,均想:"若是身上给他手臂这么横扫一记,哪里还有命在?"

吕通反身跃回庭院,大声叫道:"万震山,你如当真是侠义道,明刀明枪的出来打抱不平,我倒佩服你是条好汉。为什么偷偷的去向官府通风报信？又为什么吞没了我兄弟已经到手了的六千两银子？他妈的，你卑鄙无耻！有种的就来拼个死活！"

万震山冷笑道："吕大寨主，十年不见，你功夫果然大大长进了。只可惜似你这等人物，武功越强，害人越多。姓万的年纪虽老，只得来领教领教。"说着缓步而出。

忽然间人丛中窜出一个粗眉大眼的少年，悄没声的欺近身去，双臂一翻，已勾住吕通的两条手臂，大声叫道："你弄脏了我师父的新衣服，快快赔来！"正是戚长发的弟子狄云。

吕通双臂力震，要将这少年震开，不料手臂给狄云死命勾住了，没法挣脱。吕通这铁臂功须得横扫直击，方能发挥威力，冷不防给他勾住了，臂上劲力使不出来。他大怒之下，右膝挺举，撞正狄云小腹，喝道："快放手！"狄云吃痛，臂力松了。吕通一招"风云乍起"，挣脱了他双臂，挥拳呼的击出，正是"六合拳"中的一招"乌龙探海"。

狄云急窜让开，叫道："我不跟你打架。我师父这件新袍子，花了三两银子缝的，咱们卖了大牯牛大黄，才缝了三套衣服，今儿第一次上身……"吕通怒道："楞小子，胡说八道什么？"狄云冲上三步，叫道："你快赔来！"他是农家子弟，最爱惜物力，眼见师父卖去心爱的大牯牛缝了三套新衣，第一次穿出来便让人给糟蹋了，教他如何不深感痛惜？

万震山道："狄贤侄退下，你师父的袍子由我来赔便是。"狄云道："要他赔，他要是走了，你又不认帐，那便糟了。"说着又去扭吕通的衣襟。吕通一闪，砰的一拳，击在狄云胸口，只打得他身子连晃，险些摔倒。万震山喝道："狄贤侄退下！"语气已颇严峻。

狄云红了双眼，喝道："你不赔衣服还打人，不讲理么？"吕通笑道："我打你这浑小子便怎样？"狄云道："我也打你！"缩身退挫，左掌斜劈，右掌已从左掌底穿出。吕通使招"打虎式"，左腿虚坐，右拳飞击出去。

两人这一搭上手，霎时之间拆了十余招。狄云自幼跟着戚长发练武，与师妹戚芳过招比剑，从没一天间断，所学拳术虽不如何了得，却甚是熟练。吕通是晋中大盗，黑道上的成名人物，一时之间竟也打他不倒，几次要使铁臂功，都给他乖巧避开，在他肩头打中了两拳，狄云肉厚骨壮，也没受伤。

戚长发这次到江陵来,主旨是要瞧瞧师兄万震山是不是真的练成了"连城剑法",恰巧有吕通前来寻仇,正好让他当真一显身手,偏偏自己这蠢徒弟不识好歹,强要出头,不由得心下着恼。

再拆数招,吕通焦躁起来,突然间拳法一变,自"六合拳"变为"赤尻连拳"。这套拳法亦是"六合拳"中一路,只是杂以猴拳,讲究搂、打、腾、封、踢、潭、扫、挂,又加上"猫窜、狗闪、兔滚、鹰翻、松子灵、细胸巧、鹞子翻身、跺子脚"八式,式中套式,变幻多端。狄云没见过这路拳法,心中慌了,左腿上接连给他踹了两脚。

万震山瞧出他不是敌手,喝道:"狄贤侄退下,你打他不过。"

狄云叫道:"打不过也要打。"砰的一响,胸口又让吕通打了一拳。

戚芳在旁瞧着,一直为师哥耽心,这时忍不住也叫:"师哥,不用打了,让万师伯打发他。"但狄云双臂直上直下,不顾性命的前冲,不住吆喝:"我不怕你,我不怕你。"砰的一声,鼻子又中了一拳,登时鲜血淋漓。

万震山皱起了眉头,向戚长发道:"师弟,他不听我话,你叫他下来罢!"戚长发哼了一声,道:"让他吃点儿苦头,待会让我来斗斗这采花大盗。"

便在此时,大门外走进一个蓬头垢面的老乞丐,左手拿着只破碗,右手拄着一根竹棒,嘶哑着嗓子叫道:"老爷今日做喜事,施舍叫化子一碗冷饭。"

众人都正全神贯注的瞧着吕通与狄云打斗,谁也没去理会,那乞丐呻吟叫唤:"啊唷,饿死了,饿死了。"突然左足踏在地下的粪便之中,脚下一滑,俯身摔将下来,大叫一声:"啊哟,跌死了!"手中的破碗和竹棒同时摔出。说也真巧,那破碗正好掷在吕通后背"志堂穴"上,竹棒一端却在吕通膝弯的"曲泉穴"中一碰。吕通膝间一软,左足跪倒,同时全身酸麻,似乎突然虚脱。狄云双拳齐出,砰砰两声,将吕通庞大的身子打得飞了起来,啪的一响,臭水四溅,正摔在他携来的粪便之中。

这一下变故人人大出意料之外,只见吕通狼狈万状的爬起身来,抱头鼠窜而出。众贺客哈哈大笑,齐声呼喝:"拿住他,拿住他!""别让这贼子跑了!"

狄云兀自大叫："赔我师父的袍子。"待要赶出，突觉左臂为人握住，动弹不得，侧头看时，正是师父。戚长发道："你侥幸得胜，还追什么？"戚芳抽出手帕，给狄云擦去脸上鲜血。狄云一低头，见自己新衫的衣襟上点点滴滴的都是鲜血，不禁大急，道："糟糕，糟糕！我……我这件新衣也弄脏了。"

只见那老乞丐蹒跚着走出大门，喃喃自语："饭没讨着，反赔了一只饭碗。"狄云知道适才取胜，全靠这乞丐碰巧一跌，从怀里掏出二十枚大钱，那是师父给他来城里零花的，追出去塞在他手里。那老乞丐连声道："多谢，多谢！"

当晚万震山大张筵席，款待前来贺寿的贺客。他是荆州大绅士，这日贺客盈门，寿堂中悬了荆州府凌知府、江陵县尚知县送的寿幛，金光闪闪，好不风光。

席上自是人人谈论日间这件趣事，大家都说狄云福气好，眼见不敌，刚好这老乞丐进来摔了一交，扰乱了吕通心神。大家也不免称赞狄云小小年纪，居然有这等胆识，和这黑道上的成名人物缠斗到数十招，也已极不容易。自然也有人说这是寿星公洪福齐天，否则哪有这么巧，老乞丐摔个仰八叉，竟然就此退了强敌，倘若万震山自己出手，当然两三下便打发了这恶客，不过要劳动寿星公大驾，便不这么有趣了。

众宾客这么一称赞狄云，万震山手下的八名弟子均感脸上黯然无光。这吕通本是冲着万震山而来，万门弟子不出手，却让师叔一个呆头呆脑的乡下弟子强出头，打退了敌人。八名弟子个个心中气愤，可又不便发作。

万震山亲自敬过酒后，大弟子鲁坤、二弟子周圻、三弟子万圭、四弟子孙均、五弟子卜垣、六弟子吴坎、七弟子冯坦、八弟子沈城一席席过来敬酒。万门八弟子都以"土"字旁为名，其中第三弟子万圭是万震山的独子。他长身玉立，脸型微见瘦削，俊美潇洒，倒像是个富家公子，不似大师兄鲁坤、二师兄周圻那么赳赳昂昂。

八人向来宾中有功名的进士、举人、武林尊长敬过了酒，敬了师叔戚长发一杯，便向狄云敬酒。万圭说道："今日狄师兄给家父挣了好大面子，我们师兄弟八人，每个都非敬狄师兄一大杯不可。"狄云素来不会喝酒,双手乱摇,说道:"我不会喝,我不会喝。"万圭道:"日间家父连叫三次,要狄师兄退下,狄师兄置之不理,把家父的话当作耳边风一般。我们此刻敬酒,狄师兄又是不喝,那把我们荆州万家可忒也小看了。"狄云愕然道:"我……我没有啊。"

戚长发听得万圭的语气不对,说道:"云儿,你喝了酒。"狄云道:"我……我……我不会喝酒啊。"戚长发沉声道:"喝了!"狄云无奈,只得接过每人一杯,连喝了八杯,登时满脸通红,耳中嗡嗡作响,脑子胡涂一团。戚芳跟他说话,他也不知如何回答。

这一晚狄云睡上了床,心头兀自迷糊,只感胸间、肩头、腿上,给吕通拳打脚踢过之处都热辣辣的疼痛。半夜里,睡梦中听得窗上有人伸指弹击,有人不住叫唤:"狄师兄,狄云,狄云!"狄云一惊而醒,问道:"是谁?"

窗外那人说道:"小弟万圭,有事相商,请狄师兄出来。"狄云一呆,下得床来,披衣穿鞋,推开窗子。只见窗外万门弟子八人一字排开,每人手中都持长剑。

狄云奇道:"叫我干什么?"万圭道:"咱们要领教领教狄师兄的剑招。"狄云摇头道:"师父吩咐过的,不可跟万师伯门下的师兄们比试武艺。"万圭冷笑道:"原来戚师叔倒有自知之明。"狄云怒道:"什么自知之明?"突然间嗤嗤嗤三声,万圭隔窗向他连刺三剑。头两剑剑刃在他脸颊边掠过,相差不过寸许,第三剑剑刃划上他脸颊,登时划出一条血痕。狄云只感脸颊上刺痛,大吃一惊,伸手摸去,满手是血,急忙倒退,左脚在凳上绊了,险些跌倒,甚是狼狈。万门八弟子纵声大笑。

狄云大怒,返身抽出枕头底下长剑,跃出窗去,见万门八弟子人人脸色不善,不禁暗自嘀咕,虽是有气,但念及师父曾一再叮嘱,千万不可和师伯门人失和,说道:"你们要怎样?"万圭长剑虚击,在空中嗡嗡作响,说道:"狄师兄,你今日逞强出头,只道我荆州万家门中人人都死光了,是不是?还是说我万家门中,没一个及得上你狄大哥的身手?"

狄云摇头道:"那人弄脏了我师父的衣服,我自然要他赔,这关你什么事?"

万圭冷冷的道："你在众位宾客之前成名立万，露了好大的脸，却教我师兄弟八人全闹得灰头土脸。别说再到江湖上混，便是这荆州城中，我们师兄弟也没立足之地了。你今日的所作所为，不也太过份了么？"狄云愕然道："我……我不知道啊。"

万门大弟子鲁坤道："三师弟，这小子装蒜，跟他多说什么？伸量他一下子。"

万圭长剑递出，指向狄云左肩。狄云识得这一剑乃是虚招，身形不动，亦不伸剑挡架。万圭斜剑收回，给他识破剑招，更是着恼，说道："好哇，你不屑跟我动手！"狄云道："师父吩咐过的，千万不可跟师伯的门人比试。"

突然间嗤的一声，万圭长剑刺出，在他右手衣袖上刺破了一条长缝。

狄云对这件新衣甚是宝爱，平白无端的给他刺破，再也忍耐不住，喝道："你刺破我衣服，要你赔。"万圭冷冷一笑，挺剑又刺向他的左袖。狄云回剑斜削，当的一声，格开来剑，乘势还击。两人这一交上手，便即越斗越快。两人所学剑法一脉相承，斗到十余招后，狄云兴发，一剑剑竟往万圭要害处刺去。

周圻叫道："嘿！这小子当真要人性命么？三师弟，手下别容情了。"

狄云一惊，暗想："我若一个失手，真的刺伤了他，那可不好。"手上攻势登缓。万圭还道他剑法不及自己，剑招绵绵不绝，来势凌厉。狄云连连倒退，喝道："我又不跟你真打。你干什么了？"万圭道："干什么？要刺你几个透明窟窿！"嗤的一剑，踏中宫直刺。狄云斜身闪左，见他右肩露出破绽，长剑倒翻上去，这一剑若是直削，万圭肩头非受重伤不可，狄云手腕略翻，剑刃平转，啪的一声，在他肩上拍了一下。

他只道这一来胜负已分，万圭该当知难而退，他平日和师妹比剑，一到这个地步便即罢手，不料万圭俊脸胀红，挺剑直刺。狄云猝不及防，左腿上一阵剧痛，已然中剑。

鲁坤、周圻等拍手欢呼，说道："小子，躺下罢！""认输便饶了你！""戚师叔调教出来的乡巴佬门徒，原不过是这几下三脚猫把式！"

狄云腿上中剑后本已大怒,听这些人出言辱及师父,更加怒发如狂,一咬牙,长剑如疾风骤雨般攻了过去。万圭见对方势如疯虎,不禁心有怯意,他自幼娇生惯养,剑法虽练得不错,这般拼命的恶斗究竟从未经历过,心中一怕,剑招便见散乱。

卜垣见三师兄堪堪要败,拾起一块砖头,用力投向狄云后心。

狄云全神贯注的正和万圭斗剑,突然间背心上一痛,给砖头重重掷中。他回头骂道:"不要脸,两个打一个么?"卜垣道:"什么,你说什么?"

狄云心道:"今日你们便是八人齐上,我也不能丢了师父的脸面。"不顾腿上和背心疼痛,一剑剑向万圭刺去,愤怒之下,早忘了师父的嘱咐。这时他剑招已不成章法,破绽百出,但漏洞虽多,气势却盛,万圭狼狈闪架,已不敢进攻。

卜垣向六师弟吴坎使个眼色,说道:"三师兄剑法高明,这小子招架不住,倘若伤了他性命,戚师叔脸上须不好看,咱俩上前掠掠阵罢!"吴坎会意,点头道:"不错。咱哥儿俩留点儿神,别让三师兄剑下伤人。"两人一左一右,飕飕两剑,齐往狄云胁下刺去。

狄云的剑法本来也没比万圭高明多少,全仗一鼓作气的猛攻,这才占得了上风。卜垣和吴坎上前一夹攻,他以一敌三,登时手忙足乱,唰的一声,左腿上又已中剑。这一剑伤得不轻,他再也站立不定,一交坐倒,手上长剑却并不摔脱,仍不住挡格三人刺来的剑招。鲁坤冷哼一声,抢上来右足飞出,踢中他手腕,狄云拿捏不住,长剑脱手飞出,跌入树丛。万圭长剑直出,剑尖抵住他咽喉。卜垣和吴坎哈哈一笑,跃后退开。

万圭得意洋洋的笑道:"乡下佬,服了么?"狄云喝道:"服你个屁!你们四个打我一个,算什么好汉?"万圭剑尖微微前送,陷入他咽喉的软肉数分,喝道:"你还敢嘴硬!我再使一点力,立时割断了你喉管。"狄云骂道:"你使力啊,你有种便割断我喉管。不使力的是乌龟王八蛋!"万圭目露凶光,左足疾出,在他肚子上重重踢了一脚,骂道:"臭贼,你嘴巴还硬不硬?"

这一脚只踢得狄云五脏六腑犹如倒转了一般,险些呻吟出声,但咬牙强自忍住,骂道:"臭杂种,王八蛋!"万圭又是一脚,这一次踢在他面门鼻梁。狄云但觉眼前金星乱冒,几欲晕去,欲待张口再骂,却骂不出声了。

万圭冷笑道："今日便饶了你。你快向师父师妹哭诉去，说我们人多势众，打了你啦！料你这脓包货定要去哭哭啼啼。"狄云怒道："哭诉什么？大丈夫报仇，只自己一个儿动手。"万圭正要他说这一句话，更激他道："给你脸上留些记认，好教你师父开口来问。"说着在他左眼右脸重重的各踢一脚。狄云登时半边脸肿了起来，左眼泪水模糊。

卜垣拍手笑道："嘿嘿，大丈夫哭啦！英雄变狗熊啦！"

狄云气得肚子真要炸了开来，心想你到我师父家里来，我好好的招待你，买酒杀鸡，哪一点对你不起，此刻却如此损我。

万圭道："你打不过我，不妨去向我爹爹哭诉，要我爹爹骂我，代你出了这口鸟气。'呜呜呜，万师伯，你的八个弟子，打得我爬在地下痛哭求饶。呜呜呜，万师伯，你不主持公道吗？'"狄云道："你这种没骨头的胚子，才向大人哭诉！"

万圭和鲁坤、卜垣相视一笑，心想今日的闷气已出，当即回剑入鞘，说道："好小子！你有种的明天再来打过，少爷可要失陪了！"八个人嘻嘻哈哈的扬长而去。

狄云瞧着这八人背影，心中又气恼，又不解，自忖："我既没得罪他们，更没得罪他们师父，为什么平白无端的来打我一顿？难道城里人都这般蛮不讲理么？"勉强支撑着站起身来，头脑一晕，又坐倒在地。

忽听得身后一人唉声叹气的说道："唉，打不过人家，就该磕头求饶啊，这么白白地挨了一顿揍，这不冤么？"狄云怒道："宁可给人家打死，也不磕头！"回过头来，只见一人弓身曲背，拖着鞋皮，慢吞吞的走来，但见他蓬头垢面，便是日间所见的那个老丐。

那老丐道："唉，人老了，背上风湿痛得厉害。小伙子，你给我背上捶捶。"狄云正一肚子火，哼了一声，没去理他。那老丐叹道："谁教我绝子绝孙，人到老来，没个亲人照顾，哎唷，哎唷……"撑着竹棒，一步步的走远。

狄云见那老丐背影颤抖得厉害，自己刚给人狠狠打了一顿，不由得起了同病相怜之心，叫道："喂，我这里还有几十文钱，你拿去买馒头吃罢！"

那老丐一步步的挨了回来，接过铜钱，说道："我背上风湿痛得厉害，你给我捶捶！"狄云道："好，我包了腿上的伤口再说。"那老丐道："你就只顾自己，不顾人家，算什么英雄好汉？"狄云给他一激，便道："好！我给你捶！"坐倒在地，伸拳给他捶背。捶得两拳，那老丐道："好舒服，再用力些！"狄云加重劲力。那老丐道："可惜力道太轻。"狄云又加重了些。老丐道："唉，不中用的小伙子啊，挨了一顿揍，便死样活气，连给老人家捶背的力道也没有了。这种人活在世上有什么用？"

狄云怒道："我一使力气，只怕打断了你的老骨头。"老丐笑道："你要是打得断我的老骨头，就不会躺在地下又给人家踢、又给人家揍了。"狄云大怒，手上加力。那老丐道："嗯，这样才有些意思，不过还是太轻。"狄云砰的一拳，使劲击出。老丐笑道："太轻，太轻，不管用。"狄云道："老头儿，你别开玩笑，我可不想打伤你。"那老丐冷笑道："凭你也打得伤我？你使足全力，打我一拳试试。"

狄云右臂运劲，待要挥拳往他背上击去，月光下见到他老态龙钟的模样，心中一软，放松了劲力，说道："谁来跟你一般见识！"轻轻在他背上捶了一下。

突然之间，只觉腰间给人一托一摔，身子便如腾云驾雾般飞了起来，砰的一声，摔入草丛之中，只跌得头晕眼花，老半天才爬起身。他慢慢挣扎着站起，并不发怒，只是说不出的惊奇，怔怔的瞧着老丐，问道："是你……是你摔我的么？"

那老丐道："这里还有别人没有？不是我还有谁？"狄云道："你用什么法子摔我的？"那老丐道："举头望明月，低头思故乡。"狄云奇道："这是师父教我的剑法啊，你……你怎知道？"那老丐道："拳招剑法，都是一样。再说，你师父也没教对。"

狄云怒道："我师父教得怎么不对了？凭你这老叫化也敢说我师父的不是？"那老丐道："要是你师父教得对了，为什么你打不过人家？"狄云道："他们三四个打我一个，我自然打不过，若是一个对一个，你瞧我输不输？"那老丐笑道："哈哈，打架嘛，讲什么一个打一个？你要单打独斗，人家不干，那怎么办？要不是跪下磕头，就得认命挨打。一个人打得赢十个八个，那才是好汉子。"狄云心想这话倒也不错,说道:"他们是我师伯的弟子,剑法跟我差不多,我一个怎斗得过他们八个?"

那老丐道:"我教你几手功夫,让你一个打赢他们八个,你学不学?"

狄云大喜,道:"我学,我学!"但转念一想,世上未必有这种本领,而这年纪老迈的乞丐更加不似身有上乘武功之人,正自踌躇不定,突然背心给人一抓,身子又飞了起来,这次在空中身不由主的连翻了两个筋斗,飞得高,落下来时跌得更重,手臂在地下一撑,关节险些折断,爬起身来时,痛得话也说不出来,心中却欢喜无比,叫道:"老……老伯伯,我……我跟你学。"

那老丐道:"我今天教你几招,明儿晚上,你再跟他们到这里来打过,你敢不敢?"

狄云心想:"你武功虽高,我在一天之内又如何学得会?"但想到要跟万圭、鲁坤这干人再打,不由得豪气勃发,说道:"我敢!最多再挨一顿揍,没什么大不了!"

那老丐左手倏出,抓住他后颈,将他重重往地下一掷,骂道:"臭小子,我既教了你武功,你怎么还会挨他们的揍?你信不过我么?"狄云给他抓住后颈,便即出力挣扎,但穴道遭拿,使不出半点力道,虽摔得甚痛,却只有更加欢喜,忙道:"对,对!是我说错了,请你老人家快教罢!"

那老丐道:"你把学过的剑法使给我瞧,一面使,一面念剑招的名称!"

狄云应道:"是!"见腿上伤处不断流血,便草草裹好伤口,到树丛中找回自己长剑,依着师父所授,一招招的使动,口中念着剑招名称,到后来越使越顺,嘴里也越念越快。

他正练到酣处,忽听那老丐哈哈大笑,不禁愕然收剑,问道:"我练得不对么?"那老丐不答,兀自捧住肚子,笑弯了腰,站不直身子。狄云微有怒意,道:"就算我练得不对,也没什么好笑。"

那老丐突然止笑,叹道:"戚长发啊戚长发,你这一番狠劲,当真了得。"摇了摇头,道:"把剑给我。"狄云倒转剑柄,递了过去。那老丐接过长剑,轻轻念道:"孤鸿海上来,池潢不敢顾。"将长剑舞了开来。他一剑在手,霎时之间便如换了一个人一般,身形沉稳,剑势飘逸,哪里还是适才这般龙钟委琐?

狄云看了几招,忽有所悟,说道:"老伯,日里我跟那吕通相斗,是你故意掷那饭碗帮我的么?"那老丐怒道:"那还用说? 六合手吕通的武功比你傻小子强得太多,凭你这点儿道行,还能打发他了?"

他一面说,一面继续使剑。狄云听他所念口诀和师父所授并无分别,只字音偶有差异,但剑招却大不相同。

那老丐左手捏个剑诀,右手长剑陡然递出,猛地里剑交左手,右手反过来啪的一声,重重打了他个耳光。狄云吓了一跳,抚着面颊怒道:"你……你为什么打人?"老丐笑道:"我教你剑招,你却在胡思乱想,这不该打么?"

狄云心想原是自己的不是,当即心平气和,说道:"不错,是我不好。我瞧你说的招数跟我师父一样,剑法可全然不同,觉得很奇怪。"那老丐问道:"是你师父教的好,还是我使的好?"狄云心下明知是那老丐使得好,嘴里却不肯认,摇头道:"我不知道。"

老丐抛剑还他,道:"咱们比划比划。"狄云道:"我本事跟你老人家差得太远,比你不过。"老丐冷笑道:"嘿,傻小子还没傻得到家。"手中竹棒一抖,以棒作剑,向狄云刺来。狄云横剑挡格,见老丐竹棒停滞不前,当即振剑反刺。哪知他剑尖只一抖动,老丐的竹棒如灵蛇暴起,向前一探,已点中了他肩头。

狄云心悦诚服,大叫:"妙极,妙极。"横剑前削。那老丐翻过竹棒,平靠他剑身,狄云运劲反推,那老丐的竹棒连转几个圈子,将他劲力全引到了相反方向。狄云拿捏不住,长剑脱手飞出。他一呆之下,说道:"老伯,你的剑招真高。"

那老丐竹棒伸出,搭住空中落下的长剑,棒端如有胶水,竟将铁剑黏了回来,说道:"你师父一身好武功,就只教了你这些吗? 嘿嘿,希奇古怪。"摇摇头又道:"你门中这套'唐诗剑法',每一招都是从一句唐诗中化出来的……"

狄云道:"什么'唐诗剑法'? 师父说是'躺尸剑法',几剑出去,敌人便躺下变成了尸首。"

那老丐嘿嘿笑了几声,说道:"是'唐诗',不是'躺尸'! 你师父跟你说是'躺尸'吗? 可笑,可笑! 这两招'孤鸿海上来,池潢不敢顾',是说一只孤孤单单的鸿鸟,从海上飞来,见到陆地上的小小池沼,并不栖息,瞧也不去瞧它。这两句诗是唐朝的宰相张九龄做的,他比拟自己身分清高,不喜跟人争权夺利。将之化成剑法,顾盼之际要有一股飘逸自豪的气息。他所谓'不敢顾',是'不屑瞧它一眼'的意思。你师父却教你读作什么'哥翁喊上来,是横不敢过',结果前一句变成大声疾呼,后一句成为畏首畏尾。剑法的原意是荡然无存了。你师父当真了不起,'铁锁横江',教徒弟这样教法,嘿嘿,厉害,厉害!"说着连连冷笑。

狄云怔怔的听着,听得他话中咬文嚼字,虽然不大懂,却也知他说得很对,狄云向来敬爱师父,听他将师父说得一无是处,到后来更肆意讥嘲,心下难过,忽地转身,说道:"我要去睡了!不学了。"

那老丐奇道:"为什么?我说得不对么?"狄云道:"你或许说得很对。但你说我师父的不是,我宁可不学。我师父是庄稼人,不识字,或者真不懂你说的那一套……"那老丐笑道:"你师父不识字?哈哈,这可奇了。"狄云气愤愤的道:"庄稼人不识字,有什么好笑?"那老丐哈哈一笑,伸手抚他头顶,道:"很好,很好!你这小子心地厚道,我就是喜欢你这种人。我向你认错,从此不再说你师父半句不是,行不行?"狄云转怒为喜,笑道:"你只要不编排我师父,我向你磕头。"说着跪倒在地,咚咚咚的磕了几个响头。

那老丐笑吟吟的受了他这几拜,随即解释剑招,如何"忽听喷惊风,连山若布逃",其实是"俯听闻惊风,连山若波涛";如何"老泥招大姐,马命风小小",乃是"落日照大旗,马鸣风萧萧"。在湘西土音中,这"泥"字和"日"字却也差不多。那老丐言语之中,当真再也不提戚长发半句,单是纠正狄云剑法中的错失。

那老丐道:"你剑法中莫名其妙的东西太多,一时也说不完。我教你三招功夫,明儿你再跟这八个不成器的小子打过,用心记住了。"

狄云精神一振,用心瞧那老丐使竹棒比划。第一招是"刺肩式",敌人若一味防守,那就永远刺他不着,但他只消一出招相攻,破绽便露,立时便可后发先至,刺中他肩头。第二招"耳光式",便是那老丐适才剑交左手、右手反打他耳光的这一招。这一招古怪无比,就算敌人明知自己要剑交左手,反手打他耳光,但闪左打左,闪右打右,越闪避越打得重。第三招是"去剑式",适才老丐用竹棒令他长剑脱手,便是这一招。

这三记招式,那老丐都曾在狄云身上用过,本来各有一个典雅的唐诗名称。但那老丐知道他西瓜大的字识不上几担,教他诗句,徒乱心神,于是改用了三个一听便懂的名称。狄云并不如何聪明,性子却极坚毅。这三招足足学了一个多时辰,方始纯熟。

那老丐笑道:"好啦!你得答应我一件事,今晚我教你剑法之事,不得跟谁说起,连你师父和师妹也不能说,否则……"狄云敬师如父,对这位娇憨美貌的师妹又私恋已久,说有什么事要瞒住师父、师妹,那可比什么都难,一时踌躇不答。

那老丐叹道:"此中缘由,一时不便细说,你若泄露了今晚之事,我性命难保,定要死在五云手万震山的剑底。"狄云吃了一惊,奇道:"老伯伯,你武功这么高强,怎会怕我师伯?"那老丐不答,扬长便去,说道:"你是否有心害我,那全瞧你自己了。"狄云忙追了上去,说道:"我多谢老伯伯还来不及,怎会害你性命?我要是泄漏一字半句,教我天诛地灭。"那老丐点点头,叹了口气,足不停步的走了。

狄云呆了一阵,忽然想起没问那老丐的姓名,叫道:"老伯伯,老伯伯!"但那老丐没入树丛之中,已影踪不见了。

次日清晨,戚长发见狄云目青鼻肿,好生奇怪,问道:"跟谁打架了,怎么伤成这个样子?"狄云不善说谎,支吾难答。戚芳笑道:"还不是昨天给那个什么大盗吕通打的么?"戚长发决计想不到昨晚之事,也不再问。

戚芳拉了拉狄云的衣襟,两人从边门出去,来到一口井边,见四下无人,便在井栏圈上坐了下来。戚芳问道:"师哥,你昨晚跟谁打架了?"狄云嗫嚅未答。戚芳道:"你不用瞒我,昨天你跟吕通相斗,他一拳一脚打在你身上什么地方,我全瞧得清清楚楚,他可没打中你眼睛。"狄云料知瞒她不过,心想:"我只要不说那老伯伯的事,就不要紧。"于是将万门八弟子如何半夜里前来寻衅、如何比剑、如何落败受辱的事一一都说了。

戚芳越听越怒,一张俏脸胀得通红,气愤愤的道:"他们八个人打你一个,算什么好汉?"狄云道:"倒不是八个人一齐出手,是三四个打我一个。"戚芳怒道:"哼,他们三四个联手打你,已经赢了,其余的就不必动手。倘若三四个打不过,还不是五六个、七八个一起下场?"狄云点头道:"那多半会这样。"

戚芳霍地站起,道:"咱们跟爹爹说去,教万震山评评这个理看。"她盛怒之下,连"万师伯"也不称了,竟直呼其名。

狄云忙道:"不,我打架打输了,向师父诉苦,那不是教人瞧不起吗?"昨晚万门八弟子临走时那套说话,叫他去向师父、师伯诉苦,原是意在激得他不好意思去向戚长发、万震山投诉,狄云果然堕入他们计中。

戚芳哼了一声,见他衣衫破损甚多,心下痛惜,从怀中取出针线包,就在他身上缝补。她头发擦在狄云下巴,狄云只觉痒痒的,鼻中闻到她少女的淡淡肌肤之香,不由得心神荡漾,低声道:"师妹!"戚芳道:"空心菜,别说话!别让人冤枉你作贼。"

江南三湘一带民间迷信,穿着衣衫让人缝补或钉缀钮扣之时,若说了话,就会给人冤赖偷东西。"空心菜"却是戚芳给狄云取的绰号,笑他直肚直肠,没半点机心。

这日晚间,万震山在厅上设了筵席宴请师弟,八个门下弟子在下首相陪,十二人团团坐了一张圆桌。

酒过三巡,万震山见狄云嘴唇高高肿起,饮食不便,说道:"狄贤侄,昨儿辛苦了你,来来来,多吃一点。"夹了一只鸡腿,放在他碟中。周圻鼻中突然哼的一声。

戚芳早满肚是火,这时再也忍耐不住,大声道:"万师伯,我师哥这些伤,不是吕通打的,是你八位高徒联手打的。"万震山和戚长发同时吃了一惊,问道:"什么?"

万门第八弟子沈城年纪最小,却十分伶牙俐齿,抢着说道:"狄师哥打赢了吕通,说师父你老人家胆小怕事,不敢和吕通动手,全靠他狄师哥出马,才赶走了他,没让你老人家出丑。我们气不过……"万震山脸上变色,但随即笑道:"是啊,这原是全仗狄贤侄给我们挽回了颜面。"沈城道:"万师哥听他口出狂言,实在气不过,这才约狄师哥比剑,好像是万师哥占了先。"

狄云怒道:"你……你胡说八道……我……我几时……"他本就不善言辞,听得沈城撒谎诬蔑,又急又怒之下,更加结结巴巴的说不出话来。

万震山道:"怎么是圭儿像占了先?"沈城道:"昨晚万师哥和狄师哥怎么比剑,我们都没瞧见。今天早晨万师哥跟大伙说起,好像是万师哥用一招……用一招……"他转头问万圭道:"万师哥,你用一招什么招数胜了狄师哥的?"万圭道:"是'长安一片月,万户捣衣声'!"他二人一搭一档,将"八人联手"之事推了个一干二净。万圭怎样胜了狄云,旁人见都没见到,自然谈不上联手相攻了。沈城不过十五六岁年纪,一副天真烂漫的样子,谁都不信他会撒谎。

万震山点了点头,道:"原来如此。"

戚长发气得满脸通红,伸手一拍桌子,喝道:"云儿,我千叮万嘱,叫你不可和万师伯门下众师兄失了和气,怎地打起架来了。"

狄云听得连师父也信了沈城的话,只气得浑身发抖,道:"师父……我……我……我没有……"戚长发劈头劈脸一记耳光打了过去,喝道:"做错了事,还要抵赖!"狄云不敢闪避,戚长发这一掌打得好重,狄云脸颊本就青肿,登时肿上加肿。戚芳急叫:"爹,你也不问问清楚。"

狄云狂怒之下,牛脾气发作,突然纵身跳起,抢过放在身后几上的长剑,拔剑出鞘,跃在厅心,叫道:"师父,这万……万圭说打败了我,教他再打打看。"戚长发大怒,喝道:"你回不回来?"离座出去,又要挥拳殴击。戚芳一把拉住,叫道:"爹爹!"

狄云大叫:"你们八个人再来打我,有种的就一齐来。哪一个不来,便是乌龟儿子王八蛋。"他急怒之下,口不择言,乱骂起来,没想到这句话已骂到了万师伯。

万震山眉头一皱,说道:"既是如此,你们去领教领教狄师哥的剑法也是好的。"

八名弟子巴不得师父有这句话,各人提起长剑,分占八方,将狄云围在垓心。

狄云大声叫道:"昨儿晚上是八个狗杂种打我一人,今日又是八个狗杂种……"

戚长发喝道:"云儿,你胡说些什么?比剑就比剑,是比嘴上伶俐么?"

万震山听他左一句"王八蛋",右一句"狗杂种",心下也动了真怒，这八人中的万圭是他亲生儿子，狄云如此乱骂，口口声声便是骂在他的头上。他见八个弟子分站八方，隐然有分进合击之势，喝道："狄师兄瞧不起咱们，要以一个斗八个，难道咱们自己也瞧不起自己？"

大弟子鲁坤道："是，众位师弟退开，让我先领教狄师哥的高招。"

五弟子卜垣最工心计，昨晚见到狄云与万圭动手，这乡下佬武功不弱，这时情急拼命，大师兄未必能胜，如让他先赢得一仗，纵然再有人将他打败，也已折了万门锐气，同门中剑术以四师兄孙均为第一，最好让孙均一上手便将他打败，令他再也说嘴不得，便道："大师哥是咱们同门表率，何必亲自出马？让四师哥教训教训他也就是了。"

鲁坤一听，已明其意，微笑道："好，四师弟，咱们瞧你的了。"左手一挥，七人一齐退开，只剩孙均一人和狄云相对。

孙均沉默寡言，常常整天不说一句话，是以能潜心向学，剑法在八同门中最强。他见师兄弟推己出马，当即长剑一立，低头躬身，这一招叫作"万国仰宗周，衣冠拜冕旒"，乃是极具礼敬的起手剑招。但当年戚长发向狄云说剑之时，却将这招的名称说做"饭角让粽臭，一官拜马猴"。意思是说："我是好好的大米饭，你是一只臭粽子，外表上让你一下，恭敬你一下，我心里可在骂你！我是官，你是猴子，我拜你，是官拜畜生。"狄云见他施出这一招，心下更怒，当下也是长剑一立，低头躬身，还了他一招"饭角让粽臭，一官拜马猴"，针锋相对，毫不示弱。

他只这么一躬身，身子尚未站直，长剑剑尖已向孙均小腹上刺了过去。万门群弟子齐声惊呼。孙均回剑挡格，铮的一声，双剑相击，两人手臂上各是一麻。

鲁坤道："师父，你瞧这小子下手狠不狠？他简直是要孙师弟的命啊。"万震山心下暗暗惊异："这乡下小子干么如此愤激，一上来就是拼命？"

但听得铮铮铮铮数声连响，狄云和孙均快剑相搏，拆到十余招后，孙均长剑微斜，小腹间露出破绽。狄云一声大喝，挺剑直进，孙均回过长剑，已将他长剑压住，左手出掌，啪的一声，正击在他胸口。

万门群弟子齐声喝采,有人叫了起来:"一个也打不过,还吹大气打八个么?"狄云身子退晃,抽起长剑,犹如疾风骤雨般一阵猛攻。孙均挡得几招,发剑回攻,狄云突然间长剑抖动,噗的一声轻响,已刺入了孙均肩头,正是那老丐所授的"刺肩式"。

这一招"刺肩式"突如其来,谁也料想不到。但见孙均肩头鲜血长流,身子摇晃,万门群弟子齐声呼喝。鲁坤和周圻双剑齐出,向狄云攻了上去。狄云长剑左一刺,右一戳,噗噗两声,鲁坤和周圻右肩分别中剑,手中长剑先后落地。

万震山沉着脸,叫了声:"很好!"

万圭提剑抢上,凝目怒瞪狄云,突然一声暴喝,飕飕飕连刺三剑。狄云顺势挡开,剑交左手,右手反将过来,啪的一声响,重重打了他一记耳光。这一招更加来得突然,万圭一怔之间,狄云已飞起左腿,踹在他胸口。万圭抵受不住,坐倒在地。卜垣抢上相扶,狄云不让他走近,挺剑刺出,卜垣只得举剑招架。吴坎、冯坦、沈城三人见狄云如此凶猛,而万圭坐在地下,一时站不起身,惊怒之下,各操兵刃围了上来。

戚长发双目瞪视,脸色茫然,不知如何是好。

戚芳叫道:"爹爹,他们大伙儿打师哥一人,快,快救他啊。"拔出腰间佩剑,抢在狄云身边,代他挡开吴坎与冯坦刺来的两剑。

忽然听得铁链曳地的声音，四名狱卒架了那凶徒回来，狄云睁开眼来，只见那凶徒全身是血，显是刚给狠狠的拷打了一顿。

二　牢　獄

　　万家的家丁婢仆听得兵刃相交,都拥到厅上观斗。叮叮当当兵刃撞击声中,白光闪耀,一柄柄铁剑飞了起来。一柄跌入了人丛,众婢仆登时乱作一团,一柄摔上了席面,更有一柄直插入头顶横梁。顷刻之间,卜垣、吴坎、冯坦、沈城四人手中的长剑,都让狄云以"去剑式"绞夺脱手。

　　万震山双掌一击,笑道:"很好,很好!戚师弟,难为你练成了'连城剑法'!恭喜,恭喜!"声音中却满是凄凉之意。

　　戚长发一呆,问道:"什么'连城剑法'?"

　　万震山道:"狄世兄这几招,不是'连城剑法'是什么?坤儿、圻儿、圭儿,大伙都回来。你们狄师兄学的是戚师叔的'连城剑法',你们如何是他敌手?"又向戚长发冷笑道:"帅弟,你装得真像,当真大智若愚!'铁锁横江',委实了不起。"

　　狄云连使"刺肩式"、"耳光式"、"去剑式"三路剑招,片刻之间便将万门八弟子打得大败亏输,自是得意,只胜来如此容易,心中反而胡涂了,不由得手足无措,瞧瞧师父,瞧瞧师妹,又瞧瞧师伯,不知说什么话好。

　　戚长发走近身去,接过他手中铁剑,突然剑尖抖起,指向他咽喉,喝道:"这些剑招,你跟谁学的?"

　　狄云大吃一惊,他本来凡事不敢瞒骗师父,但那老丐说得清清楚楚,若泄露了传剑之事,定要送了那老丐性命,自己因此而立下重誓,决不吐露一字半句,便道:"师……师父,是弟子……弟子自己想出来的。"

戚长发喝道:"你自己想得出这般巧妙的剑招?你……你竟胆敢对我胡说八道!再不实说,我一剑要了你小命。"手腕向前略送,剑尖刺入他咽喉数分,剑尖上已渗出鲜血。

戚芳奔了过来,抱住父亲手臂,叫道:"爹!师哥跟咱们寸步不离,又有谁能教他武功了?这些剑招,不都是你老人家教他的么?"

万震山冷笑道:"戚师弟,你何必再装腔作势?令爱都说得明明白白了。'铁锁横江'的高明手段,不必使在自己师哥身上。来来来!老哥哥贺你三杯!"说着满满斟了两杯酒,仰脖子先喝了一杯,说道:"做哥哥的先干为敬!你不能不给我这个面子。"

戚长发哼的一声,抛剑在地,回身接过酒杯,连喝了三杯,侧过了头沉思,满脸疑云,喃喃说道:"奇怪,奇怪!"

万震山道:"戚师弟,我有一件事,想跟你谈谈,咱们到书房中去说。"戚长发点了点头。万震山携着他手,师兄弟俩并肩走向书房。

万门八弟子面面相觑。有的脸色铁青,有的喃喃咒骂。

沈城道:"我小便去!给狄云这小子这一下子,吓得我屎尿齐流。"鲁坤沉脸喝道:"八师弟,你丢的丑还不够么?"

沈城伸了伸舌头,匆匆离席。他走出厅门,到厕所去转了转,蹑手蹑脚的便走到书房门外,侧耳倾听。

只听得师父的声音说道:"戚师弟,十多年来揭不破的谜,到今日才算真相大白。"听得戚长发的声音道:"小弟不懂,什么叫做真相大白。"

"那还用我多说?师父他老人家是怎么死的?"

"师父失落了一本练武功的书,找来找去找不到,郁郁不乐,就此逝世。你又不是不知道,何必问我?"

"是啊。这本练武的书,叫做什么名字?"

"我怎么知道?你问我干什么?"

"我却听师父说过,叫做'连城诀'。"

"什么练成、练不成的,我半点也不懂。"

"知之者不如好之者,好之者不如什么?"

"不如乐之者!"

"嘿嘿,哈哈,呵呵!"

"有什么好笑?"

"你明明满腹诗书,却装作粗鲁不文。咱们同门学艺十几年,谁还不知道谁的底?你不懂'连城诀'三字,又怎背得出《论语》、《孟子》?"

"你是考较我来了,是不是?"

"拿来!"

"拿什么来?"

"你自己知道,还装什么蒜?"

"我戚长发向来就不怕你。"

沈城听师父和师叔越吵越大声,害怕起来,急奔回厅,走到鲁坤身边低声道:"大师兄,师父跟师叔吵了起来,只怕要打架!"

鲁坤一怔,站起身来道:"咱们瞧瞧去!"周圻、万圭、孙均等都急步跟去。

戚芳拉拉狄云的衣袖,道:"咱们也去!"狄云点点头,刚走出两步,戚芳将一柄长剑塞在他手中。狄云一回头,只见戚芳左手中提着两把长剑。狄云问道:"两把?"戚芳道:"爹没带兵刃!"

万门八弟子都脸色沉重,站在书房门外。狄云和戚芳站得稍远。十个人屏息凝气,听着书房中两人争吵。

二

牢狱

"戚师弟,师父他老人家的性命,明明是你害死的。"那是万震山的声音。

"放屁,放你妈的屁,万师哥,你话说得明白些,师父怎么会是我害死的?"戚长发盛怒之下,声音大异,变得十分嘶哑。

"师父他那本《连城诀》,难道不是你戚师弟偷去的?"

"我知道什么连人、连鬼的?万师哥,你想诬赖我姓戚的,可没这么容易。"

"你徒儿刚才使的剑招,难道不是连城剑法?为什么这般轻灵巧妙?"

"我徒儿生来聪明,是他自己悟出来的,连我也不会。哪里是什么连城剑法了?你叫卜垣来请我,说你已练成了连城剑法,我正要向你请问。这两天你做寿太忙,还没问。万师哥,你说过这话没有?咱们叫卜垣来对证啊!"

33

门外各人的眼光一齐向卜垣瞧去，见他神色甚为难看，显然戚长发的话不假。狄云和戚芳对视一眼，都点了点头，心想："卜垣这话我也听见的，要想抵赖那可不成。"

只听万震山哈哈笑道："我自然说过这话。若不是这么说，如何能骗得你来。戚长发，我来问你，你说从来没听见过'连城剑法'的名字，为什么卜垣一说我已练成连城剑法，你就巴巴的赶来？你还想赖吗？"

"啊哈，姓万的，你是骗我到江陵来的？"

"不错，你将剑诀交出来，再到师父坟上磕头谢罪。"

"为什么要交给你？"

"哼，我是大师兄。"

房中沉寂了半晌，只听戚长发嘶哑的声音道："好，我交给你。"

门外众人一听到"好，我交给你"这五个字，都不由自主的全身一震。狄云和戚芳恨不得有个地洞可以钻将下去。鲁坤等八人向狄戚二人投以鄙夷之色。戚芳又气恼，又感到万分屈辱，真想不到爹爹竟会做出这等不要脸的事来。

突然之间，房中传出万震山长声惨呼，凄厉异常。

万圭惊叫："爹！"飞腿踢开房门，抢了进去。只见万震山倒在地下，胸口插着一柄明晃晃的匕首，身边都是鲜血。窗子大开，兀自摇晃，戚长发却已不知去向。

万圭哭叫："爹，爹！"扑到万震山身边。

戚芳口中低声也叫："爹，爹！"身子颤抖，握住了狄云的手。

鲁坤叫道："快，快追凶手！"和周圻、孙均等纷纷跃出窗去，大叫："捉凶手，捉凶手啊！"

狄云见万门八弟子出去追赶师父，这一下变故，吓得他六神无主，不知如何才好。戚芳又叫了一声："爹爹！"身子连晃，站立不定。狄云忙伸手扶住，低下头来，但见万震山的尸身双目紧闭，脸上神情狰狞可怖，想是临死时受到极大痛苦。

狄云不敢再看，低声道："师妹，咱们走不走？"戚芳尚未回答，只听得身后一个声音说道："你们是谋杀我师父的同犯，可不能走！"

狄云和戚芳回过头来，只见一柄长剑的剑尖指着戚芳后心，剑柄抓在卜垣手里。狄云大怒，待欲反唇相稽，但话到口边，想到师父手刃师兄,那还有什么话可说?不由得低下了头,一言不发。

卜垣冷冷的道:"两位请回到自己房去,待咱们拿到戚长发后,一起送官治罪。"狄云道:"此事全由我一人身上而起,跟师妹毫不相干。你们要杀要剐,找我一人便了。"卜垣猛力推他背心,喝道:"走罢,这可不是你逞好汉的时候。"狄云只听到外面"捉凶手啊,捉凶手啊!"的声音,跟着街上喤、喤、喤的锣声响了起来,奔走呼号之声,乱成一片,心中说不出的羞愧难当,又害怕之极,咬了咬牙,走向自己房去。

戚芳哭道:"师哥,那……那怎么得了?"狄云哽咽道:"我……我不知道。我去跟师父抵罪好了。"戚芳哭道:"爹爹,他……他到哪里去了?"掩脸走进自己房中。

狄云坐在房中,心乱如麻,手足无措。其时距万震山被杀已有两个多时辰,他兀自呆呆坐在桌前,望着烧得只剩半寸的残烛,不知如何是好。

这时追赶戚长发的众人都已回转。"凶手逃出城去了,追不到啦!""无论如何要捉到凶手,给师父报仇!""只怕凶手亡命江湖,再也寻他不着。""哼!便追到天涯海角,也要捉到他碎尸万段。""明日大撒江湖帖子,要请武林英雄主持公道,共同追杀这卑鄙无耻的凶手。""对,对!咱们把凶手的女儿和姓狄的小狗先宰了,祭拜师父的英灵。""不!待明天县太爷来验过了尸首再说。"万门家人弟子这些大声议论,狄云与戚芳都听在耳里,这时也都停息了。

狄云想叫师妹独自逃走,但想:"她年纪轻轻一个女子,流落江湖,有谁来照顾?我带着她一同逃走罢?不,祸事由我身上而起,若不是我逞强出头,跟万家众师兄打架生事,万师伯怎会疑心我师父盗了什么'连城剑'剑诀?我师父最老实不过,怎会去偷什么剑诀?这三招剑法是那个老乞丐教我的啊。可是师父已杀了人,我这时再说出来,旁人也决不相信。我实在罪大恶极,都是我一人不好。我明天要当众言明,为师父辩白。可是……可是万师伯明明是师父杀的,师父的恶名怎能洗刷得了?不,我决不能逃走,我留着给师父抵罪,让他们杀我好了!"

正自思潮起伏,忽听得外面屋顶上喀喇一声轻响,一抬头,只见一条黑影自西而东,从屋顶上纵跃而过,他险些叫出"师父"来,但凝

二

牢狱

目看去,那人身形又高又瘦,决不是师父。跟着又有一个人影紧接着跃过,这次更看明白那人手握单刀。

他心想:"他们是在搜寻师父么?难道师父还在附近,并没走远?"正思疑间,忽听得东边屋中传来一声女子的惊呼。他大吃一惊,握住剑柄,立即跃起,首先想到的便是:"他们在欺侮师妹?"跟着又听得一声女子的呼喊:"救命!"

这声音似乎并非戚芳,但他关心太切,哪等得及分辨是否戚芳遇险,纵身便从窗口跃了出去,刚站上屋檐,又听得那女子惊叫:"救命!救命!"

他循声奔去,只见东边楼上透出灯光,一扇窗子兀自摇动。他纵到窗边,往里张去,只见一个女子双手给反绑在背后,横卧在床,两条汉子伸出手去摸她脸颊,另一个却要解她衣衫。狄云不认得这女子是谁,但见她已吓得脸无人色,在床上滚动挣扎,大声呼救。

他自己虽在难中,但见此情景,不能置之不理,当即连剑带人从窗中扑将进去,挺剑刺向左边那汉子的后心。右边的汉子举起椅子挡格,左边的汉子已拔出单刀,砍了过来。狄云见这两人脸上都蒙了黑布,只露出一对眼睛,喝道:"大胆恶贼,留下命来!"唰唰唰连刺三剑。

两条汉子不声不响,各使单刀格打。一名汉子叫道:"吕兄弟,扯呼!"另一人道:"算他万震山运气,下次再来报仇!"双刀齐举,往狄云头上砍来。

狄云见来势凶猛,闪身避过。一条汉子飞足踢翻桌子,烛台摔下,房中登时黑漆一团。只听得呼呼声响,两人跃出窗子,跟着乒乓连响,几块瓦片掷将过来。黑暗中狄云看不清楚,而这高来高去的轻身功夫他原也不擅长,不敢追出。

他心想:"其中一个贼子姓吕,多半是吕通一伙报仇来了。他们还不知万师伯已死。"

忽听床上那女子叫道:"啊哟,我胸口有一把小刀,快给我拔出来。"狄云吃了一惊,道:"贼人刺中了你?"那女子呻吟道:"刺中了!刺中了!"

狄云道:"我点亮蜡烛给你瞧瞧。"那女子道:"你过来,快,快过来!"狄云听她说得惊慌,走近一步,道:"什么?"

突然之间,那女子张开手臂,将他拦腰抱住,大声叫道:"救命啊,救命啊!"

狄云这一惊比适才更加厉害,明明见她双手已给反绑了,怎么会将自己抱住?忙伸手去推,想脱开她搂抱,不料这女子死命的牢牢抱住他腰,一时竟推她不开。

忽然间眼前光亮,窗口伸进两个火把,照得房中明如白昼,好几个人同时问道:"什么事?什么事?"那女子叫道:"采花贼,采花贼!谋财害命啊,救命,救命!"

狄云大急,叫道:"你……你……你怎么不识好歹?"伸手往她身上乱推。那女子本来抱着他腰,这时却全力撑拒,叫道:"别碰我,别碰我!"

狄云正待逃开,忽觉后颈中一阵冰冷,一件兵器已架在颈中。他正待分辩,蓦地里白光闪动,只觉右掌猛地剧痛,当啷一声,自己手中的铁剑跌落地板。他俯眼看时,吓得几乎晕了过去,只见自己右手的五根手指已给人削落,鲜血如泉水般喷将出来,慌乱中斜眼瞥去,但见吴坎手持带血长剑,站在一旁。

二
牢狱

他只说得一声:"你!"飞起右足便往吴坎踢去,突然间后心遭人猛力一拳,一个踉跄,扑跌在那女人身上。那女人又叫:"救命啊,采花贼啊!"只听得鲁坤的声音说道:"将这小贼绑了!"

狄云虽是个从没见过世面的乡下少年,此刻也明白是落入了人家布置的阴毒陷阱之中。他急跃而起,翻过身来,正要向鲁坤扑去,忽然见到一张苍白的脸,却是戚芳。

狄云一呆,只见戚芳站在鲁坤身旁,脸上的神色又伤心,又鄙夷,又愤怒。他叫道:"师妹!"戚芳突然满脸胀得通红,颤声道:"你为什么……为什么这样?"狄云满腹冤屈,这时如何说得出口?

戚芳"啊"的一声,哭了出来,全身颤抖,说道:"我……我还是死了的好!"见狄云右手五指全遭削落,心中又是一痛,咬紧牙齿,撕下自己布衫上一块衣襟,走近身来,为他包扎伤口。这时她脸色却又变得雪白。

狄云痛得几次便欲晕去,但强自支持不倒,只咬得嘴唇出血,一句话也说不出来了。

鲁坤道:"小师娘,这狗贼胆敢对你无礼,咱们定然宰了他给你出气。"原来这女子是万震山的小妾。她双手掩脸,呜呜哭喊,说道:"他……他说你们师父已经死了,叫我跟从他。他说戚姑娘的父亲杀了人,要连累到他。他……他又说已得了好多金银珠宝,发了大财,叫我立刻跟他远走高飞,一生吃着不完……"

狄云脑海中混乱一片,只喃喃的道:"假的……假的……"

周圻大声道:"去,去!去搜这小贼的房!"

众人将狄云推推拉拉,拥向他房中。戚芳茫然跟在后面。

万圭却道:"大家不可难为狄师哥,事情没弄明白,可不能冤枉了好人!"周圻怒道:"还有什么不明白的?这小子是屁好人!"万圭道:"我瞧他倒不是为非作歹之人。"周圻道:"刚才你没亲耳听见么?没亲眼瞧见么?"万圭道:"我瞧他是多饮了几杯,不过是酒后乱性。"吴坎大声道:"他明明是想强奸小师娘!"万圭道:"这人是个老实头,未必有这么大胆!"

这许多事纷至沓来,戚芳早没了主意,听万圭这么为狄云分辩,心下暗暗感激,低声道:"万师兄,我师哥……的确不是那样的人。"

万圭道:"是啊,我说他只喝醉了酒,偷钱是一定不会的。"

说话之间,众人已推着狄云,来到他房中。沈城双眼骨碌碌的在房中转了转,一矮身,伸手在床底下拉出一个重甸甸的包裹,但听得叮叮当当,金属撞击之声乱响。狄云更加惊得呆了,只见沈城解开包裹,满眼都是压扁了的金器银器、酒壶酒杯,不一而足,都是万府中酒筵上的物事。

戚芳一声惊呼,伸手扶住了桌子。

万圭安慰道:"戚师妹,你别惊慌,咱们慢慢想法子。"

冯坦揭起被褥,又是两个包裹。沈城和冯坦分别解开,一包是银锭元宝,另一包却是女子的首饰,珠花项链、金镯金戒的一大堆。

戚芳此时更没怀疑,怨愤欲绝,恨不得立时便横剑自刎。她自幼和狄云一同长大,心目中早便当他是日后的夫郎,哪料到这个自己一向爱重的情侣,竟会在自己横逢大祸之时,要和别的女人远走高飞。难道这个妖妖娆娆的女子,便当真迷住了他么?看来还是他害怕受爹爹连累,想独自逃走?

鲁坤大声喝骂:"臭小贼,赃物俱在,还想抵赖么?"左右开弓,重重打了狄云两记耳光。狄云双臂给孙均、吴坎分别抓住了,没法挡格,两边脸颊登时高高肿起。

鲁坤打发了性,一拳拳击向他胸口。戚芳叫道:"别打,别打,有话好说。"

周圻道:"打死这小贼,再报官!"说着也是一拳。狄云口一张,喷出一大口鲜血来。冯坦挺剑上前,道:"将他左手也割下了,瞧他能不能再干坏事?"孙均提起狄云的左臂,冯坦举剑便要砍下。

戚芳"啊"的一声急叫。万圭道:"大伙瞧我面上,别难为他了,咱们立刻就送官。"戚芳见冯坦缓缓收剑,她两行珠泪顺着脸颊滚了下来,向万圭望了一眼,眼色中充满感激之情。

"一五,一十,十五,二十……"

差役口中数着,木棍着力往狄云的后腿上打去。狄云身子给另外两个差役按着,木棍一下又一下的落下来。和他心中痛楚相比,这些击打根本算不了什么,甚至他右掌上的痛楚也算不了什么。他心中只是想:"连芳妹也当我是贼,连她也当我是贼!"

"二十五……三十……三十五……四十……"粗大的木棍从空中着力挥落,肌肤肿了、破裂了,鲜血沾到了他衣裤上,溅在四周地下。

狄云在监狱的牢房中醒来时,兀自昏昏沉沉,不知自己身处何地,也不知时候已过了多久,渐渐的,他感到了右手五根手指断截处的疼痛,又感到了背上、腿上、臀上给木棍击打处的疼痛。他想翻过身来,好让创痛处不压在地上,突然之间,两处肩头一阵难以形容的剧烈疼痛,又使他晕了过去。

待得再次醒来,他首先听到了自己声嘶力竭的呻吟,接着感到全身各处的剧痛。可是为什么肩头却痛得这么厉害?为什么这疼痛竟如此的难以忍受?他只感到说不出的害怕,良久良久,竟不敢低下头去看。"难道我两个肩膀都给人削去了吗?"隔了一阵,忽然听到铁器的轻轻撞击之声,一低头,只见两条铁链从自己双肩垂了下来。他惊骇之下,侧头看时,只吓得全身发颤。

这一颤抖,两肩处更痛得凶了。原来这两条铁链竟是从他肩胛的琵琶骨处穿过,和他双手的铁镣、脚踝上的铁链锁在一起。穿琵琶骨,他曾听师父说过的,那是官府对付最凶恶的江洋大盗的法子,

二

牢狱

任你武功再强，琵琶骨给铁链穿过，半点功夫也使不出来了。霎时之间，心中转过了无数念头："为什么要这样对付我？难道他们真的以为我是大盗？我这样受冤枉，难道官老爷查不出么？"

在知县的大堂之上，他曾断断续续的诉说经过，但万震山的小妾桃红一力指证，意图强奸的是他而不是别人。万家八个弟子和许多家人都证实，亲眼看到他抱住了桃红，看到那些贼赃从他床底下、被褥底下搜出来。衙门里的差役又都说，荆州万家武功高强，威名远震，哪有什么盗贼敢去打主意？

狄云记得知县相貌清秀，面目很慈祥。他想知县大老爷一时误信人言，冤枉了好人，但终究会查得出来。可是，右手五根手指给削断了，以后怎么再能使剑？

他满腔愤怒，满腹悲恨，不顾疼痛的站起身来，大声叫喊："冤枉，冤枉！"忽然腿上一阵酸软，俯身向地直摔了下去。他挣扎着又想爬起，刚刚站直，两肩剧痛，腿膝酸软，又向前摔倒。他爬在地下，仍不住口的大叫："冤枉，冤枉！"

屋角中忽有一个声音冷冷的说道："给人穿了琵琶骨，一身功夫都废了，嘿嘿，嘿嘿！下的本钱可真不小！"狄云也不理说话的是谁，更不去理会这几句话是什么意思，仍然大叫："冤枉，冤枉！"

一名狱卒走了过来，喝道："大呼小叫的干什么？还不给我闭嘴！"狄云叫道："冤枉，冤枉！我要见知县大老爷，求他伸冤。"那狱卒喝道："你闭不闭嘴？"狄云反而叫得更响了。

那狱卒狞笑一声，转身提了一只木桶，隔着铁栏，兜头便将木桶向他身上倒了下去。狄云只感一阵臭气刺鼻，已不及闪避，全身登时湿透，这一桶竟是尿水。尿水淋上他身上各处破损的创口，疼痛更加倍的厉害。他眼前一黑，晕了过去。

他迷迷糊糊的发着高烧，一时唤着："师父，师父！"一时又叫："师妹，师妹！"接连三天之中，狱卒送了糙米饭来，他一直神智不清，没吃过一口。

到得第四日上，身上高烧终于渐渐退了。各处创口痛得麻木了，已不如前几日那么剧烈难忍。他记起了自己的冤屈，张口又叫："冤枉！"但这时叫出来的声音微弱之极，只是断断续续的几下呻吟。

他坐了一阵，茫然打量这间牢房。那是约莫两丈见方的一间大石屋,墙壁都是一块块粗糙的大石所砌,地下也是大石块铺成,墙角落里放着一只粪桶,鼻中闻到的尽是臭气和霉气。

他缓缓转过头来,只见西首屋角之中,一对眼睛狠狠的瞪视着他。狄云身子一颤,没想到这牢房中居然还有别人。只见这人满脸虬髯,头发长长的直垂至颈,衣衫破烂不堪,简直如同荒山中的野人。他手上手铐,足上足镣,和自己一模一样,甚至琵琶骨中也穿着两条铁链。

狄云心中第一个念头竟是欢喜,嘴角边闪过了一丝微笑,心想:"原来世界上还有如我一般不幸的人。"但随即转念:"这人如此凶恶,想必真是个杀人放火、无恶不作的江洋大盗。他是罪有应得,我却是冤枉!"想到这里,不禁眼泪一连串的掉了下来。

他受审被笞,琅珰入狱,虽吃尽了苦楚,却一直咬紧牙关强忍,从没流过半滴眼泪,到这时再也抑制不住,索性放声大哭。

那虬髯犯人冷笑道:"装得真像,好本事!你是个戏子么?"

狄云不去理他,自管自的大声哭喊。只听得脚步声响,那狱卒提了一桶尿水过来。狄云性子再硬,却也不敢跟他顶撞,只得慢慢收住哭声。那狱卒侧头向他打量,忽然说道:"小贼,有人瞧你来着。"

二
牢狱

狄云又惊又喜,忙道:"是……是谁?"那狱卒又侧头向他打量了一会,从身边掏出一枚大铁匙,开了外边的铁门。只听得脚步声响,那狱卒走过一条长长的甬道,又是开铁门的声音,接着是关铁门、锁铁门的声音,甬道中三个人的脚步声音,向着这边走来。

狄云大喜,当即跃起,双腿酸软,便要摔倒,忙靠住身旁墙壁,这一牵动肩头的琵琶骨,又是一阵大痛。但他满怀欣喜,把疼痛全都忘了,大声叫道:"师父,师妹!"他在世上只师父和师妹两个亲人,甬道中除狱卒外尚有两人,自然是师父和师妹了。

突然之间,他口中喊出一个"师"字,下面这个"父"字却缩在喉头,张大了嘴,闭不拢来。从铁门中进来的,第一个是狱卒,第二个是个衣饰华丽的英俊少年,却是万圭,第三个便是戚芳。

她大叫:"师哥,师哥!"扑到了铁栅栏旁。

狄云走上一步,见到她一身绸衫,并不是从乡间穿出来的那套新衣,第二步便不再跨了出去。但见她双目红肿,只叫:"师哥,师哥,你……你……"

狄云问道:"师父呢?可……可找到了他老人家么?"戚芳摇了摇头,眼泪扑簌簌的掉了下来。狄云又问:"你……你可好?住在哪里?"戚芳抽抽噎噎的道:"我没地方去,暂且住在万师哥家里……"狄云大声叫道:"这是害人的地方,千万住不得,快……快搬了出去。"戚芳低下了头,轻声道:"我……我又没钱。万师哥……待我很好,他这几天……天天上衙门,花钱打点……搭救你。"

狄云更加恼怒,大声道:"我又没犯罪,要他花什么钱?将来咱们怎生还他?知县大老爷查明了我的冤枉,自会放我出去。"

戚芳"啊"的一声,又哭了出来,恨恨的道:"你……你为什么要做这种事?为……为什么要撇下我?"

狄云一怔,登时明白了,到这时候,师妹还是以为桃红的话是真的,相信这几包金银珠宝确是自己偷的。他一生对戚芳又敬又爱,又怜又畏,什么事都跟她说,什么事都跟她商量,哪知道一遇上这等大事,她竟和旁人丝毫没分别,一般的也认为自己去逼奸女子,偷盗金银,以为自己能做这样的大坏事。

这瞬息之间,他心中感到的痛楚,比之肉体上所受的种种疼痛更胜百倍。他张口结舌,有千言万语要向戚芳辩白,可是喉咙忽然哑了,半句话也说不出来。他拚命用力,胀得面红耳赤,但喉咙舌头总是不听使唤,发不出丝毫声音。

戚芳见到他这等可怖的神情,害怕起来,转过了头不敢瞧他。

狄云使了半天劲,始终说不出一个字,忽见戚芳转头避开自己,不由得心中大恸:"她在恨我,恨我抛弃了她去找别个女子,恨我偷盗别人的金银珠宝,恨我在师门有难之时想偷偷一人远走高飞。师妹,师妹,你这么不相信我,又何必来看我?"他再也不敢去瞧戚芳,慢慢转头来,向着墙壁。

戚芳回过脸来,说道:"师哥,过去的事,也不用再说了,只盼早日……早日得到爹爹讯息。万师哥他……他在想法子保你出去……"

狄云心中想说:"我不要他保。"又想说:"你别住在他家里。"但越用力,全身肌肉越紧张抽搐,说不出一个字来。他身子不住抖动,铁链铮铮作响。

那狱卒催道:"时候到啦。这是死囚牢,专囚杀人重犯,原是不许人探监的。上面要是知道了,我们可吃罪不起。姑娘,这人便活着出去,也是个废人。你乘早忘了他,嫁个有钱的漂亮少爷罢!"说着向万圭瞧了一眼,色迷迷的笑了起来。

戚芳求道:"大叔,我还有几句话跟我师哥说。"伸手到铁栅栏内,去拉狄云的衣袖,柔声说道:"师哥,你放心好啦,我一定求万师哥救你出去,咱们一块去找爹爹。"将一只小竹篮递了进去,道:"那是些腊肉、腊鱼、熟鸡蛋,还有二两银了。师哥,我明天再来瞧你……"

那狱卒不耐烦了,喝道:"大姑娘,你再不走,我可要不客气啦!"

万圭这时才开口道:"狄师兄,你放心罢。你的事就是我的事,小弟自会尽力向县太爷求情,将你的罪定得越轻越好。"

那狱卒连声催促,戚芳无可奈何,只得委委屈屈的走了出去,一步一回头的瞧着狄云,但见他便如一尊石像一般,始终一动不动的向着墙壁。

狄云眼中所见的,只是石壁上的凹凸起伏,他真想转过头来,望一眼戚芳的背影,想叫她一声"师妹",可是不但口中说不出话,连头颈也僵直了。他听到甬道中三个人的脚步声渐渐远去,听到开锁、开铁门的声音,听到甬道中狱卒一个人回来的脚步声,心想:"她说明天再来看我。唉,可得再等长长的一天,我才能再见到她。"

他伸手到竹篮中去取食物。忽然一只毛茸茸的大手伸将过来,将竹篮抢了过去,正是那个凶恶的犯人。只见他抓起篮中一块腊肉,放入口中嚼了起来。

狄云怒道:"这是我的!"他突然能开口说话了,自己觉得十分奇怪。他走上一步,想去抢夺。那犯人伸手一推,狄云站立不定,一交向后摔出,砰的一声,后脑撞在石墙之上。这时候他才明白"穿琵琶骨,成了废人"的真正意思。

二

牢狱

第二天戚芳却没来看他。第三天没来,第四天也没有。

狄云一天又一天的盼望、失望,等到第十天上,他几乎要发疯了。他叫唤,吵闹,将头在墙上碰撞,但戚芳始终没来,换来的只有狱卒淋来的尿水、那凶徒的殴击。

过得半个月,他终于渐渐安静下来,变成一句话也不说。

一天晚上,忽然有四名狱卒走进牢来,手中都执着钢刀,押了那凶徒出去。

狄云抬头望窗,见天空月亮正圆,心想:"是押他出去处决斩首罢?他倒好,以后不用再挨这苦日子了,我也不用再受他欺侮。"

过了良久,他在睡梦之中,忽然听得铁链曳地的声音,四名狱卒架了那凶徒回来。狄云睁开眼来,只见那凶徒全身是血,显是刚给狠狠的拷打了一顿。

那囚徒一倒在地下,便即昏迷不醒。狄云待四个狱卒去后,借着照进牢房来的月光打量他时,只见他脸上、臂上、腿上,都是酷遭笞打的血痕。狄云虽然连日受他欺侮,见了这等惨状,不由得心有不忍,从水钵中倒了些水,喂着他喝。

那囚徒缓缓醒转,睁眼见是狄云,突然举起铁铐,猛力往他头上砸落。狄云力气虽失,应变的机灵尚在,忙闪身相避,不料那囚犯双手力道并不使足,半途中回将过来,砰的一声,重重砸在他腰间。狄云立足不定,向左直跌出去。他手足都有铁链与琵琶骨相连,登时剧痛难当,不禁又惊又怒,骂道:"疯子!"

那囚徒狂笑道:"你这苦肉计,如何瞒得过我,乘早别来打我主意。"

狄云只觉胁间肋骨几乎断折,痛得话也说不出来,过得半响,才道:"疯子,你自身难保,有什么主意给人好打?"

那囚徒跃上前来,在他身上重重踢了几脚,喝道:"我看你这小贼年纪还轻,不过是受人指使,否则我不踢死你才怪。"

狄云气得身上的痛楚也自忘了,心想无辜受这牢狱之灾,已是不幸,而与这不可理喻的疯汉同处一室,更是不幸之中再加不幸。

到了第二个月圆之夜,那囚犯又让四名带刀狱卒带了出去,拷打一顿,送回牢房。这一次狄云学了乖,任他模样如何惨不忍睹,始终不去理会。不料不理也是不成,那囚徒一口气没处出,尽管遍体鳞伤,还是来找他晦气,不住吆喝:"你奶奶的,你再卧底十年八年,老子也不上你当。""人家打你祖宗,你祖宗就打你这孙子!""咱们就这么耗着,瞧是谁受的罪多?"似乎他身受拷打,全是狄云的不是,又打又踢,闹了半天。

此后每到月亮将圆,狄云就愁眉不展,知道惨受荼毒的日子近了。果然每月十五,那囚犯总是给拉出去经受一顿拷打,回来后就转而对付狄云。总算狄云年纪甚轻,身强力壮,每个月挨一顿打,倒也经受得起,有时不免奇怪:"我琵琶骨给铁链穿后,力气全无。这疯汉一般的给铁链穿了琵琶骨,怎地仍有一身蛮力?"几次鼓起勇气询问,但只须一开口,那疯汉便拳足交加,此后只好半句话也不向他说。

　　如此忽忽过了数月,冬尽春来,在狱中将近一年。狄云慢慢惯了,心中的怨愤、身上的痛楚,也渐渐麻木了。这些时日中,他为了避开疯汉的殴辱,正眼也不瞧他一下。只要不跟他说话,目光不与他相对,除了月圆之夕,那疯汉平时倒也不来招惹。

　　这日清晨,狄云眼未睁开,听得牢房外燕语呢喃,突然间想起从前常和戚芳在一起观看燕子筑巢的情景,双双燕子,在嫩绿的柳叶间轻盈穿过。心中蓦地一酸,向燕语处望去,只见一对燕子渐飞渐远,从数十丈外高楼畔的窗下掠过。他长日无聊,常自遥眺纱窗,猜想这楼中有何人居住,但窗子老是紧紧关着,窗槛上却终年不断的供着盆鲜花,其时春光烂漫,窗槛上放的是一盆茉莉。

　　正在胡思乱想,忽听得那疯汉轻轻一声叹息。这一年来,那疯汉不是狂笑,便是骂人,从来没听见他叹过什么气,何况这声叹息之中,竟颇有忧伤、温柔之意。狄云忍不住转过头去,只见那疯汉嘴角边带着一丝微笑,脸上神色诚挚,不再是那副凶悍恶毒的模样,双眼正凝望那盆茉莉。狄云怕他觉察自己在偷窥他脸色,忙转过头不敢再看。

　　自从发现了这秘密后,狄云每天早晨都偷看这疯汉的神情,但见他总是脸色温柔的凝望着那盆鲜花,从春天的茉莉、玫瑰、望到了秋天的丁香、凤仙。这半年之中,两个人几乎没说上十句话。月圆之夜的殴打,也变成了一个闷打,一个闷挨。狄云早觉察到,只要自己一句话不说,这疯汉的怒气就小得多,拳脚落下时也轻得多。他心想:"再过得几年,恐怕我连怎么说话也要忘了。"

　　这疯汉虽横蛮无理,却也有一样好处,吓得狱卒轻易不敢到牢房中啰唣。有时狱卒给他骂得狠了,不送饭给他,他就夺狄云的饭吃。倘若两人的饭都不送,那疯汉饿上几天也漫不在乎。

　　那一年十一月十五,那疯汉给苦打一顿之后,忽然发起烧来,昏迷中尽说胡话,前言不对后语,狄云依稀只听得他常常呼唤着两个

二

牢狱

字,似乎是"双花",又似"伤怀"。

狄云初时不敢理会,但到得次日午间,听他不断呻吟的说:"水,水,给我水喝!"忍不住在瓦钵中倒了些水,凑到他嘴边,严神戒备,防他又双手殴击过来。幸好这一次他乖乖的喝了水,便即睡倒。

当天晚上,竟又来了四个狱卒,架着他出去又拷打了一顿。这次回来,那疯汉的呻吟声已若断若续。一名狱卒狠狠的道:"他倔强不说,明儿再打。"另一名狱卒道:"乘着他神智不清,咱们赶紧得逼他说出来。说不定他这一次要见阎王,那可不美。"

狄云和他在狱中同处已久,虽苦受他欺凌折磨,可也真不愿他这么便死在狱卒的手下。十七那一天,狄云服侍他喝了四五次水。最后一次,那疯汉点了点头示谢。自从同狱以来,狄云首次见到他的友善之意,突然之间,心中感到了无比欢喜。

这天二更过后,那四名狱卒果然又来了,打开了牢门。狄云心想这一次那疯汉若再经拷打,那是非死不可,忽然将心一横,跳起来拦在牢门前,喝道:"不许进来!"一名高大的狱卒迈步过来,骂道:"贼囚犯,滚开。"狄云手上无力,猛地里低头一口咬去,将他右手食中两指咬得鲜血淋漓,牙齿深及指骨,两根手指几乎都咬断了。那狱卒大吃一惊,反身跳出牢房,呛啷一声,一柄单刀掉在地下。

狄云俯身抢起,呼呼呼连劈三刀,他手上虽无劲力,但以刀代剑,招数仍颇精妙。一名肥胖的狱卒仗刀直进,狄云身子略侧,一招"大母哥盐失,长鹅卤翼圆"(其实是"大漠孤烟直,长河落日圆"),单刀转了个圆圈,唰的一刀,砍在他腿上。那狱卒吓得连滚带爬的退了出去。

这一来血溅牢门,四名狱卒见他势若疯虎,形同拼命,倒也不敢轻易抢进,在牢门外将狄云的十八代祖宗骂了个臭死。狄云一言不发,只守住狱门。那四名狱卒居然没去搬求援军,眼看攻不进来,骂了一会,也就去了。

接连四天之中,狱卒既不送饭,也不送水。狄云到第五天时,渴得再也难以忍耐。那疯汉更嘴唇也焦了,忽道:"你假装要砍死我,这狗娘养的非拿水来不可。"狄云不明其理,但想:"不管有没有用,试试也好!"当下大声叫道:"再不拿水来,我将这疯汉先砍死再说。"反过刀背,在铁栅栏上碰得当当当的直响。

只见那狱卒匆匆赶来,大声吆喝:"你伤了他一根毫毛,老子用刀尖在你身上戳一千一万个窟窿。"跟着便拿了清水和冷饭来。

狄云喂着那疯汉吃喝已毕,问道:"他要折磨你,可又怕我杀了你,为什么这样?"

那疯汉双目圆睁,举起瓦钵劈头向他砸去,骂道:"你这番假惺惺的买好,我就上了你当么?"乒乓一声,瓦钵破碎,狄云额头鲜血淋淋而下。他茫然退开,心想:"这人狂性又发作了!"

但此后逢到月圆之夜,那些狱卒虽一般的将那疯汉提出去拷打,他回来却不再在狄云身上找补。两人仍并不交谈,狄云要是向他多瞧上几眼,醋钵大的拳头还是一般招呼过来。那疯汉只有在望着对面高楼窗槛上的鲜花之时,脸上目中,才露出一丝温柔神色。狄云自也不懂什么是温柔,只觉他忽然和善了些。

到第四年春天,狄云心中已无出狱之念,虽梦魂之中,仍不断想到师父和师妹,但师父的影子终于慢慢淡了。师妹那壮健婀娜的身子,红红的脸蛋,黑溜溜的大眼睛,在他心底却仍和三年多前一般清晰。

二

牢狱

他已不敢盼望能出狱去再和师妹相会,每天可总不忘了暗暗向观世音菩萨祝祷,只要师妹能再到狱中来探望他一次,便天天受那疯汉的殴打,也所甘愿。

戚芳始终没来。

有一天,却有一个人来探望他。那是个身穿绸面皮袍的英俊少年,笑嘻嘻的道:"狄师兄,你还认得我么?我是沈城。"隔了三年多,他身材已长高了,狄云几乎已认他不出。

狄云心中怦怦乱跳,只盼能听到师妹的一些讯息,问道:"我师妹呢?"

沈城隔着栅栏,递了一只篮子进来,笑道:"这是我万师嫂送给你的。人家可没忘了旧相好,大喜的日子,巴巴的叫我送两只鸡、四只猪蹄、十六块喜糕来给你。"

狄云茫然问道:"哪一个万师嫂?什么大喜的日子?"

沈城哈哈一笑,满脸狡狯的神色,说道:"万师嫂嘛,就是你的师妹戚姑娘了。今天是她和我万师哥拜堂成亲的好日子。她叫我送喜糕鸡肉给你,那不是挺够交情么?"

狄云身子一晃,双手抓住铁栅,颤声怒道:"你……你胡说八道!我师妹怎能……怎能嫁给那姓万的?"

沈城笑道:"我恩师给你师父刺了一刀,幸好没死,后来养好了伤,过去的事,既往不咎。你师妹住在我万师哥家里,这三年来卿卿我我,说不定……说不定……哈哈,明年担保给生个白白胖胖的娃娃。"他年纪大了,说话更加油腔滑调,流气十足。

狄云耳中嗡嗡作响,似乎听到自己口中问道:"我师父呢?"似乎听到沈城笑道:"谁知道呢?他只道自己杀了人,还不高飞远走?怎么还敢回来?"又似乎听到沈城笑道:"万师嫂说,你在牢里安心住下去罢,待她生得三男四女,说不定会来瞧瞧你。"

狄云突然大吼:"你胡说,胡说!你……你……你放什么狗屁……"提起篮子用力掷出,喜糕、猪蹄、熟鸡,滚了一地。

但见每一块粉红色的喜糕上,都印着"万戚联姻,百年好合"八个深红色小字。

狄云拼命要不信沈城的话,可又怎能不信?迷迷糊糊中只听沈城笑道:"万师嫂说,可惜你狄师哥不能去喝一杯喜酒,她……她可没忘了你呢……"

狄云双手连着铁铐,突然从栅栏中疾伸出去,一把捏住沈城的脖子。沈城大惊想逃。狄云不知从哪里突然生出来一股劲力,竟越捏越紧。沈城的脸从红变紫,双手乱舞,始终挣扎不脱。

那狱卒急忙赶来,抱着沈城的身子猛拉,费尽了力气,才救了他性命。

狄云坐在地下,不言不动。那狱卒嘻嘻哈哈的将鸡肉和喜糕都捡了去。狄云瞪着眼睛,可就全没瞧见。

这天晚上三更时分,他将衣衫撕成了一条条布条,搓成了一根绳子,打一个活结,两端缚在铁栅栏高处的横档上,将头伸进活结之中。他并不悲哀,也不再感到愤恨。人世已无可恋之处,这是最爽快的解脱痛苦的法子。只觉脖子中的绳索越来越紧,一丝丝的气息也吸不进了。过得片刻,什么也不知道了。

可是他终于渐渐有了知觉,好像有一只大手在重重压他胸口,那只手一松一压,鼻子中就有一阵阵凉气透了进来。也不知道过了多少时候，他才慢慢睁开眼来。

眼前是一张满腮虬髯的脸，那张脸咧开了嘴在笑。

狄云不由得满腹气恼，心道："你事事跟我作对，我便是寻死，你也不许我死。"有心要起来和他厮拚，但委实太过衰弱，力不从心。那疯汉笑道："你已气绝了小半个时辰，若不是我用独门功夫相救，天下再没第二个人救得。"狄云怒道："谁要你救？我又不想活了。"那疯汉得意洋洋的道："我不许你死，你便死不了。"

那疯汉只笑吟吟的瞧着他，过了一会，忽然凑到他身边，低声道："我这门功夫叫作'神照经'，你听见过没有？"

狄云怒道："我只知道你有神经病，什么神照经、神经照，从来没听见过。"

说也奇怪，那疯汉这一次竟丝毫没发怒，反而轻声哼起小曲来，伸手压住狄云的胸口，一压一放，便如扯风箱一般，将气息压入他肺中，低声又道："也是你命大，我这'神照经'已练了一十二年，直到两个月前才练成。倘若你在两个月之前寻死，我就救你不得了。"

狄云胸口郁闷难当，想起戚芳嫁了万圭，真觉还是死了的干净，向那疯汉瞪了一眼，恨恨的道："我前生不知作了什么孽，今世要撞到你这恶贼。"

二
牢狱

那疯汉笑道："我很开心，小兄弟，这三年来我真错怪了你。我丁典向你赔不是啦！"说着爬在地下，咚咚咚的向他磕了三个响头。

狄云叹了口气，低声说了声："疯子！"也就没再去理他，慢慢侧过身来，突然想起："他自称丁典，那是姓丁名典么？我和他在狱中同处三年，一直不知他的姓名。"好奇心起，问道："你叫什么？"

那疯汉道："我姓丁，目不识丁的丁，三坟五典的典。我疑心病太重，一直当你是歹人，这三年多来当真将你害得苦了，实在太对你不起。"狄云觉得他说话有条有理，并没半点疯态，问道："你到底是不是疯子？"

丁典黯然不语，隔得半晌，长长叹了口气，道："到底疯不疯，也难说得很。我只在求心之所安，旁人看来，却不免觉得我太过傻得莫名其妙，也可说是疯了！"过了一会，又安慰他道："狄兄弟，你心中的委屈，我已猜到了十之八九。人家既然对你无情无义，你又何必将这女子苦苦放在心上？大丈夫何患无妻？将来娶一个胜你师妹十倍的女子,又有何难?"

狄云听了这番说话,三年多来郁在心中的委屈,忍不住便如山洪般奔泻了出来,但觉胸口一酸,泪珠滚滚而下,到后来,更伏在丁典怀中放声大哭。

丁典搂住他上身,轻轻抚摸他长发。

过得三天,狄云精神稍振。丁典低低的跟他有说有笑,讲些江湖上的掌故趣事,跟他解闷。但当狱吏送饭来时,丁典却仍对狄云大声呼叱,秽语辱骂,神情与前毫无异样。

一个折磨得他苦恼不堪的对头,突然间成为良朋好友,若不是戚芳嫁了人这件事不断像毒虫般咬噬着他的心,这时的狱中生涯,和三年来的情形相比,简直像是天堂了。

狄云曾低声向丁典问起,为什么以前当他是歹人,为什么突然察觉了真相。丁典道:"你若真是歹人,决不会上吊自杀。我等你气绝好久,死得透了,身子都快僵了,这才施救。普天下除我自己之外,没人知道我已练成'神照经'的上乘功夫。若不是我会得这门功夫,无论如何救你不转。你自杀既是真的,那便不是向我施苦肉计的歹人了。"狄云又问:"你疑心我向你施苦肉计?那为什么?"丁典微笑不答。

第二次狄云又问到这件事时,丁典仍然不答,狄云便不再问了。

一日晚上,丁典在他耳边低声道:"我这'神照经'功夫,是天下内功中威力最强、最奥妙的法门。今日起我传授给你,你小心记住了。"狄云摇头道:"我不学。"丁典奇道:"这等机缘旷世难逢,你为什么不要学?"狄云道:"这种日子生不如死。咱二人此生看来也没出狱的指望,再高强的武功学了也毫无用处。"丁典笑道:"要出狱去,那还不容易?我将初步口诀传你,你好好记着。"

狄云甚为执拗,寻死的念头兀自未消,说什么也不肯学,仍要寻死。丁典又好气又好笑,却也束手无策,恨不得再像从前这般打他一顿。

又过数日,月亮又要圆了。狄云不禁暗暗替丁典耽心。丁典猜到他心意,说道:"狄兄弟,我每个月该当有这番折磨,我受了拷打后,回来仍要打你出气,你我千万不可显得和好,否则于你我都是大大不利。"狄云问道:"那为什么?"丁典道:"他们倘若疑心你我交了朋友，便会对你使用毒刑，逼你向我套问一件事。我打你骂你，就可免得你身遭恶毒惨酷的刑罚。"

狄云点头道："不错。这件事既如此重要，你千万不可说与我知道，免得我一个不小心，走漏了风声。丁大哥，我是个毫无见识的乡下小子，倘若胡里胡涂的误了你大事，如何对得起你？"

丁典道："他们把你和我关在一起，初时我只道他们派你前来卧底，假意讨好于我，从中设法套问我的口风，因此我对你十分恼怒，大加折磨。现下我知道你不是卧底的奸细了，可是他们将你和我关在一起，这般三年四年的不放，用意仍在盼你做奸细。只望你讨得我的欢心，我向你吐露了机密，他们便可拷打逼问于你。他们情知对付我很难，对付你这个年轻小伙子，那便容易之极。你是知县衙门的犯人，却送到知府衙门的囚牢来监禁，自然便是这个缘故。"

十五晚上，四名带刀狱卒提了丁典出去。狄云心绪不宁，等候他回转。到得四更天时，丁典又是目青鼻肿、满身鲜血的回到牢房。

待四名狱卒走后，丁典脸色郑重，低声道："狄兄弟，今天事情很糟糕，当真不巧之极，给仇人认出了我。"狄云道："怎么？"丁典道："每月十五，知府提我去拷打一顿，那是例行公事。可是今天有人来行刺知府，眼见他性命不保，我便出手相救，只因我身有铐镣，四名刺客中只杀了三个，第四个给他跑了，这可留下了祸胎。"

狄云越听越奇怪，连问："知府到底为什么这般拷打你？这知府这等残暴，有人行刺，你又何必救他？逃走的刺客是谁？"丁典摇摇头，叹道："一时也说不清楚这许多事。狄兄弟，你武功不济，又没了力气，以后不论见到什么事，千万不可出手助我。"

狄云并不答话，心道："我姓狄的岂是贪生怕死之徒？你拿我当朋友，你若有危难，我怎能不出手？"

此后数日之中，丁典只默默沉思，除了望着远处高楼窗槛上的花朵，脸上偶尔露出一丝微笑之外，整日仰起了头呆想。

到了十九那一天深夜，狄云睡得正熟，忽听得喀喀两声。他睁开眼来，月光下只见两名劲装大汉使利器砍断了牢房外的铁栅栏，手中各执一柄单刀，踊身而入。狄云惊得呆了，不知如何是好，但见丁典倚墙而立，嘿嘿冷笑。

那身材较矮的大汉说道："姓丁的，咱兄弟俩踏遍了天涯海角，

二

牢狱

到处找你,哪想得到你竟是躲入了荆州府的牢房,做那缩头乌龟。总算老天有眼,寻到了你。"另一名大汉道:"咱们真人面前不说假话,你将那本书取出来,三份对分,咱兄弟非但不会难为你,还立刻将你救出牢狱。"丁典摇头道:"不在我这里。早就给言达平偷去啦。"

狄云心中一动:"言达平,我二师伯?怎地跟此事有关?"

那矮大汉喝道:"你故布疑阵,休想瞒得过我。去你的罢!"挥刀上前,刀尖刺向丁典的咽喉。丁典不闪不避,让那刀尖将及喉头数寸之处,突然一矮身,欺向身材较高的大汉左侧,手肘撞处,正中他小腹。那大汉一声没哼,便即委倒。

那矮大汉惊怒交集,呼呼两刀,向丁典疾劈过去。丁典双臂一举,臂间的铁链将单刀架开,便在同时,膝盖猛地上挺,撞在矮大汉身上。那人猛喷鲜血,倒毙于地。

丁典霎息间空手连毙二人,狄云不由得瞧得呆了。他武功虽失,眼光却在,知道自己纵然功力如旧,长剑在手,也未必打得过这矮汉子,另外那名汉子未及出手,便已身亡,功夫如何虽瞧不出端倪,但既与那矮汉联手,想来也必不弱。丁典琵琶骨中仍穿着铁链,竟在顷刻之间便连杀两名好手,实令他惊佩无已。

丁典将两具尸首从铁栅间掷了出去,倚墙便睡。此刻铁栅已断,他二人若要越狱,确实大有机会,但丁典既一言不发,狄云也不觉得外面的世界比狱中更好。

第二日早晨,狱卒进来见了两具尸体,登时大惊小怪的吵嚷起来。丁典怒目相向,狄云听而不闻。那狱卒除了将尸首搬去之外,唯有茫然相对。

又过两日,狄云半夜里又为异声惊醒。蒙眬之中,只见丁典双臂平举,正和一道人四掌相抵,两人站着不动。他曾听师父说过,这般情势是两个敌手比拼内力。这道人何时进来,如何和丁典比拼内力,狄云竟半点不知。他师父说,比武角斗,以比拼内力最为凶险,毫无旋回闪避余地,动辄便决生死。

星月微光之下,但见那道人极缓极慢的向前跨了一步,丁典也慢慢退了一步。过了好一会,那道人又迈出一步,丁典跟着退了一步。

狄云见那道人步步进逼,显然颇占上风,焦急起来,抢步上前,举起手上铁铐往那道人头顶击落。铁铐刚碰到道人顶门,蓦地里不知从何处涌来一股暗劲,猛力在他身上一推。他站立不定,直摔出去,砰的一声,重重撞到墙上,一屁股坐将下来,伸手撑地欲起,黑暗中却撑在一只瓦碗边上,喀的一响,瓦碗给他按破了一边,但觉满手是水。他更不多想,抓起瓦碗,将半碗冷水径往那道人后脑泼去。

丁典这时的内力其实早已远在那道人之上,只是要试试自己新练成的神功,收发之际威力如何,才将他作为试招的靶子。那道人本已累得筋疲力竭,油尽灯枯,这半碗冷水泼到后脑,一惊之下,但觉对方的内劲汹涌而至,格格格格爆声不绝,肋骨、臂骨、腿骨寸寸断折。他眼望丁典,说道:"你……你已练成了'神照经'……已经……天下……天下……无敌手……"慢慢缩成一个肉团,气绝而死。

狄云心中怦怦乱跳,道:"丁大哥,你这'神照经'原来……原来这等厉害。当真是天下无敌手么?"

丁典脸色凝重,道:"单打独斗,本应足以称雄江湖,但这枭道人受我内力压击之后,尚能开口说话,显然我功力未至炉火纯青。三日之内,必有真正劲敌到来。狄兄弟,你能助我一臂之力吗?"

二

牢狱

狄云豪兴勃发,说道:"但凭大哥吩咐,只是我……我武功全失,就算不失,那也是太过低微。"丁典微微一笑,从草垫下抽出一柄钢刀,便是日前那两名大汉所遗下的,说道:"你将我胡子剃去,咱们使一点诡计。"

狄云接过钢刀,便去剃他的满腮虬髯,那钢刀极为锋锐,贴肉剃去,丁典腮上虬髯纷纷而落。丁典将剃下来的一根根胡子都放入手掌。

狄云笑道:"你舍不得这些跟随你多年的胡子么?"丁典道:"那倒不是。我要你扮一扮我。"狄云奇道:"我扮你?"丁典道:"不错。三日之内,将有劲敌到来,那五个人单打独斗都不是我对手,但一齐出手,那就十分厉害。我要他们将你错认为我,全神贯注的想对付你时,我就出其不意的从旁袭击,攻他们个措手不及。"

狄云嗫嚅道:"这个……这个……只怕有点……不够光明正大。"丁典哈哈大笑,道:"光明正大,光明正大!江湖上人心多少险诈,个个都以鬼蜮伎俩对你,你待人光明正大,那不是自寻死路么?"狄云道:"话虽如此,不过……"

丁典道:"我问你:当初进牢之时,你大叫冤枉,我信得过你定然清白无辜,可是怎会在牢里一关三年多,始终没法洗雪?"狄云道:"嗯,这个,我就是难以明白。"丁典微笑道:"是谁送了你进牢来,自然是谁使了手脚,一直让你不能出去。"狄云道:"我总是想不通,那万震山的小妾桃红和我素不相识,无冤无仇,为什么要陷害我,叫我身败名裂,受尽这许多苦楚?"丁典问道:"他们怎陷害于你,说给我听听。"

狄云一面给他剃须,一面将如何来荆州拜寿、如何打退大盗吕通、如何与万门八弟子比剑打架、如何师父刺伤师伯而逃走、如何有人向万震山的妾侍非礼、自己出手相救反遭陷害等情一一说了,只是那老丐夜中教剑一节,却略去了不说。只因他曾向老丐立誓,决不泄露此事,再者也觉此事乃旁枝末节,无甚要紧。

他从头至尾的说完,丁典脸上的胡子也差不多剃完了。狄云叹了口气,道:"丁大哥,我受这泼天的冤屈,那不是好没来由么?那定是他们恨我师父杀了万师伯。可是万师伯只是受了点伤,并没死,把我关了这许多年,也该放我出去了。要说将我忘了,却又不对。那姓沈的小师弟不是探我来着吗?"

丁典侧过头,向他这边瞧瞧,又向他那边瞧瞧,只嘿嘿冷笑。

狄云摸不着头脑,问道:"丁大哥,我说得什么不对了?"丁典冷笑道:"对,对,完全对,哪又有什么地方不对头的?倘若不是这样,那才不对头了。"狄云奇道:"什……什么?"丁典道:"喏!你自己想想。有一个傻小子,带了一个美貌妞儿到我家来。我见到这妞儿便动了心,可是这妞儿对那傻小子实在不错。我想占这妞儿,便非得除去这傻小子不可,你想得使什么法子才好?"

狄云心中暗暗感到一阵凉意,随口道:"使什么法子才好?"

丁典道:"若是用毒药或是动刀子杀了那傻小子,身上担了人命,总是多一层干系,何况那美貌妞儿说不定是个烈性女子,不免要寻死觅活,说不定更要给那傻小子报仇,那不是糟了?依我说啊,还是将那傻子送到官里,关将起来的好。要令那妞儿死心塌地的跟我,须得使她心中恼恨这傻小子,那怎么办?第一、须得使那小子移情别恋;第二、须得令那小子显得是自己撇开这个妞儿;第三、最好是让那小子干些见不得人的无耻勾当,让那妞儿一想起来便恶心。"

狄云全身发颤,道:"你……你说这一切,全是那姓万的……是万圭安排的?"

丁典微笑道:"我没亲眼瞧见,怎么知道?你师妹生得很俊,是不是?"

狄云脑中一片迷惘,点了点头。

丁典道:"嗯,为了讨好那个姑娘,我自然要忙忙碌碌哪,一捧捧白花花的银子拿将出来,送到衙门里来打点,说是在设法救那个小子。最好是跟那姑娘一起来送银子,那姑娘什么都亲眼瞧见了,自然好生感激。银子确是送了给府台大人、知县大人,送了给衙门里的师爷,送了给公差,那倒一点不错。"

狄云道:"他使了这许多银子,总该有点功效罢?"丁典道:"自然有啊,有钱能使鬼推磨,怎么会没功效?"狄云道:"那怎……怎么一直关着我,不放我出去?"

丁典笑道:"你犯了什么罪?他们陷害你的罪名,也不过是强奸未遂,偷盗一些钱财。既不是犯上作乱,又不是杀人放火,那又是什么重罪了?那也用不着穿了你的琵琶骨,将你在死囚牢里关一辈子啊。这便是那许多白花花银子的功效了。妙得很,这条计策天衣无缝。这个姑娘住在我家里,她心中对那傻小子倒还念念不忘,可是等了一年又一年,难道能一辈子不嫁人吗?"

狄云提起单刀,当的一声,砍在地下,说道:"丁大哥,原来我一直不能放出去,都是万圭使了银子的缘故。"

丁典不答,仰起了头沉吟,忽然皱起眉头,说道:"不对,这条计策中有一个老大破绽,大大的不对。"

狄云怒道:"还有什么破绽?我师妹终于嫁给他啦。若不是蒙你相救,我自缢身死,那不是万事顺遂,一切都称了他心?"

丁典在狱室中走来走去,不住摇头,说道:"其中有一个大大的破绽,他们如此工于心计,怎能见不到?"狄云道:"你说有什么破绽?"

丁典道:"你师父啊。你师父伤了你师伯后,逃了出去。荆州五云手万震山在武林中大大有名,他受伤不死的讯息没几天便传了出去,你师父就算没脸再见师兄,难道就不派人来接你师妹回家?你师妹这一回家,那万圭苦心筹划的阴谋毒计,岂不是全盘落了空?"

狄云伸手连连拍击大腿,道:"不错,不错!"他手上带着手铐,这一拍腿,铁链子登时当当的直响。他见丁典形貌粗鲁,心思竟恁地

二

牢狱

周密，不禁甚为钦佩。

丁典侧过了头，低声道："你师父为什么不来接女儿回去，这其中定是大有蹊跷。万圭他们事先一定已料到了这一节，否则这计策不会如此安排。这中间的古怪，一时之间我确实猜想不透。"

狄云直到今日，才从头至尾的明白了自己陷身牢狱的关键。他不断伸手击打自己头顶，大骂自己真是蠢才，别人想也不用想就明白的事，自己三年多来始终莫名其妙。

他自怨自艾了一会，见丁典兀自苦苦思索，便道："丁大哥，你不用多想啦。我师父是个乡下老实人，想是他伤了万师伯，惊吓之下，远远逃到了蛮荒边地，再也听不到江湖上的讯息，再也不敢回来找寻师妹，那说不定也是有的。"

丁典睁大了眼睛，瞪视着他，脸上充满了好奇，道："什么？你……你师父是个乡下老实人？他杀了人会害怕逃走？"狄云道："是啊，我师父再忠厚老实也没有了，万师伯冤枉他偷盗太师父的什么剑诀，他一怒就忍不住动手，其实他心地再好也没有了。"

丁典嘿的一声冷笑，自去坐在屋角，嘴里轻哼小曲。狄云奇道："你为什么冷笑？"丁典道："不为什么。"狄云道："一定有原因的。丁大哥，你尽管说好了。"

丁典道："好罢！你师父外号叫作什么？"狄云道："叫作'铁锁横江'。"丁典道："那是什么意思？"狄云迟疑半晌，道："这种文诌诌的话，我原本不大懂。猜想起来，那是说他老人家武功了得，善于守御，敌人攻不进他门户。"

丁典哈哈大笑，道："小兄弟，你自己才忠厚老实得可以。铁锁横江，那是叫人上也上不得，下也下不得。老一辈的武林人物，谁不知道这个外号的含意？你师父聪明机变，厉害之极，只要是谁惹上了他，他一定挖空心思的报复，叫人好似一艘船在江心涡漩中乱转，上也上不得，下也下不得。你如不信，将来出狱之后，尽可到外面打听打听。"

狄云兀自不信，道："我师父教我剑法，将招法都解错了，什么'孤鸿海上来，池潢不敢顾'，他解作'哥翁喊上来，是横不敢过'；什么'落日照大旗，马鸣风萧萧'，他解作'老泥招大姐，马命风小小'。他字也不大识，怎说得上聪明厉害？"

丁典叹了口气,道:"你师父文武双全,江湖上向来有名,怎会解错诗句?他城府极深,定有别意。为什么连自己徒儿也要瞒住,外人可猜测不透了。嘿嘿,倘若你不是这般……这般忠厚老实,他也未必肯收你为徒。咱们别说这件事了,来罢,我给你黏成个大胡子。"

他提起单刀,在枭道人尸体的手臂上斫了一刀。枭道人新死未久,刀伤处流出血来。丁典将一根根又粗又硬的胡子蘸了血,黏在狄云的两腮和下颚。

狄云闻到一阵血腥之气,颇有惧意,但想到万圭的毒计、师父这个外号,以及许许多多自己不明白的事端,只觉得这世上最平安的,反而是在这牢狱之中。

第二日中午,狱中连续不断的关了十七个犯人进来。高矮老少,模样一瞧即知都是江湖人物,将一间狱室挤得满满地,各人都只好抱膝而坐。狄云见越来越多,不由得暗自心惊,情知这些人都是为对付丁典而来。他本说有五个劲敌,哪知竟来了一十七个。

丁典却一直朝着墙壁而卧,毫不理会。

二

牢狱

这些犯人大呼小叫,高声谈笑,片刻间便吵起嘴来。狄云低下了头,听他们的说话。原来这一十七人分作三派,都在想得什么宝贵的物事。狄云偶尔目光斜过,与这干人凶暴的目光相触,吓得立刻便转过头去,只想:"我扮作了丁大哥,可是我武功全失,待会动手,那便如何是好?丁大哥本领再高,也不能将这些人都打死啊。"

眼见天色渐渐黑将下来。一个魁梧的大汉大声道:"咱们把话说明在先,这正主儿,是我们洞庭帮要了的。谁要是不服,乘早手底下见真章,免得待会拉拉扯扯,多惹麻烦。"他这洞庭帮在狱中共有九人,最是人多势众。一个头发灰白的中年汉子阴阳怪气的道:"手底下见真章,那也好啊。大伙儿在这里群殴呢,还是到院子中打个明白?"那大汉道:"院子就院子,谁还怕了你不成?"伸手抓住一条铁栅,向左推去,铁条登时弯了。他随手又扭弯右边一条铁栅,膂力实是惊人。

这大汉正想从两条扭弯了的铁栅间钻出去,突然间眼前人影晃动,有人挡住了空隙,正是丁典。他一言不发,一伸手便抓住了那大汉的胸口。这大汉比丁典还高出半个头,但给他一把抓住,竟立即软垂垂的毫不动弹。丁典将他庞大的身子从铁栅间塞了出去,抛在院子中。这大汉蜷缩在地下,不动一动,显是死了。

狱中诸人见到这般奇状,都吓得呆了。丁典随手抓了一人,从铁栅投掷出去,跟着又抓一人,接连的又抓又掷,先后共有七人给他投了出去。凡经他双手抓到,无不立时毙命,连哼也不哼一声。

余下的十人大惊,三人退缩到狱室角落,其余七人同时出手,拳打脚踢,向丁典攻去。丁典既不拆架,亦不闪避,只伸手抓出,一抓之下,必定抓到一人,而给他抓到的必定死于顷刻,如何受了致命之伤,狄云全然瞧不出来。片刻之际,七人全死。

躲在狱室角落里的余下三人只吓得心胆俱裂,一齐屈膝跪地,磕头求饶。丁典便似没瞧见,又是一手一个,都抓死了投掷出去。

狄云只瞧得目瞪口呆,恍在梦中。丁典拍了拍双手,冷笑道:"这一点儿微末道行,也想来抢夺连城诀!"狄云一呆,道:"丁大哥,什么连城诀?"他想到师父与师伯曾为"连城剑法"而吵嘴动武,不知两者是否便是一物。丁典似乎自悔失言,但也不愿出言相欺,冷笑了几下,并不回答。

狄云见这一十七人适才还都生龙活虎,顷刻间个个尸横就地,他一生中从未见过这许多死人堆在一起,叹道:"丁大哥,这些人都死有余辜么?"

丁典道:"死有余辜,倒也不见得。只是这些人个个不存好心。我若不是练成了'神照经'上的武功,给这批人逼供起来,那才真惨不堪言呢。"

狄云知他所言非虚,说道:"你随手一抓,便伤人性命,这种功夫我听也没听说过。我如跟师妹说,她也不会相信……"这句话刚说出口,立即省悟,不由得胸头一酸,心口似乎给人重重打了一拳。

丁典却并不笑他,叹了口长气,自言自语:"其实呢,纵然练成了绝世武功,也不能事事尽如人意……"狄云忽然"咦"的一声,伸手指着庭中的一具死尸。

丁典道:"怎么?"狄云道:"这人没死透,他的脚动了几动。"丁典大吃一惊,道:"当真?"说这两个字时,声音也发颤了。狄云道:"刚才我见他动了两下。"心想:"一个人受伤不死,那也没什么大不了,决不能再起来动手。"

丁典皱起了眉头,竟似遇上了重大难题,从铁栅间钻了出去,俯身查看。

突然间嗤嗤两声,两件细微的暗器分向他双眼急射,正是那并没死透之人所发。丁典向后急仰,两枝袖箭从他面上掠了过去,鼻中隐隐闻到一阵腥臭,显然箭上喂有剧毒。那人一发出袖箭,立即挺跃而起,向屋檐卜窜去。

丁典见他轻身功夫了得,自己身有钤镣,行动不便,只怕追他不上,随手提起一具尸体向上掷去,去势奇急。砰的一下,尸体的脑袋重重撞在那人腰间。那人左足刚踏上屋檐,给这尸体一撞,站立不定,倒摔下来。丁典抢上几步,一把抓住他后颈,提到牢房之中,伸手探他鼻息,这次是真的死了。

丁典坐在地下,双手支颐,苦苦思索:"为什么先前这一下竟没能抓死他?我的功力之中,到底出了什么毛病?难道这'神照功'毕竟没练成?"半天想不出个所以然,恼起上来,伸手又往那尸体的胸口插落,突然一股又韧又软的力道将他手指弹回,丁典惊喜交集,叫道:"是了,是了!"撕开那人外衣,只见他贴身穿着一件漆黑发亮的里衣,喜道:"是了!原来如此,倒吓得我大吃一惊。"

二

牢狱

狄云奇道:"怎么?"丁典拉去那汉子的外衣,又将黑色里衣剥了下来,将尸体掷出牢房,笑嘻嘻的道:"狄兄弟,你把这件衣服穿在身上。"

狄云料到这件黑衣甚是珍贵,道:"这是大哥之物,兄弟不敢贪图。"丁典道:"不是你的物事,你便不贪图么?"语音严厉。狄云一怔,怕他生气,道:"大哥定要我穿,我穿上就是。"

丁典正色道:"我问你,不是你的物事,你要不要?"狄云道:"除非物主一定要给我,我非受不可,否则……否则……不是我的东西,我自然不能要。若是贪图别人的东西,那不是变成强盗小偷么?"说到后来,神色昂然,道:"丁大哥,请你明白,我是受人陷害,才给关在这里。我一生清白,从来没拿过一件半件别人的物事。"

丁典点头道:"很好!不枉我丁某交了你这朋友。你把这件衣服贴肉穿着。"

狄云不便违拗,除下衣衫,把这件黑色里衣贴肉穿了,外面再罩上那件三年多没洗的臭衣。他双手戴着手铐,肩头琵琶骨又穿了铁链，更换衣衫委实难上加难，全仗丁典替他撕破旧衫衣袖，方能除下穿上。那件黑色里衣其实是前后两片，腋下用扣子扣起，穿上倒也不难。

丁典待他穿好了，才道："这件刀枪不入的宝衣，是用大雪山上的乌蚕蚕丝织成的。你瞧，这只是两块料子，剪刀也剪不烂，只得前一块、后一块的扣在一起。这家伙是雪山派中的要紧人物，才有这件'乌蚕衣'。他想来取宝，没料想竟是送宝来了！"

狄云听说这件黑衣如此珍异，忙道："大哥，你仇人甚多，该当自己穿了护身才是。再说，每个月十五……"丁典连连摇手，道："我有神照功护身，用不着这乌蚕衣。每月十五的拷打嘛，我是甘心情愿受的，用这宝甲护身，反而其意不诚了。一些皮肉之苦，又伤不了筋骨，有甚相干？"

狄云好生奇怪，欲待再问。丁典道："我叫你黏上胡子，扮作我的模样，我虽在旁保护，总是耽心出岔子，现下这可好了。我现下传你内功心法，你好好听着。"

以前丁典要传他功夫，狄云万念俱灰，决意不学，此刻明白了受人陷害的前因后果，一股复仇之火在胸中熊熊燃起，恨不得立时便出狱去找万圭算帐。他亲眼见到丁典赤手空拳，连毙这许多江湖高手，心想自己只须学得他两三成功夫，越狱报仇便有指望，霎时间心乱如麻，热血上涌，满脸通红。

丁典只道他仍执意不肯学这内功，正欲设法开导，狄云突然双膝跪下，放声大哭，叫道："丁大哥，求你教我。我要报仇！"

丁典纵声长笑，声震屋瓦，说道："要报仇，那还不容易？"

待狄云激情过去，丁典便即传授他入门练功的口诀和行功之法。

狄云一得传授，毫不停留的便即依法修习。丁典见他练得起劲，笑道："练成神照经，天下无敌手。难道是这般容易练成的么？我各种机缘巧合，内功的底子又好，这才十二年而得大成。狄兄弟，练武功要勤，那是很要紧的，可是欲速则不达，须得循序渐进才是，尤须心平气和，没半点杂念。你好好记着我这几句话。"

狄云此时口中称他为"大哥"，心中其实已当他为"师父"，他说什么便听什么。但胸中仇恨汹涌如波涛，又如何能心平气和？

次日狱吏大惊小怪的吵嚷一番。衙役、捕快、仵作骚扰半天，到得傍晚,才将那一十七具尸首抬了出去。丁典和狄云只说是这伙人自相斗殴而死。做公的却也没有多问。

这一日之中,狄云只照着丁典所授的口诀用功。这"神照功"入门的法子甚为简易,但要心中没丝毫妄念,却艰难之极。狄云一忽儿想到师妹,一忽儿想到万圭,一忽儿又想到了师父,练到晚间,这才心念稍敛,突然之间,前胸后背同时受了重重一击。

这两下便如两个大铁锤前后齐撞一般。狄云眼前一黑,几乎便欲晕去,待得疼痛稍止,睁开眼来,只见身前左右各站着一个和尚,一转头,见身后和两侧还有三个,一共五僧,将他围在中间。

狄云心道:"丁大哥所说的五个劲敌到了,我须得勉强支撑,不能露出破绽。"哈哈一笑,说道:"五位大师父,找我丁某有何贵干?"

左首那僧人道:"快将'连城诀'交了出来!咦,你……你……你是……"突然之间,他背上啪的一声,中了一拳,身子摇了几摇,险些摔倒。跟着第二名僧人又已中拳,哇的一声,吐出一口鲜血。

狄云大奇,忍不住向丁典瞧去,只见他倏然跃近,击出一拳,这一拳无声无影,去势快极,正中第三名僧人胸口。那僧人"啊"的一声大叫,倒退几步,撞在墙上。

二

牢狱

另外两名僧人顺着狄云的目光,向蜷缩在黑暗角落中的丁典望去,齐声惊叫:"神照功,无影神拳!"身材极高的那僧两手各拉一名受伤僧人,从早已扳开的铁栅间逃出,越墙而去。另一名僧人拦腰抱住吐血的僧人,回手发掌,向丁典击来。丁典抢上举拳猛击。那僧人接了他一拳,倒退一步,再接一拳,又退一步,接到第三拳,已退出铁栅。

那僧人跟跟跄跄的走了几步,又倒退一步,身子摇晃,似乎喝醉了一般,松手将吐血的僧人抛在地下,似欲单身逃命,但每跨一步,脚下都似拖了一块千斤巨石,脚步沉重之极,挣扎着走出六七步后,呼呼喘气,双腿渐渐弯曲,摔倒在地,再也站不起来。两名僧人在地下扭曲得几下,便均不动。

丁典道:"可惜,可惜!狄兄弟,你若不向我看来,那个和尚便逃不了。"狄云见这两个僧人死得凄惨,心下不忍,暗想:"让那三个逃走了也好,丁大哥杀的人实在太多了。"丁典道:"你嫌我出手太狠了,是不是?"狄云道:"我……我……"猛地里喉头塞住,一交坐倒,说不出话来。

丁典忙给他推宫过血,按摩了良久,他胸口的气塞方才舒畅。

丁典道:"你嫌我辣手,可是那两个恶僧一上来便向你各击一掌,若不是你身上穿着乌蚕衣,早就一命呜呼了。哎!这事做哥哥的太过疏忽,哪想到他们一上来便会动手。我猜想他们定要先逼问一番。嗯,是了,他们对我十分忌惮,要将我先打得重伤,这才逼问。"

他抹去狄云腮上的胡子,笑道:"那贼秃吓得心胆俱裂,再也不敢来惹咱们了。"他又正色道:"狄兄弟,那逃走了的高个子和尚,叫做宝象。那胖胖的叫做善勇。我第一拳打倒的那个最厉害,叫做胜谛。这五个和尚都是青海黑教'血刀门'的高手恶僧,我若不是暗中伏击得手,以一敌五,只怕斗他们不过。善勇和胜谛都已中了我的神拳,就算一时不死,也活不了几天。剩下的那宝象心狠手辣,日后你如在江湖上遇上了,务须小心在意。"沉吟半响,又道:"听说这五僧的师父尚在人世,武功更加厉害,将来倒要跟他斗斗。"

狄云虽有宝衣护身,但前胸后背同受夹击,受伤也颇不轻,在丁典指点下运了十几天功,又得丁典每日以内力相助,这才慢慢痊可。

此后两年多的日子过得甚是平静,狄云勤练神照功,颇有进展。偶尔有一两个江湖人物到狱中来啰唣,丁典不是一抓,便是一拳,转眼间便送了他们性命。

近几个月来狄云修习神照功,进步似是停滞了,练来练去,和几个月前仍是一样。好在他悟性虽然不高,生性却极坚毅,知道这等高深内功决非轻易得能练成,在丁典指点下日夕耐心修习,以期突破难关。

这一日早晨醒来,他侧身而卧,脸向墙壁,依法吐纳,忽听得丁典"咦"的一声,声音中颇有焦虑之意,过得半响,又听他自言自语:"今天是不会谢的,明天再换也不迟。"狄云有些诧异,转过身来,只见他抬起了头,正凝望着远处窗槛上的那只花盆。

狄云自练神照功后,耳目比之往日已远为灵敏,放眼瞧去,见盆中三朵黄蔷薇中,有一朵缺了一片花瓣。他日常总见丁典凝望这盆中的鲜花,呆呆出神,数年如一日,心想狱中无可遣兴,唯有这一盆花长保鲜艳,丁典喜爱欣赏,那也不足为奇。只是这花盆中的鲜花若非含苞待放,便是迎日盛开,不等有一瓣凋谢,便即换过。春风茉莉,秋月海棠,日日夜夜,窗槛上总有一盆鲜花。狄云记得这盆黄蔷薇已放了六七天,平时早就换过了,但这次却一直没换。

这一日丁典自早到晚,心绪烦躁不宁。到得次日早晨,那盆黄蔷薇仍然没换,有五六片花瓣已为风吹去。狄云心下隐隐感到不祥之意,见丁典神色十分难看,便道:"这人这一次忘了换花,想必卜午会记得。"

丁典大声道:"怎么会忘记?决不会的!难道……难道是生了病?就算是生了病,也会叫人来换花啊!"不停步的走来走去,神色不安已极。

狄云不敢多问,便即盘膝坐下,入静练功。

到得傍晚,阴云四合,不久便渐渐沥沥地下起雨来,一阵寒风过去,三朵黄蔷薇上的花瓣又飘了数片下来。丁典这几个时辰之中,一直目不转睛的望着这盆花,每飘落一片花瓣,他总是脸上肌肉扭动,神色凄楚,便如是在他身上剐去一块肉那么难受。

二 牢狱

狄云再也忍耐不住,问道:"丁大哥,你为什么这样不安?"丁典转过头来,满脸怒容,喝道:"关你什么事?啰唆什么?"自从他传授狄云武功以来,从未如此凶狠无礼。狄云甚感歉仄,待要说几句什么话分解,却见他脸上渐渐现出凄凉之意,显然心中甚是悲痛,便住了口。

这一晚丁典竟一息也没坐下。狄云听着他走来走去,铐镣上不住发出叮叮当当的声响,也无法入睡。

次日清晨,斜风细雨,兀自未息。曙色朦胧中看那盆花时,只见三朵蔷薇的花瓣已然落尽,盆中唯余几根花枝,在风雨中不住颤动。

丁典大叫:"死了?死了?你真的死了?"两目流泪,双手抓住铁栅,不住摇晃。

狄云道:"大哥,你若记挂着谁,咱们便去瞧瞧。"丁典一声虎吼,喝道:"瞧!能去瞧么?我若能去,早就去了,用得着在这臭牢房中苦耗?"狄云不明所以,睁大了眼,只好默不作声。这一日中,丁典双手抱住了头,坐在地下不言不动,不吃不喝。

耳听得打更声"的笃,的笃,当"的打过一更。寂静中时光流过,于是"的笃,的笃,当当"的打过二更。

丁典缓缓站起身来,道:"兄弟,咱们去瞧瞧罢。"话声甚是平静。

狄云道："是。"丁典伸出手去，抓住两根铁栅，轻轻往两旁一分，两根铁栅登时便弯了。丁典道："提住铁链，别发出响声。"狄云依言抓起铁链。

丁典走到墙边，提气一纵，便即窜上了墙头，低声道："跳上来！"狄云学着他向上一窜，不料给穿通琵琶骨后，全身劲力半点也使不出来，他这一跃，只不过窜起三尺。丁典伸手一抓，将他带上了墙头，两人同时跃下。

过了这堵墙，牢狱外另有一堵极高的高墙，丁典或能上得，狄云却无论如何无法逾越。丁典哼了一声，将背脊靠在墙上。但听瑟瑟瑟一阵泥沙散落的轻响过去，砖石纷纷跌落。狄云双眼一花，只见墙上现出了一个大洞，丁典已然不见。原来他竟以神照功的绝顶内功，破墙而出。狄云又惊又喜，忙从墙洞中钻了出去。

外面是条小巷。丁典向他招招手，从小巷的尽头走去。出小巷后便是街道。丁典对荆州城中的街巷似乎极为熟悉，过了一条街，穿过两条巷子，来到一家铁店门首。

丁典举手推出，啪的一声，闩住大门的门闩便已崩断。店里的铁匠吃了一惊，跳起身来，叫道："有贼！"丁典一把叉住他喉咙，低声道："生火！"

那铁匠不敢违拗，点亮了灯，见二人长发垂肩，满脸胡子，模样凶恶，自然吓得呆了。丁典道："把铐镣凿开！"那铁匠料得二人是衙门中的越狱重犯，若凿断铐镣，官府追究起来，定要严办，不禁迟疑。丁典随手抓起一根径寸粗的铁条，来回拗得几下，啪的一声，折为两截，喝道："你这头颈，有这般硬么？"

那铁匠要弄断这铁条，使到钢凿大锤，也得搅上好一会儿，见丁典举手间便将铁条拗断，倘若来拗自己头颈，那可万万不妥，当下连声："是，是！"取出钢凿、铁锤，先给丁典凿开了铐镣，又给狄云凿开。

丁典先将自己琵琶骨中的铁链拉出。当他将铁链从狄云肩头的琵琶骨中拉出来时，鲜血满身，狄云痛得险些晕去。

终于狄云双手捧着那条沾满鲜血的铁链，站在铁砧之前，想到在这根铁链的束缚之下，在暗无天日的牢狱中苦度五年多时光，直至今日，铁链方始离身，不由得又欢喜，又伤心，想起师妹已嫁了万圭，自己的死活她自丝毫不放在心上，不禁怔怔的掉下泪来。

"这样子的六个多月,不论大风大雨,大霜大雪,我天天早晨去赏花。凌小姐也总风雨不改地给我换一盆鲜花。她每天只看我一眼,决不看第二眼,每看了这一眼,总是满脸红晕地隐到了帘子之后。"

三　人淡如菊

狄云随着丁典走出铁店。他乍脱铐镣,走起路来轻飘飘的,十分不惯,几次头重脚轻,险些儿摔倒,然见丁典脚步沉稳,越走越快,当下紧紧跟随,生怕黑暗中和他离得太远。

片刻之间,两人已来到那放置花盆的窗下。丁典仰起了头,犹豫半晌,似乎想要进去,却又拿不定主意。狄云见窗户紧闭,楼中寂然无声,道:"我先去瞧瞧,好么?"丁典点点头。

狄云绕到小楼门前,伸手推门,发觉门内上了闩。好在围墙甚低,一株柳树的枝桠从墙内伸了出来,这时琵琶骨中的铁链既去,内外功行便能使出,他微一纵身,抓住枝桠,翻身进了围墙。里面一扇小门却是虚掩着的。狄云推门入内,拾级上楼,黑暗中听得楼梯发出轻微的吱吱之声,脚下只觉虚浮浮的,甚不自在。他在这五年多之中,整日整夜便在一间狱室中走动,从未踏过一步梯级。

到得楼顶,侧耳静听,绝无半点声息,朦胧微光中见左首有门,便轻轻走了进去,房中连呼吸之声也无。隐隐约约间见桌上有一烛台,伸手在桌上摸到火刀火石,打火点燃蜡烛,烛光照映之下,突然间感到一阵说不出的寂寞凄凉。

室中空空洞洞,除一桌、一椅、一床之外,什么东西也没有。床上挂着一顶夏布白帐子、一床薄被、一个布枕,床脚边放着一双青布女鞋。只这一双女鞋,才显得这房间原为一个女子所住。

他呆了一呆,走到第二间房中去看时,那边竟连桌椅也没一张。

可是瞧那模样,却又不是新近搬走了家生用具,而是许多年来一直便如此空无所有。拾级来到楼下,每一处都去查看了一遍,竟一个人也无。

他隐隐觉得不妥,出来告知丁典。丁典道:"什么东西也没有?"狄云摇了摇头。丁典似乎对这情景早在意料之中,毫不惊奇,道:"到另一个地方去瞧瞧。"

那另一个地方却是一座大厦,朱红的大门,门上钉着碗口大的铜钉,门外两盏大灯笼,一盏写着"荆州府正堂",另一盏写着"凌府"。狄云心中一惊:"这是荆州府凌知府的寓所,丁大哥到来作甚?是要杀他么?"

丁典握着他手,一言不发的越墙而进。他对凌府中的门户甚是熟悉,穿廊过户,便似是在自己家中行走一般。过了两条走廊,来到花厅门外,见到窗纸中透出光亮,丁典突然发起抖来,颤声道:"兄弟,你进去瞧瞧。"

狄云伸手推开了厅门,只见烛光耀眼,桌子上点燃着两根素烛,原来是座灵堂。他一直在耽心会瞧见灵堂、棺材或是死人,这时终于见到了,虽早已料到,还是忍不住打了个寒噤,凝目瞧那灵牌时,见上面写着"爱女凌霜华之灵位"八个字,突觉身后风声飒然,丁典抢了进来。

丁典呆了一阵,扑在桌上,放声大恸,叫道:"霜华,你果然先我而去了。"

霎时之间,狄云心中想到了许许多多事情,这位丁大哥的种种怪僻行径,就在这抚桌一哭之际,令他全然明白了。但再一细想,却又有种种难以索解之处。

丁典全不理会自己是越狱的重犯,不理会身处之地是知府大人的住宅,越哭越悲。狄云心知难以相劝,只有任其自然。

丁典哭了良久,这才慢慢站直身子,伸手揭开素帏,帏后赫然是一具棺木。他双手紧紧抱住棺木,将脸贴着棺盖,抽抽噎噎的道:"霜华,霜华,你为什么这样忍心?你去之前,怎么不叫我来再见你一面?"

狄云忽听得脚步声响,门外有几人来到,忙道:"大哥,有人来啦。"

丁典用嘴唇去亲那棺材,对于有人来到,全没放在心上。

只见火光明亮,两个人高举火把,走了进来,喝道:"是谁在这里吵闹?"那两人之后是个四十五六岁的中年汉子,衣饰华贵,一脸精悍之色,他向狄云瞧了一眼,问道:"你是谁?到这里干什么?"狄云满腔愤激,反问道:"你又是谁?到这里干什么?"手执火把的一人喝骂道:"小贼,这位是荆州府府台凌大人,你好大胆子,半夜三更到这里来,想造反吗?快跪下!"狄云冷笑一声,浑不理会。

丁典擦干了眼泪,问道:"霜华是哪一天去世的?生什么病?"语音竟十分平静。

凌知府向他看了一眼,说道:"啊,我道是谁,原来是丁大侠。小女不幸逝世,有劳吊唁,存殁同感。小女去世已五天了,大夫也说不上是什么病症,只说是郁积难消。"

丁典恨恨的道:"这可遂了你的心愿。"凌知府叹道:"丁大侠,你可忒也固执了,倘若早早说了出来,小女固然不会给你害死,我和你更成了翁婿,那是何等的美事。"丁典大声道:"你说霜华是我害死的?不是你害死她的?"说着向凌知府走上一步,眼中凶光暴长。

凌知府却十分镇定,摇头道:"事已如此,还说什么?霜华啊,霜华,你九泉之下,定要怪爸爸不体谅你了。"慢慢走到灵位之前,左手扶桌,右手拭泪。

丁典森然的道:"倘若我今日杀了你,霜华在天之灵定然恨我。凌退思,瞧在你女儿份上,你折磨了我这七年,咱们一笔勾销。今后你再惹上我,可休怪姓丁的无情。狄兄弟,走罢。"

凌知府长叹一声,道:"丁大侠,咱们落到今日的结果,你说有什么好处?"丁典道:"你清夜抚心自问,也有点惭愧么?你只贪图那什么'连城诀',宁可害死自己女儿。"凌知府道:"丁大侠,你不忙走,还是将那剑诀说了出来,我便给解药于你,免得枉自送了性命。"

丁典一惊,道:"什么解药?"便在此时,只觉脸颊、嘴唇、手掌各处忽有轻微的麻痹之感,同时又闻到了一阵淡淡的花香,这花香,这花香……他又惊又怒,身子摇晃。

凌知府道:"我生怕有不肖之徒,开棺辱我女儿的清白遗体,因此……"

丁典登时省悟,怒道:"你在棺木上涂了毒药?凌退思,你好恶毒!"纵身而起,发掌便向他击去。不料那毒药当真厉害,霎时间消功蚀骨,神照功竟已使不出来。

凌知府凌退思侧身闪避,身手甚是敏捷,门外又抢进四名汉子,执刀持剑,同时向丁典攻去。丁典飞起左足,向左首一人的手腕踢去,本来这一脚方位去得十分巧妙,那人手中的单刀非给踢下不可。岂知他脚到中途,突然间劲力消失,竟然停滞不前,原来毒性已传到脚上。那人翻转刀背,啪的一声,打在他脚骨之上。丁典脚骨碎裂,摔倒在地。

狄云大惊,惶急中不及细想,纵身就向凌退思扑去,心想只有抓着他作为要胁,才能救得丁典。哪知凌退思左掌斜出,呼的一掌,击在他胸口,手法劲力,均属上乘。狄云早豁出了性命不要,不封不架,仍然扑上前去。凌退思武功不低,这一掌明明击中对方胸口,却见狄云毫不理会,他不知狄云内穿"乌蚕衣"宝甲护身,还道他武功奇高,一惊之下,已给狄云左手拿住了胸口"膻中穴"。

狄云一袭得手,俯身便将丁典负在背上,左手仍牢牢抓住凌退思胸前要穴。那四个汉子心有顾忌,只是喝骂,却不敢上前。丁典喝道:"投去火把,吹熄蜡烛。"执火把的汉子不敢不从,灵堂中登时一团漆黑。

狄云左手抓住凌退思前胸,右手负着丁典,快步抢出。丁典指点途径,片刻间来到花园门边,狄云踢开板门,奋力在凌退思的膻中穴上猛击一拳,负着丁典便逃了出去,黑暗中一脚高一脚低的狂冲急奔。

他苦修神照经两年,虽还说不上有甚重大成就,但内力却已非同泛泛。他击向凌退思这一拳情急拼命,出力奇重,正好又击中了对方胸口要穴。凌退思中拳后,闷哼一声,往后便倒。他手下从人与武师惊惶之下,忙于相救,谁也顾不得来追赶丁狄二人了。

丁典手脚越来越麻木,神智却仍清醒。他熟悉江陵城中道路,指点狄云转左向右,不久便远离闹市,到了一座废园。丁典道:"凌知府定然下令把守城门,严加盘查,我中毒已深,是不能出城了。这废园向来说是有鬼,没人敢来,咱们且躲一阵再说。"

狄云将他轻轻放在一株梅树之下,道:"丁大哥,你中了什么毒?

怎样施救才是？"

丁典叹了口气，苦笑道："不中用了。那是'金波旬花'的剧毒，天下无药可解，挨得一刻是一刻。"

狄云大吃一惊，全身犹如堕入冰窖，颤声道："什么？你……你是……是说笑罢？"心中却明知丁典并非说笑。丁典道："凌退思这'金波旬花'毒性厉害之极，嘿嘿，我以前只闻得几下，便晕了过去。这一次是碰到了肌肤，那还了得？"

狄云急道："丁大哥，你……你别伤心。留得青山在……唉……女人的事，我……我也是一样，这叫做没法子……你得想法子解了毒再说……我去打点水来给你洗洗。"心中一急，说出来的话全然语无伦次。

丁典摇摇头，道："没用的。这'金波旬花'之毒用水一洗，肌肤立时发肿腐烂，死得更加惨些。不去理它，它倒发作得慢。狄兄弟，我有许许多多话要跟你说，你别忙乱，你一乱，只怕我漏了要紧话儿。时候不多了，我得把话说完，你给我安安静静的坐着，别打断我话头。"

狄云只得坐在他身旁，可是心中却又如何安静得下来？

丁典说得很平稳，似乎说的是别人的事，是个和他不相干的旁人。

"我是荆门人，是武林世家。我爹在两湖也算是颇有名气的。我学武的资质还不错，除了家传之学，又拜了两位师父。年轻时爱打抱不平，居然也闯出了一点儿小小名头。后来父母去世，我家财不少，却也不想结亲，只勤于练武，结交江湖上朋友。

"那是十五年前的事了，我乘船从四川下来，出了三峡后，船泊在三斗坪。那天晚上，我在船中听得岸上有打斗声音。我生性爱武，自是关心，从船窗向外张望。那晚月光明亮，照在那几人脸上，是三个人在围攻一个老者。这三人都是两湖武林中的出名人物，我倒都认得。一个是五云手万震山。（狄云插口道："啊，是我师伯！"）另一个是陆地神龙言达平。（狄云道："嗯，是我二师伯，不过我没见过他老人家。"）第三个人使一口长剑，身手甚是矫捷，那是铁锁横江戚长发。（狄云跳了起来，叫道："是我师父！"）

"我和万震山曾有数面之缘,知他武功不弱,我当时远不及他,见他们师兄弟三人联手攻敌,想来必操胜算。那老者背上已经受伤,不住流血,手中又没兵刃,只以一双肉掌和他三人相斗,功夫却比万震山他们高出太多。那三人不敢逼近他身旁。我越看越不平,但见万震山他们使的每一手都是杀着,显然要置那老者于死地。我一声也不敢出,生怕给他们发觉,祸事可不小。这种江湖上的仇杀,若给旁人瞧见了,往往便要杀人灭口。

"斗了半天,那老者背上的血越流越多,实在支持不住了,突然叫道:'好,我交给你们。'伸手到怀中去掏摸什么。万震山他们三人一齐拥上,似乎生怕给旁人先抢到了手。突然之间,那老者双掌呼的推出,三人为掌力所逼,齐向后退。老者转身便奔,扑通一声,跳入了江中。三人大声惊叫,赶到江边。

"长江从三峡奔泻下来,三斗坪的江水可有多急?只一眨眼间,那老者自然是无影无踪了。但你师父仍不肯死心,跳到我船上,拔了竹篙,在江中乱捞一阵。这三人既逼死了那老头,该当欢喜才是,但三人脸色都极可怕。我不敢多看,将头蒙在被中,隐隐约约听得他们在争吵什么,似乎是互相埋怨。

"我直听得这三人都走远了,才敢起身,忽听得后梢上啪的一声响,梢公'啊'的一声,叫道:'有水鬼!'我侧头看去,只见一个人湿淋淋的伏在船板上,正是那老者。原来他跳入江中后,钻入船底,用大力鹰爪手法钩住船底,凝住呼吸,待敌人退走后这才出来。我忙将他扶入船中,见他气息奄奄,话也说不出来了。

"我心里想,万震山他们如不死心,定会赶向下游寻觅这老者的尸体。也是我自居侠义道,要救人性命,便命船家立即开船,溯江而上,回向三峡。船家当然不愿,半夜中又没纤夫,上三峡岂是易事?但总而言之,有钱能使鬼推磨便是了。

"我身边带得有金创药,便给那老者治伤。可是他背上那一剑刺得好深,穿通了肺,这伤是治不好的了。我只有尽力而为,什么也不多问,一路上买了好酒好肉服侍。我见了他的武功,亲眼见他跃入长江,钻入船底,这份胆识和功夫,便值得我丁典给他卖命。

"这么治了三天,那老者问了我的姓名,苦笑道:'很好,很好!'从怀中取出一个油纸包来交给我。我道:'老丈的亲人在什么地方?

我必给老丈送到,决不有误.'那老者道:'你知我是谁?'我道:'不知.'他道:'我是梅念笙.'

"我这一惊自然非同小可。什么?你不奇怪?梅念笙是谁,你不知道么?是铁骨墨萼梅念笙啊。你真的不知道?(狄云又摇摇头,说道:"从来没听见过这名字。")嘿嘿,是了,你师父自然不会跟你说。铁骨墨萼梅念笙,是湘中武林名宿,他有三个弟子,大弟子名叫万震山,二弟子叫言达平,三弟子叫……(狄云插口道:"丁……丁大哥,你……你说什么?")他三弟子是戚长发。当时我听他自承是梅念笙,这份惊奇,跟你此刻一模一样。我亲眼见到月夜江边那场恶斗,见到万震山师兄弟三人出手的毒辣,只有比你更加震骇。

"梅老先生向我苦笑着摇摇头,道:'我的第三徒儿最厉害,抢先冷不防的在我背上插了一剑,老头儿才逼得跳江逃命。'(狄云颤声道:"什么?真是我师父先动手?")我不知说些什么话来安慰他才是,心想他师徒四人反目成仇,必有重大之极的原因,我是外人,虽然好奇,却也不便多问。梅老先生道:'我在这世上的亲人,就这么三个徒儿。他们想夺我一部剑谱,不惜行刺师父,嘿嘿,好厉害的乖徒儿!剑谱是给他们夺去了,可是没剑诀,那又有什么用?连城剑法虽然神奇,又怎及得上神照功了?这部神照经,我送了给你,好好的练罢。此经如能练成,威力奇大,千万不可误传匪人。连城诀是这样的,你牢牢记在心里,有好大的用处。'神照经和连城诀,就是这样得来的。

"梅老先生说了这番话后,没挨上两个时辰便死了。我在巫峡江边给他安葬,当时我全不知连城诀如此事关重大,只道是他本门中所争夺的一部剑术诀谱,因此没想到须得严守隐秘,便在梅老先生墓前立了一块碑,写上'两湖大侠梅先生念笙之墓'。哪知道这块石碑,竟给我惹来了无穷烦恼。有人便从这石碑的线索,追查石匠、船夫,查到这碑是我立的,梅老先生是我葬的,那么梅老先生身上所怀的东西,十之八九是落入了我手中。

"过不了三个月,便有一个江湖豪客寻到我家中来。来人礼貌周到,说话吞吞吐吐的不着边际,后来终于吐露了来意,他说有一张大宝藏的地图,是在梅老先生手中,这时想必为我所得,请我取出来,大家参详,如找到宝藏,我得七成,他得三成。

"梅老先生交给我的,其实是一部修习上乘内功的秘经,还说了几句剑诀,说是什么'连城诀',那不过几个数目字,此外一无所有,哪里有什么宝藏的地图。我据实以告,那人不信,要我将武功秘诀给他看。梅老先生郑重叮咛,千万不可误传匪人。我自是不允交出,那人怏怏而去。过不了三天,半夜里便摸到我家里来,跟我动上了手,他肩头带了彩,这才知难而退。

"风声一泄漏,来访的人越来越多。我实在应付不了,到得最后,连万震山也来了。我在荆门老家耽不下去,只有一走了之,隐姓埋名,走得远远地,直到关外牧场去干买卖牲口的勾当。这么过得五六年,再也听不到什么风声了,记挂着老家,便改了装,回到荆门来瞧瞧。不料老屋早给人烧成了一片白地,幸好我也没什么亲人,这么一来,反而干净。"

狄云心中一片迷惘,说要不信罢,这位丁大哥从来不打诳语,何况跟他亲如骨肉,何必捏造一番谎言来欺骗自己?要信了他的话罢,难道一向这么忠厚老实的师父,竟是这么一个阴险狠毒之人?只见丁典脸上的肌肉不住轻轻颤动,似乎毒性正自蔓延,狄云道:"丁大哥,我师父跟太师父的事,咱们不忙查究。你……还是仔细想想,有什么法子,能治你所中的毒。"

丁典摇头道:"我说过叫你别打岔,你就静静的听着。

"那是在九年多之前,九月上旬,我到了汉口,向药材店出卖从关外带来的老山人参。药材店主人倒是个风雅人,做完了生意,邀我去看汉口出名的菊花会。这菊花会中名贵的品种倒真不少,嗯,黄菊有都胜、金芍药、黄鹤翎、报君知、御袍黄、金孔雀、侧金盏、莺羽黄。白菊有月下白、玉牡丹、玉宝相、玉玲珑、一团雪、貂蝉拜月、太液莲。紫菊有碧江霞、双飞燕、翦霞绡、紫玉莲、紫霞杯、玛瑙盘、紫罗伞。红菊有美人红、海云红、醉贵妃、绣芙蓉、胭脂香、锦荔枝、鹤顶红。淡红色的有佛见笑、红粉团、桃花菊、西施粉、胜绯桃、玉楼春……"

他各种各样菊花品种的名称随口而出,倒似比武功的招式更加熟习。狄云有些诧异,但随即想起,丁大哥是爱花之人,因此那位凌小姐的窗槛上鲜花不断。他熟知诸般菊花的品种名称,自非奇事。

丁典说到这些花名时,嘴角边带着微笑,神色甚是柔和,轻轻的道:"我一面看,一面赞赏,和药店主人谈论,说出这些菊花的名称,

品评优劣。我观赏完毕,将出花园时,说道:'这菊花会也算是十分难得了,就可惜没绿菊。'

"忽听得一个小姑娘的声音在我背后说道:'小姐,这人倒知道绿菊花。我们家里的"春水碧波"、"绿玉如意",平常人哪里轻易见得?'

"我回过头来,只见一个清秀绝俗的少女正在观赏菊花,穿一身嫩黄衫子,当真是人淡如菊,我一生之中,从未见过这般雅致清丽的姑娘。她身旁跟着一个十四五岁的丫鬟。那位小姐见我注视她,脸上登时红了,低声道:'对不起,先生别见怪,小丫头随口乱说。'我霎时间呆住了,什么话也说不出来。

"我眼望她出了园子,仍怔怔的不会说话。那药店主人道:'这一位是武昌凌翰林家的小姐,咱们武汉出名的美人。她家里的花卉,那是了不起的。'

"我出了园子,和药店主人分了手,回到客店,心中除了那位凌小姐之外,再没丝毫别的念头。到得午后,我便过江到了武昌,问明途径,到凌翰林府上去。倘若就此进去拜访,那是太也冒昧,我在府门外踱来踱去,心里七上八下,又欢喜,又害怕,又斥骂自己该死。我那时年纪已不算小了,可是就像初堕情网的小伙子一般,变成了只没头苍蝇。"他说到这里,脸上现出一股奇异的光采,眼中神光湛湛,显得甚为兴奋。

狄云感到害怕,耽心他突然会体力不支,说道:"丁大哥,你还是安安静静的歇一会。我去找个大夫来给你瞧瞧,未必就真的没法子治。"说着便站起身来。

丁典一把抓住他衣袖,说道:"我们俩这副模样出去找大夫,那不是自寻死路么?"顿了一顿,叹了口气,道:"狄兄弟,那日你听到师妹嫁了别人,气得上吊。你师妹待你无情无义,实在不值得为她寻死。"

狄云点头道:"不错,这些年来,我也已想穿啦。"

丁典道:"倘若你师妹对你一往情深,终于为你而死,那么,你也该为她死了。"狄云突然省悟,道:"那位凌小姐,是为你死的?"丁典道:"正是。她为我死了,现下我也就要为她死啦。我……我心里很快活。她对我情深义重,我……我也待她不错。狄兄弟,别说我中毒无药可治，就是医治得好，我也不治。"

蓦然之间，狄云心中感到一阵难以形容的伤心，那当然是为了痛悼良友将逝，可是在内心深处，反而在羡慕他的幸福，因为在这世界上，有一个女子是真心诚意的爱他，甘愿为他而死，而他，也是同样深挚的报答了这番恩情。可是自己呢？自己呢？

丁典又沉浸在往日的回忆之中，说道：

"凌翰林的府门是朱红的大门，门口两只大石狮子，我是个江湖人，怎能贸然闯进去？我在门外踱了三个时辰，直踱到黄昏，自己也不知道到底在盼望什么。

"天快黑了，我还是没想到要离开，忽然间，旁边小门中出来一个少女，悄步走到我身边，轻声说道：'傻瓜，你在这里还不走？小姐请你回家去罢！'我一看，正是凌小姐身边的那个丫头。我心中怦怦乱跳，结结巴巴的道：'你……你说什么？'

"她笑嘻嘻的道：'小姐和我赌了东道，赌你什么时候才走。我已赢了两个银指环啦，你还不走？'我又惊又喜，道：'我在这里，小姐早知道了么？'那丫鬟笑道：'我出来瞧了你好几次，你始终没见到我，你灵魂儿也不见了，是不是？'她笑了笑，转身便走。我忙道：'姊姊！'她说：'怎么？你想什么？'我道：'听姊姊说，府上有几本名种的绿菊，我想观赏一下，不知行不行？'她点点头，伸手指着后园的一角红楼，说道：'我去求求小姐，要是她答允，就会把绿菊花放在那红楼的窗槛上。'

"那天晚上，我在凌府外的石板上坐了一夜。

"到第二天早晨，狄兄弟，我好福气，两盆淡绿的菊花当真出现在那窗槛之上。我知道一盆叫作'春水碧波'，一盆叫作'绿玉如意'，可是我心中想着的，只是放这两盆花的人。就在那时候，在那帘子后面，那张天下最美丽的脸庞悄悄的露出半面，向我凝望了一眼，忽然间满脸红晕，隐到了帘子之后，从此不再出现。

"狄兄弟，你大哥相貌平庸，非富非贵，只是个流落江湖的草莽之徒，如何敢盼望得佳人垂青？只是从此之后，每天早晨，我总是到凌府的府门外，向小姐的窗槛瞧上半天。凌小姐倒也记着我，每天总是换一盆鲜花，放在窗槛上。

"这样子的六个多月，不论大风大雨，大霜大雪，我天天早晨去赏花。凌小姐也总风雨不改的给我换一盆鲜花。她每天只看我一眼,决不看第二眼,每看了这一眼,总是满脸红晕的隐到了帘子之后。我只要每天这样见到一次她的眼波、她脸上的红晕,那就心满意足。她从来没跟我说话,我也从不敢开口说一句。以我的武功,轻轻一纵,便可跃上楼去,到了她身前。但我从来不敢对她有半分轻慢。至于写一封信来表达敬慕之忱,那更是不敢了。

"那一年三月初五的夜里,有两个和尚到我寓所来,忽然向我袭击。他们得知了消息,想抢神照经和剑诀。这两个和尚,便是'血刀门'五僧中的二僧,其中一个我已在牢狱中料理了,那日你亲眼瞧见的。可是那时我还没练成神照功,武功及不上他们,给这两个恶僧打得重伤,险些性命不保,我躲在马厩的草料堆中,这才脱难。

"这一场伤着实不轻,足足躺了三个多月,才勉强能够起身。我一起床,撑了拐杖,挣扎着便到凌府的后园门外,只见景物全非,一打听,原来凌翰林已在三个月前搬了家。搬到什么地方,竟谁也不知。

"狄兄弟,你想想,我这番失望,可比身上这些伤势厉害得多。我心中奇怪,凌翰林是武昌大名鼎鼎的人物,搬到了什么地方,决不至于谁也不知。可是我东查西问,花了不少财物气力,仍没半点头绪。这中间实在大有蹊跷。显然,凌翰林或许为了躲避仇家,或许另有特别原因,这才突然间举家迁徙,不知去向,凑巧的是,我受伤不久,她家里就搬了。

"从此我不论做什么事都是全无心思,在江湖上东游西荡。也是我丁典洪福齐天,这日在长沙茶馆之中,无意听到两个帮会中人谈论,商量着要到荆州去找万震山,说要他交出那部《连城剑谱》来。我想那日万震山师兄弟三人大逆弑师,为的就是这本剑谱,到底那剑谱是副什么样子,倒不妨瞧瞧。于是我悄悄跟着二人,到了江陵。这两个帮会中人委实是不自量力,一到万家去生事,就给万震山拿住了,送到荆州府衙门去。我跟着去瞧热闹,一见到府衙前贴的大告示,可真喜从天降。原来那知府不是旁人,正是凌小姐的父亲凌退思。

"这天晚上,我悄悄捧了一盆蔷薇,放在凌小姐后楼的窗槛上,然后在楼下等着。第二天早晨,小姐打开窗子,见到了那盆花,惊呼了一声，随即又见到了我。我们一年多不见，都以为今生再无相见之日，此番久别重逢，真是说不出的欢喜。她向我瞧了好一会儿，脸有喜色，红着脸轻轻掩上了窗子。第三天，她终于说话了，问道：'你生病了么？可瘦得多了。'

"以后的日子，我不是做人，是在天上做神仙，其实就做神仙，一定也没我这般快活。每天半夜里，我到楼上去接凌小姐出来，在江陵各处荒山旷野漫游。我们从没半分不规矩的行为，然而是无话不说，比天下最要好朋友还更知己。

"一天晚上，凌小姐向我吐露了一个大秘密。原来她爹爹虽然考中进士，做过翰林，其实是两湖龙沙帮中的大龙头，不但文才出众，武功也十分了得。我对凌小姐既敬若天神，对她父亲自然也甚为尊敬，听了也不以为意。

"又有一天晚上，凌小姐对我说，她父亲所以不做清贵的翰林，又使了数万两银子，千方百计的谋干来做荆州府知府，乃是有个重大图谋。原来他从史书之中，探索到荆州城中某地，一定埋藏有一批数量巨大无比的财宝。

"凌小姐说，六朝时梁朝的梁武帝经侯景之乱而死，简文帝接位，又为侯景害死，湘东王萧绎接位于江陵，是为梁元帝。梁元帝懦弱无能，性喜积聚财宝，在江陵做了三年皇帝，搜刮的金珠珍宝，不计其数。承圣三年，魏兵攻破江陵，杀了元帝。但他聚敛的财宝藏在何处，却无人得知。魏兵元帅于谨为了查问这批珍宝，拷打杀掠了数千人，始终追查不到。他怕知道珍宝所在的人日后偷偷发掘，将江陵百姓数万口尽数驱归长安。杀的杀，坑的坑，几乎没什么活口幸存。几百年来，这秘密始终没揭破。时候长了，更加谁也不知道了。

"凌小姐说，她爹爹花了多年功夫，翻查荆州府志，以及各种各样的古书旧录，断定梁元帝这批财宝，定是埋藏在江陵城外某地。梁元帝性子残忍，想必是埋了宝物之后，将得知秘密的人尽数杀了，因此魏兵元帅不论如何的拷掠百姓，终究得不到丝毫线索。"

狄云听到这里，心头存着的许多疑窦慢慢一个个解明了，说道："丁大哥，你知道这宝藏的秘密，是不是？这许多人到牢狱中来找你，也必是为了想得这个大宝藏。"

丁典脸露苦笑,继续说下去:

"凌小姐跟我说了这些话,我只觉她爹爹发财之心忒也厉害,他已这般文武全才,又富又贵,何必再去想什么宝藏?后来我跟她谈论江湖间的诸般见闻,那晚在江边见到万震山三人弑师夺谱的事,自然也不瞒她。我跟她说到神照经、连城诀等等。

"我们这般过了大半年快活日子。那一日是七月十四,凌小姐对我说:'典哥,咱们的事,总得给爹爹说了,请他老人家作主,那就不用这般偷偷摸摸……'她这句话没说完,羞得将脸藏在我的怀里。我说:'你是千金小姐,我就怕你爹爹瞧我不起。'她说:'我祖上其实也是武林中人,只不过我爹爹去做了官,我又不会半点武艺。我爹爹是最疼我的,自从我妈死后,我说什么他都答允。'

"我听她这么说,自然高兴得要命。七月十五这一天,在白天该睡觉的时候,也闭不了眼睛。到得半夜,我又到凌小姐楼上去会她,她满脸通红的说:'爹爹说,一切但凭女儿的主意。'我乐得变成了个大傻瓜,两个儿你瞧瞧我,我瞧瞧你,只嘻嘻的直笑。

"我俩手挽手走下楼来,忽然在月光之下,看见花圃中多了几盆颜色特别娇艳的黄花。这些花的花瓣黄得像金子一样,闪闪发亮,花朵的样子很像荷花,只是没荷花那么大。我二人都是最爱花的,立时便过去观赏。凌小姐啧啧称奇,说从来没见过这种黄花,我们一齐凑近去闻闻,要知道这花的香气如何……"

狄云听他叙述往事,月光之下,与心上人携手同游,观赏奇花,当真是天上神仙也比不上了。可是丁典述说的语调之中,却含有一股阴森森的可怖的气息,狄云听得几乎气也喘不过来,似乎这废园之中,有许多恶鬼要扑上身来一般,突然之间他想到了一个名字,大声叫道:"金波旬花!"

丁典嘴角边露出一丝苦笑,隔了好一会,才道:"兄弟,你不笨了。以后你一人行走江湖,也不会吃亏,我这可放心了。"

狄云听他这几句话中充满了关切和友爱,忍不住热泪盈眶,恨恨的道:"凌知府这狗官,他,他,他不肯将女儿许配给你,那也罢了,何必使这毒计害你?"

丁典道:"当时我怎么猜想得到?更哪知道这金色的花朵,便是奇毒无比的金波旬花?'波旬'两字是梵语,是'恶魔'的意思。这毒花是从天竺传来的,原来天竺人叫它为'恶魔花',我一闻到花香,便一阵晕眩,只见凌小姐身子晃了几晃,便即摔倒。我忙伸手去扶,自己却也站立不定。我正运内功调息,与毒性相抗,突然间暗处抢出几个手执兵刃的汉子来。我只和他们斗得几招,眼前已漆黑一团,接着便什么也不知道了。

"待得醒转,我手足都已上了铐镣,连琵琶骨也给铁链穿过。凌知府穿了便服,在花厅中审讯,旁边伺候的也不是衙门中的差役,而是他帮会中的兄弟。我自然十分倔强,破口大骂。凌知府先命人狠狠拷打我一顿,这才逼我交出神照经和剑诀。

"以后的事,你都知道了。每个月十五,凌知府便提我去拷打一顿,勒逼我交出武经剑诀,我始终给他个不理不睬。他的耐性也真好,咱们便这么耗上了。"

狄云道:"凌小姐呢?她为什么不想法子救你?你后来练成了神照功,来去自如,为什么不去瞧瞧她?为什么在狱中空等,一直等到她死?"

丁典头脑中一阵剧烈的晕眩,全身便似在空中飘浮飞舞一般。他伸出手来乱抓乱摸,似想得到什么依靠。狄云伸手过去握住了他手。丁典突然一惊,使力挣脱,说道:"我手上有毒,你别碰。"狄云心中又是一阵难过。

丁典晕了一会,渐渐定下神来,问道:"你刚才说什么?"狄云忽然想起一事,说道:"丁大哥,你有没有想过,凌小姐是受她父亲嘱咐,故意骗你,想要……"丁典一声大叫,喝道:"放屁!"挥拳便击了下来。狄云自知失言,不愿伸手招架,甘心受他一拳。

不料丁典的拳头伸在半空,却不落下,向狄云瞪视片刻,缓缓收回拳头,道:"兄弟,你为女子所负,以致对天下女子都不相信,我也不来怪你。霜华若是受她父亲嘱咐,想使美人计,要骗我的神照经和连城诀,那是很容易的。她又何必骗?只须说一句:'你那部神照经和连城诀给了我罢!'她甚至不用明说,只须暗示一下,或者表示了这一点点意思,我立刻就给了她。她拿去给她父亲也好,施舍给街边的乞丐也好,或是撕烂来玩也好,烧着瞧也好,我都眉头也不皱一下。狄兄弟,虽然这是武林中的奇书至宝,可是与霜华相比,在我心中,这奇书至宝也不过是粪土而已。凌退思枉自文武双全,实在是个大大的蠢才。他若叫女儿向我索取,我焉有相拒之理?"

狄云道:"说不定他曾跟凌小姐说过,凌小姐却不答允。"

丁典摇头道:"若有此事,霜华也决不瞒我。"叹了口气,说道:"凌退思这种人,于功名利禄、金银财宝看得极重,以己度人,以为天下人都如他一般的重财轻义,以为他女儿倘若向我索取,我一定不允,反倒着了形迹,令我起了提防之心。另外还有个原因,他是翰林知府,女儿却私下里结识了我这草莽布衣。他痛恨我辱没了他门楣,非杀我不可。

"他将我擒住后,立时便搜我全身,什么东西也找不到,在我的寓所穷搜大索,自然也找不到什么。其实,那神照经和连城诀,我都记在心里,外面不留半点线索。每个月十五,他总是提我出去盘问拷打,把什么甜言蜜语都说完了,威吓胁迫也都使遍了,我只是给他个不理不睬。他从我嘴里问不到半句真话,但从他盘问的话中,我反而推想到了,原来梅念笙老先生跟我说的那'连城诀',便是找寻梁元帝大宝藏的秘诀。他又曾派人装扮了囚犯,和我关在一起,想套问我的口风。那人假装受了冤屈,大骂凌退思不是好人。可是我一下子就瞧了出来,只可惜那时没练成神照功,身上没多少力量,打得他不够厉害。"

他说到这里,嘴角边露出一丝微笑,道:"你运气不好,给我冤枉打了不少顿。若不是你上吊自尽,到今日说不定给我打也打死了。"狄云道:"我给人陷害,若不是丁大哥……"丁典左手摇了摇,要他别说下去,道:"这是机缘。世事都讲究一个'缘'字。"

他眼角斜处,月光下见到废园角落的瓦砾之中,长着一朵小小的紫花,迎风摇曳,颇有孤寂凄凉之意,便道:"你给我采了来。"狄云过去摘下花朵,递在他的手里。

丁典拿着那朵小紫花,神驰往日,缓缓说道:"我给穿了琵琶骨,关在牢里,一切都已想得清清楚楚,凌退思是非要了我的命不可。我如将经诀早一日交给他,他便早一日杀我。但如我苦挨不说,他瞧在财宝面上,反而不会害我,便是拷打折磨,也只让我受些皮肉之苦,还真舍不得伤了我要害。"

狄云道:"是了,那日我假意要杀你,那狱卒反而大起忙头,不敢再强凶霸道。"

丁典拿着那朵小紫花,手指微微颤抖,紫花也微微颤抖,缓缓道:"我在牢狱中给关了一个多月,又气又急,几乎要发疯了。一天晚上,终于来了一个丫鬟,那便是凌小姐的贴身使婢菊友,我在武昌城里识得霜华,便因她一言而起。不知霜华使了多少贿赂,才打动狱卒,引得她来见我一面。可是,菊友一句话也没跟我说,也没什么书柬物事递给我,只是向我呆望。狱卒手里拿着一柄尖刀,指住她的背心。我很明白,那狱卒显是怕极了凌知府,只许她见我一面,可不许说话。

"菊友瞧了我一会,怔怔的流下泪来。那狱卒连打手势,命她快走。菊友见到铁栏外的庭院中长得有一朵小雏菊,便去采了来,隔着铁栏递了给我,伸手指着远处高楼上的窗槛。窗槛上放着一盆鲜花。我心中一喜,知道这花是霜华放在那儿的,作为我的伴侣。

"菊友不能多停,转身走了出去。刚要走出院子的铁门,高处一箭射了下来,正中她背心,登时便将她射死了。原来凌退思深怕我朋友前来劫狱,连墙头屋顶都伏得有人。跟着第二箭射下,那狱卒也送了性命。那时我当真十分害怕,生怕凌退思横了心,连自己女儿竟也加害。我不敢再触怒他,每次他审问我,我只给他装聋作哑。

"菊友是为我而死的,若不是她,这几年我如何熬得过?我怎知道那窗槛上的鲜花,是霜华为我而放?可是霜华始终不露面,始终不在那边窗子中探出头来让我瞧她一眼。我当时一点也不明白,有时不免怪她,为什么这样忍心。

"于是我加紧用功,苦练神照经,要早日功行圆满,能不受这铁铐的拘束。我只盼得脱樊笼,带同霜华出困。只是这神照功讲究妙悟自然,并非一味勤修苦练便能奏功。我给穿了琵琶骨,挑断了脚筋,自然比旁人又加倍艰难。直到你自尽之前的两个月,这才大功告成。这些日子之中,全凭这一盆鲜花作为我的慰藉。

"凌退思千方百计的想套出我胸中秘密。将你和我关在一起,那也是他的计策。他知道派亲信来骗我,是不管用的了,于是索性让一个真正受了大冤屈的少年人来陪我。时候一久,我自能辨别真伪。只要我和你成了患难之交,向你吐露了真情,那么在我身上逼不出的,多半能在你口中套骗出来。你年幼无知,忠厚老实,别人假装好人,你容易上当。可是我始终不相信你。我亲身的遭受,菊友的惨死，叫我对谁也信不过了。

"事隔多年，凌退思这荆州府知府的任期早已届满，该当他调，或是升官，想来他使了银子，居然一任一任的做下去。他不想升官，只想得这个大宝藏。

"你以为我没出过狱去吗？我练成神照功后，当天便出去了，只是出去之前点了你的昏睡穴，你自然不知道。那一晚我越过高墙之时，还道不免一场恶斗，不料事隔多年，凌退思已无防我之心，外边的守卫早已撤去。他万万料想不到神照功如此奇妙，穿了琵琶骨、挑断了脚筋的人，居然还能练成上乘武功。

"我到了高楼的窗下，心中跳得十分厉害，似乎又回到了初次在窗下见到她的心情。终于鼓起了勇气，轻轻在窗上敲了三下，叫了声：'霜华！'

"她从梦中惊醒过来，蒙蒙眬眬的道：'大哥！典哥！是你么？我是在做梦么？'我隔了这许多苦日子，终于又再听到她的声音，欢喜得真要发狂，颤声道：'霜妹，是我！我逃出来啦。'我等她来开窗。以前我们每次相会，总是等她推开窗子招了手，我才进去，我从来不自行进她的房。

"不料她并不开窗，将脸贴在窗纸上，低声道：'谢天谢地，典哥，你仍好好活着，爹没骗我。'我的声音很苦涩，说道：'嗯，你爹没骗你。我还活着。你开窗罢，我要瞧你。'她急道：'不，不！不行！'我的心沉了下去，问道：'为什么不行？'她道：'我答应了爹，他不伤你性命，我就永远不再跟你相见。他要我起了誓，要我起一个毒誓，倘若我再见你，我妈妈在阴世天天受恶鬼欺侮。'她说到这里，声音哽咽了。她十三岁那年丧母，对亡母是最敬爱不过的。

"我真恨极了凌退思的恶毒心肠。他不杀我，只不过为了想得经诀，霜华便起不了这毒誓，他也决计舍不得杀我。可是他终于逼得女儿起了这毒誓，这个毒誓，将我什么指望都化成了泡影。但我仍不死心，说道：'霜华，你跟我走。你把眼睛用布蒙了起来，永不见我就是。'她哭道：'那不成的。我也不愿你再见我。'

"我胸中积了许多年的怨愤突然迸发出来，叫道：'为什么？我非见你不可！'

"她听到我的声音有异，柔声道：'典哥，我知道你给爹爹擒获后，一再求他放你。他却将我另行许配别人，要我死了对你的心。我说什么也不答允，他用强逼迫，于是……于是……我用刀子划破了自己的脸。'"

狄云听到这里，不禁"啊"的一声叫了出来。

丁典道："我又感激，又怜惜，一掌打破了窗子。她惊呼一声，闭起了眼睛，伸手蒙住了自己脸，可是我已经瞧见了。她那天下最美丽的脸庞上，已又横又竖的划上了十七八刀，肌肉翻了出来，一条条都是鲜红的疤痕。她美丽的眼睛、美丽的鼻子、美丽的嘴巴，都歪歪扭扭，变得像妖魔一样。我伸手将她搂在怀里。她平时多么爱惜自己容颜，若不是为了我这不祥之人，她怎肯让自己的脸蛋受半点损伤？我说：'霜妹，容貌及得上心么？你为我而毁容，在我心中，你比从前更加美上十倍、百倍。'她哭道：'到了这地步，咱俩怎么还能厮守？我答允了爹爹，永远不再见你。典哥，你……你去罢！'我知道这是无可挽回的了，说道：'霜妹，我回到牢狱中去，天天瞧着你这窗边的鲜花。'她却搂住我的脖子，说道：'你……你别走！'

"我和她相偎相倚，不再说什么话。她不敢看我，我也不敢再瞧她。我当然不是嫌她丑陋，可是……可是……她的脸实在毁损得厉害。隔了很久很久，远处的鸡啼了。她说：'典哥，我不能害我死了的妈妈。你……你以后别再来看我。'我说：'咱俩从此不再相见？'她哭道：'不再相见！我只盼咱俩死了之后，能葬在一起。只盼有哪一位好心人，能帮咱们完成我这心愿，我在阴间天天念佛保佑他。'

"我道：'我已推想到，我所知道的那"连城诀"，便是找寻梁元帝那大宝藏的秘诀。我跟你说，你好好记住了。'她道：'我不记，我记着干什么？爹爹为了这个秘密，才害得你这样，典哥，我不想听。'我道：'你寻一个诚实可靠之人，要他答允帮咱们成全这个合葬的心愿，就将这剑诀对他说。'

"她道：'我这一生是决不下这楼的了，我这副样子，怎能见人？'可是她想了一想之后，又道：'好，你跟我说。典哥，我无论如何要跟你葬在一起。就这副样子去求人，我也不怕。'于是我将剑诀说了给她听。她用心记住了。

"东方渐渐亮了，我和她分了手，回到了狱中。那时我虽可自在出狱，但我每天要看她窗上的花，我是永远永远不会走的……有人行刺凌退思,我反而救他,因为……因为如果凌退思给人杀了,霜华一个人孤苦伶仃,在这世上再也没依靠……"

他说到这里,声音渐渐低了下去。

狄云道:"大哥你放心,要是你真的好不了,我定要将你和凌小姐合葬。我可不希罕你的什么秘诀,你就说了,我也决计不听。"

丁典脸露欢笑,说道:"好兄弟,不枉我结识你一场。你答允给我们合葬,我死得瞑目,我好欢喜……你照我所教的用心练去,将来必可练成神照功,天下无敌是不见得,但比万震山他们一定高得多了……"他话声越来越低,说道:"你如找得到这个大宝藏,也不必是为了自己发财,可以用来打救天下的苦人,像我、像你这样的苦人,天下多得是。这连城诀,你若不听,我一死之后便失传了,岂不可惜?"狄云点了点头。

丁典深深吸一口气,道:"你听着,这都是些数字,可弄错不得。"狄云打叠精神,凝神倾听。丁典道:"第一字是'四',第二字是'四十一',第三字是'三十三',第四字'五十三'……"

狄云正感莫名其妙,忽听得废园外脚步声响,有人说道:"到园子里去搜搜。"

丁典脸上变色,一跃而起。狄云跟着跳起。只见废园后门中抢进三条大汉。

「再见她一面,又有什么好?她有丈夫、女儿,一家人欢欢喜喜的,哪能有半分将我这杀人逃犯放在心上,我再想见她,岂不徒然自讨没趣?」

四　空心菜

丁典向这三人横了一眼，问道："兄弟，我说的那四个数目字，你记住了么？"

狄云见三名敌人已逼近身前，围成了弧形，其中一人持刀，一人持剑，另一人虽是空手，但满脸阴鸷之色，神情极是可怖。他凝神视敌，未答丁典的问话。

丁典大声叫道："兄弟，你记住了没有？"狄云一凛，道："第一字是……"他本想说出个"四"字来，但立时想起："我若说出口来，岂不教敌人听去了？"当即将左手伸到背后，四根手指一竖。丁典道："好！"

那使刀的汉子冷笑道："姓丁的，你总算也是条汉子，怎么到了这地步，还在婆婆妈妈的啰唆不休？快跟咱兄弟们乖乖回去，大家免伤和气。"那使剑的汉子却道："狄大哥，多年不见，你好啊？牢狱中住得挺舒服罢？"

狄云一怔，听这口音好熟，凝神看去，登时记起，此人便是万震山的二弟子周圻，相隔多年，他在上唇留了一片小胡子，兼之衣饰华丽，竟不识得他了。狄云这几年来惨遭陷害的悲愤，霎时间涌向心头，满脸胀得通红，喝道："原来是周……周……周二哥！"他本欲直斥其名，终于在"周"字之下，加上了"二哥"两字。

丁典猜到了他的心情，喝道："好！"转眼便是一场决生死的搏斗，狄云能抑制愤怒，叫他一声"周二哥"，便不是烂打狂拼的一勇之夫了，说道："这位周二爷，想必是万老爷子门下的高弟。很好，很好，你几时到了凌知府手下当差？狄兄弟，我给你引见引见。这位是'万胜刀'门中的马大鸣马爷。那位是山西太行门外家好手，'双刀'耿天霸耿爷。据说他一对铁掌锋利如刀，因此外号'双刀'，其实他是从来不使兵刃的。"狄云道："这两位的武功怎样？"丁典道："第三流中的好手。要想攀到第二流，却终生无望。"狄云道："为什么？"丁典道："不是那一块材料，资质既差，又没名师传授。"他二人一问一答，当真旁若无人。

耿天霸便即忍耐不住，喝道："直娘贼，死到临头，还在乱嚼舌根。吃我一刀！"他所说的"一刀"，其实乃是一掌，喝声未停，右掌已经劈出。

丁典中毒后一直难以运气使劲，不敢硬接，斜身避过。耿天霸右掌落空，左掌随至。丁典识得这是"变势掌"，急忙翻手化解。可是一掌伸将出去，劲力势道全不是那回事，啪的一声，腋下已给耿天霸的右掌打实。丁典身子一晃，哇的一声，吐出了一口鲜血。耿天霸笑道："怎么样？我是第三流，你是第几流？"

丁典吸一口气，突觉内息畅通，原来那"金波旬花"的剧毒深入血管，使血液渐渐凝结，越流越慢。他适才吐出一大口鲜血，所受内伤虽然不轻，毒性却已暂时消减。他心头一喜，立时上前挺掌向耿天霸按出。耿天霸举掌横挡，丁典左手回圈，啪的一声，重重打了他一个嘴巴，跟着右手圈转，反掌击在他头顶。耿天霸大叫一声"啊哟！"急跃退后。丁典右掌倏地伸出，击中了他胸口。耿天霸又一声"啊哟！"再退了两步。

丁典这三掌只须有神照功相济，任何一掌都能送了当今一流高手的性命。耿天霸只外功厉害，内力却殊为平平，居然连受三掌仍能挺立不倒。丁典自知死期已近，虽生性豁达，且已决意殉情，但此刻一股无可奈何、英雄末路的心情，却也令他不禁黯然神伤。

然而耿天霸连中三掌，大惊失色，但觉脸上、头顶、胸口隐隐作痛，心想三处都是致命的要害，不知伤势如何，不由得怯意大生。

马大鸣向周圻使个眼色，道："周兄弟，并肩子上！"周圻道："是啊！"他自忖不是狄云对手，但想自己手中有剑，对方却赤手空拳，再加他右手手指遭削，琵琶骨穿破，就算他功夫再强，也使不出了，便挺剑向狄云刺去。

丁典知狄云神照功未曾练成,此刻武功尚远不及入狱之前,要空手对抗周圻,不过枉送了性命,身形斜晃,左手便去夺周圻长剑。这一招去势奇快,招式又极特异,周圻尚未察觉,丁典左手三根手指已搭上了他右手脉门。周圻大惊,只道兵刃非脱手不可,那可性命休矣,岂知自己脉门上穴道居然并不受制,当即顺手急甩,长剑回转,疾刺丁典左胸。丁典侧身避过,长叹一声。

马大鸣见丁典和耿天霸、周圻动手,两次都已稳占上风,却两次均不能取胜,心中微一琢磨,已知其理:"凌知府说他身中剧毒,想必是毒性发作,功力大减。"耿天霸见丁典夺剑功败垂成,也知他内力已不足以济,心道:"这姓丁的招数厉害,却是虎落平阳……呸,他妈的!虎落平阳被犬欺,我将这贼囚犯比作老虎,岂不是将老子比作狗了?"两人一般的心思,同时向丁典扑去。

狄云抢上挡架。丁典在他肩头上一推,喝道:"狄兄弟,退下。"右手探出,已抓中了马大鸣喉头。这一抓只须有寻常内功,手指抓到了这等要紧的部位,那也非要了对方性命不可。马大鸣吓得魂飞天外,就地急滚,逃了开去。

四

空心菜

丁典暗自叹气,自己内力越来越弱,只仗着招数高出敌人甚多,尚可支持片刻,若这"连城诀"不说与狄云知道,大秘密从此湮没无闻,未免太也可惜,说道:"狄兄弟,你听我的话。你躲在我身后,不必去理会敌人,只管记我的口诀。这事非同小可,咱们说什么也得办成功了。你丁大哥落到今日这步田地,便是为此。"狄云应了一声,缩到丁典身后。丁典道:"第五个字是'十八'……"

马大鸣知道凌知府下令大搜,追捕丁典,主旨是在追查一套武功秘密;而周圻到凌退思手下当差,既非为名,亦非为利,乃奉了师父之命,暗中查访连城诀。这时两人听到丁典说出第五个字是"十八"这句话,都是心中一凛,牢牢记住。只听丁典又道:"第六个字是'七'。"马大鸣、周圻、狄云三人又一齐用心暗记。

耿天霸却只奉命来捉要犯,不知其余,见丁典口中念念有辞,什么"十七、十八",马大鸣和周圻两人便即心不在焉,也是"十七、十八"的喃喃自语,只道丁典在念什么迷人心魄的咒语,大喝:"喂,别着了他道儿!"挥掌向丁典直劈过去,但忌惮对手了得,一掌击过,不敢再施后着,立即退开。

丁典让过敌掌,脚下站立不稳,向前扑出。马大鸣瞧出便宜,挥刀砍向他左肩。丁典只觉眼前一黑,竟不知闪避。狄云大惊,危急中无法解救,抢将上来,一头撞入马大鸣怀里。

丁典一阵头晕过去,睁开眼来,见狄云和马大鸣纠缠在一起,周圻挺剑正要往狄云背心上刺去,当即左手挥出,两根手指戳向周圻双眼。他自知力气微弱已极,只有攻向这等柔软部位,方能收退敌之功。

周圻不暇伤人,疾向左闪,便在此时,马大鸣一刀柄已击在狄云头上,将他打倒在地。丁典叫道:"狄兄弟,记住第七字,那是……"只觉胸口气息急窒,耿天霸右掌又到。

丁典摇了摇头,眼前白光连闪,马大鸣和周圻同时攻来,丁典身子晃动,猛向刀剑迎上,噗噗两声,刀剑同时刺中他身子。狄云一声大叫,抢上救援。丁典乘着鲜血外流、毒性稍弱这一瞬息,运劲双掌,顺手一掌打在马大鸣右颊,反手一掌打向周圻。

这一掌本来非打中周圻不可,不料耿天霸恰好于这时扑将上来,冲势极猛,喀喇一声响,将胸口撞在丁典的掌上,肋骨全断,当时便晕死过去。

丁典这两掌使尽了全身剩余的精力。马大鸣当场身死。耿天霸气息奄奄,也已命在顷刻。只周圻却没受伤,右手抓住剑柄,要从丁典身上拔出长剑,再来回刺狄云。丁典身子向前挺出,双手紧抱周圻腰间,叫道:"狄兄弟,快走,快走!"他身子这么一挺,长剑又深入体内数寸。

狄云却哪肯自行逃生,扑向周圻背心,扠住他咽喉,叫道:"放开丁大哥!"他可不知其实是丁典抓住了对手,却不是周圻不放他丁大哥。

丁典自觉气力渐渐衰竭,快将拉不住敌人,只要给他一拔出长剑,摆脱了自己纠缠,狄云非送命不可,大叫:"狄兄弟,快走,你别顾我,我……我总是不活的了!"狄云叫道:"要死,大家死在一起!"使劲狠扠周圻喉咙,可是他琵琶骨遭穿通后,肩臂上筋骨肌肉大受损伤,不论如何使劲,始终没法令敌人窒息。

丁典颤声道:"好兄弟,你义气深重……不枉我……交了你这朋友……那剑诀……可惜说不全了……我……我很快活……春水碧波……那盆绿色的菊花……嗯!她放在窗口,你瞧多美啊……菊花……"声音渐渐低沉,脸上神采焕发,抓着周圻的双手却慢慢松开了。

周圻使力挣扎,将长剑从丁典身上拔出,剑刃上全是鲜血,急忙转身,和狄云脸对着脸,相距不过尺许,一声狞笑,手上使劲,挺剑便向狄云胸口猛刺。

狄云大叫:"丁大哥,丁大哥!"蓦然间胸口感到一阵剧痛,一垂眼,见周圻的长剑正刺在自己胸膛上,耳中但听得他得意之极的狞笑:"哈哈,哈哈!"

在这一瞬之间,狄云脑海中转过了无数往事:在师父家中学艺,与戚师妹亲昵要好,在万震山家中苦受冤屈,狱中五年的凄楚生涯……种种事端,一齐涌向心头,悲愤充塞胸臆,大呼:"我……我……和你同归于尽。"伸臂抱住了周圻背心。

他练神照功虽未见功,但也已有两年根基,这时自知性命将尽,全身力气都凝聚于双臂之上,紧紧抱住敌人,有如一双铁箍。周圻只感呼吸急促,用力挣扎,却没法脱身。

狄云但觉胸口越来越痛,此时更无思索余暇,双臂只用力挤压周圻。是不是想就此挤死敌人,心中也没这个念头,就是说什么也不放松手臂。但长剑竟不再刺进,似乎遇上了什么穿不透的阻力,剑身竟渐成弧形,慢慢弯曲。周圻又惊又奇,右臂使劲挺刺,要将长剑穿通狄云身子,可是便要再向前刺进半寸,也已不能。

狄云红了双眼,凝视着周圻的脸,初时见他脸上尽是得意和残忍,但渐渐的变为惊讶和诧异,又过一会,诧异之中混入了恐惧,害怕的神色越来越强,变成了震骇莫名。

周圻的长剑明明早刺中了狄云,却只令他皮肉陷入数寸,难以穿破肌肤。他怯意越来越盛,右臂内劲连催三次,始终不能将剑刃刺入敌身,惊惧之下,再也顾不得伤敌,只想脱身逃走,但给狄云牢牢抱住了,始终摆脱不开。

周圻感到自己右臂慢慢内弯,跟着长剑的剑柄抵到了自己胸口,剑刃越来越弯,弯成了个半圆。蓦地里啪的一声响,剑身折断。周圻大叫一声,向后便倒。两截锋利的断剑,一齐刺入了他小腹。

周圻一摔倒,狄云带着跌下,压在他身上,双臂仍牢牢抱住他不放。狄云闻到一阵浓烈的血腥气,见周圻眼中忽然流下泪来,跟着口边流出鲜血,头一侧,一动也不动了。

狄云大奇,还怕他是诈死,不敢放开双手,跟着觉得自己胸口的疼痛已止,又见周圻口中流血不止,他迷迷惘惘的松开手,站起身来,只见两截断剑插在周圻腹中,只有剑柄和剑尖露出在外。再低头看自己胸口时,见外衫破了寸许一道口子,露出黑色的内衣。

他瞧瞧周圻身上的两截断剑,再瞧瞧自己衣衫上的裂口,突然间省悟,原来,是贴身穿着的乌蚕衣救了自己性命,更因此而杀了仇人。

狄云惊魂稍定,立即转身,奔到丁典身旁,叫道:"丁大哥,丁大哥。你……你……怎么样?"丁典慢慢睁开眼来,向他瞧着,只眼色中没半分神气,似乎视而不见,或者不认得他是谁。狄云叫道:"丁大哥,我……我说什么也要救你出去。"丁典缓缓道:"可惜……可惜那剑诀,从此……从此失传了,合葬……霜华……"狄云大声道:"你放心!我记得的……定要将你和凌小姐合葬,完了你二人心愿。"

丁典慢慢合上眼睛,呼吸越来越弱,但口唇微动,还在说话。狄云将耳朵凑到他的唇边,依稀听到他在说:"那第十一个字……"但随即没声音了。狄云的耳朵上感到已无呼气,伸手到他胸口摸去,只觉一颗心也已停止了跳动。

狄云早知丁典性命难保,但此刻才真正领会到这位数年来情若骨肉的义兄终于舍己而去。他跪在丁典身旁,拼命往他口中吹气,心中不住许愿:"老天爷,老天爷,你让丁大哥再活转来,我宁可再回到牢狱之中,永远不再出来。我宁可不去报仇,宁可一生一世受万门弟子欺侮折辱,老天爷,你……你千万得让丁大哥活转来……"

然而他抱着丁典身子的双手,却觉到丁典的肌肤越来越僵硬,越来越冷,知道自己这许多许愿都落了空。顷刻之间,感到了无比寂寞,无比孤单,只觉得外边这自由自在的世界,比那小小的狱室更加可怕,以后的日子更加难过。他宁可和丁典再回到那狱室中去。

他横抱着丁典的尸身,站了起来,忽然间,无穷无尽的痛苦和悲伤都袭向心头。

他放声大哭,没任何顾忌的号啕大哭。全没想到这哭声或许会召来追兵,也没想到一个大男人这般哭泣太也可羞。只心中抑制不住的悲伤,便这般不加抑制的大哭。

当眼泪渐渐干了,大声的号啕变为低低的抽噎时,难以忍受的悲伤在心中仍一般的难以忍受,可是头脑比较清楚些了,开始寻思:"丁大哥的尸身怎么办?我怎么带着他去和凌姑娘的棺木葬在一起?"此时心中更无别念,这件事是世上唯一的大事。

忽然间,马蹄声从远处响起,越奔越近,一共有十余匹之多。只听得有人在呼叫:"马大爷、耿大爷、周二爷,见到了逃犯没有?"十余匹马奔到废园外,一齐止住。有人叫道:"进去瞧瞧!"又有一人道:"不会躲在这地方的。"先一人道:"你怎知道?"啪的一声响,靴子着地,那人跳下了马背。

狄云更不多想,抱着丁典的尸身,从废园的侧门中奔了出去,刚一出侧门,便听得废园中几个人大声惊呼,发现了马大鸣、耿天霸、周圻三人的尸身。

四 空心菜

狄云在江陵城中狂奔。他知道这般抱着丁典的尸身,既跑不快,又随时随刻会给人发现。但他宁可重行受逮入狱,宁可身受酷刑,宁可立遭处决,却决不肯丢弃丁大哥。

奔出数十丈,见左首有一扇小门斜掩,当即冲入,反足将门踢上。只见里面是一座极大的菜园,种满了油菜、萝卜、茄子、丝瓜之类。狄云自幼务农,和这些瓜菜暌隔了五年,此时乍然重见,心头不禁生出一股温暖亲切之感。四下打量,见东北角上是间柴房,从窗中可以见到松柴稻草堆得满满的。他俯身拔了几枚萝卜,抱了丁典的尸身,冲入柴房。

侧耳听得四下并无人声,于是搬开柴草,将尸身放好,轻轻用稻草盖了。在他心中,还是存着指望:"说不定,丁大哥会突然醒转。"

剥了萝卜皮,大大咬了一口。生萝卜甜美而辛辣的汁液流入咽喉。五年多没尝到了,想到了湖南的乡下,不知有多少次,曾和戚师妹一同拔了生萝卜,在田野间漫步剥食……他吃了一个又一个,眼眶又有点潮湿了,蓦地里,听到了一个声音。他全身剧烈震动,手中的半个萝卜掉在地下。雪白的萝卜上沾满泥沙和稻草碎屑。

他听到那清脆温柔的声音在叫:"空心菜,空心菜,你在哪里?"

他登时便想大声答应:"我在这里!"但这个"我"字只吐出一半,便在喉头哽住了。他伸手按住了嘴,全身禁不住的簌簌颤抖。

因为"空心菜"是他的外号,世上只有他和戚芳两人知道,连师父也不知。戚芳说他没脑筋,老实得一点心思也没有,除了练武之外,什么事情也不想,什么事情也不懂,说他的心就像空心菜一般,是空的。

狄云笑着也不辩白,他喜欢师妹这般"空心菜,空心菜"的呼叫自己。每次听到"空心菜"这名字,心中总是感到说不出的温柔甜蜜。因为当有第三个人在场的时候,师妹决不这样叫他。要是叫到了"空心菜",总是只有他和她两人单独在一起。

当他单独和她在一起的时候,她高兴也好,生气也好,狄云总是感到说不出的欢喜。他是个不会说话的傻小子,有时那傻头傻脑的神气惹得戚芳很生气,但几声"空心菜,空心菜"一叫,往往两个人都咧开嘴笑了。

记得卜垣到师父家来投书那一次,师妹烧了菜招待客人,有鸡有鱼,也有一大碗空心菜。那一晚,卜垣和师父喝着酒,谈论着两湖武林中的近事,他怔怔的听着,无意中和戚芳的目光相对,只见她夹了一筷空心菜,放在嘴边,却不送入嘴里。她用红红的柔软的嘴唇,轻轻触着那几条空心菜,眼光中满是笑意。她不是在吃菜,而是在吻那几条菜。那时候,狄云只知道:"师妹在笑我是空心菜。"

这时在这柴房之中,脑中灵光一闪,忽然体会到了她红唇轻吻空心菜的含意。

现下呼叫着"空心菜"的,明明是师妹戚芳的声音,那是一点也不错的,决不是自己神智失常而误听了。

"空心菜,空心菜,你在哪里?"这几声呼叫之中,一般的包含着温柔体贴无数,轻怜蜜爱无数。不,还不止这样,从前和她一起在故乡的时候,师妹的呼叫中有友善,有亲切,有关怀,但也有任性,有恼怒,有责备,今日的几声"空心菜"中,却全是深切的爱怜。"她知道我这几年来的冤枉苦楚,对我更加好了,是不是呢?"

他不敢相信自己的耳朵。"我是在做梦。师妹怎么会到这里来?她早已嫁给了万圭,又怎能再来找我?"

可是,那声音又响了,这一次更近了一些:"空心菜,你躲在哪里？你瞧我捉不捉到你？"声音中是那么多的喜欢和怜惜。

狄云只觉身上每一根血管都在胀大，忍不住气喘起来，双手手心中都是汗水，悄悄站起身来，躲在稻草之后，从窗格中向外望去，只见一个女子的背影向着自己，正在找人。不错，削削的肩头，细细的腰身，高而微瘦的身材，正是师妹。

只听她笑着叫道："空心菜，你还不出来？"突然之间，她转过身来。

狄云眼前一花，脑中感到一阵晕眩，眼前这女子正是戚芳。乌黑而光溜溜的眼珠，微微上翘的鼻尖，脸色白了些，不像湖南乡下时那么红润，然而确是师妹，确是他在狱室中记挂了千遍万遍、爱了千遍万遍，又恼了千遍万遍的师妹。

她脸上仍那么笑嘻嘻地，叫着："空心菜，你还不出来？"

听得她如此深情款款的呼叫自己，大喜若狂之下，便要应声而出，和这个心中无时不在思念的师妹相见，但他刚跨出一步，猛地想起："丁大哥常说我太过忠厚老实，极易上别人的当。师妹已嫁了万家的儿子，今日周圻死在我手下，怎知道她不是故意骗我出去？"想到此处，立即停步。

只听得戚芳又叫了几声"空心菜，空心菜！"狄云心旌动摇，寻思："她这么叫我，情深意真，决然不假。再说，若是她要我性命，我就死在她手下便了。"心中一酸，突然间起了自暴自弃的念头，第二次举步又欲出去。

忽听得一个小女孩的笑声，清脆的响了起来，跟着说道："妈，妈，我在这儿！"

狄云心念一动，再从窗格中向外望去，只见一个身穿大红衣衫的女孩从东边快步奔来。她年纪太小，奔跑时跌跌撞撞，脚步不稳。只听戚芳带笑的柔和声音说道："空心菜，你躲到哪儿啦？妈到处找你不着。"那小女孩得意的道："空心菜在花园！空心菜看蚂蚁！"

狄云耳中嗡的一声响，心口犹如被人猛力打了一拳。难道师妹已生了女儿？难道她女儿就叫做"空心菜"？她叫"空心菜"，是叫她女儿，并不是叫我？难道自己误冲误撞，又来到了万震山家里？

这几年来，他心底隐隐存着个指望，总盼忽然有一天会发现，师妹其实并没嫁给万圭，沈城那番话原来都是撒谎。他这个念头从来

四
空心菜

没敢对丁典说起,只深深藏在心底,有时午夜梦回,证实了自己的妄想,忽然会欢喜得跳了起来。可是这时候,他终于亲眼见到、亲耳听到,有一个小女孩在叫她"妈妈"。

他泪水涌到了眼中,从柴房的窗格中模模糊糊的瞧出去,只见戚芳蹲在地下,张开了双臂,那小女孩笑着扑在她怀里。戚芳连连亲吻那小女孩的脸颊,柔声笑道:"空心菜自己会玩,真乖!"

狄云只看到戚芳的侧面,看到她细细的长眉、弯弯的嘴角,脸蛋比几年前丰满了些,更加的白嫩和艳丽。他心中又是一阵酸痛:"这几年来做万家少奶奶,不用在田里耕作,不用受日晒雨淋,身子自然养得好了。"

只听戚芳道:"空心菜别在这里玩,跟妈妈回房去。"那女孩道:"这里好玩,空心菜要看蚂蚁。"戚芳道:"不,今天外面有坏人,要捉小孩子。空心菜还是回房里去罢。"那女孩道:"什么坏人?捉小孩子做什么?"戚芳站起身来,拉着女儿的手,道:"监牢里逃走了两个很凶很凶的坏人。爸爸去捉坏人去啦。坏人到了这里,就捉空心菜去。空心菜听妈妈的话,回房去玩。妈给你做个布娃娃,好不好?"那女孩却甚执拗,道:"不要布娃娃。空心菜帮爸爸捉坏人。"

狄云听戚芳口口声声称自己为"坏人",一颗心越来越沉了下去。

便在这时,菜园外蹄声得得,有数骑马奔过。戚芳从腰间抽出钢剑,抢到后园门口。

狄云站在窗边不敢稍动,生怕发出些微声响,便惊动了戚芳。他无论如何不愿再和师妹相见,胸间的悲愤渐渐的难以抑制,自己没做过半点坏事,无端端的受了世间最惨酷的苦楚,她竟说自己是——"坏人"。

他见小女孩走近了柴房门口,只盼她别进来,可是那女孩不知存着什么念头,竟然跨步便进了柴房。狄云将脸藏在稻草堆后面,暗道:"出去,出去!"

突然之间,小女孩见到了他,见到这蓬头散发、满脸胡子的可怕样子,惊得呆了,睁着圆圆的大眼,要想哭出声来,却又不敢。

狄云知道要糟,只要这女孩一哭,自己踪迹立时便会给戚芳发觉,当即抢步而上,左手将她抱起,右手按住了她嘴巴。可是终于慢了片刻,小女孩已"啊"的一声,哭了出来。但这哭声斗然而止,后半截给狄云按住了。

戚芳眼观园外,一颗心始终系在女儿身上,猛听得她出声有异,一转头,已不见了她人影,跟着听得柴房中稻草发出簌簌响声,忙两个箭步,抢到柴房门口,只见一个胡子蓬松、满身血污的汉子抱住了她女儿,一只手按在她口上。戚芳这一惊当真魂飞天外,钢剑挺出,便向狄云脸上刺去,喝道:"快放下孩子!"

狄云心中一酸,自暴自弃的念头又起:"你要杀我,这便杀罢!"见她钢剑刺到,竟不闪不避。戚芳一呆,生怕伤了女儿,疾收钢剑,又喝:"放下我孩子!"

狄云听她口口声声只是叫自己放下她孩子,全无半分故旧情谊,怒气大盛,偏不放下她孩子,右手顺手在柴堆中抽了一条木柴,在她钢剑上一格,倒退了一步。

戚芳见这凶恶汉子仍抱着女儿不放,越来越惊,双膝忽感酸软,吸一口气,挺剑向狄云右肩急刺。狄云侧身让过,右手中的木柴当作剑使,自左肩处斜劈向下,跟着向后刺出。戚芳惊噫一声,只觉这剑法极熟,正是她父亲所传的一招"哥翁喊上来",当下不及思索,低头躲过,手中长剑便是两招"忽听喷惊风,连山若布逃"。

四

空心菜

这柴房本就狭隘,堆满了柴草之后,余下来的地位不过刚可够两人容身回旋,这一拆上了招,处处碍手碍脚。

狄云自幼和戚芳同师学艺,没一日不是拆招练剑,相互间的剑招都烂熟于胸,这时见她使出这两招剑法,自然而然便依师父所授的招数拆了下去,堪堪使到"老泥招大姐,马命风小小",手中木柴大开大阖,口中一声长啸,横削三招。

当年师兄妹练剑,拆到此处时戚芳便已招架不住,但这时狄云将木柴第三次横削过去时,忽然间手腕一酸,啪的一声,木柴竟尔掉在地下。他一惊之下,随即省悟:"我右手手指遭削,已终身不能使剑,我这可忘了。"

一抬头,只见戚芳手中的钢剑剑尖离自己胸口不及一寸,剑身颤动不已,她脸上惊愕之情,实难形容。

两人怔怔的你望着我,我望着你,谁都说不出话来。隔了好半晌,戚芳才道:"是……是你么?"喉音干涩,嘶哑几不成声。

狄云点了点头，将左臂中抱着的小女孩递了过去。戚芳抛下钢剑，忙将女儿接过，不知说什么才好。那女孩已吓得连哭也哭不出来，将小脸蛋藏在母亲怀里，再也不敢向狄云多瞧一眼。戚芳道："我……我不知道是你。这许多年来……"

忽然外面一个男子的声音叫道："芳妹，芳妹！你在哪里？"正是万圭，呼声越来越近，正寻向菜园中来。戚芳脸上陡然变色，低声在女儿耳边说："空心菜，这伯伯不是坏人，你别跟爹爹说。知道么？"小女孩抬起头来，向狄云瞧了一眼，见到他可怖的神情模样，突然哇的一声，大声哭嚷。

外面那男子听到了女孩哭声，循声而至，叫道："空心菜，别哭。爹爹在这儿！"

戚芳向狄云望了一眼，转身便出，反手带上柴门，抱着女儿，向丈夫迎了上去。

狄云呆呆的站着，似乎有个声音不住的在耳边响着："我还是死了的好，我还是死了的好！"只听那男子声音笑问："空心菜为什么哭？"狄云很想到窗口去瞧瞧，万圭这时候是怎么一副模样，可是一双脚便如是在地下钉住了，再也移动不得。

听得戚芳笑道："我和空心菜在后门口玩，两骑马奔过，马上的人拿了兵刃，长相挺凶的。空心菜说是坏人，要捉了她去，吓得大哭。"万圭笑道："那是府衙门里追拿逃犯。来，爹爹抱空心菜。爹爹打死坏人。空心菜不怕坏人。爹爹把坏人一个个都打死了。"

狄云心中一凉："女人撒谎的本领真不小，这么一说，那女孩就算说见到了坏人，她丈夫也不会起疑。哼，我为什么要你包瞒？你们只管来捉我去，打死我好了。"

两步抢到窗边，向外望去，只见万圭衣饰华丽，抱着那女孩正向内走，戚芳倚偎在他身旁，并肩而行，神态极为亲热。

师妹已嫁了万圭，这件事以往狄云虽曾几千几万次的想过，但总盼是假的，此刻活生生的情景终于出现在眼前了。他张口大叫："我……"俯身便想去拾戚芳抛在地下的钢剑，冲出去和万圭拼命。自己身入牢狱，受了这许多冤屈苦楚，都是由于眼前这人的陷害，而自己爱逾性命的情侣，却成了这人的妻室。这时候心中更无别念，不是去杀了这人，便是死在他手下。

但就这么一俯身,见到了柴草中丁典的尸身,见到丁典双眼闭上,脸上神色安详,蓦地想起:"丁大哥临死时谆谆叮嘱,求我将他与凌小姐合葬。我这时出去和万圭这贼子相拼,送了性命半点也不打紧,丁大哥的心愿却完成不了啦。"转念又想:"我求师妹成全此事,只怕也能办到……呸,呸!狄云你这坏人,你自己也不肯承担的事,如何去转托别人?你死在地下,有何脸面和丁大哥相见?师妹这等没良心,岂肯为你办什么大事?"一想通了这一节,终于慢慢抑制了愤激之心。

但他这一声"我"字,已惊动了万圭,只听他道:"好像柴房里有人。"戚芳笑道:"是吗?刚才我见老王进去搬柴。圭哥,我给你炖了燕窝,快去吃了罢。空心菜老是哭个不休,得让她好好睡一觉。"万圭"嗯"了一声,道:"柴房里是厨子老王?"抱着女儿,两夫妻并肩去远了。

狄云一时脑海中空空洞洞,没法思索,过了好半晌,伸手捶了捶自己脑袋,寻思:"这柴房终究不能久躲,那个厨子老王真的来搬柴烧饭,那怎么办?我还是将丁大哥密密藏起,自己溜了出去,到得晚间,再来搬取丁大哥的尸身。嗯,就是这样。"

可是,只跨得一步,心中便有个声音在拉住他:"师妹一定会再来瞧我。我这一走,便永远见她不着了。""再见她一面,又有什么好?她有丈夫、女儿,一家人欢欢喜喜的,哪有半分将我这杀人逃犯放在心上?我再想见她,岂不徒然自讨没趣?""唉,我在狱中等了这许多年,日思夜想,只盼再见她一面,今日岂可错过了这难得机会?我难道又有什么别的指望了?只不过是要问问,师父他老人家有讯息么?我要问她,为什么这么喜新弃旧,我一遭灾祸,立时就对我毫不顾念?""问这些又有什么意思?她不是说谎,便是照实而答。谎话,有什么可听的?她如照实说了,我只有更加伤心。"

这么思前想后,一会儿决意立刻离开,但跟着又拿不定主意。他向来爽快,原不是这般迟疑不决、三心两意之人,可是今日面临一生中最大的难题,竟不知如何决断才好。留着,明知不妥,就此一走,却又是万分的不舍。

正自这般思潮翻涌,栗六不安,忽听得菜园中脚步轻响,一个人蹑手蹑脚的悄悄走来。那人走几步,便停一下,又走几步,显然是严

四 空心菜

神戒备，唯恐有人知觉。

那人越来越近，狄云一颗心怦怦乱跳："师妹终于找我来了。她要跟我说什么？是求我原恕么？她还有一些念旧之意？"又想："我还有什么话要跟她说的？唉，算了，算了！她有好丈夫，好女儿，过得挺开心的。我永远不要再见她了。"

突然之间，满腔复仇之心，化作冰凉："我本来是个乡下穷小子，就算不受这场冤屈，师妹和我成了夫妻，我固然快乐，师妹却势必要辛苦劳碌一辈子，于她又有什么好处？我要报仇，是将万圭杀了么？师妹成了寡妇，难道还能嫁我，嫁给她的杀夫仇人？她心中早就没了我这个人，从前我就比不上万圭，现下我跟他更加天差地远了。这场冤仇，就此一笔勾销，让她夫妻母女快快乐乐的过日子罢。"

想到此处，决意不再和戚芳多说什么，俯身便去柴草堆中抱丁典的尸身，猛听得砰的一声，柴房门板给人一脚踢开。狄云吃了一惊，转过身来，只见一个高瘦男子手中长剑光芒闪烁，站在门口，却是万圭。狄云轻噫一声，不假思索，便俯身拾起戚芳遗下的钢剑。

万圭满脸煞气，他早已得知狄云越狱的消息，整日便心神不定，这时一眼看到狄云手中钢剑是戚芳之物，更是又妒又恨，冷冷的道："好啊，在柴房里相会，她连自己的兵刃也给了你，想谋杀亲夫么？只怕没这么容易！"

狄云脑中一片混乱，一时也不懂万圭在说些什么，心中只想："怎么是他来了？他怎么会知道我在这里？自然是师妹说的，叫她丈夫来捉我去请功领赏。她怎么会这般无情无义？"

万圭见狄云不答，只道他情怯害怕，挺剑便向他胸口疾刺过去。狄云挥剑挡过，自然而然的使出了昔年老乞丐所授的那招"刺肩式"，长剑斜转，已指向万圭肩头。这招剑法怪异之极，万门八弟子当年招架不住，事隔五年，万圭虽武功已大有长进，却仍招架不住。

万圭一惊之下，手中长剑不知如何运使才好，收剑抵挡已然不及，发剑攻敌也已落了后手，便这样微一迟疑，一条性命已全然交在对方手中，心下愤怒已极，却丝毫不敢动弹，瞧着狄云一张满脸胡子的污秽脸孔，愤怒之情渐渐变为恐惧。

狄云这一剑却也不刺过去，心中转念："我杀他不杀？"

万圭在万分危急之际，忽然见到对方眼神中流露出惶惑之色，而持剑的手腕却又微微颤抖,灵机一动,大声叫道:"戚芳,你来看!"

狄云听他大叫"戚芳",心中一惊,微微侧头去看。不料万圭这是用计使诈,乘他略一转头,立即长剑挺上,奋力上格。狄云右手手指遭削,持剑不牢,长剑脱手飞出。万圭大喜,立即挺剑刺出。狄云连闪两闪,躲在柴堆之后,顺手抽起一条硬柴,以柴当剑,奋力打去。万圭唰唰两剑,将他那段硬柴削短了一截。狄云将手中半截硬柴用力掷出,待他跃身闪避,又抽了一段硬柴,再度攻去。

万圭见他失了兵刃,自己已操必胜,就算他以柴作剑,戳中自己一下两下,也无大碍,定了定神,展开剑法缓缓进攻。数招之后,狄云长声怒吼,右腕中剑,登时血如泉涌,手指无力,抛下了硬柴。万圭跟着又一剑刺中他大腿,飞起左足,将他踢倒。狄云挣扎着还待爬起,万圭又是一脚踢在他颧骨上,狄云登时晕去。

万圭骂道:"装死吗?"在他右肩上砍了一剑,见他并不动弹,才知是真的昏晕,心想:"凌知府许下五千两银子的重赏,捉拿这两名囚犯,自然是捉活的好。反正这一次送将官里去,这人自就难以活命,我何必亲手杀他?"一瞥眼,见到柴草堆中露出一只脚来,不由得又惊又喜:"这里还有一人!"他不知丁典已死,急忙挥剑,砍在尸体脚上。

四 空心菜

狄云虽遭踢晕,脑子中却有一个声音在大叫大喊:"我不能死,我不能死!我答应过丁大哥的,要将他尸身和凌小姐合葬。"这念头强烈之极,很快便醒了过来,迷迷糊糊的想起:"许多年之前的一天晚上,我也曾给他打倒,也曾给他在头上重重踢了几下。"缓缓睁眼,见万圭正挥剑向丁典的尸身上砍落。他初时还未十分清醒,不知眼前之事是什么意思,但随即见到万圭将丁典的尸身从柴草里拖了出来,他大叫一声:"丁大哥!"突然间全身精力弥漫,急纵而起,扑在万圭背上,右臂已扼住了他喉咙。

万圭大惊之下,待要反剑去刺,但手臂无法后弯,连劈几剑,都劈在硬柴堆上,而狄云扼在他喉头的手臂却越收越紧了。

狄云见他伤残丁典的尸体,怒发如狂。这人陷害自己、夺去戚芳,这怨仇尚可置之不理,但如此残害丁典,却万万不能干休,一时心中更无别念,只盼即刻便将敌人扼死。但觉万圭挣扎了一会,抵抗已渐渐无力,可是狄云数处受伤,伤口中流血不止,自己手臂上的力气却在更快消失。心中不住说:"我再支持一会儿,便能扼死了他。"到后来眼前金星乱舞,脑中乱成一团,终于什么也不知道了。

他虽晕去,扼在万圭喉间的手臂仍没松开。万圭给他扼得难以呼吸,就在狄云晕去之时,同时失却了知觉。

柴草堆上躺着这一对冤家。两个人似乎都死了,但胸间都还在起伏,口鼻间仍有呼吸。真不知冥冥间如何安排?若是狄云先醒转片刻,他拾起地下长剑,一剑便将万圭杀了。倘若万圭先行醒转,他也不会再存将狄云生擒活捉的念头,那实在太过危险,势必是随手一剑,砍在他头上,立时便取了他性命。

世界上什么事情都能发生。未必一定好人运气好,坏人运气坏。反过来也一样,也未必坏人运气好,好人运气坏。人人都会死的,迟死的人也未必一定运气好些。

但对于活着的人,对于戚芳和她的小女儿,狄云先死,还是万圭先死,中间便有很大差别。倘若这时候要戚芳来抉择,要她选一个人,让他先行醒转,不知她会选谁?

柴房中的两个人兀自昏晕不醒,有一个人的脚步声音,慢慢走近柴房。

狄云耳中听到浩浩水声,脸上有冰凉的东西一滴滴溅上来,隐隐生疼,随即觉得身上很冷,半点也没力气。他一有知觉,立即右臂运劲,叫道:"我扼死你!我扼死你!"但臂弯中虚空无物,跟着又发觉自己身子在不住摇晃,在不住移动。惊惶中睁开眼来,眼前黑沉沉地,只觉得一滴滴水珠打在脸上、手上、身上,原来是天在下大雨。

身子仍不住摇晃,胸口烦恶,只想呕吐。忽然间,身旁有一艘船驶过,船上张了帆,那清清楚楚是一艘船。奇怪极了,怎么身旁会有一艘船?

只想坐起身来看个究竟,但全身酸软,连一根指头也动不了,只能这般仰天卧着,眼见得头顶有黑云飘动,那不是在柴房之中。心中突然想起:"丁大哥呢?"一想到丁典,身上蓦地里生出了一股力气,双手一按,便即坐起,身子跟着晃了几晃。

他是在一艘小舟之中。小舟正在江水滔滔的大江中顺流而下。是夜晚,天上都是黑云,正下着大雨,他向船左船右岸上凝目望去,两边都黑沉沉地，什么也瞧不见。他心中焦急，大叫："丁大哥，丁大哥！"他知道丁典已经死了，但他的尸身万万不能失去。突然之间，左足踢到软软一物，低头一看，不由得惊喜交集，叫道："丁大哥，你在这里！"张开双臂，抱住了他。丁典的尸身，便在船舱中他足边。

他虚弱得连喘气也没力气，连想事也没力气。只觉喉干舌燥，便张开了口，让天空中落下来的雨点湿润嘴唇和舌头。这般迷迷糊糊的似睡似醒，双臂抱着丁典的尸身，直至天色渐明，大雨却兀自不止。

晨光熹微之中，忽然见到自己大腿上有一大块布条缠着，跟着发觉手臂和肩头的两处伤口上也都有布带裹住，鼻中隐隐闻到金创药的药气。一晚大雨，绷带都湿透了，但伤口已不再流血。

"是谁给我包扎了伤口？要是伤口不裹好，也不用谁来杀我，单是流血便要了我的命。"蓦地里感到一阵难以忍耐的寂寞凄凉："这世上还有谁来关怀我、帮助我？丁大哥已经死了，更会有谁盼望我活着？会费心来为我裹伤？"细看那几条绷带，缠得极不整齐，似乎包扎的人动手时十分心急慌忙，然而绷带不是粗布，而是上佳的缎子，缎带的一边镶着精致的花边，另一边是撕口，显然，是从衣衫上撕下来的，是女子的衣衫。

四

空心菜

是师妹么？他心中怦然而动，胸口随即热了起来，嘴角边露出了自嘲的苦笑："她去叫丈夫来杀我，怎么又会给我裹伤？要不是她通风报信，我躲在柴房里，万圭又怎会知道？"

可是自己是在一艘小舟之中，小舟是在江中飘流。不知这地方离江陵已有多远？无论如何，是暂时脱离了险境，不会再受凌知府的追拿了。

"是谁给我裹了伤口？是谁将我放在小船之中？连丁大哥也一起来了？"他对自己的生死已并不如何关怀，但丁典的尸体也和他在一起，这事却不能不令他衷心感激。

苦苦思索，想得头也痛了，始终没能想出半点端倪。他竭力追忆过去一天中所发生的事，想到万圭剑砍丁典、自己竭力扼他咽喉之后，就再也想不下去了。以后的事情，脑海中便是一片空白。

一侧头间，额角撞着了一包硬硬的东西，那是用绸布包着的一个小小包袱。他心中一喜，料得这包袱之中定有线索可寻，颤抖着双手打了开来,只见包里有五六锭碎银子,还有四件女子首饰:一朵珠花、一只金镯、一个金项圈、一只宝石戒指。另外是小孩子颈中所挂的一个金锁片,锁片上的金链是给人匆忙拉断的,链子断处还钩上了一小块衣衫的碎片,显然,那是临时从小孩颈中扯了下来,倒像是盗贼拦路打劫而得来一般。金锁片上刻着"德容双茂"四个字。狄云没读过多少书,字虽识得,却不懂这四个字是什么意思,心想:"是那小孩的名字罢?她女儿不叫'德容',也不叫'双茂',她叫做'空心菜'!"

他拨弄着这五件首饰,较之适才未见到那包袱之时,心中反更多了几分胡涂:"银子和首饰,自然是搭救我的那人给的,以便小舟靠了岸后,我好有钱买饭吃。可是,到底是谁给的呢?首饰不是师妹的,我可从来没见她戴过。"

浩浩江水,送着一叶小舟顺流而下。这一天中,狄云只苦苦思索:"是谁给我包扎了伤口?是谁给了我银两首饰?"

狄云生怕宝象不吃死鼠,忙道:"自然是活的,还在动!"抓住两只老鼠,从神坛下伸手出来给他看。

五　老鼠汤

　　江陵以下地势平坦,长江在湘鄂之间迂回曲折,浩浩东流,小舟随着江水缓缓飘浮。长江两岸一个个市镇村落从舟旁经过,从上游下来的船只有帆有橹,一艘一艘越过了他。船上人经过小舟时,对舟中长须长发、满脸血污的狄云都投以好奇惊讶的眼色。

　　将近傍晚时分,狄云终于有了些力气,同时肚子里咕咕的响个不停,也觉饿得厉害。他坐起身来,拿起一块船板,将小舟慢慢划向北岸,想到小饭店中买些饭吃。可是这一带甚是荒凉,见不到一家人家。小舟顺江转了个弯,见柳荫下系着三艘渔船,船上炊烟升起。他小舟流近渔船时,听得船梢上锅子中煎鱼之声吱吱价响,香气直送过来。

　　他将小舟划过去,向船梢上的老渔人道:"打鱼的老伯,卖一尾鱼给我吃,行吗?"那老渔人见他形相可怖,心中害怕,本是不愿,却不敢拒绝,便道:"是,是!"将一尾煎熟了的青鱼盛在碗中,隔船送了过来。狄云道:"若有白饭,益发买一碗吃。"那老渔人道:"是,是!"盛了一大碗糙米饭给他,饭中混着一大半番薯、高粱。

　　狄云三扒两拨,便将一大碗饭吃光了,正待开口再要,忽听得岸上一个嘶哑的声音喝道:"渔家!有大鱼拿几条上来。"

　　狄云侧头看去,见是个极高的和尚,两眼甚大,湛湛有光。狄云登时心中打了个突,认得是那晚到狱中来和丁典为难的五僧之一,想了一想,记起丁典说过他名叫宝象。那晚丁典击毙两僧,重伤两僧,这宝象见机,带了两个伤僧逃走了。

狄云再也不敢向他多看一眼。丁典说这和尚武功了得,曾叮嘱他日后倘若遇上,务须小心。要是给这宝象和尚发觉了丁典尸身,那可糟极。他双手捧着饭碗,饶是他并非胆小怕死之辈,却也忍不住一颗心怦怦乱跳,手臂也不禁微微发抖,心中只说:"别发抖,别发抖,可不能露出马脚!"但越想镇定,越管不住自己。

只听那老渔人道:"今日打的鱼都卖了,没鱼啦。"宝象怒道:"谁说没鱼?我饿得慌了,快弄几条来!没大鱼,小的也成。"那老渔人道:"真的没有!我有鱼,你有银子,干么不卖?"说着提起鱼篓,翻过来一倒,篓底向天,篓中果然无鱼。

宝象已甚为饥饿,见狄云身旁一条煮熟的大鱼,还只吃了一小半,便叫:"兀那汉子,你那里有鱼没有?"

狄云心中慌乱,见他向自己说话,只道他已认出了自己,更不答话,举起船板,往江边的柳树根上用力一推,小舟便向江心荡了出去。

宝象怒道:"贼汉子,我问你有鱼没有,干么逃走?"

狄云听他破口大骂,更加害怕,用力划动船板,将小舟荡向江心。宝象从岸旁拾起一块石头,用力向他掷去。狄云见石头掷来,当即俯身,但听得风声劲急,石头从头顶掠过,卜的一响,掉入了江中,水花溅得老高。

宝象见他躲避石头时身法利落,俨然是练家子模样,决非寻常渔人船夫,心下起疑,喝道:"他妈的快划回来,要不然我要了你狗命!"

狄云哪去理他,拼命的使力划船。宝象蹲低身子,右手拾起一块石头,便即掷出,跟着左手又掷一块。狄云手上划船,双眼全神贯注的瞧着石块的来路。第一块侧身避过,第二块来得极低,贴着船身平平飞到,当即卧倒躺在舱底。这其间只寸许之差,眼前黑黝黝的一块东西急速飞过,厉风刮得鼻子和脸颊隐隐生疼。他刚一坐起,第三块石头又到,啪的一响,打在船头,登时木屑纷飞,船头上缺了一块。

宝象见狄云闪避灵活,小船顺着江水飘行,越来越远,当即用力掷出两块石头,却对准了小船。他若一出手便即掷船,小小一艘木船立时便会洞穿沉没,但这时相距已远,接连几块石头虽都打在船上,却劲力已衰,只打碎了些船舷、船板而已。

宝象见制他不住,大怒喝骂,远远见到江风吹拂,狄云的乱须长发不住飞舞,猛地想起:"这人倒似个越狱囚徒。丁典在荆州府越狱逃走,江湖上传得沸沸扬扬。说不定从这囚徒身上,倒可打听到丁典的一些踪迹。"不由得贪念大盛,怒火却熄了,叫道:"渔家,渔家,快划我去追上他。"

柳树下三艘船上的渔人见他飞石打人,甚为悍恶,早都悄悄解缆,顺流而下。宝象连声呼喊,却有谁肯回来载他?宝象呼呼呼的掷出几块石头,有一块打在一名渔人头上。那渔人脑浆迸裂,倒撞入江。其余渔人吓得魂飞魄散,划得更加快了。

宝象沿着江岸疾追,快步奔跑,竟比狄云的小船迅速得多。宝象在长江北岸追赶,狄云不住划船斜向南岸。宝象虽赶过了他头,但和小船仍越离越远。狄云寻思:"要是给他在岸边找到了一艘船,逼得梢公前来赶我,就难以逃脱他毒手。"惶急之中,只有喃喃祷祝:"丁大哥,丁大哥,你死而有灵,叫这恶和尚找不到船只。"

长江中上下船只甚多,幸好沿北岸数里均无船只停泊。狄云出尽平生之力,将船划到了南岸,将那小包袱往怀里一揣,抱起丁典尸身,上岸便行。这一带江面虽然不宽,但树木遮掩,宝象已望不过来。他突然想起一事,回身将小船用力向江心推去,只盼宝象遥遥望来,还道自己仍在船中,一路向下游追去。

他慌不择路的向南奔跑,只盼离开江边越远越好。奔得里许,不由得叫一声苦,但见白茫茫一片水色,大江当前,原来长江流到这里竟也折而向南。

他急忙转身,见右首有座小小破庙,当即抱着丁典的尸身走到庙前,欲待推门入内,突然膝间一软,坐倒在地,再也站不起来。他受伤后流血不少,早甚虚弱,划船再加抱尸奔逃,此时筋疲力尽,半点力气也没有了。挣扎了两次,没法坐起,斜靠在地下呼呼喘气。见天色渐暗,心下稍慰:"只消到得夜晚,宝象那恶僧总不能找到咱们了。"这时丁典虽然已死,但他心中,仍然当他是亲密的伴侣一般。

在庙外直躺了大半个时辰,力气渐复,才挣扎着爬起,抱着丁典的尸身推门进庙。见是一座土地庙,泥塑的土地神矮小委蕤,形貌可笑。狄云伤颓之余,见到这小小神像,忽然心生敬畏,恭恭敬敬的

五 老鼠汤

跪下,向神像磕了几个头,心下多了几分安慰。

坐在神像座前,抱头呆呆瞪视着躺在地下的丁典。天色一点点黑了下来,他心中才渐渐多了几分平安。

他卧在丁典尸身之旁,就像过去几年中,在那小小牢房里那样。

没到半夜,忽然下起雨来,淅淅沥沥的,一阵大,一阵小。狄云感到身上寒冷,缩成一团,靠到丁典身旁,突然之间,碰到了丁典冰冷冷的肌肤,想到丁大哥已死,再也不能和自己说话,胸中悲苦,两行泪水缓缓从面颊上流下。

突然间雨声中传来一阵踢跶、踢跶的脚步声,正向土地庙走来。那人践踏泥泞,却行得极快。狄云吃了一惊,听得那人越走越近,忙将丁典的尸身往神坛底下一藏,自己缩身到了神龛之后。

脚步声越近,狄云的心跳得越快,只听得呀的一声,庙门给人推开,跟着一人咒骂起来:"妈巴羔子的,这老贼不知逃到了哪里,又下这般大雨,淋得老子全身都湿了。"这声音正是宝象,出家人大骂"妈巴羔子的"已然不该,自称"老子",更加荒唐。狄云于世务所知不多,这几年来常听丁典讲论江湖见闻,已不是昔年那浑噩无知的乡下少年,心想:"这宝象虽作和尚打扮,但吃荤杀人,绝无顾忌,多半是个凶悍大盗。"

只听宝象口中污言秽语越来越多,骂了一阵,腾的一声,便在神坛前坐倒,跟着瑟瑟有声,听得出他将全身湿衣都脱了下来,到殿角去绞干了,搭在神坛边上,卧倒在地,不久鼾声即起,竟自睡熟了。

狄云心想:"这恶僧脱得赤条条地,在神像之前睡觉,岂不罪过?"又想:"我趁此机会,捧块大石砸死了他,以免明天大祸临头。"但他实不愿随便杀人,又知宝象的武功胜过自己十倍,若不能一击砸死,只须他稍余还手之力,自己势必性命难保。

这时他倘若从后院悄悄逃走,宝象定然不会知觉,但丁典的尸身在神坛底下,决计不能舍之而去,一搬动立时便惊动了恶僧。耳听得庭中雨水点点滴滴的响个不住,心下彷徨无计,只盼明晨雨止,宝象离此他去。但听来这雨显是不会便歇。到得天明,宝象如不肯冒雨出庙,自会在庙中东寻西找,非给他见到尸体不可。虽是如此,心中还是存了侥幸之想:"说不定这雨到天亮时便止了,这恶僧急于追我,匆匆便出庙去。"

忽然间想起:"他进来时破口大骂,说不知那'老贼'逃到了哪里。我年纪又不老,为什么叫我'老贼'?难道他又在另外追赶一个老人?"想了一会,猛地省悟:"啊,是了,我满头长发,满脸长须,数年不剃,旁人瞧来自然是个老人了。他骂我是'老贼',嘿嘿,骂我是'老贼'!"想到了这里,伸手去摸了摸腮边乱草般的胡子。

忽听得啪的一声响,宝象翻了个转身。他睡梦中一脚踢到神坛底下,正好踢中丁典的尸身。他一觉情势有异,立即醒觉,只道神坛底下伏有敌人,黑暗中也不知庙中有多少人埋伏,抢起身旁钢刀,前后左右连砍,教敌人欺不近身,喝道:"是谁?妈巴羔子的,贼王八蛋!"连骂数声,不听有人答应,屏息不语,仍不听得有人。

宝象黑暗中连砍十五六刀,使出"夜战八方式",四面八方都砍遍了,飞足踢倒神坛,挥刀砍落,啪的一声响,混有骨骼碎裂之声,已砍中了丁典尸体。

狄云听得清清楚楚,宝象是在刀砍丁典。虽丁典已死,早已无知无觉,但在狄云心中,仍是他至敬至爱的义兄,这一刀便如是砍在自己身上一般,立时便想冲出去拼命,但这五年的牢狱折磨,已将这朴实卤莽的少年变成个遇事想上几想的青年。刚一动念,跟着便想:"我冲出去跟他厮拼,除了送掉自己性命,更没别样结果。丁大哥和凌小姐合葬的心愿便不能达成。那如何对得起他?"

宝象一刀砍中丁典尸身,不闻再有动静,黑暗之中瞧不透半点端倪。他身边所携火折早在大雨中浸湿了,没法点火来瞧个明白,他慢慢一步一步倒退,背心靠上了墙壁,以防敌人自后偷袭,然后凝神倾听。

五 老鼠汤

这时两人之间隔了一道照壁,除了雨声淅沥,更没别样声息。

狄云知道只要自己呼吸之声稍重,立时便送了性命,只有将气息收得极为微细,缓缓吸进,缓缓呼出,脑子中却飞快的转着念头:"再过一会,天就明了。这恶僧见到丁大哥的尸体,必定大加糟蹋,那便如何是好?"

他脑子本就算不得灵活,而要设法在宝象手下保全丁典尸体,更是个极大难题。他苦苦思索,想不出半点主意,焦急万分,自怨自艾:"狄云啊狄云,你这笨家伙,自然想不出主意。倘若丁大哥不死,他定有法子。"惶急下伸手抓着头发用力一扯,登时便扯下了六七根来。

突然之间,脑子中出现了一个念头:"这恶僧叫我'老贼'。他见我满脸胡子,只道我是个老人。我若将胡子剃得干干净净,他岂非就认我不出了?只是身边没剃刀,怎能剃去这满脸胡子?哼,我死也不怕,难道还怕痛?用手一根根拔去,也就是了。"

想到便做,摸到一根根胡子,一根根的轻轻拔去,惟恐发出半点声息,心想:"就算那恶僧认我不出,也不过不来杀我而已,我又有什么法子保护丁大哥周全?嗯,行一步,算一步,我只须暂且保得性命,能走近恶僧身旁,乘他不备,便可想法杀他。"

待得胡子拔了一大半,忽又想起:"就算我没了胡须,这满头长发,还是泄露了我面目。这恶僧在长江边上追我,自然将我这披头散发的模样瞧得清清楚楚了。"一不做,二不休,伸手扯住一根头发,轻轻一抖,拔了下来。

拔胡子还不算痛,那一根根头发要拔个清光,当真痛得厉害。一面拔着,心中只想:"别说只拔须拔发这等小事,只要是为了丁大哥,便要我砍去自己手足,也不会皱一皱眉头。"又想:"我这法子真笨,丁大哥的鬼魂定在笑我。可是……他再也不能教我一个巧妙的法子了。"

耳听得宝象又已睡倒,唯恐给这恶僧听到自己声息,于是拔一些头发胡子,便极慢极慢的退出一步,直花了小半个时辰,才退入天井,又过良久,慢慢出了土地庙后门。大雨点点滴滴的打在脸上,方轻轻舒了口气。

在庙外不用耽心给宝象听见,拔须拔发时就快得多了,终于将满头长发、满腮胡子拔了个干净。头顶与下巴疼痛之极,生平从未经历,但想比之给仇人削去手指、穿了琵琶骨,却又如何?仇恨满胸,拔发拔须的疼痛也不怎么在乎了。他挖开地下烂泥,将拔下的头发胡须都塞入泥中,以防宝象发现后起疑,摸摸自己光秃秃的脑袋和下巴,不但已非"老贼",而且成了个"贼秃",悲愤之下,终于也忍不住好笑,寻思:"我这么乱拔一阵,头顶和下巴必定血迹斑斑,须得好好冲洗,以免露出痕迹。"抬起了头,让雨水淋去脸上污秽。

又想:"我脸上是没破绽了,这身衣服若给恶僧认出,还是糟糕。

嗯,没衣衫好换,我便学恶僧的样,脱得赤条条的,却又怎地?"于是将衣衫裤子都脱了下来,乌蚕衣可不能脱,变成了只有内衣、却无裤子,当下撕开外衣,围在腰间,又恐宝象识得乌蚕衣来历,便在烂泥中打了个滚,全身涂满污泥。

这时便丁典复生,一时之间也认他不出。狄云摸索到一株大树之下,用手指挖开烂泥,将小包袱埋在其中,暗想:"若能逃脱恶僧毒手,护得丁大哥平安,日后必当报答这位为我裹伤、赠我银两首饰之人的大恩大德。可是他究竟是谁?"

忙到这时,天色已微微明亮。狄云悄悄向南行去,折而向西,行出里许,天已大明,见大雨兀自未止,料想宝象不会离庙他去。此刻如径自逃走,宝象说什么也找他不到,但保护丁典的尸身、设法去和凌小姐合葬,是当前第一等大事,无论如何,总之不能不守对丁大哥许下的诺言,自己便死十次,也必须做到。要想找一件武器,荒野中却到哪里找去?只得拾了一块尖锐的石片,藏在腰间,心想若能在这恶僧的要害处戳上一下,说不定也能要了他性命。最好这恶僧已离庙他去,那便上上大吉。

在积水坑中一照,见到自己模样古怪,忍不住好笑,但随即感到说不出的凄苦。

五 老鼠汤

心中记挂着丁典,等不得另找更合用的武器,便向东朝土地庙行去,心想:"我须得疯疯颠颠,装做是本地的一条无赖汉子。"将近土地庙时,放开喉咙,大声高唱山歌:

　　"对山的妹妹,听我唱啊,
　　你嫁人莫嫁富家郎,
　　王孙公子良心坏!
　　要嫁我癞痢头阿三,顶上光!"

他当年在湖南乡间,本就擅唱山歌,湖畔田间,溪前山后,和戚芳俩不知已唱过几千几万首山歌。湖南乡间风俗,山歌都是应景即兴之作,随口而出,押以粗浅韵脚,与日常说话并无多大差别。他歌声一出口,胸间不禁一酸,自从那一年和戚芳携手同游以来,这山歌已五年多没出过他的喉头,这时旧调重唱,眼前情景却希奇古怪之极。听歌者不再是那个俏美可喜的小师妹,而是一个赤条条、恶狠狠的大和尚。他明知离宝象近一步,便多一分凶险,但想为了丁大哥,就算给这恶和尚杀了,也是报答了丁大哥待自己的好处。

他慢慢走近土地庙,逼紧了喉咙,模拟着女声又唱了起来:

"你癞痢头阿三有啥香?

想娶我如花如玉小娇娘?

贪图你头上没毛不用梳?

贪图你穷天穷地当清光?"

一句"当清光"还没唱完,宝象已从土地庙中走了出来。他将上衣围在腰间,向外一张,要瞧瞧是谁来了,见狄云口唱山歌而来,头顶光秃秃地,还道他真是个癞痢头秃子,山歌中却满口自嘲,不由得好笑,叫道:"喂,秃子,你过来!"

狄云唱道:

"大师父叫我有啥事?

要送我金子和银子?

癞痢头阿三运气好,

大师父要请我吃肥猪。"

他一面唱,一面走向宝象跟前,虽勉力装作神色自若,但一颗心忍不住剧烈异常的跳动,脸上也已变色。但宝象哪里察觉,笑嘻嘻的道:"癞痢头阿三,你去给我找些吃的东西来,大师父重重有赏,有没肥猪?"

狄云摇摇头,唱道:

"荒山野岭没肥猪……"

宝象喝道:"好好说话,不许唱啊唱的。"

狄云伸了伸舌头,勉力想装出一副油腔滑调的神气,说道:"癞痢头阿三唱惯了山歌,讲话没那么顺当。大师父,这里前不巴村,后不巴店,十里之内,并没人烟。你别说想吃肥猪,便青菜白饭也难找。这里西去十五里,有好大一座市镇,有酒有肉,有鸡有鱼,大师父想吃什么有什么,不妨便去。"他自知无力杀得宝象,报他刀砍丁典之仇,只盼他信得自己言语,向西去寻饮食,自己便可抱了丁典尸身逃走。

可是大雨始终不止,唰唰唰的落在两人身上。

宝象道:"你去给我找些吃的来,有酒有肉最好,否则杀只鸡杀只鸭也成。"

狄云只挂念着丁典,嘴里"哦哦"答应,走进殿中,只见丁典的尸身已从神坛下给拖了出来,衣衫尽数撕烂,显是曾遭宝象仔细搜查过。狄云心中悲恨,再也掩饰不住,说道:"这……这里有个死人……是……是你打死的么?"

他脸色大变,宝象只道他是见到死人害怕,狞笑道:"不是我打死的。你来认认,这人是谁?你认得他么?"狄云吃了一惊,一时心虚,还道他已识破自己行藏,若不是决意保护丁典,已然发足便逃,当下强自镇定,说道:"这人相貌很古怪,不是本村里的。"宝象笑道:"他自然不是你村子里的人。"突然厉声道:"喂,去找些吃的东西来。你不听话,佛爷肚子饿了,就只好先吃了你,填填肚子。"

狄云见丁典尸身暂且无恙,稍觉放心,应道:"是,是!"转身出庙,心想:"我且避他一避,只须半天不回来,他耐不住饥饿,自会去寻食物。他终不成带了丁大哥走。他已搜查过丁大哥身边,找不到什么,自也可死心了。"

不料只行得两步,宝象厉声喝道:"站住!你到哪里去?"狄云道:"我去给你买吃的啊。"宝象道:"嗯,很好很好!你过多久回来?"狄云道:"很快的,一会儿功夫就回来了。"宝象道:"去罢!"

五 老鼠汤

狄云回头向丁典的尸身望了一眼,向庙外走去。突然背后风声微动,啪啪两响,左右双颊上各吃了一记耳光。幸好宝象只道他是个不会丝毫武功的乡下汉子,下手不重;又幸好宝象身法奇快,一出手便即打中,否则狄云脑筋并不灵敏,遇到背后有人来袭,自然而然的会闪身躲避,决计来不及想到要装作不会武功。

狄云吃了一惊,道:"你……你……"心想:"他既识破了,那只有拼命了。"只听宝象道:"你身上有多少银子,拿出来给我瞧瞧!"狄云道:"我……我……"宝象怒道:"你身上光溜溜的,谅你这穷汉也没银子,凭你的臭面子,又能赊得到、欠得着了?哼,你说去给我买吃的,不是存心想溜么?"狄云听他这么说,反而宽心:"原来他只瞧破我去买东西是假,那倒不要紧。"宝象又道:"你这秃头说十里之内并没人烟,又怎能去买了吃的,即刻便回?这不是明明骗我么?哼,你给我说老实的,到底想什么?"狄云结结巴巴的道:"我……我……我见了大师父害怕,想逃回家去。"

宝象哈哈大笑，拍了拍长满黑毛的胸口，说道："怕什么？怕我吃了你么？"一提到这"吃"字，登时腹中咕咕直响，更饿得难受。天亮之后，他早已在庙中到处搜寻过了，半点可吃之物也没有。他喃喃的连说几句："怕我吃了你么？怕我吃了你么？"这般说着，眼中忽然露出凶光，向狄云上上下下打量。

狄云给这眼光只瞧得满身发毛，已猜到恶僧心中在打什么主意。宝象果然正在想："人肉滋味本来不错，人心人肝更加好吃，眼前现成有一口猪在这里，干么不宰了吃？"

狄云心下不住叫苦："我给他杀了，倒也没什么。瞧这恶僧的模样，显是要将我煮来吃了，这可冤得很了。我跟你拼了！"可是，拼命一定遭杀，杀了之后，仍给他吃下肚中，拼不拼又有什么分别？只见宝象双眼中凶光大炽，嘿嘿狞笑，一步步逼来，一张丑脸越发显得狰狞可怖。

宝象笑道："嘿嘿，你这瘦鬼，吃起来滋味一定不好。这死尸还比你肥胖些，只可惜死尸有毒，吃不得。没法子，没肥猪，瘦猪也只好将就着对付。"一伸手，抓住了狄云左臂。

狄云奋力挣扎，却哪里挣扎得开？心中焦急恐惧，当真难以形容。经过这几年来的惨受折磨，早已并不如何怕死，但想到要给这恶僧活生生的吃下肚去，确是忍不住全身发抖。

宝象见狄云无法逃脱，心想不如叫他先烧好汤水，然后再下手宰杀，只可惜这人不会自己宰杀自己，再将自己烧成一大碗红烧人肉，双手恭恭敬敬的端将上来，便道："我杀了你来吃，有两个法子。一是生割你腿上肌肉，随割随烤，那么你就要受零碎苦头。第二个法子是一刀将你杀了，煮肉羹吃。你说哪个法子好？"

狄云咬牙道："你要……将我杀了，你……你……你这恶和尚……"欲待破口大骂，却怕他一怒之下，更让自己惨受凌迟之苦，骂人的话到得口边，终于忍住。

宝象笑道："不错，你知道就好，越是听话，越死得爽快。你倔强挣扎，这苦头可就大了。喂，癫痢头阿三，我说啊，你去厨房里把那只铁镬拿来，满满的烧上一镬水。"

狄云明知他是要用来烹食自己，还是忍不住问："干什么？"

宝象笑道："这个就不用多问了。快去！"狄云道："要烧水，在厨房里烧好了。"宝象道:"厨房里满是灰尘、蜘蛛网,老佛爷一进去便直打喷嚏。我不瞧着你,你这小癞痢定要逃走。"狄云道:"我不逃走便是。"宝象怒道:"我说什么,便是什么。"说着一掌挥出,在他右脸上重重一击,又将他踢了个筋斗。

狄云滚在地下,突然想起:"他叫我烧水,倒是个机会,等得一大镬水烧滚,端起来泼在他身上。他赤身裸体,岂不立时烫死了?"心中存了这个主意,登时不再恐惧,便到厨房去将一只破镬端了出来。见那铁镬上半截已然残破,只能装得小半镬水,半镬滚水只怕未必能烫死这恶僧,但想就算整他不死,烫他个半死不活也好。

他将铁镬端到殿前天井中,接了檐头雨水,先行洗刷干净,然后装载雨水,直至水齐破口,无法再装为止。宝象赞道:"好极,好极!癞痢头阿三,我倒真不舍得吃了你。你这人做事干净利落,煮人肉羹是把好手!"

狄云苦笑道:"多谢大师父夸奖。"拾了七八块砖头,架在铁镬下面。破庙中多的是破桌断椅,狄云急于和宝象一决生死,快手快脚的执起破旧木料,堆在铁镬之下。可是要寻火种,却就难了。狄云张开双手,作个无可奈何的神态。

五 老鼠汤

宝象道:"怎么?没火种吗?我记得他身上有的。"说着向丁典的尸身一指。狄云见丁典的大腿给宝象砍得血肉模糊,胸中一股悲愤之气直冲上来,转头向宝象狠狠瞪视,恨不得扑上前去咬他几口。宝象却似老猫捉住了耗子一般,要玩弄一番,这才吃掉,对狄云的愤怒丝毫不以为意,笑吟吟的道:"你找找去啊。倘若生不了火,大和尚吃生肉也成。"

狄云俯下身去,在丁典的衣袋中一摸,果然摸到两件硬硬的小物,正是一把火刀,一块火石,寻思:"咱二人同在牢狱之时,丁大哥身边可没这两件东西,他却从何处得来?"翻转火刀,见刀上铸得有一行阳文招牌:"荆州老合兴铁店"。狄云曾和丁典去铁店斩断身上铐镣,想来这便是那家铁店的店号。狄云握了这对刀石,心想:"丁大哥顾虑周全,在铁店中取这火刀火石,原意是和我同闯江湖之用,不料没用上一次,便已命赴阴世。"怔怔的瞧着火刀火石,不由得潸然泪下。

宝象只道他发现火种后自知命不久长,是以悲泣,哈哈笑道:

"大和尚是千金贵体,你前世几生修到,竟能拿大和尚的肠胃作棺材,拿大和尚的肚皮作坟墓,福缘深厚,运气不坏!快生火罢!"

狄云更不多言,在庙中找到了一张陈旧已极的黄纸签,放在火刀、火石之旁,便打着了火。火焰烧到黄纸签上,本来给灰尘掩蔽着的字迹露了出来,只见签上印着"下下"、"求官不成"、"婚姻难谐"、"出行不利"、"疾病难愈"等字样,片刻之间,火舌便将纸签烧去了半截。狄云心想:"我一生不幸,不用求签便知道了。"当即将纸签去点燃了木片,镬底的枯木渐烧渐旺。

铁镬中的清水慢慢生出蟹眼泡沫,他知这半镬水过不到一炷香时分便即沸滚。他心神紧张,望望那水,又望望宝象裸露着的肚皮,心想生死存亡在此一举,一双手不自禁的打起颤来。终于白气蒸腾,破镬中水泡翻涌。狄云站直身子,端起铁镬,双手一抬,便要向宝象头上淋去。

岂知他身形甫动,宝象已然惊觉,十指伸出,抢先抓住了他的手腕,厉声喝道:"干什么?"狄云不会说谎,用力想将滚汤往宝象身上泼去,但手腕给抓住了,便似套在一双铁箍中一般,竟移动不得分毫。

宝象若要将这镬滚汤泼在狄云头上,只须手臂一甩,自是轻而易举,但却可惜了这半镬热汤,淋死了这癞痢头阿三,自己重新烧汤,未免麻烦。他双臂微一用劲,平平下压,将铁镬放回原处,喝道:"放开了手!"

狄云如何肯放开铁镬,双手又运劲回夺。宝象右足踢出,砰的一声,将他踢得直跌出去,头后脚前,撞入神坛之下。宝象心想:"这癞痢头手劲倒也不小。"这时也不加细想,喝道:"老子要宰你了。乖乖的自己解去衣服,省得老子费事。"

狄云摸出腰间藏着的尖石,便想冲出去与这恶僧一拼,忽见神坛脚边两只老鼠肚子向天,身子不住抽搐,将死未死,这一下陡然在黑暗中看到一丝光明,叫道:"我捉到了两只老鼠,给你先吃起来充饥,好不好?老鼠的滋味可鲜得紧呢,比狗肉还香。"

宝象道:"什么?是老鼠?是死的还是活的?"狄云生怕他不吃死鼠,忙道:"自然是活的,还在动呢,只不过给我捏得半死不活了。"抓住两只老鼠,从神坛下伸手出来给他看。

宝象曾吃过老鼠,知道鼠肉之味与瘦猪肉也差不多,眼见这两头老鼠毫不肥大,想是破庙之中无甚食物之故,一时沉吟未决。

　　狄云道:"大师父,我给你剥了老鼠皮,煮一大碗汤喝,包你又快又美。"

　　宝象生性大懒,要他动手杀人洗剥、割切煮食,想起来就觉心烦,听狄云说给他煮老鼠汤,倒是投其所好,道:"两只老鼠不够吃,你再去多捉几只。"

　　狄云心想:"我现下功夫已失,手脚不灵,老鼠哪里捉得到?"但好容易出现了一线生机,决不能放过,忙道:"大师父,我给你先煮了这两只大老鼠作点心,立刻再捉!"

　　宝象点头道:"那也好,要是我吃得个饱,饶你一命,又有何妨?"

　　狄云从神坛下钻了出来,说道:"我借你的刀子一用,切了老鼠的头。"

　　宝象浑没当这乡下小秃子是一回事,向钢刀一指,说道:"你用罢!"跟着又补上一句:"你有胆子,便向老子砍上几刀试试!"

　　狄云本来确有抢到钢刀、回身便砍之意,但给他先行点破,倒不敢轻举妄动了,两刀砍下鼠头,开膛破肚,剥下鼠皮,将老鼠的肠胃心肺一并用雨水洗得干净,然后放入镬中。

五　老鼠汤

　　宝象连连点头,说道:"很好,很好。你这秃头,煮老鼠汤是把好手。快再去捉几只来。"狄云道:"好,我去捉。"转身向后殿走去。宝象道:"你若想逃走,我定将你身上的肉,一块块活生生的割下来吃了。"狄云道:"捉不到老鼠便捉田鸡,江里有鱼有虾,什么都能吃。我服侍你大师父,吃得饱饱的,舒舒服服,何必定要吃我?癞痢头阿三身上有疮有癞,吃了担保你拉肚子,发寒热。"宝象道:"哼,别让我等得不耐烦了。喂,你不能走出庙去,知不知道?"

　　狄云大声答应,爬在地下,装着捕老鼠的神态,慢慢爬到后殿,站直了身子。他东张西望,想找个隐蔽处躲了起来,从后门望出去,见左首有个小小池塘,当下不管三七二十一,快步奔去,轻轻溜入池塘,只露出口鼻在水面透气,更抓些浮萍乱草,堆在鼻上。他自幼生于水滨,水性倒是甚好,只可惜这地方离江太远,否则跃入大江之中,顺流而下,宝象无论如何追赶不上。

　　过了好一会,只听得宝象叫道:"好汤! 老鼠汤不错。可惜老鼠太少。癞痢头阿三,捉到了老鼠没有?"叫了几声,跟着便大声咒骂起来。狄云将右耳伸出水面,听他的动静。但听他满口污言秽语,骂得粗俗不堪,跟着踢踢跶跶,踏着泥泞寻了出来。只跨得几步,便到了池塘边。狄云哪里还敢露面,捏住鼻子,全身钻在水底。幸好那池塘生满了青萍水藻,他一沉入塘底,在上面便看不到了。

但水底不能透气,他一直熬到忍无可忍,终于慢慢探头上来,想轻轻吸一口气,刚吸得半口,忽喇一声,一只大手抓将下来,已抓住了他后颈。宝象大骂:"不把你这小秃子割成十七八块,老子不是人。你胆敢逃走!"狄云反手抱住他胳臂,一股劲儿往池塘内拉扯。宝象没料到他竟敢反抗,塘边泥泞,脚下一滑,扑通一声,跌入了塘中。

狄云大喜,使劲将他背脊往水中按去。只是池塘水浅,宝象人又高大,池水淹不过顶,他一踏到塘底,反手便扣住狄云手腕,跟着左手将他头揿下水去。狄云早豁出了性命不要,人在水底,牢牢抱住了宝象身子,说什么也不放手。宝象一时倒给他弄得无法可施,破口大骂,一不小心,吞进了几口污水,怒气更盛,提起拳头,直往狄云背上擂去。狄云只觉这恶僧一拳打来,虽给塘水阻了一阻,力道轻了些,却也疼痛难忍,只要再挨得几拳,非昏去不可。他绝无还手之力,只有将脑袋去撞宝象的胸膛。

正纠缠得不可开交,突然间宝象大叫一声:"啊哟!"抓住狄云的手慢慢放松,举在半空的拳头也不击落,竟缓缓垂下,跟着身子挺了几挺,沉入了塘底。

狄云大奇,忙挣扎着起来,见宝象一动不动,显已死了。他惊魂未定,不敢去碰他身子,远远站在池塘一边观看。只见宝象直挺挺的躺在塘底,一动也不再动,隔了良久,看来真的已死,狄云兀自不敢放心,捧起块石头掷到他身上,见仍不动,才知不是装死。

狄云爬上岸来,猜不透这恶僧到底如何会突然死去,忽然闪过一个念头:"难道我的神照功已大有威力,自己可还不知?在他胸口撞得几头,便送了他性命?"试一运气,只觉"足少阳胆经"一脉中的内息,行到大腿"五里穴",无论如何便不上行,而"手少阳三焦经"一脉,内息行到上臂"清冷渊"也即遇阻滞。比之在狱中时反退步了,想是这几日来心神不定,搁下了功夫。显然,要练成神照功,时日火候还差得挺远。

他怔怔的站在池塘旁,对眼前的情景始终不敢相信是真事。但见雨点一滴滴的落在池塘水面,激起一个个漪涟。宝象的尸身躺在塘底,了无半丝生气。

呆了一阵,回到殿中,见铁镬下的柴火已经熄灭,铁镬旁又有两只老鼠死在地下,肚皮朝天,耳朵和后足兀自微微抖动。狄云心想:"嗯,原来宝象自己倒捉到了两只老鼠,没福享受,便给我打死了。"见镬中尚有碗许残汤,是宝象喝得剩下来的,他肚中正饥,端起铁镬,张口便要去喝老鼠汤。突然之间,鼻中闻到一阵奇特的香气。

他一呆之下,双手持着铁镬,缩嘴不喝,寻思:"这是什么香气?我闻到过的,那决不是什么好东西。"再闻了闻老鼠汤中的奇香,登时省悟,大叫:"好运气!"双手一抬,将铁镬向天井中抛了出去,转身向着丁典的尸身含泪说道:"丁大哥,你虽在死后,又救了兄弟一命。"

在千钧一发的瞬息之间,他明白了宝象的死因。

丁典中了"金波旬花"的剧毒,全身血肉都含奇毒。宝象刀砍丁典尸身,老鼠在伤口中噬食血肉。老鼠食后中毒而死,宝象煮鼠为汤而食,跟着便也中毒。两人在池塘中纠缠斗殴,宝象突然毒发身亡。眼前铁镬旁这两头死鼠,也是喝了镬中的毒汤而死的。

狄云心想:"倘若那金波旬花不是有这么一股奇怪的香气,倘若我心思转得稍慢片刻,这毒汤已然下肚去了。"又想:"我第一次闻到这'金波旬花'的香气,是在凌小姐的灵堂之中,凌知府涂在他女儿的棺木上。丁大哥以前曾闻到过的,曾中过毒,第二次怎能不知?是了,那时丁大哥见到凌小姐的棺木,心神大乱,什么都不知道了。"

他曾数度万念俱灰,自暴自弃,不想再活在人世,但此刻死里逃生,却又庆幸不已。天空仍乌云重重叠叠,大雨如注,心中却感到了一片光明,但觉只须留得一条命在,便有无尽生趣,无限风光。

他定了定神,先将丁典的尸身端端正正的放在殿角,然后出外将宝象的尸身从池塘里拉起,挖个坑埋了。回到殿中,见宝象的衣服搭在神坛之上,坛上放着一个油布小包,另有十来两碎银子。

他好奇心起,拿过油布小包,打了开来,见里面又包着一层油

五 老鼠汤

纸,再打开油纸,见是一本黄纸小书,封皮上弯弯曲曲的写着几行字不像字、图不像图的花样,也不知是什么。翻将开来,见第一页上绘着一个精瘦干枯的裸体男子,一手指天,一手指地,面目甚为诡异,旁边注满了五颜六色的怪字,形若蝌蚪,或红或绿。狄云瞧着图中男子,见他钩鼻深目,曲发高颧,面目黝黑,不似中土人物,形貌甚为古怪,而怪异之中,更似蕴藏着一股吸引之力,令人不由自主的心旌摇动,神不守舍。他看了一会,便不敢再看。

翻到第二页,见纸上仍绘着这裸体男子,只姿式不同,左足金鸡独立,右足横着平伸而出,双手反在身后,左手握着右耳,右手握着左耳。一路翻将下去,但见这裸体人形的姿式越来越怪,花样变幻无穷,有时双手撑地,有时飞跃半空,更有时以头顶地倒立,下半身却凭空生出六条腿来。到了后半本中,那人手中却持了一柄弯刀。

他回头翻到第一页,再向图中那人脸上细瞧,见他舌尖从左边嘴角中微微伸出,同时右眼张大而左眼略眯,脸上神情古怪,便因此而生。他好奇心起,便学着这人的模样,也舌尖微吐,右眼张而左眼闭,这姿式一做,只觉得颜面间甚是舒适,再向图形中看去时,隐隐见到那男子身上有几条极淡的灰色细线,绘着经脉。狄云心道:"是了,原来这人身上不绘衣衫,是为了要显出经脉。"

丁典在狱中授他神照功之时,曾将人身的经脉行走方位,解说得极是详细明白,练这项最上乘的内功,基本关键便在于此。他早记得熟了,这时瞧着图中人身上的经脉线路,不由自主便调运内息,体内一股细微的真气便依着那经脉运行起来。

寻思:"这经脉运行的方位,和丁大哥所教的恰恰相反,只怕不对。"但随即转念:"我便试他一试,又有何妨?"当即催动内息,循图而行,片刻之间,便觉全身软洋洋地,说不出的轻快舒畅。他练神照功时,全神贯注的凝气而行,那内息便要上行一寸、二寸,也万分艰难,但这时照着图中的方位运行,霎时之间便如江河奔流,竟丝毫不用力气,内息自然运行。他又惊又喜:"怎么我体内竟有这样的经脉?莫非连丁大哥也不知么?"跟着又想:"这册子是那恶和尚的,书上文字图形又都邪里邪气,定不是什么正经东西,还是别去沾惹的为是。"

但这时他体内的内息运行正畅,竟不想就此便停,心中只想:

"好罢,只玩这么一次,下次不能再玩了。"渐觉心旷神怡,全身血液都暖了起来,又过一会,身子轻飘飘地,好似饱饮了烈酒一般,禁不住手舞足蹈,口中呜呜呜的低声呼叫,脑中一昏,倒在地下,便什么也不知道了。

过了良久,这才知觉渐复,缓缓睁眼,只觉日光照耀,原来大雨早停,太阳晒进殿来。狄云一跃而起,只觉精神勃勃,全身充满了力气,心想:"难道这本册子上的功夫,竟有这般好处?不,不!我还是照丁大哥所授的功夫用心习练才是,这种邪魔外道,一沾上身,说不定后患无穷。"拿起册子,要想伸手撕碎,但转念又想,总觉其中充满秘奥,不舍得便此毁去。

他整理一下衣衫,见破烂已极,实难蔽体,丁典尸身上的衣裤也都已撕烂斩碎,只见宝象的僧衣和裤子搭在神坛之上,倒是完好,于是取过来穿在身上。虽穿了这恶僧的僧袍,心中甚觉别扭,但总胜于裤子上烂了十七八个破洞,连屁股也遮不住。他将那本册子和十多两碎银都揣在怀里,到大树下的泥坑中将那包首饰和银两挖了出来收起,抱起丁典尸身,走出庙去。

行出百余丈,迎面来了个农夫,见他手中横抱死尸,大吃一惊,失足摔在田中,满身泥泞的挣扎起来,快步逃走。

狄云知道如此行走,必定惹事,但一时却也想不出什么善策。幸好这一带甚是荒僻,一路走去,不再遇到行人。他横抱着丁典,心下只想:"丁大哥,丁大哥,我舍不得和你分手,我舍不得和你分手。"

忽听得山歌声起,远远有七八名农夫荷锄走来,狄云忙一个箭步,躲入山旁的长草之中,待那些农夫走过,心想:"若不焚了丁大哥的遗体,终究不能完成他与凌小姐合葬的心愿。"到山坳中拾些枯枝柴草,一咬牙,点燃了火,在丁典尸身旁焚烧起来。

火舌吞没了丁典头发和衣衫,狄云只觉得这些火焰是在烧着自己的肌肉,扑在地下,咬着青草泥土,泪水流到了草上土中,又流到了他嘴里……

狄云细心捡起丁典的骨灰,郑重包在油纸之中,外面再裹以油布。这油纸油布本是宝象用来包藏那本黄纸册子的。包裹外用布条好好的缚紧了,这才贴肉缚在腰间。再用手挖了一坑,将剩下的灰烬拨入坑中,用土掩盖了,拜了几拜。

站起身来,心下茫然:"我要到哪里去?"世上的亲人,便只师父一人,自然而然的想起:"我且回沅陵去寻师父。"师父刺伤万震山而逃去,料想不会回归沅陵老家,必是隐姓埋名,远走高飞。但这时除了回沅陵去瞧瞧之外,实在想不出还有旁的什么地方可去。

转上了大路,向乡人一打听,原来这地方大地名叫塔市口,对江便是湖北监利县,当地已属湖南地界。此处江边荒僻,狄云到了塔市口,取出碎银买些面食吃了。

出得店来,只听得喧哗叫嚷,人头涌涌,不少人吵成一团,跟着砰砰声响,好些人打了起来。狄云好奇心起,便走近去瞧瞧热闹。

只见人丛之中,七八条大汉正围住一个老者殴打。那老者青衣罗帽,家人装束。那七八条汉子赤足短衣,身边放着短秤鱼篓,显然都是鱼贩。狄云心想这是寻常打架,没什么好瞧的,正要退开,只见那老家人飞足将一名壮健鱼贩踢了个筋斗,原来他竟身有武功。

这一来,狄云便要瞧个究竟了。只见那老家人以寡敌众,片刻间又打倒了三名鱼贩。旁边瞧着的鱼贩虽众,一时竟无人再敢上前。忽听得众鱼贩欢呼起来,叫道:"头儿来啦,头儿来啦!"只见江边两名鱼贩飞奔而来,后面跟着三人。那三人步履颇为沉稳,狄云一眼瞧去,便知身有武功。

那三人来到近前,为首一人是个四十来岁汉子,蜡黄脸皮,留着一撇鼠须,向倒在地下哼哼唧唧的几名鱼贩望了一眼,说道:"阁下是谁,仗了谁的势头,到我们塔市口来欺人?"他这几句话是向那老家人说的,可是眼睛向他望也没望上一眼。

那老家人道:"我只是拿银子买鱼,什么欺人不欺人的?"

那头儿向身旁的鱼贩问道:"干么打了起来?"那鱼贩道:"这老家伙硬要买这对金色鲤鱼。我们说金色鲤鱼难得,是头儿自己留下来合药的。这老家伙好横,非买不可。我们不卖,他竟动手便抢。"

那头儿转过身来,向那老家人打量了几眼,说道:"阁下的朋友,是中了蓝砂掌么?"那老家人一听,脸色变了,说道:"我不知道什么红砂掌、蓝砂掌。我家主人不过想吃鲤鱼下酒,吩咐我拿了银子来买鱼。普天下可从来没有什么鱼能卖、什么鱼又不能卖的规矩?"鱼贩头儿冷笑道:"真人面前说什么假话?阁下主人是谁?倘若是好朋友,别说金色大鲤可以奉送,在下还可送上一粒专治蓝砂掌的'玉肌丸'。"

那老家人脸色更加惊疑不定,隔了半晌,才道:"请问阁下是谁?如何知道蓝砂掌?如何又有玉肌丸?难道,难道……"鱼贩头儿道:"不错,在下和那使蓝砂掌的主儿,确有三分渊源。"

那老家人更不打话,身形一起,伸手便向一只鱼篓抓去,行动甚为迅捷。鱼贩头儿冷笑道:"有这么容易?"呼的一掌,便往他背心上击去。老家人回掌一抵,借势借力,身子已飘在数丈之外,提着鱼篓,急步疾奔。那鱼贩头儿没料到他有这一手,眼见追赶不上,手一扬,一件暗器带着破空之声,向他背心急射而去。

那老家人夺到鲤鱼,满心欢喜,一股劲儿的发足急奔,没想到有暗器射来。鱼贩头子发射的是一枚瓦楞钢镖,他手劲挺大,去势颇急。狄云眼见那老家人不知闪避,心中不忍,顺手提起地下一只鱼篓,从侧面斜向钢镖掷去。

他武功已失,手上原没多少力道,只是所站地位恰到好处,只听得卜的一声响,钢镖插入了鱼篓。那鱼篓向前又飞了数尺,这才落地。

五

老鼠汤

那老家人听得背后声响,回头瞧时,只见那鱼贩头子手指狄云,骂道:"兀那小贼秃,你是哪座庙里的野和尚,却来理会长江铁网帮的闲事?"

狄云一怔:"怎地他骂我是小贼秃了?"见那鱼贩头子声势汹汹,又说到什么"长江铁网帮",记得丁大哥常自言道,江湖上各种帮会禁忌最多,要是不小心惹上了,往往受累无穷。他不愿无缘无故的多生事端,便拱手道:"是小弟的不是,请老兄原谅。"

那鱼贩头子怒道:"你是什么东西,谁来跟你称兄道弟?"跟着左手一挥,向手下的鱼贩道:"把这两人都拿下了。"

便在此时,只听得叮当叮当,叮玲玲,叮当叮当,叮玲玲一阵铃声,两骑马自西至东,沿着江边驰来。那老家人面有喜色,道:"我家主人亲自来啦,你跟他们说去。"

鱼贩头子脸色一变,道:"是'铃剑双侠'?"但随即脸色转为高傲,道:"是'铃剑双侠'便又怎地?还轮不到他们到长江边上来耀武扬威。"

说话未了,两乘马已驰到身前。狄云只觉眼前一亮,但见两匹马一黄一白,神骏高大,鞍辔鲜明。黄马上坐着个青年男子,二十五六岁,一身黄衫,身形高瘦。白马上乘的是个少女,二十岁上下年纪,白衫飘飘,左肩上悬着一朵红绸制的大花,脸容白嫩,相貌甚为俏丽。两人腰垂长剑,手中都握着条马鞭,两匹马一般的高头长身,难得的是黄者全黄,白者全白,身上竟没一根杂毛。黄马颈下挂了一串黄金鸾铃,白马的鸾铃则是白银所铸,马头微一摆动,金铃便发出叮当叮当之声,银铃的声音又是不同,叮玲玲、叮玲玲的,更为清脆动听。端的是人俊马壮。狄云一生之中,从没见过这般齐整标致的人物,不由得心中暗暗喝一声采:"好漂亮!"

那青年男子向着那老者道:"水福,鲤鱼找到了没有?在这里干什么?"那老家人道:"汪少爷,金色鲤鱼找到了一对,可是……可是他们偏不肯卖,还动手打人。"

那青年瞥眼见到地下鱼篓上的钢镖,说道:"嘿,谁使这般歹毒的暗器?"马鞭一伸,鞭丝已卷住钢镖尾上的蓝绸,提了回来,向那少女道:"笙妹,你瞧,是见血封喉的'蝎尾镖'!"

那少女道:"是谁用这镖了?"话声甚是清亮。

那鱼贩头子微微冷笑,右手紧握腰间单刀刀柄,说道:"铃剑双侠这几年闯出了好大的名头,长江铁网帮不是不知。可是你们想欺到我们头上,只怕也没这么容易。"他语气硬中带软,显然不愿与铃剑双侠发生争端。

那少女道:"这蝎尾镖蚀心腐骨,太过狠毒,我爹爹早说过谁也不许再用,难道你不知道么?幸好你不是用来打人,打鱼篓子练功夫,倒也不妨。"

水福道:"小姐,不是的。这人发这毒镖射我。多蒙这位小师父斜刺里掷了这只鱼篓过来,才挡住了毒镖。要不然小的早已没命了。"他一面说,一面指着狄云。

狄云暗暗纳闷:"怎地一个叫我小师父,一个骂我小贼秃,我几时做起和尚来啦?"

那少女向狄云点了点头,微微一笑,示意相谢。狄云见她一笑之下,容如花绽,更加娇艳动人,不由得脸上一热,微感羞涩。

那青年听了水福之言,脸上登时如罩了层严霜,向那鱼贩头子道:"此话当真?"不待对方回答,马鞭抖动,鞭上卷着的钢镖疾飞而出,风声呼呼,啪的一响,钉在十数丈外的一株柳树上,手劲之强,实足惊人。

那鱼贩头子兀自口硬,说道:"逞什么威风了?"那青年公子喝道:"便是要逞这威风!"提起马鞭,向他劈头打落,那鱼贩头子举刀使格。不料那公子的马鞭忽然斜出向下,着地而卷,招数变幻,直攻对方下盘。鱼贩头子急忙跃起相避。这马鞭竟似是活的一般,倏的反弹上来,已缠住了他右足。那公子足尖在马腹上轻轻一点,胯下黄马立时前冲。那鱼贩头子的下盘功夫本来甚是了得,这青年公子就算用鞭子缠住了他,也未必拖他得倒。但这公子先引得他跃在半空,令他根基全失,这才挥鞭缠足。那黄马这一冲有千斤之力,鱼贩头子力气再大,也禁受不起,他身躯给黄马拉着,凌空而飞。众鱼贩大声呐喊,七八个人随后追去,意图救援。

那黄马纵出数丈,将那马鞭绷得有如弓弦,青年公子蓄势借力,振臂甩出,那鱼贩头子便如腾云驾雾般飞了出去。他空有一身武功,却半点使不出来,身子不由自主的向江中射去。岸上众人大惊之下齐声呼喊。只听得扑通声响,水花溅起老高,鱼贩头子摔入了江中,霎时间沉入水底,无影无踪。

那少女拍手大笑,挥鞭冲入鱼贩群中,东抽一记,西击一招,将众鱼贩打得跌跌撞撞的四散奔逃。鱼篓鱼网撒了一地,鲜鱼活虾在地下乱爬乱跳。

那鱼贩头子一生在江边讨生活,水性自是精熟,从江面上探头出来,已在下游数十丈之外,污言秽语的乱骂,却也不敢上岸再来厮打。

水福提起盛着金鲤的鱼篓,打开盖子,欢欢喜喜的道:"公子请看,红嘴金鳞,难得又这般肥大。"那青年道:"你急速送回客店,请花大爷用来救人。"水福道:"是。"走到狄云身前,躬了躬身,道:"多谢小师父救命之恩。不知小师父的法名怎生称呼?"狄云听他左一句小师父,右一句小师父,叫得自己心中发毛,一时答不上话来。那青年道:"快走,快走。千万不能耽搁了。"水福道:"是。"不及等狄云答话,快步去了。

狄云见这两位青年男女人品俊雅,武艺高强,心中暗自羡慕,颇

五　老鼠汤

有结纳之意,只是对方并不下马,想要请教姓名,颇觉不便。正犹豫间,那公子从怀中掏出一锭黄金,说道:"小师父,多谢你救了我们老家人一命。这锭黄金,请师父买菩萨座前的香油罢。"轻轻抛出,将金子向狄云投了过来。狄云左手抄过接住,向他回掷过去,说道:"不用了。请问两位尊姓大名。"

那青年见他接金掷金的手法,显是身有武功,不等金子飞到身前,马鞭挥出,已将金子卷住,说道:"师父既然也是武林中人,想必得知铃剑双侠的小名。"

狄云见他抖动马鞭,将那锭黄金舞弄得忽上忽下,神情举止,颇有轻浮之意,便道:"适才我听那鱼贩头子称呼两位是铃剑双侠,但不知阁下尊姓大名。"那青年怫然不悦,心道:"你既知我们是铃剑双侠,怎会不知我的姓名?"口中"嗯"了一声,也不答话。

便在此时,一阵江风吹了过来,拂起狄云身上所穿僧袍的衣角。

那少女一声惊噫,道:"他……他是青海黑教的……的……血刀恶僧。"那青年满脸怒色,道:"不错。哼,滚你的罢!"

狄云大奇,道:"我……我……"向那少女走近一步,道:"姑娘你说什么?"那少女脸上现出又惊又恐的神态,道:"你……你……你别走近我,滚开。"狄云心中一片迷惘,问道:"什么?"反而更向她走近了一步。

那少女提起马鞭,唰的一声,从半空中猛击下来。狄云万料不到她说打便打,转头欲避,已然不及,唰的一声响处,这一鞭着着实实的打在脸上,从左额角经过鼻梁,通向右边额角,击得好不沉重。狄云惊怒交集,道:"你……你干么打我?"见那少女又挥鞭打来,伸手便欲去夺她马鞭,不料这少女鞭法变幻,他右手刚探出,马鞭已缠上了他头颈。

跟着只觉得后心猛地一痛,已给那青年公子从马上出腿,踢了一脚,狄云立足不定,向前便倒。那公子催马过来,纵马蹄往他身上踹去。狄云百忙中向外滚开,昏乱中只听得银铃声叮玲玲的响了一下,一条白色的马腿向自己胸口踏将下来。狄云更没思索地,情知这一脚只要踹实了,立时便会送命,急忙缩身,但听得喀喇一响,不知断了什么东西,眼前金星飞舞,什么也不知道了。

待得他神智渐复,醒了过来,已不知过了多少时候。迷迷糊糊中撑手想要站起,突然左腰一阵剧痛,险些又欲晕去,跟着哇的一声,吐出一大口鲜血。他慢慢转头,只见左腿裤脚上全是鲜血,一条左腿扭得向前弯转。他好生奇怪:"这条腿怎会变成这个样子?"过了一会,这才明白:"那姑娘纵马踹断了我的腿。"

他全身乏力,腿上和背心更痛得厉害,一时之间自暴自弃的念头又生:"我不要活了,便这么躺着,快快死了才好。"他也不呻吟,只盼速死。可是想死却并不容易,甚至想昏去一阵也是不能,心中只想:"怎么还不死?怎么还不死?"

过了良久,这才想到:"我跟他二人无冤无仇,没半点地方得罪了他们,正说得好好地,干么忽然对我下这毒手?"苦苦思索,心中一片茫然,实无丝毫头绪,自言自语:"我就这么蠢,倘若丁大哥在世,就算不能助我,也必能给我解说这中间的道理。"

一想起丁典,立时转念:"我答应了丁大哥,将他与凌小姐合葬。这心愿未了,我无论如何不能便死。"伸手向腰间摸去,发觉丁典的骨灰包没给人踢破,心下稍慰,用力坐起身来,喉头一甜,又是鲜血上涌。他知道多吐一口血,身子便衰弱一分,强自运气,想将这口血压将下去,却觉口中咸咸的,一张嘴,又是一摊鲜血倾在地下。

五

老鼠汤

最痛的是那条断腿,就像几百把小刀不住在腿上砍斩,终于连爬带滚的到了柳荫下,心想:"我不能死,说什么也得活下去。要活下去便得吃东西。"见地下的鱼虾早已停止跳动,死去多时,便抓了几只虾塞入口中,胡乱咀嚼,心想:"先得接好断腿,再想法子快快离开。"

游目四顾,见众鱼贩抛在地下的各样物事兀自东一件、西一件的散着,于是爬过去取了一柄短桨,又取过一张渔网,先将渔网慢慢拆开,然后搬正自己断腿,将短桨靠在腿旁,把渔网的麻绳缠了上去。缠一会,歇一会,每逢痛得要晕去时,便闭目喘气,等力气稍长,又再动手。

好容易绑好断腿,心想:"要养好我这条腿,少说也得两个月时光。却到哪里去养息才好?"瞥眼见到江边的一排渔舟,心念一动:"我便住在船中,不用行走。"他生怕这批鱼贩回来,更遭灾难困厄,虽已筋疲力尽,却不敢稍歇,向着江边爬去,爬上一艘渔船,解下船缆,扳动短桨,慢慢向江心划去。

一低头时,只见身上一角僧袍翻转,露出黑色衣襟上一把殷红带血的短刀,乃以大红丝线所绣,刀头上有三点鲜血滴下,也是红线绣成,形状生动,甚为可怖。他蓦地醒悟:"啊,是了,这是宝象恶僧的僧袍。这两人只道我是恶僧一伙。"一伸手,便摸到了自己光秃秃的脑袋。

他这才恍然,为什么那老家人口口声声的称自己为"小师父",而长江铁网帮的鱼贩头子又骂自己为"小贼秃",原来自己早已乔装改扮做了个和尚,却兀自不觉。又想:"我衣角翻开,那姑娘便说我是青海黑教的什么血刀恶僧。这把血刀的模样这么难看,这派和尚又定是无恶不作之人,单看宝象,便可想而知。"

他无端端的给踹断了腿,本来恼怒悲愤之极,一想明白其间的原因过节,登时便对"铃剑双侠"消了敌意,反觉这对青年英侠嫉恶如仇,实是大大的好人。只是这二人武功高强,人品俊雅,自己便算解释明白了误会,也不配跟他们结交。

将渔船慢慢划出十余里,见岸旁有个小市镇,远远望去,人来熙往的甚是热闹,心想:"这件僧衣披在身上,是个大大的祸胎,须得尽早换了去才好。"当下将船划近岸边,撑着短桨拄地,忍痛挣扎着一跛一拐,走上岸去。市上行人见这青年和尚跛了一条腿,满身血污,向他瞧去时脸上都露出惊疑神色。

对这等冷漠疑忌的神气,狄云这几年来受得多了,倒也不以为意。他缓缓在街上行走,见到一家旧衣店,便进去买了一件青布长袍,一套短衫裤。这时更换衣衫,势须先行赤身露体,只得将青布长袍穿在僧袍之外,又买了顶毡帽,盖住光头,然后到西首一家小饭铺中去买饭充饥。待得在饭铺的长凳上坐定,累得几欲晕倒,又呕了两大口血。

店伴送上饭菜,是一碗豆腐煮鱼,一碗豆豉腊肉。狄云闻到鱼肉和米饭的香气,精神为之一振,拿起筷子,扒了两口饭,夹起块腊肉送进口中,咀嚼得几下,忽听得西北角上叮当叮当、叮玲玲、叮当叮当、叮玲玲,一阵阵鸾铃之声响了起来。

他口中的腊肉登时便咽不下咽喉,心道:"铃剑双侠又来了。要不要迎出去说明误会?我平白无辜的给他们纵马踩成这般重伤,若不说个清楚,岂不冤枉?"

可是他这些日子中受苦太深,给人欺侮惯了,转念便想:"我这一生受的冤枉,难道还算少了?再给他们冤枉一次,又有何妨?"但听得鸾铃之声越响越近,狄云转过身来,面朝里壁,不愿再和他们相见。

便在这时,忽然有人伸手在他肩头一拍,笑道:"小师父,你干下的好事发了,我们太爷请你去喝酒。"

狄云一惊,转身过来,见是四个公人,两个拿着铁尺铁链,后面两人手执单刀,满脸戒备之色。狄云叫声"啊哟",站起身来,顺手抓起桌上一碗腊肉,劈头向左首那公人掷去,跟着手肘上抬,掀起板桌,将豆腐、白饭、菜汤,齐向第二名公人身上倒去,心道:"荆州府的公人追到了。我若再落在凌退思的手中,哪里还有命在?"

两名公人给他夹头夹脑的热菜热汤泼在身上,忙向后退,狄云已抢步奔出。但只跨得一步,脚下一个踉跄,险些摔倒,他在惶急之际,竟忘了左腿已断。第三名公人瞧出便宜,举刀砍来。狄云武功虽失,对付这些公人却仍绰绰有余,抓住他手腕拧转,已夺过了他单刀。

五 老鼠汤

四名公人见他手中有了兵器,哪里还敢欺近,只是大叫:"采花淫僧拒捕伤人啊!""血刀恶僧又犯了案哪!""奸杀官家小姐的淫僧在这里啊!"

这么一叫嚷,市镇上众人纷纷过来,见到狄云这么满脸都是伤痕血污的可怖神情,都远远站着,不敢走近。

狄云听得公人的叫嚷,心道:"难道不是荆州府派来捉拿我的?"大声喝道:"你们胡说些什么?谁是采花淫僧了?"

叮当叮当、叮玲玲几声响处,一匹黄马、一匹白马双双驰到。"铃剑双侠"人在马上,居高临下,一切早已看清。两人一见狄云,怔了一怔,觉得面容好熟,立时便认出他便是那血刀恶僧,只乔装改扮了,想要掩饰本来面目。

一名公人叫道:"喂,大师父,你风流快活,也不打紧,怎地事后又将人家姑娘一刀杀了?好汉一人做事一身当,跟我们到县里去打了这桩官司罢。"另一名公人道:'你去买衣买帽,改装易容,可都给哥儿们瞧在眼里啦。你今天是逃不走了,还是乖乖的上了绑罢。"狄云怒道:"你们就会胡说八道,冤枉好人。"一名公人道:"那是决计冤枉不了的。大前天晚上你闯进李举人府中,奸杀李举人的两位小姐,我清清楚楚瞧见了的,眼睛眉毛,鼻头嘴巴,没一样错了,的的确确便是你。"

"铃剑双侠"勒马站在一旁观看。

"表哥,这和尚武功没什么了不起啊。刚才若不是瞧在他救了水福性命的份上,早就杀了他。原来他……他竟这么坏。"

"我也觉得奇怪。虽说这些恶僧在长江两岸做了不少天理难容的大案,伤了十几条人命,公人奈何他们不得,可是两湖豪杰又何必这等大惊小怪? 瞧这小和尚的武功,他的师父、师兄们也高明不到了哪里去。"

"说不定他这一伙中另有高手,否则的话,两湖豪杰干么要来求我爹爹出手? 又上门去求陆伯伯、花伯伯、刘伯伯?"

"哼,这些两湖豪杰也当真异想天开,天下又有哪一位高人,须得劳动'落花流水'四大侠同时出手,才对付得了?"

"嘻嘻,劳动一下咱们'铃剑双侠'的大驾,那还差不多。"

"表妹,你到前面去等我,让我一个人来对付这贼秃好了。"

"我在这里瞧着。"

"不,你还是别在这里。武林中人日后说起这回事来,只说是我汪啸风独自出手,杀了血刀恶僧,可别把水笙水女侠牵扯在内。你知道,江湖上那些人的嘴可有多脏。"

"对,你想得周到,我可没你这么细心。"

血刀僧勒转马头,回奔过来,双马相交,一擦而过。水笙只觉眼前红光闪动,鼻尖上微微一凉,随即觉到放在鼻上的那根头发已不在了。

六　血刀老祖

　　狄云见四下里闲人渐围渐多,脱身更加难了,举刀舞动,喝道:"快给我让开!"左腋下撑着那条短桨,便向东首冲去。围在街头的闲人发一声喊,四散奔逃。那四名公人叫道:"采花淫僧,往哪里走?"硬着头皮追了上去。狄云单刀斜指,手腕翻处,已划伤了一名公人手臂。那公人大叫:"拒捕杀人哪!拒捕杀人哪!"

　　水笙催马走开。汪啸风纵马上前,马鞭扬出,唰的一声,卷住了狄云手中单刀,往外急甩。狄云手上无力,单刀立时脱手飞出。汪啸风左臂探出,抓住了他后颈衣领,将他身子提起,喝道:"淫僧,你在两湖做下了这许多案子,还想活命不成!"右手反按剑把,青光闪处,长剑出鞘,便要往狄云颈中砍落。

　　旁观众人齐声喝采:"好极,好极!""杀了这淫僧!""大伙儿咬他一口出气!"

　　狄云身在半空,全无半分抗拒之力,暗暗叹了口气,心道:"我命中注定要给人冤枉,那也没法可想。"眼见汪啸风手中的长剑已举在半空,他微微苦笑,心道:"丁大哥,不是小弟不愿尽力,实在我运气太坏。"

　　忽闻得远处一个苍老干枯的声音说道:"手下留人,休伤他性命!"

　　汪啸风回过头去,见是一个身穿黑袍的和尚。那和尚年纪极老,尖头削耳,脸上都是皱纹,身上僧袍的质地颜色和狄云所穿一模一样。汪啸风脸色立变,知是青海血刀僧一派,举剑便向狄云颈中砍落,准拟先杀小淫僧,再杀老淫僧。剑锋离狄云的头颈尚有尺许,猛觉右手肘弯中一麻,已遭暗器打中穴道。他手中长剑软软垂了下来,虽力道全无,但剑刃锋利,仍在狄云左颊划了道血痕。

那老僧身形如风,欺近身来,挥掌将汪啸风推落下马,左手抓起狄云,右腿一抬,竟在平地跨上了黄马马背。旁人上马,必是左足先踏上左镫,然后右腿跨上马背,但这老僧既不纵跃,亦不踏镫,一抬右腿,便上了马鞍,纵马向水笙驰去。

水笙听得汪啸风惊呼,当即勒马。汪啸风叫道:"表妹,快走!"水笙微一迟疑,掉转马头,那老僧已骑了黄马追到。他将狄云往水笙身后的白马鞍子上放落,正要顺手将她推下,水笙已拔出长剑,转身向他头顶砍落。那老僧见到她秀丽的容貌,不禁一怔,说道:"好美!"手臂前探,点中了她腰间穴道。

水笙长剑砍到半空,陡然间全身无力,长剑当啷落地,心里又惊又怕,忙要跃下马来,突觉后腰上又即酸痛麻软,双腿已不听使唤。

那老僧左手牵住白马缰绳,双腿力夹,黄马、白马便叮当叮当、叮玲玲,叮当叮当、叮玲玲的去了。

汪啸风躺在地下,大叫:"表妹,表妹!"眼睁睁瞧着表妹为两个淫僧掳去,后果不堪设想,可是他全身酸软,竭尽平生之力,也动弹不了半分。

但听得那些公人大叫大嚷:"捉拿淫僧啊!""血刀恶僧逃走了!""拒捕伤人啊!"

狄云身在马背,一摇一晃的险些摔下,自然而然的伸手一抓,触手之处,只觉软绵绵地,低头看时,见抓住的正是水笙后背腰间。水笙大惊,叫道:"恶和尚,快放手!"狄云也即吃惊,急忙松手,抓住了马鞍。但他坐在水笙身后,两人身子无法不碰在一起。水笙只叫:"放开我,放开我!"那老僧听得厌烦,伸过手来点了她哑穴,这么一来,水笙连话也说不出来了。

那老僧骑在黄马背上,不住打量水笙的身形面貌,啧啧称赞:"很标致,好得很!老和尚艳福不浅。"水笙嘴巴虽哑,耳朵却不聋,只吓得魂飞魄散,差一点便即晕去。

那老僧纵马一路西行,尽拣荒僻处驰去。行了一程,觉两匹坐骑的鸾铃之声太过刺耳,叮当叮当、叮玲玲的,显然是引人来追,当即伸手出去,将金铃、银铃一个个都摘了下来。这些铃子是以金丝银丝系在马颈,他顺手一扯便拉下一枚,放入怀中之时,每只铃子都已捏扁成块。

那老僧不让马匹休息,行到向晚,到了江畔山坡上一处悬崖旁,见地势荒凉,四下里既无行人,又无房屋,将狄云从马背抱下,放在地上,又将水笙抱下,再将两匹马牵到一株大树下,系在树上。他向水笙上上下下的打量片刻,笑嘻嘻的道:"妙极!老和尚艳福不浅!"这才盘膝坐定,对着江水闭目运功。

狄云坐在他对面,思潮起伏:"今日遭遇当真奇怪之极。两个好人要杀我,这老和尚却来救了我。这和尚显然跟宝象是一路,决不是好人,他若去侵犯这姑娘,那便如何是好?"天色渐渐黑了下来,耳听得山间松风如涛,夜鸟啾鸣,偶一抬头,便见到那老僧犹似僵尸一般的脸,心中不由得怦怦乱跳,斜过头去,见到草丛中露出一角素衣,正是水笙倒在其中。他几次想开口问那老僧,但见他神色俨然,用功正勤,始终不敢出声打扰。

过了良久,那老僧突然徐徐站起,左足跷起,脚底向天,右足站在地下,双手张开,向着山凹里初升的一轮明月。狄云心想:"这姿式我在哪里见过?是了,宝象那本小册之中,便绘得有这个古怪的图形。"但见那老僧这般单足站立,竟如一座石像一般,绝无半分摇晃颤抖。过得一会,呼的一声,那老僧斗然跃起,倒转了身子落将下来,双手在地下一撑,便头顶着地,两手左右平伸,双足并拢,朝天挺立。

狄云觉得有趣,从怀中取出那本册子,翻到一个图形,月光下看来,果然便和那老僧此刻的姿式一模一样,心中省悟:"这定是他们门中练功的法子。"

眼见那老僧凝神闭目,全心贯注,一个个姿式层出不穷,一时未必便能练完,狄云将册子放回怀中,心想:"这老僧虽救了我性命,但显是个邪淫之徒,他掳了这姑娘来,分明不怀好意。乘着他练功入定之际,我去救了那姑娘,一同乘马逃走。"

他明知此举十分凶险,可总不忍见水笙好好一个姑娘受淫僧欺辱,当下悄悄转身,轻手轻脚的向草丛中爬去。他在牢狱中常和丁典一齐练功,知道每当吐纳呼吸之际,耳聋目盲,五官功用齐失,只要那老僧练功不辍,自己救那姑娘,他就未必知觉。

他身子一动,断腿处便痛得难以抵受,只得将全身重量都放在一双手上,慢慢爬到草丛间,幸喜那老僧果然并未知觉。低下头来,见月光正好照射在水笙脸上。她睁着圆圆的大眼,脸上神色显得恐惧之极。狄云生怕惊动老僧,不敢说话,便打个手势,示意自己前来相救。

水笙自遭老僧掳到此处,心想落入这两个淫僧的魔手,以后只怕求生不能,求死不得,所遭的屈辱不知将如何惨酷,苦于穴道被点,别说无法动弹,连一句话也说不出口。她给老僧放在草丛之中,蚂蚁蚱蜢在她脸上颈中爬来爬去,早已万分难受,这时忽见狄云偷偷摸摸的爬将过来,只道他定然不怀好意,要对自己非礼,不由得害怕之极。狄云连打手势,示意救她,但水笙惊恐之中,将他的手势都会错了意,只有更加害怕。

狄云伸手拉她坐起,手指大树边的马匹,意思说要和她一齐上马逃走。水笙全身软软的全然使不出力。狄云若双腿健好,便能抱了她奔下坡去,但他断腿后自己行走兀自艰难,无论如何不能再抱一人,唯有设法解开她穴道,让她自行。只是他不明点穴解穴之法,只得向水笙连打手势,指着她身上各处部位,盼她以眼色指示,何处能够解穴。

水笙见他伸手向自己全身各处东指西指,不禁羞愤到了极点,也痛恨到了极点:"这小恶僧不知想些什么古怪法门,要来折辱于我。我只要身子能动,即刻便向石壁上一头撞死,免受他百端欺侮。"

狄云见她神色古怪,心想:"多半她也是不知。"眼前除了解她穴道之外,更没第二条脱身逃走的途径,可是说什么也不敢开口,暗道:"姑娘,我是一心助你脱险,得罪莫怪。"当下伸出手去,在她背上轻轻推拿了几下。

这轻轻几下推揉,于解穴自然毫无功效,但水笙心中的惊恐却又增了几分。她表哥汪啸风自幼在她家跟她父亲学艺,和她青梅竹马,情好弥笃,父亲也早说过将她许配给表哥。两人虽时时一起出门,行侠江湖,但互相以礼自持,连手掌也从不相触。狄云这么推拿得几下,她泪水已扑簌簌的流了下来。

狄云微微一惊,心道:"她为什么哭泣?嗯,想必她给点穴之后,这背心穴道一碰到便剧痛难当,因此哭了起来。我试试解她腰里穴道。"于是伸手到她后腰,轻轻捏了几下。这几下一捏,水笙的眼泪流得更加多了。狄云大为惶惑:"原来腰间穴道也痛,那便怎生是好?"他知道女子身上的尊严,这胸颈腿腹等处,那是瞧也不敢去瞧,别说去碰了,寻思:"我没法子解她穴道,若再乱试,那可使不得。只有背负她下坡,冒险逃走。"于是握着她的双臂,要将她身子拉到自己背上。

水笙气苦已极,惊怒之下,数次险欲晕去,见他提起自己手臂,显是要来解自己衣衫,一口气塞在胸间,呼不出去。狄云将她双臂一提,正要拉起她身子,水笙胸口这股气一冲,哑穴突然解了,当即叫唤:"恶贼,放开我!别碰我,放开我!"

这一下呼叫突如其来,狄云大吃一惊,双手松开,将她摔落在地,自己站立不稳,双腿软倒,压在她身上。

水笙这么一叫,那老僧立时醒觉,睁开眼来,见两人滚作一团,又听水笙大叫:"恶僧,你快一刀将姑娘杀了,放开我。"那老僧哈哈大笑,说道:"小混蛋,你性急什么?你想先偷吃师祖的姑娘么?"走上前来,一把抓住狄云背心,将他提起,走远几步,才将他放下,笑道:"很好,很好!我就喜欢你这种大胆贪花的少年,你断了一条腿,居然不怕痛,还想女人,妙极、妙极,有种!很合我脾胃。"

狄云为他二人误会,当真哭笑不得,心想:"我若说明真相,这恶僧一掌便送了我性命。只好暂且敷衍,再想法子脱身,同时搭救这姑娘。"

那老僧道:"你是宝象新收的弟子,是不是?"不等狄云回答,咧嘴一笑,道:"宝象一定很喜欢你了,连他的血刀僧衣也赐了给你,他那部《血刀秘笈》有没传给你?"

狄云心想:"《血刀秘笈》不知是什么东西?"颤抖着伸手入怀,取出那本黄纸册子。那老僧接过来翻阅一遍,又还了给他,轻拍他头顶,说道:"很好,很好!你叫什么名字?"狄云道:"我叫狄云。"那老僧道:"很好,很好!你师父传过你练功的法门没有?"狄云道:"没有。"那老僧道："嗯，不要紧。你师父哪里去了？"狄云哪敢说宝象不是自己师父，且早已死了？只得随口道："他……他在江里乘船。"

那老僧道："你师父跟你说过师祖的法名没有？"狄云道："没有。"那老僧道："我法名便叫做'血刀老祖'。你这小混蛋很讨我欢喜。你跟着师祖爷爷，包管你享福无穷，天下的美貌佳人哪，要哪一个便抱哪一个。"

狄云心想："原来他是宝象的师父。"问道："他们骂你……骂咱们是'血刀恶僧'，师……师祖是咱们这一派的掌教了？"血刀老祖笑道："嘿嘿，宝象这混蛋的口风也真紧，家门来历，连自己心爱的徒儿也不给说。咱们这一派是青海黑教中的一支，叫做血刀门。你祖师是这一门的第四代掌教。你好好儿学功夫，第六代掌教说不定便能落在你身上。嗯，你的腿断了，不要紧，我给你治治。"

他解开狄云断腿的伤处，将断骨对准，从怀中取出一个瓷瓶，倒出些药末，敷在伤处，说道："这是本门秘制的接骨伤药，灵验无比，不到一个月，断腿便平复如常。咱们明儿上荆州府去，你师父也来会齐。"狄云心中一惊："荆州我可去不得。"

血刀老祖包好狄云的伤腿，回头向水笙瞧瞧，笑道："小混蛋，这妞儿相貌挺美，不坏，当真不坏。她自称什么'铃剑双侠'。她老子水岱自居名门正派，说是中原武林中的顶儿尖儿人物，不自量力的要跟咱们'血刀门'为难，昨天竟杀了你一个师叔，他奶奶的，想不到他的大闺女却给我手到擒来。嘿嘿嘿，咱爷儿俩要教她老子丢尽脸面，剥光了这妞儿衣衫，缚在马上，赶着她赤条条的在一处处大城小镇游街，教千人万人都看个明白，水大侠的闺女是这么一副标致模样。"

水笙心中怦怦乱跳，吓得只想呕吐，不住转念："那小的恶僧固恶，这老的更加凶暴，我怎样才能图个自尽，保住我躯体清白和我爹爹颜面？"

忽听得血刀老祖笑道："说起曹操，曹操便到，救她的人来啦！"狄云心中一喜，忙问："在哪里？"血刀老祖道："还在五里之外，嘿嘿，一共有一十七骑。"狄云侧耳倾听，隐隐听到东南方山道上有马蹄之声，但相距甚远，连蹄声也若有若无，绝难分辨多寡，这老僧一听，便知来骑数目,耳力委实惊人。

血刀老祖道:"你的断腿刚敷上药,三个时辰内不能移动,否则今后便会跛了。这一二百里内,没听说有什么大本领之人,这一十七骑追兵,我都去杀了罢。"

狄云不愿他多伤武林中的正派人物,忙道:"咱们躲在这里不出声,他们未必寻得着。敌众我寡,师……师祖还是小心些的好。"

血刀老祖大为高兴,说道:"小混蛋良心好,难得,难得,咱们血刀门中武功强的人多,良心好的人少,师祖爷爷挺喜欢你的。"伸手腰间,一抖之下,手中已多了一柄软软的缅刀。刀身不住颤动,宛然是一条活蛇一般。月光之下,但见这刀的刃锋全作暗红色,血光隐隐,甚为可怖。狄云不自禁的打了个寒噤,问道:"这……这便是血刀了?"血刀老祖道:"这柄宝刀每逢月圆之夜,须割人头相祭,否则锋锐便减,于刀主不利。你瞧月亮正圆,难得一十七个人赶来给我祭刀。宝刀啊,宝刀,今晚你可以饱餐一顿人血了。"

水笙听得马蹄声渐渐奔近,心下暗喜,但听血刀老僧说得十分自负,似乎来者必死,虽不能全信,却也暗自担忧,心想:"爹爹来了没有?表哥来了没有?"

又过一会,月光下见到一列马从山道上奔来,狄云一数,果然不多不少是一十七骑。但见这十七骑衔尾急奔,迅即经过坡下山道,马上乘者并没想到要上来查察。

水笙提高嗓子,叫道:"我在这里,我在这里!"那一十七骑乘客听到声音,立时勒马转头。一个男子大声呼道:"表妹,表妹!"正是汪啸风的声音。水笙待要再出声招呼,血刀老祖伸指一弹,一粒石块飞将过去,又打中了她哑穴。

一十七人纷纷下马,聚在一起低声商议。血刀老祖突然伸手在狄云腋下一托,将他身子托将起来,朗声说道:"青海黑教血刀门,第四代掌门血刀老祖,第六代弟子狄云在此!"跟着俯身,左手抓住水笙颈后衣服,将她高高提起,朗声道:"水岱的闺女,已做了我徒孙狄云第十八房小妾,谁要来喝喜酒,这就上来罢。哈哈,哈哈!"他有意显示深厚内功,笑声震撼山谷,远远传送出去。那一十七人相顾骇然,尽皆失色。

汪啸风见表妹遭恶僧提在手里,全无抗拒之力,又说什么做了他"徒孙狄云的第十八房小妾",只怕她已遭污辱,只气得五内俱焚,大声吼叫,挺着长剑,抢先向山坡奔上。其余十六人纷纷呐喊:"杀了血刀恶僧!""为江湖上除一大害!""这等凶残淫僧,决计容他不得。"

狄云见了这等阵仗,心中好生尴尬,寻思:"这些人都当我是血刀门的恶僧,我便有一百张嘴,也分辩不得。最好他们打死了这老和尚,将水姑娘救出……可是……可是这老和尚一死,我也难以活命。"一时盼中原群侠得胜,一时又望血刀老祖打退追兵,自己也不知到底帮的是哪一边。

斜眼向血刀老祖瞧去,只见他微微冷笑,浑不以敌方人多势众为忌,双手各提一人,一柄血刀咬在嘴里,更显得狰狞凶恶。待得追来的群豪奔到二十余丈之外,他缓缓放下狄云,小心不碰动他伤腿,等群豪奔到十余丈外,他又将水笙放在狄云身旁,一柄刀仍咬在嘴里,双手叉腰,夜风猎猎,鼓动宽大的袍袖。

汪啸风叫道:"表妹,你安好么?"水笙只想大叫:"表哥,表哥!"却哪里叫得出声?但见表哥越奔越近,她心中混和着无尽喜悦、担忧、依恋和感激,只想扑入他怀中痛哭一场,诉说这几个时辰中所遭遇的苦难和屈辱。

汪啸风一意只在找寻表妹,东张西望,奔跑得便慢了几步,群豪中有七八人奔在他前面。月光之下,但见山坡最高处血刀老祖衔刀而立,凛然生威,群豪奔到离他五六丈时,不约而同的立定了脚步。

双方相对片刻,猛听得一声呼喝,两条汉子并肩冲上坡去,一使金鞭,一使双刀。

两人冲上数丈,那使双刀的脚步快捷,已绕到了血刀老祖身后,两人分据前后,大声呼喝,同时攻上。血刀老祖略一侧身,避过两般兵器,身子左右闪动,一把弯刀始终衔在嘴里,突然间左手抓住刀柄,顺手挥出,已将那使金鞭的劈去半个头颅,杀了一人之后,立时又衔刀在口。那使双刀的又惊又悲,将一对长刀舞得雪花相似,滚动而前。血刀老祖空手在他刀光中穿来插去,蓦地里右手从口中抽出刀来,从上挥落,刀锋从他头顶直劈至腰。

群豪齐声惊呼,狼狈后退,但见他口中那柄软刀上鲜血滴滴流下,嘴角边也沾了不少鲜血。

群豪虽然惊骇，但敌忾同仇，叱喝声中，四人分从左右攻上。血刀老祖向西斜走，四人大声叫骂，发足追赶，余人也蜂拥而上。只追出数丈，四人脚下已分出快慢，两人在前，两人在后。血刀老祖忽地停步，回身急冲，红光闪动，先头两人已命丧刀下。后面两人略一迟疑，血刀及颈，霎时间也均身首异处。

狄云躺在草丛之中，见他顷刻间连毙六人，武功之诡异，手法之残忍，实是不可思议，心想："这般打法，余下这十一人，只怕片刻间便给他杀个干干净净。那可如何是好？"

忽听得一人叫道："表妹，表妹，你在哪里？"正是"铃剑双侠"中的汪啸风。

水笙便躺在狄云的身旁，只是给血刀老祖点了哑穴，叫不出声，心中却在大叫："表哥，我在这里。"

汪啸风弯腰疾走，左手不住拨动长草找寻。忽然间一阵山风，卷起水笙的一角衫子。汪啸风大叫："在这里了！"扑将上来，一把将她抱起。水笙喜极流泪，全身颤抖。汪啸风只叫："表妹，表妹，你在这里！"紧紧抱住了她。二人劫后重逢，什么礼仪规矩，早都抛到了九霄云外。

汪啸风又问："表妹，你好么？"见水笙不答，将她放下。水笙脚一着地，身子便往后仰。汪啸风学过点穴，虽不甚精，却也会得基本手法，忙伸手在她腰间和背心三处穴道之上推宫过血，解了她封闭的穴道。水笙叫出声来："表哥，表哥。"

狄云当汪啸风走近，便知情势凶险，乘着他给水笙推解穴道之际，悄悄爬开。

水笙听得草中簌簌有声，想起这恶僧对自己的侮辱，指着狄云，对汪啸风道："快，快，杀了这恶僧。"这时汪啸风的长剑已还入鞘中，一听此言，唰的一声拔出，剑势如风，向狄云疾刺过去。狄云听得水笙叫唤，早知不妙，没等长剑递到，忙向外打滚，幸好处身所在正是斜坡，顺势便滚了下去。

汪啸风跟着又挺剑刺去，眼见便要刺中，突然当的一声响，虎口剧震，眼前红光闪动。他百忙中不及细想，顺手使出来的便是九式连环的"孔雀开屏"，将长剑舞成一片光屏，挡在身前。但听得叮叮当当，刀剑相交之声密如联珠，只一瞬之间，便已相撞了三十余声。

汪啸风剑法已颇得乃师水岱真传,这套"孔雀开屏"翻来覆去共有九式,平时练得纯熟,此刻性命在呼吸之间,敌人的刀招来得迅捷无比,哪里还说得上见招拆招?只是自管自的照式急舞。血刀老祖连攻三十六刀,一刀快似一刀,居然尽数给他挡了开去。

群豪只瞧得目为之眩。这时十七人中又已有三人为血刀老祖所杀,剩下来连水笙在内也只九人。众人见两人刀剑快斗,瞧得都是手心中捏一把冷汗,均想:"铃剑双侠名不虚传,他竟挡得住这般快如闪电的急攻。"

其实血刀老祖只须刀招放慢,跟他拆上十余招,汪啸风非命丧血刀之下不可,幸好血刀老祖一时没想到,对方这套专取守势的剑招,只不过是练熟了的一路剑法,心道:"好小子,咱们斗斗,到底是你快还是我快?"一味的加快强攻。

群豪都想并力上前,将血刀老祖乱刀分尸,只两人斗得实在太快,哪里插得下手去?

水笙关心表哥安危,虽手酸脚软,也不敢再多等待,俯身从地下死尸手里取过一柄长剑,上前夹攻。她和表哥平时联手攻敌,配合纯熟,汪啸风挡住了血刀老祖的攻势,水笙长剑便向敌人要害刺去。

血刀老祖数十招拾夺不下汪啸风,猛地里一声大吼,右手仍血刀挥舞,左手却空手去抓他长剑。汪啸风大吃一惊,加快挥剑,只盼将他手指削断几根,不料血刀老祖的左手竟如不怕剑锋,或弹或压,或挑或按,竟将他剑招化解了大半,这么一来,汪啸风和水笙立时险象环生。

群豪中一个老者瞧出势头不对,知道今晚"铃剑双侠"若再丧命,余下的没一人能活着离开此处,大叫:"大伙儿并肩子上,跟恶僧拼命。"

便在此时,忽听得西北角上有人长声叫道:"落——花流水!"跟着西方也有人应道:"落花——流水。""流水"两字尚未叫完,西南方有人叫道:"落花流——水。"这三人分处三方,高呼之声也是或豪放,或悠扬,音调不同,但均中气充沛,内力甚高。

血刀老祖一惊:"却从哪里钻出这三个高手来?从声音中听来,每一人的武功只怕都不在我下,三个家伙联手夹攻,那可不易对付。"他心中寻思应敌之策,手中刀招却毫不迟缓。

猛听得南边又有一人高声叫道："落花流水——"这"落花流水"的第四个"水"拖得特长，声音滔滔不绝的传到，有如长江大河一般，更比其余三人近得多。

水笙大喜，叫道："爹爹，爹爹，快来！"

群豪中有人喜道："江南四老到啦，落花流水！哈……"他那哈哈大笑只笑出一个"哈"字，胸口鲜血激喷，已遭血刀砍中。

血刀老祖听得又来一人，而此人竟是水笙之父，猛地想起一事："曾听我徒儿善勇说道，中原武林中武功最厉害的，除了丁典之外，有什么南四奇、北四怪。北四怪叫什么'风虎云龙'，南四奇则是'落花流水'。当时我听了说道滚他妈的，外号叫作'落花流水'，还能有什么好脚色？可是听这四个家伙的应和之声，可着实有点儿鬼门道。"

他寻思未定，只听得四人齐声合呼，"落花流水"之声，从四个不同方向传来，只震得山谷鸣响。血刀老祖听声音知四人相距尚远，最远的还在五里之外，但等得将眼前敌人一一杀了，那四人一合上围，可就不易脱身。他撮唇作啸，长声呼道："落花流水，我打你们个落花流水！"手指弹处，铮的一声，水笙手中长剑给他弹中，拿捏不定，长剑直飞起来。

血刀老祖叫道："狄云，预备上马，咱们可要少陪了。"

狄云答应不出，心中好生为难，要是和他同逃，难免陷溺越来越深，将来无可收拾。但如留在此处，立时便会给众人斩成碎块，要说半句话来分辩的余裕也无。只听血刀老祖又叫："徒孙儿，快牵了马。"狄云转念已定："眼前总是逃命要紧。我这一生给人冤枉，还算少了？人家心里对我怎么想法，哪管得了这许多？"等血刀老祖第三次呼叫，便即答应，拾起地下一根花枪，左手支撑着当作拐杖，走到树边去牵了两匹坐骑。

一个使杆棒的大胖子叫道："不好，恶僧想逃，我去阻住他。"挺起杆棒，便向狄云赶去。血刀老祖道："嘿，你去阻住他，我来阻住你。"横一刀，竖一刀，血刀挥处，那胖子连人带棒断为四截。余人见到他如此惨死，忍不住骇然而呼。血刀老祖原是要吓退众人的牵缠，回过长臂，拦腰抱起水笙，撒腿便向牵着坐骑的狄云身前奔来。

水笙急叫："恶僧，放开我，放开我！"伸拳往他背上急擂。她剑法不弱，拳头却出手无力，血刀老祖皮粗肉厚，给她捶上几下浑如不觉,长腿一迈便是半丈,连纵带奔,几个起落,便已到了狄云身旁。

汪啸风将那套"孔雀开屏"使发了性,一时收不住招,仍是"东展锦羽"、"西剔翠翎"、"南迎艳阳"、"北回晨风",一式式的使动。他见水笙再次被掳,忙狂奔追来,手中长剑虽仍不住挥舞,却已不成章法。

血刀老祖将狄云一提,放上了黄马,又将水笙放在他身前,低声道:"那四个鬼叫的家伙都是劲敌,非同小可。这女娃儿是人质,别让她跑了。"说着跨上白马,纵骑向东。

只听得"落花流水,落花流水"的呼声渐近,有时是一人单呼,有时却是两人、三人、四人齐声呼叫。

水笙大叫:"表哥,表哥!爹爹,爹爹!快来救我。"可是眼见得表哥又一次远远落在马后。"铃剑双侠"的坐骑黄马和白马乃千中挑、万中选的大宛骏马。平时他二人以此自豪,常说双骑脚程之快,力气之长,当世更没第三匹马及得上,可是这时为敌所用,畜生无知,仍这般疾驰快跑,马越快,离得汪啸风越加远了。

汪啸风眼看追赶不上,只有不住呼叫:"表妹,表妹!"

一个高呼"表哥",一个大叫"表妹",声音哀凄,狄云听在耳中,甚感不忍,只想将水笙推下马来,但想到血刀老祖之言:"来的都是劲敌,非同小可,这女娃儿是人质,别让她跑了。"放走水笙,血刀老祖定会大怒,此人残忍无比,杀了自己如宰鸡犬,又想如给水笙之父等四个高手追上了,自己定也不免冤枉送命。一时犹豫难决,听得水笙高叫之音已声嘶力竭,心中一酸:"他二人情深爱重,给人活生生的拆开。我跟师妹……嘿,我跟师妹,何尝不是这样?可是,可是她对待我,几时能像水姑娘对她表哥那样?"想到此处,不由得伤心,心道:"你去罢!"伸手将她推下了马背。

血刀老祖虽在前带路,时时留神后面坐骑上的动静,忽听得水笙大叫之声突停,跟着一声"啊哟",掉在地下,还道狄云断了一腿,制她不住,当即兜转马头。

水笙身子落地,轻轻一纵,已然站直,当即发足向汪啸风奔去。两人此时相距已有五十余丈,一个自西而东,一个自东而西,越奔越近。一个叫:"表哥!"一个叫:"表妹!"都是说不出的欢喜。

血刀老祖微笑勒马,竟不理会,稍候片刻,眼见汪啸风和水笙相距已不过二十余丈,这才双腿一夹,一声呼啸,向水笙追去。

狄云大惊,心中只叫:"快跑,快跑!"对面几个幸存的汉子见血刀老祖口衔血刀,纵马冲来,也齐声呼叫:"快跑,快跑!"

水笙听得背后马蹄之声越来越近,两人发力急奔之下,和汪啸风之间相距也越来越近。她奔得胸口几乎要炸裂了,膝弯发软,随时都会摔倒,却仍勉强支撑。

突然之间,觉到白马的呼吸喷到了背心,听得血刀老祖笑道:"逃得了么?"水笙伸出双手,汪啸风还在两丈以外,血刀老祖的左手却已搭上了她肩头。

她一声惊呼,正要哭出声来,只听得一个熟悉而慈爱的声音叫道:"笙儿别怕,爹来救你了!"

水笙一听,正是父亲到了,心中一喜,精神陡长,脚下不知从哪里生出一股力量,一纵之下,向前跃出丈余,血刀老祖的手掌本已搭在她肩头,竟尔为她摆脱。汪啸风向前一凑,两人左手已拉着左手。汪啸风右手长剑舞出一个剑花,心下暗道:"天可怜见,师父及时赶到,便不怕那淫僧恶魔了。"

血刀老祖嘿嘿冷笑声中,血刀递出。汪啸风急挥长剑去格,突见那血刀红影闪闪,迎风弯转,竟如一根软带一般,顺着剑锋曲了下来,刀头削向他手指。汪啸风若不放手撤剑,一只手掌立时便废了。他百忙中迅捷变招,掌心劲力吐出,长剑向敌人飞掷过去。

血刀老祖左指弹处,将长剑弹向西首飞奔而至的一个老者,右手中血刀更向前伸,直砍汪啸风面门。汪啸风仰身相避,不得不放开了水笙手掌。血刀老祖左手回抄,已将水笙抱起,横放马鞍。他却不拉转马头,仍向前直驰,冲向前面中原群豪。

拦在道中的几条汉子见他驰马冲来,齐声发喊,散在两旁。血刀老祖口发嘀嘀怪声,砍翻一名汉子,纵马兜了个圈子,回向狄云奔去。

突见左首灰影一闪,长剑上反射的月光耀眼生花,一条冷森森的剑光点向他胸口。血刀老祖回刀掠出,当的一声,刀剑相交,只震得虎口隐隐作麻,心道:"好强的内力。"便在此时,右首又有一柄长剑递到,这剑势道甚奇,剑尖划成大大小小的一个个圈子,竟看不清他剑招指向何处。血刀老祖又是一惊:"太极剑名家到了。"

他劲透右臂,血刀也挥成一个圆圈,刀圈和剑圈一碰,当当当数声,火花迸溅。对方喝道:"好刀法!"向旁飘开,却是个身穿杏黄道袍的道人。血刀老祖叫道:"你剑法也好!"左首那人喝道:"放下我女儿!"剑中夹掌,掌中夹剑,两股劲力一齐袭到。

狄云远远望见血刀老祖又将水笙掳到,跟着却受二人左右夹击。左首那老者白须如银,相貌俊雅,口口声声呼喝"放下我女儿",自是水笙的父亲。但见血刀老祖每接他一剑,身子便随着一晃,似是内力有所不如,却见西边山道上又有两人奔来,身形快捷如风,显然也是极强的高手。狄云心想:"待得那二人赶到,四人合围,血刀老祖定然不敌,非死即伤。我还是及早逃命罢!"转念又想:"若不是他出手相救,我早给那汪啸风一剑杀了。忘恩负义,只顾自身,太也卑鄙无耻。"便勒马相候。

忽听得血刀老祖大叫:"你女儿还了你罢!"扬手将水笙凌空抛出,越过水岱头顶,向狄云掷了过来。

这一下谁都大出意料之外,水笙身在半空,尖声惊呼,旁人也不约而同的大叫。

狄云见水笙向自己飞来,势道劲急,若不接住,势须落地受伤,忙张臂抱住。这一掷力道本重,幸好狄云身在马上,大半力道由马匹承受了去。血刀老祖将水笙掷出之时,已先点了她穴道,是以她只有听任摆布,无力反抗,大叫:"小和尚,放开我!"

血刀老祖向水岱疾砍两刀,又向那老道猛砍两刀,都是只攻不守、极其凌厉的招数,叫道:"狄云乖孩儿,快逃,快逃,不用等我。"

狄云迷迷惘惘的手足无措,但见汪啸风和另外数人各挺兵刃,大呼"杀了小淫僧",快步赶来,而血刀老祖又在连声催促:"快逃,快逃!"当即力提缰绳,纵马冲出。本来他和血刀老祖纵马向东,这时慌慌张张,反向西驰去。

血刀老祖一口血刀越使越快,一团团红影笼罩了全身,笑道:"我要陪你的美貌女儿去,不陪你这糟老头儿了。"双腿一夹,胯下坐骑腾空而起,向前跃出。

水岱救女情急,不愿多跟他纠缠,施展"登萍渡水"轻功,身子便如在水上飘行一般,向狄云疾追。可是狄云胯下所乘,正是水岱当年花了五百两银子购来的大宛良马,脚程之快,除了血刀老祖所乘的那匹白马,当世罕有其伦。黄马背上虽乘着两人,水岱却仍追赶不上。水岱大叫:"停步,停步!"那马识得他声音,但背上狄云正自提缰力推,竟不能停步。水岱叫道:"小恶僧,你再不勒马,老子把你斩成十七八块!"水笙叫道:"爹爹,爹爹!"水岱心痛如割,叫道:"孩儿别慌!"

顷刻之间,一马一人追出了里许,水岱虽轻功了得,但毕竟年纪老了,长力不济,和黄马相距越来越远,忽听得呼的一响,背后金刃劈风。他反手回剑,架开了血刀老祖砍来的一刀,一阵风从身旁掠过,血刀老祖哈哈大笑,骑了白马追着狄云去了。

血刀老祖和狄云快奔一阵,将追敌远远抛离,眼见中原群豪再也追赶不上,血刀老祖怕跑伤了坐骑,这才招呼狄云按辔徐行。血刀老祖没口子称赞狄云有良心,虽见情势危急之极,自己催他快走,他却不肯先逃。

狄云只有苦笑,斜眼看水笙时,见她脸上神色恐惧中混着鄙夷,知她痛恨自己已极,这事反正无从解释,心道:"你爱怎么想便怎么想,要骂我淫僧恶贼,尽管大骂便是。"

血刀老祖道:"喂,小妞儿,你爹的武功挺不坏啊!嘿嘿,可是你祖师爷比你爹爹又胜一筹,他使尽了吃奶的力气,仍拦不住我。"水笙恨恨的瞪他一眼,并不作声。血刀老祖道:"那使剑的老道是谁?是'落花流水'中的哪一个?"

水笙打定了主意,不管他问什么,总给他个不理不睬。

血刀老祖笑道:"徒孙儿,女人家最宝贵的是什么东西?"狄云吓了一跳,心道:"啊哟,不好!这老和尚要玷污水姑娘的清白?我怎地相救才好?"只得答道:"我不知道。"血刀老祖笑道:"女人家最宝贵的,是她的脸蛋。这小妞儿不回答我说话,我用刀在她脸上横划七刀,竖砍八刀,这一招有个名堂,叫做'横七竖八',你说美是不美?"说着唰的一声,将本已盘在腰间的血刀擎在手中。

水笙早就拼着一死,没指望侥幸生还,但想到自己白玉无瑕的脸蛋要给这恶僧划得横七竖八,忍不住打个寒噤,转念又想,他若毁了自己容貌,说不定倒可保得身子清白而死,倒是不幸中的大幸了。

血刀老祖将一把弯刀在她脸边晃来晃去，威吓道："我问你那老道是谁？你再不答话，我一刀便划将下来了。你答不答话？"水笙怒道："呸！你快杀了姑娘！"血刀老祖右手一落，红影闪处，在她脸上割了一刀。

狄云"啊"的一声轻呼，转过了头，不忍观看。水笙已自晕去。血刀老祖哈哈大笑，催马前行。狄云忍不住转头瞧水笙时，只见她粉脸无恙，连一条痕印也无，不由得心中一喜，才知血刀老祖刀法之精，实已到了从心所欲、不差厘毫的地步。适才这一刀，刀锋从水笙颊边一掠而过，只割下她鬓边几缕秀发，肌肤却绝无损伤。

水笙悠悠醒转，眼泪夺眶而出，眼见到狄云的笑容，更加气恼，骂道："你……你……你这幸灾乐祸的坏……坏……坏人。"她本想用一句最厉害的话来骂他，但她平素从来不说粗俗的言语，一时竟想不出什么凶狠恶毒的句子来。

血刀老祖弯刀一举，喝道："你不回答，第二刀又割将下来了。"水笙心想反正一刀已然割了，再割几刀也是一样，叫道："你快杀了我，快杀了我！"血刀老祖狞笑道："哪有这么容易？"嗤的一声轻响，刀锋又从她颊边掠过。

这一次水笙没失去知觉，但觉颊上微微一凉，却不感疼痛，又无鲜血流下，才知这老恶僧只是吓人，原来自己脸颊无损，心头一喜，忍不住吁了口长气。

血刀老祖向狄云道："乖徒孙，爷爷这两刀砍得怎么样？"狄云道："刀法高极啦，当真了得！"这两句话确是由衷之言。血刀老祖道："你要不要学？"狄云心念一动："我正想不出法子来保全水姑娘的清白，若是我缠住老和尚学武艺，只要他肯用心教我，没功夫别起邪念，我就好想法子救人。可是那非讨得他欢喜不可。"便道："祖师爷这刀上功夫，徒孙儿羡慕得不得了。你教得我几招，日后遇上她表哥之流的小辈，便不会再受他欺侮，也免得折了你师祖爷爷的威风。"他生平极难得说谎，这时为了救人，这句"师祖爷爷"一出口，自己也觉肉麻，不由得满脸通红。

水笙"呸"了一声，骂道："不要脸，不害羞！"

血刀老祖大是开心，笑道："我这血刀功夫，非一朝一夕所能学会，好罢，我先传你一招'批纸削腐'的功夫。你习练之时，先用一百张薄纸，叠成一叠，放在桌上，一刀横削过去，将一叠纸上的第一张批了下来，可不许带动第二张。然后第二刀批第二张，第三刀批第三张，直到第一百张纸批完。"

水笙是少年人的心性，忍不住插口道："吹牛！"

血刀老祖笑道："你说吹牛，咱们就试上一试。"伸手到她头上拔下一根头发。水笙微微吃痛，叫道："你干什么？"血刀老祖不去理她，将那根头发放在她鼻尖上，纵马快奔。

其时水笙蜷曲着身子，横卧在狄云身前马上，见血刀老祖将头发放在自己鼻尖，微感麻痒，不知他捣什么鬼，正要张嘴呼气将头发吹开，只听血刀老祖叫道："别动，瞧清楚了！"他勒转马头，回奔过来，双马相交，一擦而过。

水笙只觉眼前红光闪动，鼻尖上微微一凉，随即觉到放在鼻上的那根头发已不在了。只听得狄云大叫："妙极，妙极！"血刀老祖伸过血刀，但见刀刃上平平放着那根头发。血刀老祖和狄云都是光头，这根柔软的长发自是水笙之物，再也假冒不来。

水笙又惊又佩，心想："这老和尚武功真高，刚才他这一刀只要高得半分，这根头发便批不到刀上，只要低得半分，我这鼻尖便给他削去了。他驰马挥刀，那比之批薄纸什么的更加难上百倍。"

狄云要讨血刀老祖欢喜，谀词滚滚而出，只不过他口齿笨拙，翻来覆去也不过是几句"刀法真好！我可从来没见过"之类。水笙亲身领略了这血刀神技，再听到狄云的恭维，也已不觉过份，只觉得这人为了讨好师祖，马屁拍到这等地步，为人太过卑鄙。

血刀老祖勒转马头，又和狄云并骑而行，说道："至于那'削腐'呢，是用一块豆腐放在木板之上，一刀刀的削薄它，要将两寸厚的一块豆腐削成二十片，每一片都完整不破，这一招功夫便算初步小成了。"狄云道："那还只初步小成？"血刀老祖道："当然了！你想，稳稳的站着削豆腐难呢，还是驰马急冲、在妞儿鼻尖上削头发难？哈哈，哈哈！"狄云又恭维道："师祖爷爷天生的大本事，不是常人所能及的，徒孙儿只要练到师祖爷爷十分之一，也就心满意足了！"血刀老祖哈哈大笑。水笙则骂："肉麻，卑鄙！"

要狄云这老实人说这些油腔滑调的言语，原是颇不容易，但自来拍马屁的话第一句最难出口，说得多了，自然也顺溜起来。好在血刀老祖确有人所难能的武功，狄云这些赞誉倒也不是违心之论，只不过依他本性，决不肯如此宣之于口而已。

血刀老祖道："你资质不错，只要肯下苦功，这功夫是学得会的。好，你来试试！"说着伸手又拔下水笙一根头发，放在她鼻尖上。水笙大惊，一口气便将头发吹开，叫道："这小和尚不会的，怎能让他胡试？"

血刀老祖道："功夫不练就不会，一次不成，再来一次，两次不成，便练他个十次八次！"说着又拔了她一根头发，放上她的鼻尖，将血刀交给狄云，笑道："你试试看！"

狄云接过血刀，向横卧在身前的水笙瞧了一眼，见她满脸都是愤恨恼怒之色，但眼光之中，终于流露出了恐惧的神色。她知狄云从未练过这门刀法，如照着血刀老祖的模样，将这利刃从自己鼻尖上掠过，别说鼻子定然给他一刀削去，多半连脑袋也给劈成两半。她心下自慰："这样也好，死在这小恶僧的刀下，胜于受他二人的侮辱。"话虽如此，想到真的要死，却也不免害怕。

狄云自然不敢贸然便劈，问道："师祖爷爷，这一刀劈出去，手劲须得怎样？"血刀老祖道："腰劲运肩，肩通于臂，臂须无劲，腕须无力。"接着便解释怎么样才是"腰劲运肩"，要怎样方能"肩通于臂"，跟着取过血刀，说明什么是"无劲胜有劲"，"无力即有力"。水笙听他解说这些高深的武学道理，不由得暗暗点头。

狄云听得连连点头，黯然道："只可惜徒孙受人陷害，穿了琵琶骨，割断手筋，再也使不出力来。"血刀老祖问道："怎样穿了琵琶骨？割断手筋？"狄云道："徒孙给人拿在狱中，吃了不少苦头。"

血刀老祖呵呵大笑，和他并骑而行，叫他解开衣衫，露出肩头，果见他肩骨下陷，两边琵琶骨上都有铁链穿过的大孔，伤口尚未愈合，而右手手指被截，臂筋遭割，就武功而言，可说是成了个废人，至于他被"铃剑双侠"纵马踩断腿骨，还不算在内。血刀老祖只瞧得直笑。狄云心想："我伤得如此惨法，亏你还笑得出来。"

血刀老祖笑道："你伤了人家多少闺女？嘿嘿，小伙子一味好色贪花，不顾身子，这才失手，是不是？"狄云道："不是。"血刀老祖笑道："老实招来！你给人拿住，送入牢狱，是不是受了女子之累？"狄云一怔，心想："我为万震山小妾陷害，说我偷钱拐逃，那果然是受了女子之累。"不由得咬着牙齿,恨恨的道:"不错,这贱人害得我好苦,终有一日,我要报此大仇。"

水笙忍不住插口骂道:"你自己做了许多坏事,还说人家累你。这世上的无耻之尤,以你小……小……小和尚为首。"

血刀老祖笑道:"你想骂他'小淫僧',这个'淫'字却有点不便出口,是不是？小妞儿好大的胆子,孩儿,你将她全身衣衫除了,剥得赤条条地,咱们这便'淫'给她看看,瞧她还敢不敢骂人？"狄云只得含含糊糊的答应一声。

水笙怒骂:"小贼,你敢？"此刻她丝毫动弹不得,狄云若是轻薄之徒,依着血刀老祖之言而行,她又有什么法子？这"你敢"两字,也不过是无可奈何之中虚声恫吓而已。

狄云见血刀老祖斜眼淫笑,眼光不住在水笙身上转来转去,显是不怀好意,一瞥之下,见水笙秀丽清纯的脸容上全是恐惧,心中不忍,寻思:"怎么方能移转他的心思,别尽打这姑娘的主意？"问道:"师祖爷爷,徒孙这块废料,还能练武功么？"血刀老祖道:"那有什么不能。便是两只手两只脚一齐斩断了,也能练我血刀门的功夫。"狄云叫道:"那可好极了!"这一声呼叫却是真诚的喜悦。

两人说着话,按缰徐行,不久转上了一条大路。忽听得锣声当当,跟着丝竹齐奏,迎面来了一队迎亲的人众,共是四五十人,簇拥着一顶花轿。轿后一人披红戴花,服色光鲜,骑了一匹白马,便是新郎了。

狄云一拨马头,让在一旁,心中惴惴,生怕给这一干人瞧破了行藏。血刀老祖却纵马直冲过去。众人大声吆喝:"喂,喂!让开,干什么的？""臭和尚,人家做喜事,你还不避开,也不图个吉利？"

血刀老祖冲到迎亲队之前两丈之处,勒马停住,双手叉腰,笑道:"喂,新娘子长得怎么样,俊不俊啊？"

迎亲队中一条大汉从花轿中抽出一根轿杠,抢出队来,声势汹汹的喝道:"狗贼秃,你活得不耐烦了？"那根轿杠比手臂还粗,有一丈来长,他双手横持,倒也威风凛凛。

血刀老祖向狄云笑道:"你瞧清楚了,这又是一路功夫。"身子向前一探,血刀颤动,刀刃便如一条赤练蛇一般,迅速无伦的在轿杠上爬行而过，随即收刀入鞘，哈哈大笑。

迎亲队中有人喝骂："老贼秃，你瞎了眼么？想化缘也不拣时辰！"骂声未绝，那手持轿杠的大汉"啊哟"一声，叫出声来。只听得啪、啪、啪、啪一连串轻响，一块块两寸来长的木块掉在地下，他双手所握，也只是两块数寸的木块。原来适才这顷刻之间，一根丈许长的轿杠，已让血刀批成了数十截。

血刀老祖哈哈大笑，血刀出鞘，直一下，横一下，登时将那大汉切成四截，喝道："我要瞧瞧新娘子，是给你们面子，有什么大惊小怪的。"

众人见他青天白日之下在大道之上如此行凶，无不吓得魂飞魄散。胆子大些的，发一声喊，四散走了。一大半人却脚都软了，有的人连尿屎也吓了出来，哪敢动弹。

血刀老祖血刀轻晃，已割去了花轿帷幕，左手抓住新娘胸口，拉了出来。那新娘尖声嘶叫，没命挣扎。血刀老祖举刀一挑，将新娘遮在脸前的霞帔削去，露出她惊惶失色的脸来。但见这新娘不过十六七岁年纪，还是个孩童模样，相貌也颇丑陋。血刀僧呸的一声，一口痰往她身上吐去，说道："这般丑怪的女子，做什么新娘！天下女人都死光了吗？"血刀晃动，竟将新娘的鼻子割了。

那新郎僵在马上，只瑟瑟发抖。血刀老祖叫道："孩儿，再瞧我一路功夫，这叫做'呕心沥血'！"说着手一扬，血刀脱手飞出，一溜红光，径向马上的新郎射去。他血刀脱手，随即纵马前冲，快马绕过新郎，飞身跃起，长臂探手，将血刀抄在手中，又稳稳的坐上了马鞍。那新郎胸口穿了一洞，血如喷泉，身子慢慢垂下，倒撞下马。原来那血刀穿过他身子，又给血刀僧接在手里。

狄云一路上敷衍血刀僧，一来心中害怕，二来他救了自己性命，于己有恩，总不免有感激之意，此刻见他割伤新娘，又连杀二人，这三人和他毫不相识，竟下此毒手，不由得气愤，大叫："你……你怎可滥杀无辜？这些人碍着你什么了？"血刀老祖一怔，笑道："我生平就爱滥杀无辜。要是有罪的才杀，世上哪有这许多有罪之人？"说到这里，血刀扬动，又砍去了迎亲队中一人的脑袋。狄云大怒，拍马上前，叫道："你……你不能再杀人了。"血刀老祖笑道："小娃儿，见到流血就怕，是不是？那你有什么屁用？"

便在此时,只听得马蹄声响,有数十人自远处追来。有人长声叫道:"血刀僧,你放下我女儿,咱们两下罢休,否则你便逃到天边,我也追你到天边。"听来马蹄之声尚远,但水岱这声呼叫,却字字清晰。水笙喜道:"爹爹来了!"

又听得四个人的声音齐声叫道:"落花流水兮——水流花落!落花流水兮——水流花落!"四人嗓音各自不同,或苍老,或雄壮,或悠长,或高亢,但内力之厚,各擅胜场。血刀僧皱起眉头,骂道:"中原的狗贼,偏有这许多臭张致!"

只听水岱又叫道:"你武功再强,决计难敌我'南四奇'落花流水联手相攻,你放下我女儿,大丈夫言出如山,不再跟你为难就是。"

血刀僧寻思:"适才已见识过水岱和那老道的功夫。一对一相斗,我决计不惧。他二人联手,我便输多赢少,非逃不可。他三人联手,我是一败涂地,只怕逃也逃不走了。四人联手攻我,血刀老祖死无葬身之地。嘿嘿,这些中原江湖中人,说话有什么狗屁信用?掳着这妞儿为质,尚有腾挪余地,一将她放走,要不要跟我为难,就全凭他们喜欢了!"长声吆喝,挥鞭往狄云所乘的坐骑臀上抽去,左手提缰,纵马向西奔驰,提起内力,回过头来,长声叫道:"水老爷子,血刀门的两个和尚都已做了你女婿。第四代掌门是你女婿,第六代弟子也是你女婿。丈人追女婿,口水点点滴,妙极,妙极!"

水岱一听之下,气得心胸几乎炸破。他早知血刀门的恶僧奸淫烧杀,无恶不作,师徒二人一同污辱自己女儿,在他血刀门事属寻常。别说真有其事,单是这几句话,已势必让人在背后说上无穷无尽的污言秽语。一个称霸中原数十年的老英雄,今日竟受如此侮辱,若不将血刀师徒碎尸万段,日后如何做人?便催马力追。

这时随着水岱一齐追赶的,除了和水岱齐名、并称"南四奇"的陆、花、刘三老之外,尚有中原三十余名好手,或为捕头镖客,或为著名拳师,或为武林隐逸,或为帮会首脑。血刀门的众恶僧最近在湖广一带闹得天翻地覆,不分青红皂白的做案,将中原白道黑道的人物尽都得罪了。武林群豪动了公愤,得知讯息后,大伙儿都追了下来,均觉这不只是助水岱夺还女儿而已,若不将血刀门这老少二恶僧杀了,所有中原的武林人士尽皆脸上无光。

群豪一路追来，每到一处州县市集，便掉换坐骑。众人换马不换人，在马背上嚼吃干粮，喝些清水，便又急追。

血刀老祖仗着双骑神骏，遇到茶铺饭店，往往还打尖休息，但住宿过夜却终究不敢，亦无余暇污辱水笙。便因中原群豪追得甚紧，水笙这数日中终于保得清白。

如此数日过去，已从湖北追进了四川境内。两湖群豪与巴蜀江湖上人物向来声气相通。川东武人一得到讯息，纷纷加入追赶。待到渝州一带，川中豪杰不甘后人，又都参与其事，他们与此事并非切身相关，但反正有胜无败，正好凑凑热闹，结交朋友，也显得自己义气为重。待过得渝州，追赶的人众已逾二三百人。四川武人有钱者多，大批骡马跟随其后，运送衣被粮食。只是这干人得到讯息之时，血刀老祖与狄云、水笙已然西去，只能随后追赶，却不及迎头拦截。

西蜀武人与追来的群豪会面，慰问一番之后，都道："唉，早知如此，我们拦在当道，说什么也不放那老少两个淫僧过去，总要救得水小姐脱险。"水岱口中道谢，心下忿怒："说这些废话有屁用？凭你们这几块料，能拦得住那老少二僧？"

这一前一后的追逐，转眼间将近二十日，血刀老祖几次转入岔道，想将追赶者撇下。但群豪中有一人是来自关东的马贼，善于追踪之术，不论血刀老祖如何绕道转弯，他总能跟踪追到。只这么一来，一行人越走越荒僻，已深入川西的崇山峻岭。群豪均知血刀僧是想逃回西藏、青海，一到了他老巢，血刀门本门僧众已然不少，再加上奸党淫朋，势力雄厚，那时再和中原群豪一战，有道是强龙不斗地头蛇，胜败之数就难说了。

西北行地势渐高，气候寒冷，过得两天，忽然天下大雪。其时已到了西川边陲的石渠，更向西北行便是青海。当地一带是巴颜喀喇山山脉，地势高峻，遍地冰雪，马蹄滑溜，寒风彻骨是不必说了，最难受的是人人心跳气喘，除了内功特高的数人之外，余人均感周身疲乏，恨不得躺下来休息几个时辰。

但参与追逐之人个个颇有名望来头，谁都不肯示弱，坏了声名。这时多数人已萌退志，若有人倡议罢手不追，大半人便要归去。尤其是川东、川中的豪杰之中，颇有一些养尊处优的富家子弟，武功虽不差，却吃不起苦头。有的见地势险恶，心生怯意，借故落后；更有的乘人不觉,悄悄走上了回头路。

这一日中午时分,群豪追上了一条陡削的山道,忽见一匹黄马倒毙在道旁雪堆之中,正是汪啸风的坐骑。水岱和汪啸风大喜,齐声大叫:"恶贼倒了一匹坐骑,咱们快追,淫僧逃不掉啦!"群豪精神一振,都大声欢呼起来。

叫喊声中,忽见山道西侧高峰上一大片白雪缓缓滚将下来。

一名川西的老者叫道:"不好,要雪崩,大伙儿退后!"话声未毕,但听得雷声隐隐,山头上滚下来的积雪渐多渐速。群豪一时不明所以,七张八嘴的叫道:"那是什么?""雪崩有什么要紧?大伙儿快追!""快,快!抢过这条山岭再说。"

只隔得片刻,隐隐的雷声已变作轰轰隆隆、震耳欲聋的大响。众人这时才感害怕。那雪崩初起时相距甚远,但从高峰上一路滚将下来,沿途挟带大量积雪,更有不少岩石随而俱下,声势越来越大,到得半山,当真如群山齐裂、怒潮骤至一般,说不出的可怖可畏。

群豪中早有数人拨转马头奔逃,余人听着那山崩地裂的巨响,似觉头顶的天也塌了,一齐压将下来,只吓得心胆俱裂,也都纷纷回马快奔。有几匹马吓得呆了,竟然不会举足,马上乘客见情势不对,只得跃下马背,展开轻功急驰。

但雪崩比之马驰人奔更加迅捷,顷刻间便已滚到了山下,逃得较慢之人立时给压在如山如海的雪中,连叫声都立时为积雪淹没,任他武功再高,也半点施展不出了。

群豪直逃过一条山坡,见崩冲而下的积雪给山坡挡住,不再涌来,各人又各奔出数十丈,这才先后停步。但见山上白雪兀自如山洪暴发,河堤陡决,滚滚不绝的冲将下来,瞬息之间便将山道谷口封住了,高耸数十丈,平地陡生雪峰。

众人呆了良久,才纷纷议论,都说血刀僧师徒二人恶贯满盈,葬身于寒冰积雪之下,自是人心大快,不过死得太过容易,倒便宜他们了,更累得如花似玉的水笙和他们同死。也有人惋惜相识的朋友死于非命,但各人大难不死,谁都庆幸逃过了灾劫,为自己欢喜之情,远胜于悼惜朋友之丧。

各人惊魂稍定,检点人数,一共少了一十二人,其中有"铃剑双侠"之一的汪啸风,以及南四奇"落花流水"四人。水岱关心爱女,汪啸风牵挂爱侣,自是奋不顾身的追在最前,其余三奇因与水岱的交情特深,也均不肯落后。想不到这一役中,名震当世、武功绝伦的"南四奇",竟一齐丧身在川青之交的巴颜喀喇山中。

各人叹息了一番,便即觅路下山。大家都说,不到明年夏天,岭上的百丈积雪决不消融,死者的家属便要前来收尸,也得等上大半年才行。

有些人心中,暗暗还存在一个念头,只不便公然说出口来:"南四奇和铃剑双侠这些年来得了好大名头,耀武扬威,不可一世。死得好,死得妙!"

血刀老祖带着狄云和水笙一路西逃,敌人虽愈来愈众,但他离藏青老巢却也越来越近。只连日赶路,再加上漫天风雪,山道崎岖,所乘的两匹良驹脚力再强,也已支持不住。这一日黄马终于倒毙道旁,白马也一跛一拐,眼看便要步黄马的后尘。

血刀老祖眉头深皱,心想:"我一人要脱身而走,那是容易之极,只是徒孙儿的腿跛了,行走不得,再让这美貌的女娃儿给人夺了回去,委实心有不甘,血刀老祖失了威风。"想到此处,突然凶性大发,回过身来,一把搂住水笙,便去扯她衣衫。

水笙吓得大叫:"你……你干什么?"血刀僧喝道:"老子不带你走了,你还不明白?"狄云叫道:"师祖,敌人便追上来啦!"血刀僧怒道:"你啰唆什么?"便在这危急当口,忽听得头顶悉悉瑟瑟,发出异声,抬头一看,山峰上的积雪正滚滚而下。

血刀僧久在川边,见过不少次雪崩大灾,他便再狂悍凶淫十倍,也不敢和这天象奇变作对,连叫:"快走,快走!"游目四顾,只南边的山谷隔着个山峰,或许能不受波及,眼下情势危急,无暇细思,牵了白马,发足便向南边山谷中奔去。饶是他无法无天,这时脸色也自变了。这山谷旁的山峰上也有积雪。积雪最受不起声音震荡,往往一处雪崩,带动四周群峰上积雪尽皆滚落。

血刀老祖展开轻功疾行。白马驮着狄云和水笙二人,一跛一拐的奔进山谷。这时雪崩之声大作,血刀老祖望着身侧的山峰,忧形于色,这当儿真所谓听天由命,自己作不起半点主,只要身侧山峰上的积雪也崩将下来,那便万事全休了。

雪崩从起始到全部止息,也只一盏茶工夫,但这短短的时刻之中,血刀僧、狄云、水笙三人全是脸色惨白,你望望我,我望望你,眼光中都流露出恐惧之极的神色。水笙忘了自己在片刻之前,还只盼立时死了,免遭这淫僧师徒的污辱,但这时天地急变之际,不期而然的对血刀僧和狄云生出依靠之心,总盼这两个男儿汉有什么法子能助己脱此灾难。

突然山峰上一块小石子骨溜溜的滚将下来。水笙吓了一跳,尖声呼叫。血刀僧伸左掌按住了她嘴巴,右手啪啪两下,打了她两记巴掌。水笙两边脸颊登时红肿。

幸好这山峰向南,多受阳光,积雪不厚,峰上滚下来一块小石之后,再无别物滚下。过得片刻,雪崩的轰轰声渐渐止歇。血刀僧放脱了按在水笙嘴上的手掌,和狄云二人同时舒了口长气。水笙双手掩面,也不知是宽心,是恼怒,还是害怕。

血刀僧走到谷口,巡视了一遍回来,满脸郁怒堆积,坐在一块山石上,不声不响。狄云问道:"师祖爷爷,外面怎样?"血刀僧怒道:"怎么样?都是你这小子累人!"

狄云不敢再问,知道情势不妙,过了一会,终于忍不住又道:"是敌人把守住谷口吗?师祖爷爷,你不用管我,你自己独个儿先走罢。"

血刀僧一生都和凶恶奸险之徒为伍,不但所结交的朋友从不真心相待,连亲传弟子如宝象、善勇、胜谛之辈,面子上对师父敬畏,心中却无一不是尔虞我诈,只求损人利己,这时听狄云叫他独自逃走,不由得甚是欣慰,脸上露出一丝笑容,赞道:"乖孩子,你良心倒好!不是敌人把守谷口,是积雪封谷。数十丈高、数千丈宽的大雪,不到春天雪融,咱们再也走不出去了。这荒谷之中,有什么吃的?咱们怎能挨到明年春天?"

狄云一听,也觉局势凶险,但眼前最紧迫的危机已过,终究心中一宽,说道:"你放心,船到桥洞自会直,就算饿死,也胜于在那些人手中受尽折磨而死。"血刀僧咧嘴一笑,道:"乖孙儿说得不错!"从腰间抽出血刀,站起身来,走向白马。

水笙大惊,叫道:"喂,你要干什么?"血刀僧笑道:"你倒猜猜看。"其实水笙早就知道,他是要杀了白马来吃。这白马和她一起长大,一向就如是最好的朋友一般,忙叫:"不!不!这是我的马,你不能杀。"血刀僧道:"吃完了白马,便要吃你了。老子人肉也吃,为什么不能吃马肉!"水笙求道:"求求你,别害我马儿。"无可奈何之中,转头向狄云道:"请你求求他,别杀我马儿。"

狄云见了她这副情急可怜的模样,心下不忍,但想情势至此,哪有不宰马来吃之理,吃完了马肉,只怕连马鞍子也要煮熟了来吃。他不愿见到水笙的伤心神情,只得转过了头。

水笙又叫道:"求求你,别杀我马儿。"血刀僧笑道:"好,我不杀你马儿!"水笙大喜,道:"谢谢你!谢谢你!"忽听得嗤的一声轻响,血刀僧狂笑声中,马头已落,鲜血急喷。水笙连日疲乏,这时惊痛之下,竟又晕去。

待得悠悠醒转,便闻到一股肉香,她肚饿已久,闻到肉香,不自禁的欢喜,但神智略醒,立即知道是她爱马在惨遭烤炙。一睁眼,只见血刀僧和狄云坐在石上,手中各捧了一大块烤得焦黄的烧肉,正自张口大嚼,石旁生着一堆柴火,一根粗柴上吊着一只马腿,兀自在火上烧烤。水笙悲从中来,失声而哭。

血刀僧笑道:"你吃不吃?"水笙哭道:"你这两个恶人,害了我的马儿,我……我定要报仇!"

狄云好生过意不去,歉然道:"水姑娘,这雪谷里没别的可吃,咱们总不能眼睁睁的饿死。要好马嘛,只要日后咱们能出得此谷,总有法子找到。"水笙哭道:"你这小恶僧假装好人,比老恶僧还要坏。我恨死你,我恨死你。"狄云无言可答,要想不吃马肉罢,实在是饿得难受,心道:"你便恨死我,我也不得不吃。"张口又往马肉上咬去。

血刀僧口中咀嚼马肉,斜目瞧着水笙,含含糊糊的道:"味道不坏,当真不坏。嗯,过几天烤这小妞儿来吃,未必有这马肉香。"又想:"吃完了那小妞儿,只好烤我这个乖徒孙来吃了。这人很好,吃了可惜。嗯,留着他最后吃,总算对得他住。"

两人吃饱了马肉,在火堆中又加些枯枝,便倚在大石上睡了。

狄云蒙眬中只听到水笙抽抽噎噎的哭个不住,心中突然自伤:"她死了一匹马,便这么哭个不住。我活在世上,却没一人牵挂我。等我死时,看来连这头牲口也还不如,不会有谁为我流一滴眼泪。"

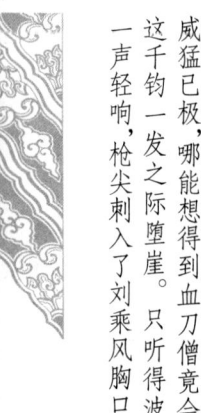

花铁干一招中平枪『四夷宾服』,劲力威猛已极,哪能想得到血刀僧竟会在这千钧一发之际堕崖。只听得波的一声轻响,枪尖刺入了刘乘风胸口。

七　落花流水

睡到半夜，狄云忽觉肩头给人推了两下，当即醒转，只听得血刀僧轻声道："有人来了！"狄云一惊，随即大喜："既有人能进来，咱们便能出去。"低声道："在哪里？"血刀僧向西一指，道："躺着别作声，敌人功夫很强。"狄云侧耳倾听，却一点声音也听不到。

血刀僧持刀在手，蹲低身子，突然间如箭离弦，悄没声的窜了出去，人影在山坡一转，便已不见。狄云好生佩服："这人的武功当真厉害。丁大哥倘若在世，和他相比，不知谁高谁下？"一想到丁典，伸手往怀中一摸，包着丁典骨灰的包裹仍好端端的在怀里。四周寒气极烈，但手指碰到丁典的骨灰包，内心感到一阵温暖。

静夜之中，忽听得当当两下兵刃相交之声。两声响过，便即寂然。过得好半晌，又当当两声。狄云料知血刀僧偷袭未成，跟敌人交上了手。听那兵刃相交之声，敌人武功似不在他之下，两人势均力敌，拼斗结果难料。

接着当当当当四响，水笙也惊醒了。山谷中放眼尽是白雪，月光如银，在白雪上反映出来，虽在深夜，亦如黎明。水笙向狄云瞧了一眼，口唇一动，想要探问，但心中对他憎恨厌恶，又想他未必肯讲，一句问话将到口边，又缩了回去。

忽听得当当声渐响。狄云和水笙同时抬头，向着响声来处望去，月光下见两条人影盘旋来去，刀剑碰撞之声直响向东北角高处。那是一座地势险峻的峭壁，堆满了积雪，眼看绝难上去，但两人手上拆招,脚下毫不停留,刀剑光芒闪烁下,竟斗上了峭壁。

狄云凝目上望,瞧出与血刀僧相斗的那人身穿道装,手持长剑,正是"落花流水"四大高手之一,不知他如何在雪崩封山之后,又竟闯进谷来?水笙随即也瞧见了那道人,大喜之下脱口而呼:"是刘伯伯,刘乘风伯伯到了!爹爹,爹爹!我在这儿。"

狄云吃了一惊,心想:"血刀老祖和那老道相斗,看来一时难分胜败。她爹爹闻声赶来,岂不立时便将我杀了?"忙道:"喂,别大声嚷嚷的,叫得再雪崩起来,大家一起送命。"水笙怒道:"我就是要跟你这恶和尚一起送命。"又大声叫喊:"爹爹,我在这里!"

狄云喝道:"大雪崩下来,连你爹爹也一起埋了。你想害死你爹爹不是?"

水笙心想不错,立时便住了口,转念又想:"我爹爹何等本事?适才大雪崩,旁人都转身逃了,刘乘风伯伯还是冲进谷来。刘伯伯既然来得,爹爹自也来得。就算叫得再有雪崩,最多是压死了我,爹爹总是无碍。这老恶僧如此厉害,要是他将刘伯伯杀了,我要求死也不得了。"又即叫喊:"爹爹,爹爹,我在这里。"

狄云不知如何制止才好。抬头向血刀老祖瞧去,只见他和那老道刘乘风斗得正紧,血刀幻成一道暗红色的光华,在皑皑白雪之间盘旋飞舞。刘乘风出剑并不快捷,然而守得似乎甚为严密。两大高手搏击,到底谁占上风,狄云自然看不出来。只听得水笙不停口大叫"爹爹",叫得几声,改口又叫:"表哥,表哥!"狄云心烦意乱,喝道:"小丫头,再不住口,我把你舌头割了下来。"

水笙道:"我偏要叫!偏偏要叫!"大声叫:"爹爹,爹爹,我在这里!"但怕狄云真的过来动手,站起身来,拾了一块石头防身。过了一会,见他躺在地下不动,猛地想起:"这恶和尚已给我和表哥踏断了腿,若不是那老僧出手相救,早给表哥一剑杀了。他行走不得,我何必怕他?"接着又想:"我真蠢死了!那老僧分身不得,我怎不杀了这小恶僧?"举起石头,走上几步,用力便向狄云头上砸了下去。

狄云无法抵抗,只得打滚逃开,砰的一声,石头从脸边擦过,相去不过寸许,击在雪地之中。水笙一击不中,俯身又拾起一块石头向他掷去,这一次却是砸他肚子。狄云缩身打滚,但断腿伸缩不灵,喀的一声,砸中了小腿,只痛得他长声惨呼。

水笙大喜,拾起一块石头又欲投掷。狄云见自己已成俎上之肉,任由宰割,给她这般接连砸上七八块石头,哪里还有命在?当下也拾起一块石头,喝道:"你再投来,我先砸死了你。"见她又是一石投出,滚身避过,奋力将手中石头向她掷去。

水笙向左闪跃,石块从耳边擦过,擦破了耳轮皮肉,不由得吓了一跳。她不敢再投掷石块,回身拾起一根树枝,一招"顺水推舟",向狄云肩头刺到。她剑法家学渊源,甚是高明,手中所执虽是一根树枝,但挺枝刺出,去势灵动。狄云纵然全身完好,剑招上也不是她敌手,见树枝刺到,斜肩闪避,水笙剑法已变,托的一声,在他额头重重戳了一下。

这一下她手中若是真剑,早要了狄云的性命,但纵是一根树枝,狄云也已痛得眼前金星飞舞。水笙骂道:"你这恶和尚一路上折磨姑娘,还说要割了我舌头,你倒割割看!"提起树枝,往他头顶、肩背一棍棍狠打,叫道:"你叫你师祖爷爷来救你啊!我打死你这恶和尚!"口中斥骂,手上加劲。

狄云没法抵挡,只有伸臂护住颜面,顷刻间头上手上给树枝打得皮开肉绽,到处都是鲜血。他又痛又惊,突然间使劲一抓,抢过树枝,顺手扫了过去。水笙一惊,闪身向后跃开,拾起另一根树枝,又要上前再打。

狄云急中生智,忽然想起乡下人打输了架的无赖法子,叫道:"快给我站住!你再上前一步,我就脱裤子了!"嘴里叫嚷,双手拉住裤腰,作状即刻便要脱裤。这法子在乡下也往往奏效,打赢了的乡人不愿无赖纠缠,也常转身离去。

水笙吓了一跳,急忙转过脸去,双颊羞得飞红,心想:"这和尚无恶不作,只怕真要用这坏行径来羞辱我。"狄云叫道:"向前走五步,离得我越远越好。"水笙一颗心怦怦乱跳,果然依言走前五步。狄云大喜,大声道:"我裤子已脱下来了,你要再打,快过来罢!"水笙大吃一惊,纵身跃出,心慌意乱下一个踉跄,脚下一滑,摔了一交,急忙爬起便奔,哪敢回头,远远避到了山坡后。

狄云其实并未脱裤,想想又好笑,又自叹倒霉,适才挨这顿饱打,少说也吃了三四十棍,小腿受石头砸伤,痛得更厉害,心想:"若不是要无赖下流,这会儿多半已给打得断了气啦。我狄云堂堂男儿,今日却干这等卑鄙勾当。唉,当真命苦!"

凝目向峭壁上望去,只见血刀僧和刘乘风已斗上了一座更高的悬崖。崖石从山壁上凸了出来,凭虚临空,离地少说也有七八十丈,遥见飞冰溅雪,从崖上飘落,足见两人剧斗之烈,只要谁脚下一滑,摔将下来,任你武功再高,也非粉身碎骨不可。狄云抬头上望,相隔远了,见那二人的身子也小了许多。两人衣袖飘舞,便如两位神仙在云雾中飞腾一般。

天空中两头兀鹰在盘旋飞舞,相较之下,下面相斗的两人身法可快得多了。

水笙在那边山坡后又大声叫喊起来:"爹爹,爹爹,快来啊!"她叫得几声,突然东南角上一个苍老的声音道:"是水侄女吗?你爹爹受了点轻伤,转眼便来!"水笙听得是"落花流水"四老中位居第二的花铁干,心中一喜,叫道:"花伯伯!我爹爹在哪里?他伤得怎样?"

花铁干飞奔到水笙身畔,说道:"雪崩时山峰上一块石头掉下来,砸向陆伯伯头顶,你爹爹为了救陆伯伯,出掌推石。那石头实在太重,你爹爹手膀受了些轻伤,不碍事的。"水笙道:"有个恶和尚就在那边……他脱下了……花伯伯,你快去杀了他。"花铁干道:"好,在哪里?"水笙向狄云躺卧之处一指,但怕不小心看到他赤身露体的模样,一手指出,反向前走了几步。

花铁干正要去杀狄云,忽听得铮铮铮铮四声,悬崖上传来金铁交鸣之声,一抬头,见血刀僧和刘乘风刀剑相交,两人动也不动,便如突然给冰雪冻僵了一般。知道两人斗到酣处,已迫得以内力相拼,寻思:"这血刀恶僧如此凶猛,刘贤弟未必能占上风,我不上前夹击,更待何时?虽以我在武林中的声望名位,实不愿落个联手攻孤之名。但中原群豪大举追赶血刀门二恶僧,早闹得天下皆知,若得能亲手诛了血刀僧,声名之隆,定可掩过'以二敌一'的不利。"当即转身,径向峭壁背后飞奔而去。

水笙心中惊奇,叫道:"花伯伯,你干什么?"一句话刚问出口,便已知道答案。只见花铁干悄没声的向峭壁上攀去,他右手握着一根纯钢短枪,枪尖在石壁上一撑,身子便跃起丈余,身子落下时,枪尖又撑,比之适才血刀僧和刘乘风边斗边上之时可快得多了。

狄云初时听他脚步之声远去,放过了自己,心中正自一宽,接着见他纵跃起落,攀登悬崖,忍不住失声呼叫:"啊哟!"这时唯一指望,只是血刀僧能先将刘乘风杀了,然后转身和花铁干相斗,否则以一敌二,必败无疑。随即又想:"这刘乘风和那姓花的都是侠义英雄,血刀老祖却明明是穷凶极恶的坏人,我居然盼望坏人杀了好人,唉,这……这真太也不对……"又自责,又担忧,心中混乱之极。

便在这时,花铁干已跃上悬崖。

血刀僧运劲和刘乘风比拼,内力一层又一层的加强,有如海中波涛,一个浪头打过,又一个浪头扑上。刘乘风是太极名家,生平钻研以柔克刚之道,血刀僧内力汹涌而来,他只将内力运成一个个圆圈,将对方源源不绝的攻势消解了去。他要先立于不败之地,然后再待敌之可胜。血刀僧劲力虽强,内力进击的方位又变幻莫测,但僵持良久,始终奈何不得敌手。两人全神贯注,于身外事物已尽数视而不见,听而不闻。花铁干攀上峭壁,跃至悬崖,并非全无声息,两人却均不觉。

花铁干见两人头顶白气蒸腾,内力已发挥到了极致,他悄悄走到血刀僧身后,提起钢枪,力贯双臂,枪尖上寒光闪动,势挟劲风,向他背心疾刺。

枪尖的寒光给山壁间镜子般的冰雪一映,发出一片闪光。血刀僧斗然醒觉,只觉一股凌厉之极的劲风正向自己后心扑来,这时他手中血刀正和刘乘风的长剑相交,要向前推进一寸都艰难之极,更不用说变招回刀,向后挡架。他心念转动奇快:"左右是个死,宁可自己摔死,不能死在敌人手下。"双膝一曲,斜身向外扑出,向崖下跳落。

花铁干这一枪决意致血刀僧于死地,一招中平枪"四夷宾服",劲力威猛已极,哪想得到血刀僧竟会在这千钧一发之际堕崖。只听得波的一声轻响,枪尖刺入了刘乘风胸口,从前胸透入,后背穿出。他固收势不及,刘乘风也浑没料到有此一着。

血刀僧从半空中摔下,地面飞快的迎向眼前,他大喝一声,举刀直斩下去,正好斩在一块大岩石上。当的一声响,血刀微微一弹,却不断折。他借着这一砍之势,身子向上急提,打了个空心筋斗,随即向丈许外一株大松树扑去,再落下时胸口撞向树枝顶端,冰雪迸散,虽树枝柔软,还是给他高空堕下的猛力折断了一大片。他堕下地来，在雪地中滚了十几转，刀砍胸撞十八翻，终于消解了下堕之力，哈哈大笑声中，已稳稳的站在地下。

突然间身后一人喝道："看刀！"血刀僧听声辨器，身子不转，回刀反砍，当的一声，双刀相交，但觉胸口一震，血刀几欲脱手飞出，这一惊非同小可："这家伙内力如此强劲！"一回头，只见那人是个身形魁梧的老者，白须飘飘，形貌威猛，手中提着一柄厚背方头的鬼头刀。血刀僧心生怯意，忙闪跃退开，仓卒之际，没想到自己和刘乘风比拼了这半天内力，劲力已消耗了大半，而从高处掉下，刀击岩石，更是全凭臂力消去下堕之势。他暗运一口真气，只觉丹田中隐隐生疼，内力竟已提不上来。

左侧远处一人叫道："陆大哥，这淫僧害……害死了刘贤弟。咱们……咱们……"说话的正是花铁干。他误杀了刘乘风，悲愤已极，飞快赶下峭壁，决意与血刀僧死拼。恰好"南四奇"中的首奇陆天抒刚于这时赶到，成了左右夹击之势。

血刀僧见花铁干挺枪奔来，自己连陆天抒一个也斗不过，何况再加上个好手？只有以水笙为质，叫他们心有所忌，不敢急攻，那时再图后计。

心中念头只这么一转，陆天抒鬼头刀挥动，又劈将过来，血刀僧身形急矮，向敌人下三路猛砍两刀。陆天抒身材魁梧，下盘坚稳，纵跃却非其长，当即挥刀下格。血刀僧这两刀乃是虚招，但虚中有实，陆天抒的挡格中若稍有破绽，虚转为实，立成致命杀着，待见他横刀守御，无懈可击，当即乘势前冲，跨出一步半，倏忽缩脚，急速后跃。

他几个起落，飞步奔到狄云身旁，却不见水笙，急问："那妞儿呢？"狄云道："在那边。"说着伸手右指。血刀僧怒道："怎么让她逃了，没抓住她？"狄云道："我……我抓她不住。"血刀僧怒极，他本就十分蛮横，此刻生死系于一线，更凶性大发，右脚飞出，向狄云腰间踢去。狄云一声闷哼，身子飞起，直摔出去。当地本是个高峰环绕的深谷，然谷中有谷，狄云这一摔出，更向下面的谷中直堕。

水笙听得声音，回头见狄云正向谷底堕下，一惊之际，见血刀僧已向自己扑来。便在这时，忽听得右侧有人叫道："笙儿，笙儿！"正是父亲到了。水笙大喜，叫道："爹爹！"这时她离父亲尚远，而血刀僧已然扑近，但远近之差也不过三丈光景，倘若她不出声呼叫，一见父亲,立即纵身向他跃去,那就变得亲近而敌远了。可是她临敌经历太浅,惊喜之下,只是呼叫"爹爹",却忘了血刀僧正自扑近。

水岱大叫:"笙儿,快过来!"水笙当即醒觉,拔足便奔。水岱抢上接应。

血刀僧暗叫:"不好!"血刀衔入口中,一俯身,双手各抓起一团雪,运劲捏紧,右手一团雪先向水岱掷去,跟着第二团雪掷向水笙,同时身子向前扑出。

水岱挥剑击开雪团,脚步稍缓。第二团雪却打在水笙后心"灵台穴"上,登时将她击倒。血刀僧飞身抢近,将水笙抓在手中,顺手点了她穴道。只听得呼呼风响,斜刺里一枪刺来,正是花铁干到了。

花铁干失手刺死结义兄弟刘乘风,心中伤痛悔恨,已达极点,这时也顾不得水笙性命如何,劲贯双臂,枪出如风。血刀僧挥刀疾砍,当的一声响,血刀反弹上来,原来花铁干这根短枪连枪杆也是百炼之钢,非宝刀宝剑所能削断。

血刀僧骂道:"你奶奶的!"抓起水笙,退后一步,但见陆天抒的鬼头刀又横砍过来。他前无去路,强敌合围,眼光急转,找寻出路,一瞥眼间,见狄云在下面谷底坐起,心念一动:"下面积雪甚深,这小子摔他不死!"伸臂拦腰抱住水笙,纵身跳了下去。

水笙尖叫声中,两人堕入深谷。谷中积雪堆满了数十丈厚,底下的已结成坚冰,上面的兀自松软,便如是个垫子一般,二人竟毫发无损。

血刀僧从积雪中钻将上来,看准了地形,站上谷口的一块巨岩,横刀在手,哈哈大笑,说道:"有种的便跳下来决个死战!"这块大岩正居谷口要冲,水岱等若从上面跳下,定要掠过岩旁,血刀僧横刀一挥,轻轻易易的便将来人砍为两截。身在半空之人,武功便胜得他十倍,也不能如飞鸟般回翔自如,与之相搏。

陆天抒、花铁干、水岱三人好容易追上了血刀僧,却又让他逃脱,都恨得牙痒痒地。水岱以女儿仍遭淫僧挟持,花铁干误伤义弟,更是气愤。三人聚在一起,低声商议。

陆天抒外号"仁义陆大刀";花铁干人称"中平无敌",以"中平枪"享誉武林;水岱的外号叫作"冷月剑",再加上"清风柔云剑"刘乘风,四人以年纪排名,义结金兰,合称"落花流水"。所谓"落花流水"，其实是"陆花刘水"。说到武功，未必是陆天抒第一，但他一来年纪最大，二来在江湖上人缘极好，因此排名为"南四奇"之首。他性如烈火，于伤风败俗、卑鄙不义之行最是恼恨，眼见血刀僧站在岩石上耀武扬威，水笙却软软的斜倚在狄云身上。他不知水笙已给点了穴道，不由自主，还道她性非贞烈，落入淫僧的手中之后居然并不反抗，一怒之下，从雪地里拾起几块石子掷了下去。

他手劲本重，这时居高临下，石块掷下时势道更加猛恶之极。只听砰嘭、砰嘭之声，四周山谷都传出回音。谷底雪花飞溅。

血刀僧矮身落岩，将狄云和水笙扯过，藏入岩石之后。他这时已暂时脱险，对狄云的怒气便即消去。他挺身站上巨岩，指着陆、花、水三人破口大骂，石块掷到，便即闪身相避，却哪里伤得到他？这时他才望见远处悬崖上刘乘风僵伏不动，回想适才情景，推知是花铁干偷袭失手，误伤同伴，暗自庆幸。

狄云见岩石后的山壁凹了进去，宛然是一个大山洞，巨岩屏挡在外，洞中积雪甚薄，倒是个安身之所，见头顶兀自不住有石块落下，生怕打伤水笙，当即横抱着她，将她放进洞中。水笙大惊，叫道："别碰我，别碰我！"

血刀僧大笑，叫道："好徒孙，师祖爷爷在外边抵挡敌人，你倒抢先享起艳福来啦！"这是他血刀门门中的自然行径，倒也不以为忤。

水岱和陆、花三人在上面听得分明，气得都欲炸破了胸膛。

水笙只道狄云真的意图非礼，自然十分惊惶，待见到他衣裤虽非完整，却好好的穿在身上，想起适才他自称已脱了裤子，以致将自己吓走，原来竟是骗人。她想到此处，脸上一红，骂道："骗人的恶和尚，快走开。"狄云将她放入洞内，石块已打她不到，随即走开。这时他大腿既断，小腿又受重伤，哪里还说得一个"走"字，只挣扎着爬开而已。

三上一下的僵持了半夜，天色渐渐明了。血刀僧调匀内息，力气渐复，不住盘算："如何才能脱身？"眼前这三人每一个的武功都和自己在伯仲之间，自己只要一离开这块岩石，失却地形之利，就避不开他三人的合击。他无法可想，只有在岩上伸拳舞腿，怪状百出，嘲弄敌人，聊以自娱。

陆天抒越看越怒，不住口大骂。花铁干突生一计，低声道："水贤弟，你到东边去假装滑雪下谷。我到西边去佯攻，引得这恶僧走开阻挡，陆大哥便可乘机下去。"陆天抒道："此计大妙。"水岱道："他如不过来阻挡，咱们便真的滑下谷去。"他和花铁干二人当即分从左右奔了开去。

附近百余丈内都是峭壁，若要滑雪下谷，须得绕个大圈子，远远过来。血刀僧见二人分向左右，显是要绕道进谷，如何阻挡，一时倒没主意，寻思："糟糕，糟糕！他们大兜圈子的过来，虽路程远些，但花上个把时辰，总也能到。此时不走，更待何时？他们大兜圈子来攻，我便大兜圈子的逃之夭夭。"当下也不通知狄云，悄悄溜下岩石。

陆天抒目送花水二人远去，低头再看，已不见了血刀僧的踪影，但见雪地中一道脚印通向西北，大叫："花贤弟、水贤弟，恶僧逃走啦，快回来！"花水二人听得呼声，一齐转身。

陆天抒急于追人，踊身跃落，登时便没入谷底积雪。他跃下时早闭住呼吸，但觉身子不住下沉，随即足尖碰到了实地，当即足下使劲，身子便向上冒。他头顶刚要伸出积雪，忽觉胸口一痛，已中敌人暗算，惊怒之下，大刀立即挥出，去势迅捷无伦，手上觉得已砍中了敌人。但敌人受伤显是不重，在雪底又有一刀砍来。

原来血刀僧听得陆天抒的呼叫，知他下一步定要纵身入谷，当即回身，钻入岩石附近的积雪之中。陆天抒武功既高，阅历又富，要想对他偷袭暗算，原少可能，但他这时从数十丈高处跃入雪中，这种事生平从未经历，自是全神贯注，只顾到如何运气提劲，以免受伤。他明明见到血刀僧已然逃走，岂知深雪中竟会伏有敌人，当真是出其不意之外，再加上个出其不意。

但他毕竟是武林中一等一人物，胸口虽然受伤，跟着便也伤了敌人，唰唰唰连环三刀，在深雪中疾砍出去。他知血刀僧行如鬼魅，与他相斗，决不可有一瞬之间的松懈，这三刀随意砍出，劲力却非同小可。血刀僧受伤后勉力招架，退后一步，不料身后落足之处积雪并未结冰，脚底踏了个空，登时向下直堕。

陆天抒连环三刀砍出，不容敌人有丝毫喘息余裕，跟着又连环三刀，他知敌人在自己接连六刀硬斫之下，定要退后，当即抢上强攻，猛觉足底一松，身子也直堕下去。

七 落花流水

他二人陷入这诡奇已极的困境之中,都眼不见物,积雪下也已说不上什么听风辨器,连黑夜搏斗的诸般功夫也用不上了。两人足尖一触实地,便即使开平生练得最熟的一路刀法,既护身,复攻敌。这时头顶十余丈积雪罩盖,除了将敌人杀死之外,谁也不敢先行升起。只要谁先怯了,意图逃命,立时下盘中招,非给对方砍死不可。

狄云听得洞外一阵大呼,跟着寂无声息,探头张望,已不见了血刀老祖,却见岩石旁的白雪隐隐起伏波动,不禁大奇,看了一会,才明白雪底有人相斗,一抬头,见水岱和花铁干二人站在山边,凝目谷底,神情焦急,那么和血刀僧在雪底相斗的,自是陆天抒了。

水笙也探头观看,见父亲全神贯注,相距又远,一时不敢呼叫。

花水二人一心想要出手相助,却不知如何是好。水岱道:"花二哥,我这就跳下去。"花铁干急道:"使不得,使不得!你也跳进雪底下,却如何打法?下面什么也瞧不见,莫要……莫要又误伤了陆大哥。"他一枪刺死亲如骨肉的刘乘风,一直说不出的伤心难过。

水岱自不知他杀了刘乘风,但处境尴尬,却一望而知,自己跳入雪底,除了舞剑乱削之外,又怎能分清敌友?斩死血刀僧或陆天抒的机会一般无二,而给血刀僧或陆天抒砍死的机会也毫无分别。可是己方明明有两个高手在旁,却任由陆大哥孤身和血刀僧在雪底拼命,陆大哥是为救自己女儿而来,此刻身历奇险,自己却在崖上袖手观战,当真五内如焚,顿足搓手,一筹莫展。要想跳下去再说罢,但一经跃下,便加入了战团,但见谷中白雪蠕动,这一跳下去,说不定正好压在陆天抒头顶。

谷底白雪起伏一会,终于慢慢静止。崖上水岱、花铁干,洞中狄云、水笙,却只有更加焦急,不知这场雪底恶战到底谁生谁死。四人都屏息凝气、目不转瞬的注视谷底。

过了好一会,一处白雪慢慢隆起,有人探头上来,这人头顶上都是白雪,一时分不清是俗家还是和尚,这人渐升渐高,看得出头上长满了白发。那是陆天抒!

水笙大喜,低声欢呼。狄云怒道:"有什么好叫的?"水笙道:"你师祖爷爷死啦,你小和尚也命不久长了。"这句话她便不说,狄云也岂有不知?这些时日之中,他每天和血刀僧在一起,"近朱者赤",不知不觉间竟也沾上了一点儿横蛮暴躁的脾气。何况眼见陆天抒得胜,自己势必落在这三老手中,更有什么辩白的机会?他心情奇恶,喝道:"你再啰唆,我先杀了你。"水笙一凛,不敢再说。她给血刀僧点了穴道,动弹不得,狄云虽断了腿,但要杀害自己,却也容易不过。

陆天抒的头探在雪面,大声喘气,努力挣扎,似想要从雪中爬起。水岱和花铁干齐声叫道:"陆大哥,我们来了!"两人踊身跃落,没入了深雪,随即窜上,跃向谷边的岩石。

便在此时,却见陆天抒的头倏地又没入了雪中,似乎双足给人拉住向下力扯一般。他没入之后,再不探头上来,血刀僧却也影踪不见。水岱和花铁干对望一眼,均甚忧急,见陆天抒适才没入雪中,势既急速,又似身不由主,十九是遭了敌人暗算。

突然间波的一声响,一颗头颅从深雪中钻了上来,这一次却是头顶光秃秃的血刀僧。他哈哈一笑,头颅便没入雪里。水岱骂道:"贼秃!"提剑正要跃下厮拼,忽然间雪中一颗头颅急速飞上。

那只是个头颅,和身子是分离了的,白发萧萧,正是陆天抒的首级。这头颅向空中飞上数十丈,然后啪的一声落下,没入雪中,无影无踪。

水笙眼见了这般怪异可怖的情景,吓得几欲晕倒,连惊呼也叫不出声。

水岱悲愤难当,长声叫道:"陆大哥,你为兄弟丧命,英灵不远,兄弟为你报仇。"纵身正要跃出,花铁干忙抓住他左臂,说道:"且慢!恶僧躲在雪底,他在暗里,咱们在明里,胡乱跳下去,别中了他暗算。"水岱一想不错,哽咽道:"那……那便如何?"花铁干道:"他在雪底能耗得几时,终究会要上来。那时咱二人联手相攻,好歹要将他破膛剜心,祭奠两位兄弟。"水岱泪水从腮边滚滚而下,心中只道:"要镇静,定下神来,这时候千万不能伤心!大敌当前,不可心浮气粗!"但两个数十年相交的义兄一旦丧命,却教他如何不悲从中来?

两人望定了血刀僧适才钻上来之处,从一块岩石跃向另一块岩石,并肩迫近,渐渐接近水笙和狄云藏身的石洞之旁。

水笙斜眼向狄云偷睇,心中盘算,等父亲再近得几丈,这才出声呼叫,好让他能及时过来相救,倘若叫得早了,小恶僧便会抢先杀了自己。狄云见到她神色不定,眼珠转动,已料到她用意,假装闭目养神。水笙不虞有他,只望着父亲。突然之间,狄云双手在地下一撑,身子跃起,扑在水笙背上,右臂一弯,扼住了她喉咙。

水笙大吃一惊,待要呼叫,却哪里叫得出声?只觉狄云的手臂扼得自己气也透不过来,忽听他在自己耳边低声道:"你答允不叫,我就不扼死你!"他说了这句话,手臂略松,让她吸一口气,但那粗糙瘦硬的手臂,却始终不离开她喉头柔嫩的肌肤。水笙恨极,心中千百遍的咒骂,可便奈何不得。

水岱和花铁干蹲在一块大岩石上,见雪谷中毫无动静,都大为奇怪,不知血刀僧在玩什么玄虚,怎能久耽雪底。

他们悲痛之际,没想到血刀僧自幼生长于川边冰天雪地,熟知冰雪之性。先前他钻入雪底之后,立时便以血刀剜了个大洞,伸掌拍实洞口,雪洞中便存得有气,每逢心跳加剧,呼吸难继,便探头到雪洞中吸几口气。陆天抒却如何懂得这个窍门,一味屏住呼吸,硬拼硬打。他内力虽然充沛,终是及不上血刀僧不住换气。便如两人在水底相斗,一人可以常常上水面呼吸,另一人却沉在水底,始终不能上来,胜负之数,可想而知。陆天抒最后实在气室难熬,干冒奇险,探头到雪上吸气,下身便给血刀僧连砍三刀,死于雪底。

水岱和花铁干越等越心焦,转眼间过了一炷香时分,始终不见血刀僧的踪迹。水岱道:"这恶僧多半是身受重伤,死在雪底了。"花铁干道:"我想多半也是如此。陆大哥岂能为恶僧所杀,却不还他两刀?何况这恶僧和刘贤弟拼斗甚久,早已不是陆大哥的对手。"水岱道:"他定是行使诈计,暗算了陆大哥。"说到此处,悲愤无可抑制,叫道:"我到下面去瞧瞧。"花铁干道:"好,可要小心了,我在这里给你掠阵。"

水岱手提长剑,吸一口气,展开轻功,便从雪面上滑了过去,只滑出数丈,察觉脚下并不如何松软,当下奔得更快。这雪谷四周山峰极高,万年不见阳光,谷底积的虽然是雪,却早已冰雪相混,有如稀泥,从上跃下固然立时没入,以轻功滑行却不致陷落,水岱轻身功夫了得,在雪面上越滑越快。只听得花铁干叫道:"好轻功!水贤弟,那恶僧便在左近,小心!"

话声未绝,喀喇一声,水岱身前丈许之外钻出一个人来,果然便是血刀僧,只见他双手空空,没了兵刃,叫声:"啊哟!"不敢和水岱接战,向西飘开数丈,慌慌张张的叫道:"大丈夫相斗,讲究公平。你手里有剑,我却赤手空拳,那如何打法?"水岱尚未答话,花铁干远远叫道:"杀你这恶僧,还讲什么公平不公平?"他轻功不及水岱,不敢踏下雪地,从旁边岩石绕将过去,从旁夹击。

水岱心想恶僧这口血刀,定是和陆大哥相斗之时在雪中失落了。深谷中积雪数十丈,这口刀哪里还找得着?他见敌人没了兵刃,更加放心,必胜之券,已操之于手,只要别让他逃得远了,或是无影无踪的又钻入雪中,叫道:"兀那恶僧,我女儿在哪里?快说出来!"

血刀僧道:"这妞儿的藏身之所,你就寻上十天半月,也未必寻得着。若是放我生路,便跟你说。"口中说话,脚下丝毫不停。

水岱心想:"姑且骗他一骗,叫他先说了出来。"便道:"此处四周都是插翅难上的高峰,便放了你,你又走向何处?"血刀僧道:"这里的地势古怪之极,我在左近住过几年,却了如指掌。你如杀了我,一定难以出谷,活活的饿死在这里,不如大家化敌为友,我还你女儿,再引你们出谷如何?"

花铁干怒道:"恶僧说话,有何信义?你快跪下投降,如何处置,我们自有主意,何用你来插嘴?"一面说,一面渐渐迫近。血刀僧笑道:"既是如此,老子可要失陪了!"脚下加快,斜刺向东北角上奔去。水岱骂道:"往哪里去?"挺剑疾追。

血刀僧奔跑迅速,奔出数十丈后,迎面高峰当道,更无去路。他身形一晃,疾转回头,从水岱身旁斜斜掠过。水岱挥剑横削,差了尺许没能削中,血刀僧又向西北奔去。水岱见他重回旧地,心道:"在这谷中奔来奔去,又逃得到哪里?不过老是捉迷藏般的追逐,这厮轻功不弱,倒不易杀得了他。笙儿又不知到了何处。"他心中焦急,提一口气,脚下加快,和敌人又近了数尺。忽听得血刀僧"啊"的一声,向前扑倒,双手在雪地中乱抓乱爬,显是内力已竭,摔倒了便爬不起来。

石洞中狄云和水笙都看得清楚,一个惊慌,一个欢喜。狄云斜眼瞥处,见到水笙满脸喜色,心中恼恨,不由得手臂收紧,用力在她喉头扼落。

眼见血刀僧无法爬起,水岱哪能失此良机,抢上几步,挺剑向他臀部刺落,这时不欲一剑便将他刺死,要将他刺伤得逃跑不了,再拷问水笙的所在。长剑只递出两尺，蓦地里左脚踏下，足底虚空，全身急堕，下面竟是个深洞。

这一下奇变横生，竟似出现了妖法邪术，花铁干、狄云、水笙三人眼见水岱便要得手，却在一瞬之间陡然消失，不知去向。跟着一声长长的惨叫，从地底传将上来，正是水岱的声音，显是在下面碰到了极可怕之事。

血刀僧一跃而起，身手矫捷异常，显而易见，他适才出力挣扎全是作伪。只见他跃起身来，双足一顿，没入雪里，跟着又钻了上来，抓着一人，抛在雪地里。那人鲜血淋漓，正是水岱，他双足已齐膝而断，不知死活。

水笙见到父亲的惨状，大声哭叫："爹爹，爹爹！"狄云心中不忍，就不再伸臂扼她，放开了手臂，安慰她道："水姑娘，你爹爹没死，他……他还在动。"

血刀僧左手疾挥上扬，一道暗红色的光华在头顶盘旋成圈，血刀竟又入手。原来适才他潜伏雪地，良久不出，是在暗通一个雪井，布置了机关，将血刀横架井中，刃口向上，然后钻出雪来，假装失刀，令敌人心无所忌，放胆追赶，终于跌入陷阱。水岱纵横武林数十年，阅历不可谓不富，水陆两路的江湖伎俩无不通晓，只是这冰雪中的勾当却令他防不胜防。他从雪井中急堕而下，那血刀削铁如泥，登时将他双腿轻轻割断。

血刀僧高举血刀，对着花铁干大叫："有种没有？过来斗上三百回合。"

花铁干见到水岱在雪地里痛得滚来滚去的惨状，只吓得心胆俱裂，哪敢上前相斗，挺着短枪护在身前，一步步的倒退，枪上红缨不住抖动，显得内心害怕已极。血刀僧一声猛喝，冲上两步。花铁干急退两步，手臂发抖，竟将短枪掉在地下，急速拾起，又退了两步。

血刀僧连斗三位高手，三次死里逃生，实已累得筋疲力尽，若和花铁干再行拚斗，只怕一招也支持不住。花铁干的武功原就不亚于血刀僧，此刻上前决战，血刀僧内力垂尽，非死在他枪下不可，只是他失手刺死刘乘风后，心神沮丧，锐气大挫，再见到陆天抒断头、水岱折腿，吓得魂飞魄散，已无丝毫斗志。

血刀僧见他如此害怕的模样，得意非凡，叫道："嘿嘿，我有妙计七十二条,今日只用三条,已杀了你江南三个老家伙,还有六十九条,一条条都要用在你身上。"

花铁干多历江湖风波,血刀僧这些炎炎大言,原本骗他不倒,但这时成了惊弓之鸟,只觉敌人的一言一动,无不充满了极凶狠极可怖之意,听他说还有六十九条毒计,一一要用在自己身上,喃喃的道:"六十九条,六十九条!"双手更抖得厉害了。

血刀老祖此时心力交疲,支持艰难,只盼立时躺倒,睡他一日一夜。但他心知此刻所面对的实是一场生死恶斗,其激烈猛恶,殊不下于适才和刘乘风、陆天抒等的激战。只要自己稍露疲态,给对方瞧破,出手一攻,立时便伸量出自己内力已尽,那时他短枪戳来,自己只有束手就戮,是以强打精神,将手中血刀盘旋玩弄,显得行有余力。他见花铁干想逃不逃,心中不住催促:"胆小鬼,快逃啊,快逃啊!"岂知花铁干这时连逃跑也已没了勇气。

水岱双腿齐膝斩断,躺在雪地中奄奄一息,眼见花铁干吓成这个模样,更加悲愤。他虽重伤,却已瞧出血刀僧内力垂尽,已属强弩之末,鼓足力气叫道:"花二哥,跟他拼啊。恶僧真气耗竭,你杀他易如反掌,易……"

血刀僧心中一惊:"这老儿瞧出我的破绽,大大不妙。"他强打精神,踏上两步,向花铁干道:"不错,不错,我内力已尽,咱们到那边崖上去大战三百回合!不去的是乌龟王八蛋!"忽听得身后山洞中传出水笙的哭叫:"爹爹,爹爹!"血刀僧灵机一动:"此刻倘若杀了水岱,徒然示弱。我抓了这女娃儿出来,逼迫水岱投降。这姓花的便更加没有斗志了。"他向着花铁干狞笑道:"去不去?打五百个回合也行?"

花铁干摇摇头,又退了一步。

水岱叫道:"跟他打啊,跟他打啊!你不跟陆大哥、刘三哥报仇么?"

血刀僧哈哈大笑,叫道:"打啊!我还有六十九条惨不可言的毒计,一一要使在你身上。"一边说,一边转身走进山洞,抓住水笙头发,将她横拖倒曳的拉了出来,拉扯之时,已不断喘气,说什么也掩饰不住。

他知花铁干武功厉害,唯有以各种各样残酷手段施于水氏父女身上，方能吓得他不敢出手，将水笙拖到水岱面前，喝道："你说我真气已尽，好，你瞧我真气尽是不尽？"嗤的一声响，将水笙的右边袖子撕下了一大截，露出雪白的肌肤。水笙一声惊叫，但穴道被点，半点抗御不得。

狄云跟着从山洞中爬了出来，眼看着这惨剧，甚是不忍，叫道："你……你别欺侮水姑娘！"血刀老祖笑道："哈哈，乖徒孙，不用耽心，师祖爷爷不会伤了她性命。"回过身来，手起一刀，将水岱的左肩削去一片，问道："我真气耗竭了没有？"水岱肩上登时鲜血喷出。花铁干和水笙同时惊呼。

血刀僧左手一扯，又将水笙的衣服撕去一片，向水岱道："你叫我三声'好爷爷'，叫是不叫？"水岱呸的一声，一口唾液用力向他吐去。血刀僧侧身闪避，这一下站立不稳，脚下一个踉跄，只觉头脑眩晕，几乎便要倒下。

水岱瞧得清楚，叫道："花二哥，快动手！"

花铁干也已见到血刀僧脚步不稳，却想："只怕他是故意示弱，引我上当。这恶僧诡计多端，不可不防。"

血刀僧又横刀削去，在水岱右臂上砍了一条深痕，喝道："你叫不叫我'好爷爷'？"水岱痛得几欲晕去，大声道："姓水的宁死不屈！快将我杀了。"血刀僧道："我才不让你痛痛快快的死呢，我要将你的手臂一寸寸割下来，将你的肉一片片削下来。你叫我三声'好爷爷'，向我讨饶，我便不杀你！"水岱骂道："做你娘的清秋大梦！"血刀僧眼见他甚为倔强，料想他虽遭碎割凌迟，也决不会屈服，便道："好，我来炮制你的女儿，看你叫不叫我'好爷爷'？"说着反手一扯，撕下了水笙的半幅裙子。

水岱怒极，眼前一黑，便欲晕去，但想："花二哥吓得没了斗志，我可不能便死。不管这恶僧如何当着我面前侮辱笙儿，我都要忍住气，跟他周旋到底。"

血刀僧狞笑道："这姓花的马上就会向我跪下求饶，我便饶了他性命，让他到江湖上去宣扬，水姑娘给我如何剥光了衣衫。哈哈，妙极，很好！花铁干，你要投降？可以，可以，我可以饶你性命！血刀老祖生平从不杀害降人。"

花铁干听了这几句话，斗志更加淡了，他一心一意只想脱困逃生,跪下求饶虽然羞耻,但总比给人在身上一刀一刀的宰割要好得多。他全没想到,倘若奋力求战,立时便可杀了敌人,却只觉得眼前这血刀僧可怖可畏之极。只听得血刀僧道:"你放心,不用害怕,待会你认输投降,我便饶你性命,让你全身而退。决不会割你一刀,尽管放心好了。"这几句安慰的言语,花铁干听在耳里,说不出的舒服受用。

血刀僧见他脸露喜色,心想机不可失,当即放下水笙,持刀走到他身前,说道:"大丈夫能屈能伸,很好,你要向我投降,先抛下短枪,很好,很好,我决不伤你性命。我当你是好朋友,好兄弟!抛下短枪,抛下短枪!"声音甚为柔和。

他这几句说话似有不可抗拒的力道,花铁干手一松,短枪抛在雪地之中。他兵刃一失,那是全心全意的降服了。

血刀僧露出笑容,道:"很好,很好!你是好人,你这柄短枪不差,给我瞧瞧!你退后三步,好,你很听话,我必定饶你不杀,你放一百二十个心。再退开三步。"花铁干依言退开。血刀僧缓缓俯身,拿起短枪,手指碰到枪杆之时,自觉全身力气正在一点一滴的失却,接连提了两次真气,都提不上来,暗暗心惊:"适才连斗三个高手,损耗得当真厉害,只怕要费上十天半月,方得恢复元气。"虽将纯钢短枪拿到了手中,仍提心吊胆,倘若花铁干突然大起胆子出手攻击,就算他只空手,自己也一碰即垮。

水岱见花铁干抛枪降服,已无指望,低声道:"笙儿,快将我杀了!"水笙哭道:"爹爹,我……我动不了!"水岱向狄云道:"小师父,你做做好事,快将我杀了。"

狄云明白他心意,反正活不了,与其再吃零碎苦头,受这般重大侮辱,不如死得越早越好。他心中不忍,很想助他及早了断,只是自己一出手,非激怒血刀僧不可,眼见此人这般凶恶毒辣,那可也无论如何得罪不得。

水岱又道:"笙儿,你求求这位小师父,快些将我杀了,再迟可就来不及啦。"水笙心慌意乱,道:"爹爹,你不能死,你不能死。"水岱怒道:"我此刻生不如死,难道你没见到么?"水笙吃了一惊,道:"是,是!爹,我跟你一起死好了!"

水岱又向狄云求道:"小师父,你大慈大悲,快些将我杀了。要我向这恶僧求饶,我水岱怎能出口?我又怎能见我女儿受他之辱?"

狄云眼见到水岱的英雄气概,极为钦佩,不由得义愤之心大盛,低声道:"好,我便杀了你。老和尚要责怪,也不管了!"

水岱心中一喜,他虽受重伤,心智不乱,低声道:"我大声骂你,你一棍将我打死,那老和尚就不会怪你。"不等狄云回答,便大声骂道:"小淫僧,你若不回头,仍学这老恶僧的样,将来一定不得好死。你如天良未泯,快快脱离血刀门!小恶僧,你这王八蛋,龟儿子!你快快痛改前非,今后做个好人!"

狄云听出他骂声中含有劝诫之意,暗暗感激,提起一根粗大的树枝舞了几下,却打不下去。

水岱心中焦急,骂得更加凶了,斜眼只见那边厢花铁干双膝一软,跪倒雪地,向血刀僧磕下头去。

血刀僧积聚身上仅有的少些内功,凝于右手食指,对准花铁干背心的"灵台穴"点落,这一指实是竭尽了全力,一指点罢,再也没了力气。花铁干中指摔倒,血刀僧也双膝慢慢弯曲。

水岱眼见花铁干摔倒,心中一酸,自己一死,再也没人保护水笙,暗叫:"苦命的笙儿!"喝道:"王八蛋,你还不打我!"

狄云也已看到花铁干摔倒,心想血刀僧立时便来,当下一咬牙,奋力挥棍扫去,击在水岱天灵盖上。水岱头颅碎裂,一代大侠,便此惨亡。

水笙哭叫:"爹爹!"登时晕去。

血刀僧听到水岱的毒骂之声,只道狄云真是沉不住气,出手将他打死,反正此刻花铁干已给自己制住,水岱是死是活,无关大局。这一来得意之极,不由得纵声长笑。可是自己听得这笑声全然不对,只是"啊,啊,啊"儿卜嘶哑之声,哪里有什么笑意?但觉腿膝间越来越酸软,蹒跚着走出几步,终于坐倒在雪地之中。

花铁干看到这般情景,心下大悔:"水兄弟说得不错,这恶僧果然已真气耗竭,早知如此,我一出手便结果了他性命,又何必吓成这等模样?更何必向他磕头求饶?"自己是成名数十年的中原大侠,居然向这万恶不赦的老淫僧屈膝哀恳,这等贪生怕死,无耻卑劣,想起来当真无地自容。只是他"灵台"要穴被点,须得十二个时辰之后方能解开。血刀僧若不露出真气耗竭的弱点,自己还有活命之望,现下是说什么也容不得自己了。否则一等自己穴道解开,焉有不向他动手之理?

果然听得血刀僧道:"徒儿,快将这人杀了。这人奸恶之极,留他不得。"花铁干叫道:"你答允饶我性命的。你说过不杀降人,如何可以不顾信义?"他明知抗辩全然无用,但大难临头,还是竭力求生。

血刀僧干笑道:"我们血刀门的高僧,把'信义'二字瞧得犹似狗屎一般,你向我磕头求饶,是你自己上了当,哈哈,哈哈!乖徒儿,快一棒把他打死了!此人留着不死,危险之极。"他对花铁干也真十分忌惮,自知刚才一指点穴,内力不到平时的一成,力道不能深透经脉,这人武功了得,只怕过不了几个时辰就会给他冲开穴道,那时候情势倒转,自己反成俎上之肉了。

狄云不知血刀僧内力耗竭,只想:"适才我杀水大侠,是为了解救他苦恼。这位花大侠好端端地,我何必杀他?"便道:"他已给师祖爷爷制服,我看便饶了他罢!"

花铁干忙道:"是啊,是啊!这位小师父说得不错。我已给你们制服,绝无半分反抗之心,何必再要杀我?"

水笙从昏晕中悠悠醒转,哭叫:"爹爹,爹爹!"听得花铁干这般无耻求饶,骂道:"花伯伯,你也是武林中响当当的一号人物,怎地如此不要脸?眼看我爹爹惨受苦刑……我爹爹……爹……爹……"说到这里,已泣不成声。花铁干道:"这两位师父武功高强,咱们是打不过的,还不如顺从降服,跟随着他们,服从他们的号令为是!"水笙连声:"呸!呸!死不要脸!"

血刀僧心想多挨一刻,便多一分危险,这当儿自己竟半点力气也没有了,想要支撑起来走上两步也已不能,说道:"好孩儿,听师祖爷爷的话,快将这家伙杀了!"

水笙回过头来,见父亲脑袋上一片血肉模糊,死状极惨,想起他平时对自己的慈爱,骨肉情深,几乎又欲晕去。水岱恳求狄云将自己打死,水笙原是亲耳听见,但这时急痛攻心,竟然忘了,只知道狄云一棍将父亲打得脑浆迸裂,胸中悲愤,难以抑制,突觉一股热气从丹田中冲将上来。内功练到十分高深之人,能以真气冲开被封穴道。但要练到这等境界,那是非同小可之事,花铁干尚自不能,何况水笙？可是每个人在临到大危难、大激动的特殊变故之时，体内潜能忽生，往往能做出平时绝难做到的事来。这时水笙极度悲愤之下，体气激荡，受封的穴道竟给冲开了。也不知从哪生出来一股力气，蓦地里跃起，拾起父亲身旁的那根树枝，夹头夹脑向狄云打去。

狄云左躲右闪，虽避开了面门要害，但脸上、脑后、耳旁、肩头，接连给她击中了十二三下。他伸手挡架，叫道："你干什么打我？是你爹爹求我杀他的。"

水笙一凛，想起此言不错，一呆之下便泄了气，坐倒在地，放声大哭。

血刀僧听得狄云说道："是你爹爹求我杀他的。"心念一转，已明白了其中原委，不禁大怒："这小子竟去相助敌人，当真大逆不道。"登时便想提刀将他杀了，但手臂略动，便觉连臂带肩俱都麻痹，当下不动声色，微笑说道："乖徒儿，你好好看住这女娃儿，别让她发蛮。她是你的人了，你爱怎样整治她，师祖爷爷任你自便。"

花铁干瞧出了端倪，叫道："水侄女，你过来，我有话跟你说。"他知血刀僧此刻没半点力气，已不足为患，狄云大腿折断，四人中倒是水笙最强，要低声叫她乘机除去二僧。哪知水笙恨极了他卑鄙懦怯，心想："若不是你弃枪投降，我爹爹也不致丧命。"听得花铁干呼叫，竟不理不睬。

花铁干又道："水侄女，你要脱却困境，眼前是唯一良机。你过来，我跟你说。"血刀僧怒道："你啰里啰唆什么，再不闭嘴，我一刀将你杀了。"花铁干却也不敢真和他顶撞，只不住的向水笙使眼色。水笙怒道："有什么话，尽管说好了，鬼鬼祟祟的干什么？"

花铁干心想："这老恶僧正在运气恢复内力。他只要恢复得一分，能提得起刀子，定然先将我杀了。时机迫促，我说得越快越好。"便道："水侄女，你瞧这位老和尚，他剧斗之余，内力耗得干干净净，坐在地下，站也站不起来了。"他明知血刀僧此刻无力加害自己，却也不敢对他失了敬意，仍称之为"这位老和尚"。

水笙向血刀僧瞧去，果见他斜卧雪地，情状狼狈，想起杀父之仇，也不理会花铁干之言的真假，举起手中树枝，当头向血刀僧打去。

血刀僧听花铁干一再招呼水笙过去，便已知他心意，心中暗暗着急,飞快的转着念头:"这女娃儿若来害我,那便如何是好?"他又提了两次气,只觉丹田中空荡荡地,全身反比先前更加软弱,一时彷徨无计,水笙手中的树棍却已当头打来。

水笙擅使的兵刃乃是长剑,本来不会使棍,加之心急报父仇,这一棍打出,全无章法,腋底更露出老大破绽。血刀僧身子略侧,想将手中所持花铁干的短枪斜伸出去,只是实在太过衰弱,单想掉转枪头,也已有心无力,只得勉力将枪尾对准了水笙腋下的"大包穴"。水笙悲愤之下,哪防到他另生诡计,树枝击落,结结实实的打在他脸上,登时打得他皮开肉绽,但便在此时,腋下穴道一麻,四肢酸软,向前摔倒。

血刀僧给她一棍打得头晕眼花,计策却也生效,水笙自行将"大包穴"撞到枪杆上去,点了自己穴道。他得意之下,哈哈大笑,说道:"姓花的老贼,你说我气力衰竭,怎地我又能制住了她?"他以枪杆对准水笙穴道,让她自行撞上,给他和水笙两人的身子遮住,花铁干和狄云都没瞧见,均以为确是他出手点倒水笙。

花铁干惊惧交集,没口子的道:"老前辈神功非常,在下凡夫俗子是井蛙之见,当真料想不到。老前辈内力如此深厚,莫说举世无双,的的确确是空前绝后了。"他满口恭维血刀僧,但话声发颤,心中恐惧无比。

血刀僧心中暗叫:"惭愧!"自知虽得暂免杀身之祸,但水笙穴道受撞只是寻常外力,并非自己指力所点,劲力不透穴道深处,过不多时,她穴道自解。这等幸运之事可一而不可再,她若拾起血刀来斩杀自己,就算再用枪杆撞中她穴道,自己的头颅可也飞向半天了,务须在这短短的时刻之中恢复少许功力,要赶着在水笙穴道解开之前先杀了她。只是这内力的事情,稍有勉强,大祸立生,当下一言不发,躺着缓缓吐纳。这时他便要盘膝而坐,也已不能,却又不敢闭眼,生怕身畔三人有何动静,不利于己。

狄云头上、肩上、手上、脚上,到处疼痛难当,只有咬牙忍住呻吟,心中一片混乱,没法思索。

水笙卧躺处离血刀僧不到三尺,初时极为惶急,不知这恶僧下一步将如何对付自己,过了好一会,见他毫不动弹,才略感放心。她见到父亲惨亡的尸体便在身畔,心中伤痛已极,躺了一会儿,昏晕加上脱力,竟尔睡去。

血刀僧心中一喜:"最好你一睡便睡上几个时辰,那便行了。"

这一节花铁干也瞧了出来,见狄云不知是心软还是胡涂,居然并无杀己之意,自己的生死,全系于水笙是否能比血刀僧早一刻行动,见她竟尔睡去,忙叫:"水侄女,千万睡不得,这两个淫僧要来害你了!"但水笙疲累难当,昏睡中只嗯嗯两声,却哪里叫得她醒?花铁干大叫:"不好了,不好了!快些醒来,恶僧来脱你的裤子了!"他想以女孩儿家最害怕的事来叫得她醒转。

血刀僧大怒,心想:"这般大呼小叫,危险非小。"向狄云道:"乖徒儿,你快过去一刀将这老家伙杀了。"狄云道:"此人已然降服,那也不用杀他了。"血刀僧道:"他哪里降服?你听他大声吵嚷,便是要害我师徒。"

花铁干道:"小师父,你的师祖凶狠毒辣,他这时真气散失,行动不得,这才叫你来杀我。待会他内力恢复,恼你不从师命,便来杀你了。不如先下手将他杀了。"狄云摇头道:"他也不是我师祖,只是他有恩于我,救过我性命。我如何能够杀他?"花铁干道:"他不是你师祖?那你快快动手。血刀门的和尚凶恶残忍,没半点情面好讲,你自己想不想活?"情急之下,言语中对血刀僧已不再有丝毫敬意。

狄云好生踌躇,明知他这话有理,但要他去杀血刀僧,无论如何不忍下手,听花铁干不住口的劝说催促,焦躁起来,喝道:"你再啰唆,我先杀了你。"

花铁干见情势不对,不敢再说,只盼水笙早些醒转,过了一会,又大声叫嚷:"水笙,水笙,你爹爹活转来啦,你爹爹活转来啦!"

水笙在睡梦中迷迷糊糊,听人喊道:"你爹爹活转来啦!"心中一喜,登时醒转,大叫:"爹爹,爹爹!"

花铁干道:"水侄女,你给他点了哪一处穴道?我教你冲解穴道的法门。"水笙道:"我左腋下的肋骨上一麻,便动弹不得了。"花铁干道:"那是'大包穴'。这容易得很,你吸一口气,意守丹田,然后缓缓导引这口气,去冲击左腋下的'大包穴',冲开之后,便可报你杀父之仇。"

水笙点了点头,道:"好!"她虽对花铁干仍十分气恼,但毕竟他是友非敌,而他的教导确是于己有利,当即依言吸气,意守丹田。

血刀僧眼睁一线，注视她动静，见她听到花铁干的话后点了点头，不由得暗暗叫苦，心道："这女娃儿已能点头，也不用什么意守丹田，冲击穴道，只怕不到一炷香时刻，便能行动了。"当下眼观鼻，鼻观心，于水笙是否能够行动一事，全然置之度外，将腹中一丝游气慢慢增厚。

那导引真气以冲击穴道的功夫何等深奥，连花铁干自己也办不了，水笙单凭他几句话指点，岂能行之有效？但她受封的穴道随着血脉流转，自然而然的早已在渐渐松开，却不是她的真气冲击之功，过不多时，她背脊便动了一动。花铁干喜道："水侄女，行啦，你继续用这法子冲击穴道，立时便能站起。"水笙又点了点头，觉手足麻木渐失，呼了一口长气，慢慢支撑着坐起。

花铁干叫道："妙极，水侄女，你一举一动都要听我吩咐，不可错了顺序，这中间的关键十分要紧，否则大仇难报。第一步，拾起地下那柄弯刀。"

水笙慢慢伸手到血刀僧身畔，拾起了血刀。

狄云瞧着她行动，知道她下一步便是横刀一砍，将血刀僧的脑袋割了下来，但见血刀僧的双眼似睁似闭，对目前的危难竟似浑不在意。

血刀僧此时自觉手足上力气暗生，只须再有小半个时辰，虽无劲力，却已可行动自如，偏生水笙抢先取了血刀，立时便要发难，当下将全身微弱的力道都集向右臂。

却听得花铁干叫道："第二步，先去杀了小和尚。快，快，先杀小和尚！"

这一声呼叫，水笙、血刀僧、狄云都大出意料之外。花铁干叫道："老和尚还不会动，先杀小和尚要紧。你如先杀老和尚，小和尚便来跟你拼命了！"

水笙一想不错，提刀走到狄云身前，微一迟疑："他曾助我爹爹，使得他免受老恶僧之辱，我要不要杀他？"这一迟疑只顷刻间的事，跟着便拿定了主意："当然杀！"提起血刀，便向狄云颈中劈落。

狄云忙打滚避开。水笙第二刀又砍将下去，狄云又是一滚，抓起地下一根树枝，向她刀上格去。水笙连砍三刀，将树枝削去两截，又即挥刀砍下，突然间手腕上一紧，血刀竟给后面一人夹手夺了过去。

抢她兵刃的正是血刀僧。他力气有限,不能虚发,看得极准,一出手便即奏功,夺到血刀,更不思索,顺手挥刀便向她颈中砍下。水笙不及闪避,心中一凉。

狄云叫道:"别再杀人了!"扑将上去,手中树枝击在血刀僧腕上。若在平时,血刀僧焉能给他击中?但这时衰颓之余,功力不到原来的半成,手指一松,血刀脱手。两人同时俯身去抢兵刃。狄云手掌在下,先按到了刀柄。血刀僧提起双手,便往他颈中扼落。

狄云一阵窒息,放开血刀,伸手撑持。血刀僧知自己力气无多,这一下若不将狄云扼死,自己便命丧他手。他却不知狄云全无害他之意,只不忍他再杀水笙,不自禁的出手相救。狄云头颈为血刀僧扼住,呼吸越来越艰难,胸口如欲迸裂。他双手反过去使劲撑持,想将血刀僧推开。血刀僧见小和尚既起反叛之意,按照本门规矩,须得先除叛徒,再杀敌人。他料得花铁干一时三刻之间尚难行动,水笙是女流之辈,易于对付,是以将身上仅余力道尽数运到手上,力扼狄云喉头。

狄云一口气透不过来,满脸紫胀,双手无力反击,慢慢垂下,脑海中只一个念头:"我要死了,我要死了!"

水笙初时见两人在雪地中翻滚,眼见是因狄云相救自己而起,但总觉这是两个恶僧自相残杀,最好是他二人斗个两败俱伤,同归于尽。但看了一会,见狄云手足软垂,已无反击之力,不由得惊惶,心想:"老恶僧杀了小恶僧之后,就会来杀我,那便如何是好?"

花铁干叫道:"水侄女,这是下手的良机啊,快拾起弯刀。"水笙依言拾起血刀。花铁干又叫道:"过去将两个恶僧杀了。"

水笙提着血刀走上几步,一心要将血刀僧杀死,却见他和狄云纠缠在一起。这血刀削铁如泥,一刀下去,势必将两人同时杀死,心想狄云刚才救了自己性命,这小和尚虽然邪恶,总是自己的救命恩人,恩将仇报,无论如何说不过去,要想伺隙只杀血刀僧一人,却手酸脚软,出刀全无把握。

正迟疑间,花铁干又催道:"快下手啊,再等片刻,就错过机会了,为你爹爹报仇,在此一举。"水笙道:"两个和尚缠在一起,分不开来。"花铁干怒道:"你真胡涂,我叫你两个人一起杀了!"他是武林中的成名英雄,江西鹰爪铁枪门一派的掌门,平时颐指气使,说出话来便是命令。可是他忘了自己此刻动弹不得,水笙心中对他又极为鄙视。她一听到这句狂妄暴躁的话,登时大为恼怒,反退后三步,说道:"哼!你是英雄豪杰,刚才为什么不跟这恶僧决一死战?你有本事,自己来杀好了。"

花铁干一听情形不对,忙陪笑道:"好侄女,是花伯伯胡涂,你别生气。你去将两个恶僧都杀了,给你爹爹报仇。血刀老祖这样出名的大恶人死在你手下,这件事传扬出去,江湖上哪一个不钦佩水女侠孝义无双、英雄了得?"他越吹捧,水笙越恼,瞪了花铁干一眼,又走上前去,看准了血刀僧的背脊,想割他两刀,叫他流血不止,却不会伤到狄云。

血刀僧扼在狄云颈中的双手毫不放松,却不住转头观看水笙的动静,见她持刀又上,猜到了她心意,沉着声音道:"你在我背上轻轻割上两刀,小心别伤到了小和尚。"

水笙吃了一惊,她对血刀僧极为畏惧忌惮,听得他叫自己用刀割他背脊,心想他定然不怀好意,决不能听他的话,哪料到这是血刀僧实者虚之、虚者实之的攻心之策,一怔之下,这一刀便割不下去了。

狄云给血刀老祖扼住喉头,肺中积聚着的一股浊气数度上冲,要从口鼻中呼了出来,但喉头的要道被阻,这股气冲到喉头,又回了下去。一股浊气在体内左冲右突,始终找不到出路。若是换作常人,那便渐渐昏迷,终于窒息身亡,但他偏偏无法昏迷,只感全身难受困苦已达极点,心中只叫:"我快死了,我快死了!"

突然之间,他只觉胸腹间剧烈刺痛,体内这股气越胀越大,越来越热,犹如满镬蒸气没有出口,直要裂腹而爆,蓦地里前阴后阴之间的"会阴穴"上似乎给热气穿破了一个小孔,登时觉得有丝丝热气从"会阴穴"通到脊椎末端的"长强穴"去。人身"会阴""长强"两穴相距不过数寸,但"会阴"属于任脉,"长强"却是督脉,两脉的内息决不相通。他体内的内息加上无法宣泄的一股巨大浊气,交迸撞激,竟在危急中自行强冲猛攻,为他打通了任脉和督脉的大难关。

这内息一通入"长强穴",登时自腰俞、阳关、命门、悬枢诸穴,一路沿着脊椎上升,走的都是背上督脉各个要穴,然后是脊中、中枢、

七

落花流水

筋缩、至阳、灵台、神道、身柱、陶道、大椎、痖门、风府、脑户、强间、而至顶门的"百会穴"。狄云在狱中得丁典传授"神照经"心法,这内功深湛难练,他资质非佳,此后又无丁典指点,就算再加上二三十年时日,是否得能练成,亦在未知之数。不料此刻在生死系于一线之际,竟尔将任督二脉打通了。一来因咽喉被扼,体内浊气难宣,非找寻出口不可,二来他曾练过《血刀经》上的一些邪派内功,内息运行的道路虽和"神照经"内功大异,却也有破窒冲塞的补助功效。

这股内息冲到百会穴中,只觉颜面上一阵清凉,一股凉气从额头、鼻梁、口唇下来,通到了唇下的"承浆穴"。这承浆穴已属任脉,这一来自督返任。任脉诸穴都在人体正面,这股清凉的内息一路下行,自廉泉、天突而至璇玑、华盖、紫宫、玉堂、膻中、中庭、鸠尾、巨阙,经上、中、下三脘,而至水分、神阙、气海、石门、关元、中极、曲骨诸穴,又回到了"会阴穴"。如此一个周天行将下来,郁闷之意全消。内息第一次通行时甚为艰难,任督两脉既通,道路熟了,第二次、第三次时自然而然的飞快运转,顷刻之间,连走了一十八次。

"神照经"内功乃武学第一奇功,他自在狱中开始修习,练之既已久,经脉早熟,此刻一旦豁然而通,内息运行一周天,劲力便增加一分,只觉四肢百骸,每一处都有精神力气勃然而兴,沛然而至,甚至头发根上似乎均有劲力充盈。血刀僧哪里知道他所扼之人,体内已起了如斯巨大变化,只运劲扼住他咽喉,同时提防水笙手中的血刀。

狄云体内的劲力愈来愈强,心中却仍十分害怕,只求挣扎脱身,双手乱抓乱舞,始终碰不到血刀僧身上,左脚向后乱撑几下,突然一脚踹在血刀僧小腹上。这一踹力道大得出奇,血刀僧本已内力耗竭,哪里有半点抗力?身子忽如腾云驾雾般飞向半空。

水笙和花铁干齐声惊呼,不知出了什么变故,但见血刀僧高高跃起,在空中打了个转,头下脚上的笔直摔落,嚓的一声,直挺挺插入雪中,深入数尺,雪面上只露出一双脚,就此不动。

他拿着羽衣走到石洞前,抛在地下,在羽衣上踹了几脚,大声道:「我是恶和尚,怎配穿小姐缝的衣服?」飞起一脚,将羽衣踢进洞中,转身狂笑,大踏步而去。

八　羽　衣

　　水笙和花铁干都看得呆了,不知血刀僧又在施展什么神奇武功。

　　狄云咽喉间脱却紧箍,急喘了几口气,当下只求逃生,一跃而起,身子站直,只是左腿断了,"啊哟"一声,俯跌下去,他右手忙在地下一撑,单凭右腿站了起来,只见血刀老祖双脚向天,倒插在雪中。他大惑不解,揉了揉眼睛,看清楚血刀老祖确是倒插在深雪之中,全不动弹。

　　水笙当狄云跃起之时,唯恐他加害自己,横刀当胸,倒退几步,目不转睛的凝视着他。但见他伸手搔头,满脸迷惘之色。

　　忽听得花铁干赞道:"这位小师父神功盖世,当真并世无双,刚才这一脚将老淫僧踢死,怕不有千余斤劲力!这等侠义行径,令人打从心底里钦佩出来。"水笙听到这里,再也忍耐不住,喝道:"你别再胡言乱语,也不怕人听了作呕?"

　　花铁干道:"血刀僧大奸大恶,人人得而诛之。小师父大义灭亲,大节凛然,加倍不容易,难得,难得,可喜可贺。"他见血刀僧双足僵直,显已死了,当即改口大捧狄云。其实他为人虽然阴狠,但一生行侠仗义,慷慨豪迈,武林中名声卓著,否则怎能和陆、刘、水三侠相交数十年,义结金兰?只今日一枪误杀了义弟刘乘风,心神大受激荡,平生豪气霎时间消失得无影无踪,再受血刀僧大加折辱,数十年来压制在心底的种种卑鄙龌龊念头,突然间都冒了出来,一不作,二不休，几个时辰之间，竟如变了一个人一般。

狄云道："你说我……说我……已将他踢死了？"

花铁干道："确然无疑。小师父若是不信，不妨先用血刀砍了他双脚，再将他提起来察看，防他死灰复燃，以策万全。"这时他所想的每一条计策，都深含阴狠毒辣之意。

狄云向水笙望了一眼。水笙只道他要夺自己手中血刀，吓得退了一步。狄云摇摇头，道："你不用怕，我不会害你。刚才你没一刀将我连同老和尚砍死，多谢你啦。"水笙哼了一声，并不答话。

花铁干道："水侄女，这就是你的不是了。小师父诚心向你道谢，你该回谢他才是。刚才老恶僧一刀砍向你头颈，若不是小师父怜香惜玉，相救于你，你还有命么？"

水笙和狄云听到他说"怜香惜玉"四字，都向他瞪了一眼。水笙虽是个美貌少女，但狄云救她之时，只出于"不可多杀好人"的一念，花铁干这么一说，却显得他当时其实存心不良。水笙原对狄云颇有疑忌，花铁干这几句话更增她厌憎之心，一时也分辨不出到底是憎干多些，还是憎恶狄云多些，总觉这二人都挺奸恶，自己对付不了，一瞥眼见到父亲尸身，不由得悲不自胜，奔过去伏在尸上大哭。

花铁干笑道："小师父，请问你法名如何称呼？"狄云道："我不是和尚，别叫我师父不师父的。我身穿僧袍，是为了避难改装，迫不得已。"花铁干喜道："那妙极了，原来小师父……不，不！该死，该死！请问大侠尊姓大名？"

水笙虽在痛哭，但两人对答的言语也模模糊糊的听在耳里，听狄云说不是和尚，心下将信将疑。

只听狄云道："我姓狄，无名小卒，一个死里逃生的废人，又是什么大侠了？"花铁干笑道："妙极，妙极！狄大侠如此神勇，和我那水侄女郎才女貌，正是一对儿，我这个现成媒人，是走不了的啦。妙极，妙极！原来狄大侠本就不是出家人，只须等头发一长，换一套衣衫，就什么破绽也瞧不出，压根儿就不用管还俗这一套啦。"他认定狄云是血刀门和尚，只因贪图水笙的美色，故意不认。

狄云摇了摇头，黯然道："你口中干净些，别尽说脏话。咱们若能出得此谷，我是永远不见你面，也永远不见水姑娘之面了。"

花铁干一怔，一时不明白他用意，但随即省悟，笑道："啊，我懂了,我懂了!"狄云瞪了他一眼,道:"你懂了什么?"花铁干低声道:"狄大侠寺院之中,另有知心解意的美人儿,这水姑娘是不能带去做长久夫妻的。嘿嘿,那么做几天露水夫妻,又有何妨?"

水笙一听,愤怒再难抑制,奔过去啪啪啪啪的连打了他四下耳光。

狄云茫然瞧着,无动于中,只觉这一切跟他毫不相干。

过了良久,血刀老祖仍一动不动。

水笙几次想提刀过去砍了他双腿,却总不敢。瞧着父亲一动不动的躺在雪上,再也不能钟爱怜惜自己了,轻轻叫道:"爹爹!爹爹!"水岱自然再也不能答应她了。水笙泪水一滴滴的落入雪中,将雪融了,又慢慢的和雪水一起结成了冰。

花铁干穴道未解,有一搭没一搭的向狄云奉承讨好,越说越肉麻。狄云不去理他,自行躺在雪地里闭目养息。

狄云初通任督二脉,只觉精神大振,体内一股暖流,自前胸而至后背、又自后背而至前胸,周而复始的自行流转。每流转一周,便觉处处都生了些力气出来,虽然断腿以及给水笙殴打的各处仍极疼痛,但内力既增,这些痛楚便觉甚易忍耐。他生怕这奇妙之极的情景突然而来,又突然而去,躺着不敢动弹,由得内息在任督二脉中川行不歇。

水笙站起身来,一步步走到血刀僧身旁,见他仍不动弹,便大着胆子,挥刀往他左脚上砍去,嗤的一声轻响,登时砍下一只脚来,说也奇怪,居然并不流血。水笙定睛看去,见血液凝结成冰,原来这穷凶极恶的血刀老祖果然早已死去多时。

水笙又欢喜,又悲伤,提刀在血刀僧腿上一阵乱砍,心想:"爹爹死了,我也不想活啦!这小恶僧不知会如何来折磨我?他只要对我稍有歹意,我即刻横刀自刎。"

花铁干一切瞧在眼里,心下暗喜:"这小恶僧虽然凶恶,这时尚无杀我之意,待得我穴道一解,一伸手便取了他性命。那时连水笙这小妞儿也是我的了。"诸般卑鄙念头,霎时间一齐涌上心头。

又过了大半个时辰,狄云觉得内息流转始终不停,便依照丁典所授"神照经"上内功的法门运气调息,本来捉摸不到、驱使不动的内息,这时竟然随心所欲,便如摆头举手一般的依意而行。他又奇怪,又欢喜。

调息半晌,坐起身来,取过一根树枝撑在左腋之下,走到血刀僧身边。只见他尸身插在雪里,两条腿给水笙砍得血肉模糊,确然无疑的已经死了,心想此人作恶多端,原是应有此报,但他对自己却实在颇有恩德,不禁有些难过,于是将他尸身提出,端端正正的放了,捧些白雪堆在尸身上,虽然草草,却也算是给他安葬。至于他为什么突然间竟会死了,狄云仍大惑不解,此人功力通神,自己万万不能一脚便踢死了他。

水笙见到狄云的举动,起了模仿的念头,又见几头兀鹰不住在空中盘旋,似要扑下来啄食父亲尸身,便将父亲如法安葬。她本想再安葬刘乘风和陆天抒二人,但一个死在悬崖绝顶,一个死于雪谷深处,自忖没本事寻得,只索罢了。

花铁干道:"小师父,咱三人累了这么久,大家可饿得很了。我先前见到上边烤了马肉,劳你的驾去取了下来,大伙儿先吃个饱,然后从长计议,怎生出谷。"狄云心鄙他的为人,并不理睬。花铁干求之不已。水笙忽道:"是我马儿的肉,不能给这无耻之徒吃。"狄云点点头,向花铁干瞪了一眼。

花铁干道:"小师父……"狄云道:"我说过我又不是和尚,别再乱叫。"花铁干道:"是,是,是,狄大侠。你这次一腿踢死血刀恶僧,定然名扬天下。我出得谷去,第一件事便要为狄大侠宣扬今日之事。"狄云道:"我是个声名扫地的囚犯,有谁来信你的鬼话?你乘早闭了嘴的好。"花铁干道:"凭着花某人在江湖上这点小小声名,说出话来,旁人非相信不可。狄大侠,请你上去拿了马肉,分一块给我。"

狄云甚是厌烦,喝道:"干么要拿马肉来给你吃?将来你尽可说得我狄云分文不值。我是什么东西?还配给谁挂齿吗?"想起这几年来身受的种种冤枉委屈、折辱苦楚,不由得满腔怨愤,难以抑制。

花铁干其实并非真的想吃马肉,一日半日的饥饿,于他又算得了什么?他只怕这小恶僧突然性起,将他杀了,乞讨马肉乃以进为退、以攻为守,狄云既不肯去取马肉,心中势必略感歉仄,那么杀人的念头自然而然的就消了。

狄云见天色将黑,西北风呼呼呼的吹进雪谷来,向水笙道:"水姑娘,你到石洞中歇歇去!"水笙大吃一惊,只道他又起不轨之心,退了两步,手执血刀,横在身前,喝道:"你这小恶僧,只要走近我一步,姑娘立即挥刀自尽。"狄云一怔,说道:"姑娘不可误会,狄某岂有歹意?"水笙骂道:"你这小和尚人面兽心,笑里藏刀,比那老和尚还要狡猾奸恶,我才不上你的当呢。"

狄云不愿多辩,心想:"明日天一亮我就觅路出谷,什么水姑娘、花大侠,我永生永世也不愿再见你们的面。"于是一跷一拐的走得远远地,找到块大岩石,拨去积雪,在石上睡了。

水笙心想你走得越远,心中越阴险,多半是半夜里前来侵犯。她不敢走进石洞,只怕小恶僧来侵时自己没退路,心惊胆战的斜倚岩边,右手紧紧抓住血刀,眼皮越来越沉重,不住提醒自己:"千万不能睡着,千万不能睡着,这小恶僧坏得紧。"

但这几日心力交瘁,虽说千万不能睡着,时刻一长,蒙蒙眬眬的终于睡着了。

八 羽衣

她这一觉直睡到次日清晨,只觉日光刺眼,一惊而醒,跳起身来,发觉手中没了血刀,这一下更加惊惶,一瞥眼间,却见那血刀好端端的便掉在足边。

水笙忙拾起血刀,抬起头来,只见狄云的背影正向远处移动,手中撑着一根树枝,一跛一拐的走向谷外。水笙大喜,心想这小恶僧似有去意,那当真谢天谢地。

狄云确是想觅路出谷,但在东北角和正东方连寻几处,都没山径,西、北、南三边山峰壁立,一望便知无路可通,那是试也不用试的。东南方依稀能有出路,可是积雪数十丈,不到天暖雪融,以他一个断了腿的跛子,无论如何走不出去。他累了半日,废然而返,断腿疼痛难忍,呆望头顶高峰,甚是沮丧。

花铁干穴道兀自未解,问道:"狄大侠,怎么样?"狄云摇头道:"没路出去。"花铁干暗道:"你不能出去,我花铁干岂是你小恶僧之比?到得下午,我穴道一解,你瞧老子的。"但丝毫不动声色,说道:"不用耽心,待我穴道解开,花某定能携带两位脱险出困。"

水笙见狄云没来侵犯自己,惊恐稍减,却丝毫没消了戒备之心,总离得他远远地,一句话也不跟他说。狄云虽不求她谅解,但见了她的神情举动,却也不禁恼怒,只盼能及早离开,但大雪封山,不知如何方能出去，不由得大为发愁。

到得未牌时分，花铁干突然哈哈一笑，说道："水笙女，你的马肉花伯伯要借吃几斤，出谷之后，一并奉还。"一跃而起，绕道攀上烧烤马肉之处，拿起一块熟肉，便吃了起来。原来他穴道被封的时刻已满，竟自行解开了。

花铁干穴道一解，神态立转骄横，心想血刀僧已死，狄水二人即令联手，也万万不是自己对手，只是这雪谷中多耽无益，还是尽早觅路出去的为是，找到了出路，须得先将狄云杀了灭口，再来对付水笙，就算不杀她，也要使得她心有所忌，从此羞于启齿。自己昨日的种种举动，岂能容他二人泄漏出去？

他施展轻功，在雪谷周围查察，见这次大雪崩竟将雪谷封得密不通风，他"落花流水"四人若不是在积雪崩落之前先行抢进谷来，也必定给隔绝在外。这时唯一出谷的通道上积雪深达数十丈，长达数里。在雪底穿行数丈乃至十余丈，那也罢了，却如何能穿行数里之遥？何况一到雪底，方向难辨，非活活闷死不可。这时还只十一月初，等到明年初夏雪融，足足要挨上半年。谷中遍地是雪，这五六个月的日子，吃什么东西活命？

花铁干回到石洞外，脸色极为沉重，坐了半晌，从怀里取出马肉便吃，慢慢咀嚼，直将这一块马肉吃得精光，才低声道："到明年端午，便可出去了。"

狄云和水笙一个在左，一个在右，和他都相距三丈来地，他这句话说得虽轻，在两人耳中听来，便如是轰轰雷震一般。两人不约而同的环视一周，四下里尽是皑皑白雪，要找些树皮草根来吃也难，都想："怎挨得到明年端午？"

只听得半空中几声鹰唳，三人一齐抬起头来，望着半空中飞舞来去的七八头兀鹰，均想："除非像这些老鹰那样，才能飞出谷去。"

水笙这匹白马虽甚肥大，但三人每日都吃，不到一个月，也终于吃完了。再过得七八天，连马头、五脏等等也吃了个干净。

花铁干、狄云、水笙三人这些日子中相互都不说话，目光偶尔相触，也即避开。花铁干几次起心要杀了狄云和水笙，却总觉杀了二人之后，剩下自己一人孤另另的在这雪谷之中，滋味太也难受，反正二人是自己掌中之物,却也不忙动手。

过了这些日子,水笙对狄云已疑忌大减,终于敢到石洞中就睡。

踏进十二月,雪谷中更加冷了,一到晚间,整夜朔风呼啸,更加奇寒彻骨。狄云"神照功"练成,继续修习,内力每过一天便增进一分,但衣衫单薄,在这冰天雪地之中究竟也颇难挨。水笙有时从山洞中望出来,见他簌簌发抖,却始终不踏进山洞一步以御风寒,心下颇慰,觉得这小恶僧"恶"是恶的,倒也还算有礼。

狄云身上的创伤全然痊愈了,断腿也已接上,行走如常,奔跑跳跃,一无阻滞,有时想起这断腿是血刀老祖给接续的,心下不禁黯然。

马肉吃完了,今后的粮食可是个大难题。最后那几天,狄云已尽可能的吃得极少极少,只吃这么一小片,但他所省下来的,都给花铁干老实不客气的吃到了肚里。水笙心道:"一位成名的大侠,到了危难关头,还不如血刀门的一个小恶僧!"

这晚三更时分,水笙在睡梦中忽给一阵争吵之声惊醒,只听得狄云大声喝道:"水大侠的身体,你不能动!"花铁干冷冷的道:"再过几天,活人也吃!我先吃死人,是让你多活几天!"狄云道:"咱们宁可吃树皮草根,决不能吃人!"花铁干喝道:"滚开!啰唆些什么?惹恼了我,立刻毙了你。"

水笙忙从洞中冲出去,见狄云和花铁干站在她父亲坟旁。水笙大叫:"别碰我爹爹!"飞奔过去,只见堆在父亲尸身上的白雪已给拨开,花铁干左手抓着水岱尸身胸口。狄云喝道:"快放下!"水笙急道:"你……你……"

突见寒光一闪,花铁干衣袖中翻出一枝钢枪,斜身挺枪,疾向狄云胸口刺去。这一枪去得极快,狄云内功虽已大进,兵刃拳脚功夫却只平平,仍不过是以前师父所教的那一些乡下把式,给花铁干这个大行家突施暗算,如何对付得了?一怔之际,枪尖已刺到他胸口。水笙大声惊呼,不知如何是好。

花铁干满拟这一枪从前胸直通后背,刺他个透明窟窿,哪知枪尖碰到他胸口,竟受阻碍,刺不进去。但钢枪刺力甚强,狄云给这一枪推后,一交坐倒,左手翻起,猛往枪杆上击去。喀的一声,花铁干虎口震裂,短枪脱手,直飞上天。这一掌余势不衰,直震得花铁干一个筋斗,仰跌了出去。短枪落入了深谷积雪之中,不知所终。

花铁干大惊,心道:"小和尚武功如此神奇,直不在老和尚之下!"向后几个翻滚,跃起身来,远远逃开。

花铁干却不知这一枪虽因"乌蚕衣"之阻,没刺进狄云身子,但力道奇大,已戳得他闭住呼吸,透不过气来,晕倒在地。若不是他"神照功"已然练成,这一枪便要了他性命。花铁干何等武功,较之当日荆州城中周圻剑刺,虽同是刺在"乌蚕衣"上,劲力的强弱却相去何止倍蓰。

皓月当空,两头兀鹰见到雪地中的狄云,在空中不住来回盘旋。

水笙见狄云倒地不起,似已给花铁干刺死,心下一喜:"小恶僧终于死了,从此便不怕有人来侵犯我。"但随即又想:"花铁干想吃我爹爹遗体,小恶僧全力阻止,以致被杀。小恶僧多半不怀好意,想骗得我……骗得我……哼,我才不上他当呢。可是他死了之后,花铁干这恶人再来犯我爹爹遗体,那便如何是好?甚至,还会来侵犯我……不,他是我伯伯,总不会这么下流罢……但这人无耻得很,什么事都做得出。唉,最好小恶僧还是别死……"

她手握血刀,慢慢走到狄云身旁,见他僵卧雪地之中,脸上肌肉微微扭曲,显然未死。水笙心中一喜,弯腰俯身,伸手到他鼻孔下去探他鼻息,突觉两股炽热的暖气直喷到她手指上。水笙一惊,急忙缩手,她本想狄云就算未死,也必呼吸微弱,哪知呼出来的气息竟如此炽热。她自不知这时狄云内力已甚深厚,知觉虽失,气息仍壮,只是他上乘内功练成未久,雄健有余,沉稳不足,还未达到融和自然的境界。

水笙心想:"小恶僧晕了过去,待会醒转,见我站在他身旁,那可不妥。"一回头,只见花铁干便站在不远之处,凝目注视着他二人。

花铁干一枪刺不死狄云,又为他反掌击倒,惊惧异常,但随即见他倒地不起,自是急欲知他死活,过了片刻,见他始终不动,便一步一步走将过去。这时他右臂兀自隐隐酸麻,只待狄云跃起,立时转身便逃。

水笙大惊,喝道:"别过来。"花铁干狞笑道:"为什么不能过来?活人比死人好吃,咱们宰了他分而食之,有何不美?"说着又走近了一步。水笙无法可施,拼命摇晃狄云,叫道:"他过来啦,他过来啦。"

花铁干见狄云昏迷不醒,心中大喜,立即跃前,举右掌往狄云身上击落。水笙挥起血刀,一招"金针渡劫",向花铁干刺去。她使的乃是剑法,但血刀锋锐异常,却也颇具威力。花铁干短枪已失,赤手空拳,生怕给这削铁如泥的血刀带上了,倒也不敢轻敌,施展空手入白刃功夫,要将血刀先夺过来再说。

狄云昏晕迷糊中依稀听到水笙大叫:"他过来啦。"昏昏沉沉的不知是什么意思,跟着听到一阵呼斥叱喝,睁开眼来,月光下只见水笙手舞血刀,和花铁干斗得正酣。

水笙虽手有利器,但一来不会使刀,二来武功远为不及,左支右绌,连连倒退,到得后来,只盼手中兵刃不为敌人夺去,哪里还顾得到伤敌?不住急叫:"喂,喂!快醒转来,他要来杀你啦。"

狄云一听,心中一凛:"好险!适才是她救了我性命。若不是她出力抵挡,花铁干早将我打死了。虽然我胸腹有乌蚕衣保护,但他只须在我头上一脚,还能踢不死么?"挺身跃起,挥掌猛向花铁干打去。花铁干还掌相迎,蓬的一声响,两人都坐倒在地。狄云内力深厚,花铁干掌法高明,双掌相交,竟不相上下。

花铁干武功高,应变速,给狄云一掌震倒,随即跃起,第二掌又击了过来。狄云不及站起,只得坐着还了一掌。他虽坐着,掌力丝毫不弱,蓬的一声,狄云又给震得翻了两个筋斗,花铁干却腾腾腾倒退三步,胸间气血翻涌,心下暗惊:"这小恶僧内力如此深厚!"但两掌交过,知他掌法极为平庸,忌惮之心尽去,斜身侧进,第三掌又即击过。

狄云坐着挥掌还击,不料花铁干的手掌飘飘忽忽,从他脸前掠过,狄云手掌打空,跟着啪的一下,胸口吃掌,幸好有乌蚕衣护身,不致受伤,但也禁受不起,刚要站起,复又坐倒。花铁干一掌得手,第二掌跟着又至。他拳脚功夫也甚了得,这时把一路"岳家散手"使将出来,掌影飘飘,左一拳,右一掌,十招中倒有四五招打中了狄云。狄云还出手去,均给他以巧妙身法避过。两人武功实在相差太远,狄云内力再强,也绝无机会施展。

到得后来,狄云只得以双手护住头脸,身上任他殴击,一站起身,立遭击倒。花铁干只想尽早料理了他,一掌掌狠打。狄云连吐了三口血,身法已大为迟缓。

水笙初时见两人斗得激烈,插不进去相助,待见狄云垂危,忙挥刀往花铁干背上砍去。花铁干侧身避过，反手擒拿，夺她兵刃。狄云右掌使劲拍出，一股凌厉的掌风登时将花铁干全身罩住了。花铁干闪避不得，只得出掌相迎，双掌相交，相持不动。说到以内力相拼，花铁干却远不是对手了，突然间只觉眼前金星乱冒，半身酸麻，摇摇晃晃的站立不定。

水笙叫道："快走，快走！"拉着狄云，抢进了山洞。两人匆匆忙忙的搬过几块大石，堆在洞口。水笙手执血刀，守在石旁。这山洞洞口甚窄，几块大石虽不能堵塞，但花铁干要进山洞，却必须搬开一两块石头才成。只要他动手搬石，水笙便可挥刀斩他双手。

过了好一会，外边并无动静。水笙道："小恶……小……"她一直叫惯了"小恶僧"，这时跟他联手迎敌，再叫"小恶僧"未免不好意思，改口问道："你伤势怎样？"狄云道："还好……"

忽听得花铁干在洞外哈哈大笑，叫道："两个小杂种躲了起来，在洞中干那不可告人之事了。"水笙脸上一阵发热，心中却也真有些害怕，她认定狄云是个"淫僧"，行止十分不端，跟他同在山洞之中，确实危险不过，不由得向左斜行几步，要跟他离得越远越好。

只听花铁干又叫道："两个狗男女躲着不出来，老子却要烤肉吃了，哈哈，哈哈！"水笙大惊，说道："他要吃我爹爹，怎么办？"

狄云这几年来事事受人冤枉，这时听得花铁干又在血口喷人，如何忍耐得住？突然推开石头，如一头疯虎般扑了出去，拳掌乱击乱拍，奋力向他狂打过去。

花铁干避过两掌，左掌画个圆弧，右掌从背后拍出，从狄云做梦也想不到的方位拍了过来，砰的一声，结结实实打在他背上。狄云吐出一口鲜血，脑子中迷迷糊糊，眼前这花铁干似乎变成了万震山、万圭、江陵县的知县、狱卒、凌退思、宝象……这许许多多凌辱虐待他的恶人。他张开双臂，猛地将花铁干牢牢抱住了。

花铁干一拳打在他鼻子上，登时打得他鼻血长流。但狄云已不觉疼痛，抱住他腰间的双手越箍越紧。花铁干只觉呼吸不畅，心中也有些惊惶，又见水笙手执血刀，抢近身来。花铁干大惊，双拳猛力在狄云胁下疾撞。狄云吃痛，臂上无力。花铁干使劲力挣，解脱了他双臂环抱，再也不敢和这狂人拼斗，接连纵跃，离他有十余丈远，这才站定。

水笙见狄云摇摇晃晃,站立不定,满脸都是鲜血,想伸手相扶,却又害怕,战战兢兢的走近两步。狄云喝道:"我是恶和尚,是小淫僧,别走过来,免得我玷污了你水大小姐的声名,滚开,滚开!"水笙见他神态狰狞,目露凶光,吓得倒退了两步。

狄云不住喘息,摇摇摆摆的向花铁干走去,叫道:"你们这些恶人,万震山、万圭,你们害不死我,打不死我。过来啊,来打啊,知县大人,知府大人,你们就会欺压良善,有种的过来拚啊,来打个你死我活……"

花铁干心道:"这个人发了疯,是个疯子!"向后纵跃,离他更远了些。

狄云仰天大叫:"你们这些恶人,天下的恶人都来打啊,我狄云不怕你们。你们把我关在牢里,穿我琵琶骨,斩了我手指,抢了我师妹,毒死我丁大哥,踩断我大腿,冤枉我是采花淫僧,我都不怕,把我斩成肉酱,我也不怕!"

水笙听得他如此嘶声大叫,有如哭号,害怕之中不禁起了怜悯之心,听他叫道"穿我琵琶骨,斩了我手指,抢了我师妹,踩断我大腿",更是心中一动:"这小恶僧原来满怀心事,受过不少苦楚。他的大腿,却是我纵马踩断他的。"又听他叫"冤枉我是采花淫僧",心道:"难道他不是……倘若他是的,这些日子中他全没对我无礼。难道他改过了,又成了好人?"

狄云叫得声音也哑了,终于身子几下摇晃,摔倒在雪地之中。

花铁干不敢走近,水笙也不敢走近。

半空中两只兀鹰一直不住的在盘旋。狄云躺在地下,一动也不动。蓦地里一头兀鹰扑将下来,向他额头上啄去。狄云昏昏沉沉的似晕非晕,给兀鹰一啄,立时醒转。那鹰见他身子一动,急忙扬翅上飞。狄云大怒,喝道:"连你这畜生也来欺侮我!"右掌奋力击出。那鹰离他身子只有数尺,为他凌厉的掌力所震,登时毛羽纷飞,落了下来。

狄云一把抓起,哈哈大笑,一口咬在鹰腹,那鹰双翅乱扑,极力挣扎。狄云只觉咸咸的鹰血不住流入嘴中,便如一滴滴精力流入体内,忍不住手舞足蹈,叫道:"你想吃我?我先吃了你。"

花铁干和水笙见到他这等生吃活鹰的疯状,都不禁骇然变色。

花铁干生怕这疯子狂性大发，随时会过来跟自己拼命，给他一把抱住喝血那可糟糕，还是远而避之的为妙。当下绕到雪谷东首，心想这疯子捉鹰之法倒不错，便仰卧在地，想学样装死捉鹰。岂知兀鹰虽然上当，下来啄食，但他挥掌击去，却没能将鹰击落。他内力和狄云相差甚远，掌法虽巧，但苍鹰闪避灵动，却更加迅捷得多。

狄云喝了几口鹰血，胸中腹中气血翻涌，又晕了过去。待得醒转时，天色已明，腹中饥饿，随手拿起身边的死鹰便咬，一口咬了，猛觉入口芳香，滋味甚美，凝目看时，不由得呆了。见那鹰全身羽毛拔得干干净净，竟是烤熟了的。他明明记得只喝了几口鹰血，便即睡着，却是谁给他烤熟了？若不是水笙，难道还会是花铁干这坏蛋？

他昨晚大呼大叫一阵，胸中郁积的闷气宣泄了不少，这时醒转，颇觉舒畅，见水岱的雪坟已重行堆好，向山洞望去，见水笙伏在岩石上沉睡未醒。狄云心想："她也饿了几天啦，烤了这只鹰尽数留给我，自己一条鹰腿也不吃，总算难得。哼，她自以为是大侠的千金小姐，瞧我不起。你瞧我不起，我也瞧不起你，有什么希罕？"过了一会，不禁又想："她给我烤鹰，还不算如何瞧我不起，饿死了她，那也不好。"

于是他躺在地下，一动不动，闭目装死，半个时辰之间，以掌力接连震死了四头兀鹰，见水笙已醒，将两头掷给了她。水笙过来将另外两头也都拿了过去，洗剥干净，一起烧烤好了，默默无言的把两头熟鹰交给他。

雪谷中兀鹰不少，这些鹰一生以死尸腐肉为食，早就惯了，偏又蠢得厉害，虽见同伴接连丧生在狄云掌下，仍不断的下来送死。狄云内力日增，自行习练，掌力亦日劲，到得后来，已不用躺下装死，只要见有飞禽在树枝低处栖歇，或从身旁飞过，便能发掌击落。雪谷中时有雪雁出没，能在冰雪中啄食虫蚁，躯体甚肥，更是狄云和水笙日常的口中美食。

腊月将尽，狄云却浑不知岁月，雪谷中每过不了十天八天便有一场大雪，整日整夜寒风刮人如刀。水笙除了捡拾柴枝，烧烤鸟肉，总躲在山洞之中。狄云始终不跟她交谈一言一语，也从不踏进山洞一步。

有一晚彻夜大雪,次日清晨狄云醒来,觉得身上暖洋洋的,一睁眼,只见一件黑黝黝的东西盖在自己身上。他吃了一惊,随手一抖,竟是一件古怪衣裳。这衣裳是用鸟毛一片片的穿成,黑的是鹰毛,白的是雁翎,衣长齐膝,不知用了几千几万根鸟羽。

狄云提着这件羽衣,突然间满脸通红,知道这是水笙所制,要将这千千万万根鸟羽缀而成衣,当真煞费苦心。何况雪谷中没剪刀针线,不知如何缀成?他伸手拨开衣上的鸟羽细看,只见每根羽毛的根部都穿了一个细孔,想必是用头发上的金钗刺出,孔中穿了淡黄的丝线,自然是从她那件淡黄的缎衫上抽下来的了。"嘿嘿,女娘们真是奇怪,这可有多累,那不是麻烦之极么?"

突然之间,想起了几年前在荆州城万震山家中的事来。那一晚他给万门八弟子围攻,打得眼青鼻肿,一件新衣也给撕烂了好几处。他心中痛惜,师妹戚芳便拿了针线为自己缝补。

脑海中清清楚楚的出现了那一日的情景:戚芳挨在他身边,给他缝补衣衫。她头发擦在自己的下巴,他只觉脸上痒痒的,鼻中闻到她少女的淡淡肌肤之香,不由得心神荡漾。狄云叫了声:"师妹。"戚芳道:"空心菜,别说话,别让人冤枉你作贼。"

八 羽衣

他想到这里,喉头似乎有什么东西塞着,泪水涌向眼中,瞧出来只模糊一团,心想:"果然人家冤枉我作贼,难道是因为师妹给我缝补衣服之时,我说了话么?"但这数年中他多历风波险恶,早已不再信这等无稽之谈。"嘿嘿,人家存心要害我,我便天生是个哑巴,别人还不是一样的来欺侮?师妹那时候待我一片真诚,可是姓万的家财豪富,万圭那小子又比我俊得多,那有什么可说的?最不该是我那日身受重伤,躲在她家柴房之中,她却去告知她丈夫,叫他来擒了我去领功,哈哈,哈哈!"

突然之间,他气愤填膺,不可抑止,纵声狂笑,拿着羽衣走到石洞之前,抛在地下,在羽衣上用力踹了几脚,大声道:"我是恶和尚,怎配穿小姐缝的衣服?"飞起一脚,将羽衣踢进洞中,转身狂笑,大踏步而去。

水笙费了一个多月时光,才将这件羽衣缀成,心想这"小恶僧"维护爹爹的尸体,丝毫不向自己啰唣,这些日子中,自己全仗吃他打来的鸟肉为生。眼见他日夜在洞外挨受风寒,心下实感不忍,盼望这件羽衣能助他御寒。哪知道好心不得好报，反给他将羽衣踢进洞来，受他如此无礼侮辱。她又羞又怒，伸手将羽衣一阵乱扯，情不自禁，眼泪一滴滴的落在鸟羽上。

她却万万料想不到，狄云转身狂笑之时，胸前衣襟上也溅满了滴滴泪水，只是他流泪却是为了伤心自己命苦，为了师妹的无情无义……

中午时分，狄云打了四只鸟雀，仍去放在山洞前。水笙烤熟了，仍分了一半给他。两人一句话也不说，甚至连眼光也不敢相对。

狄云和水笙坐得远远地，各自吃着熟鸟，忽然间东北角上传来一阵踏雪之声。两人一齐抬起头来，向声音来处望去，只见花铁干右手拿着一柄鬼头刀，左手握着一柄长剑，笑嘻嘻的走来。狄云和水笙同时跃起。水笙返身入洞，抢过了血刀，微一犹豫，便抛给了狄云，叫道："接住！"

狄云伸手接刀，心中一怔："她怎地如此信得过我，将这性命般的宝刀给了我？嗯，她是要我为她卖命，助她抵御花铁干，哼，哼！姓狄的又不是你的奴才！"

便在这时，花铁干已快步走到了近处，哈哈大笑，说道："恭喜，恭喜！"狄云瞪目道："恭什么喜？"花铁干道："恭喜你和水姑娘成就了好事哪。人家连防身宝刀也给了你，别的还不一古脑儿的都给了你么？哈哈，哈哈！"狄云怒道："枉你号称中原大侠，却如此卑鄙肮脏！"

花铁干笑嘻嘻的道："说到卑鄙无耻，你血刀门中的人物未必就输于区区在下。"说着慢慢迫近，用力嗅了几下，说道："嗯，好香，好香！送一只鸟我吃，成不成？"他若善言相求，狄云自必答允，但这时见他一副怠懒轻薄的模样，心下着恼，说道："你武功比我高得多，自己不会打么？"花铁干笑道："我就是懒得打。"

他二人说话之际，水笙已走到了狄云背后，突然大声叫道："刘伯伯，陆伯伯！"她见花铁干双手拿着刘乘风的长剑和陆天抒的鬼头刀，北风飘动，吹开他外袍，露出袍内还穿着刘乘风的道袍和陆天抒的紫铜色长袍。

花铁干沉着脸道："怎么样？"水笙道："你……你……你吃了他

们么?"她料想花铁干既寻到了二人尸体,多半是将他二人吃了。花铁干怒道:"关你什么事?"水笙大惊,颤声道:"陆伯伯,刘伯伯,他……他二人是你的结义兄弟……"

花铁干若有能耐打鸟,自然决不会以义兄弟的尸体为食,但他千方百计的捕捉鸟雀,初时还捉到一两头,过得几天,鸟雀再不上当。他又没狄云的神照功内力,能以掌力击鸟。这些日子中便只得以陆、刘二人的尸体为食,苦挨光阴。这天吃完了尸体,手持刀剑,决意来杀狄水二人,再加上埋藏在冰雪中的水岱和血刀老祖的尸体,作为食料,当可挨到初夏,静待雪融出谷。

这时他听水笙如此说,不自禁的满脸通红,又闻到烤熟了的鸟肉香气,馋涎欲滴,突然间举起鬼头刀,大呼跃进,向狄云砍过来,左劈一刀,右劈一刀。狄云举起血刀一格,当的一声猛响,鬼头刀向上反弹。这鬼头刀也是一柄宝刀,虽不及血刀的锋利绝伦,但刀身厚重,血刀也削它不断。当日陆天抒和血刀僧双刀相交,鬼头刀曾为血刀斩出了三个缺口,今日再度相逢,鬼头刀上也不过是新添一个缺口而已。

八 羽衣

花铁干使刀虽不擅长,但武功高强,鬼头刀使将开来,自非狄云所能抵挡,数招之下,登时将他迫得连连后退。花铁干也不追击,一俯身,拾起狄云吃剩的半只熟鸟,大嚼起来,连赞:"很好,很好,滋味要得,硬是要得!"

狄云回头向水笙望了一眼,两人都觉寒心。花铁干这次手持利器前来挑战,情势便和上次不同。空手相搏之时,狄云受他拳打足踢,不过受伤吐血,不易给他一拳打死,这时他手中有了刀剑,只须有一招失手,立时便送了性命。上次相斗所以能勉强支持,全仗水笙手中多了一把血刀,此刻花铁干的兵刃还多了一件,那是占尽上风了。

花铁干吃了半只熟鸟,意犹未尽,见山洞边尚有一只,又去拿来吃了。他抹抹嘴,说道:"很好,烹调功夫是一等一的。"懒洋洋的回转身来,陡然间跃身而前,呼的一刀,便向狄云劈去。这一刀去势奇急,狄云猝不及防,险些儿便给削了半边脑袋,急忙举刀招架。总算花铁干忌惮他内功浑厚,倘若双刀相交,不免手臂酸麻,当下转刀斜劈。三招之间,狄云已手忙脚乱,嗤的一声响,左臂上给鬼头刀划了一道长长口子。

水笙叫道:"别打了,别打了。花伯伯,我分鸟肉给你便是。"

花铁干见狄云的刀法平庸之极,在武林中连第三流的脚色也及不上,心想及早杀了这小子再说,免得留下后患,当下手上加紧,口中却调侃道:"水侄女,你心疼这小子,是不是啊?怎么不记得你的汪家表哥了?"唰唰唰三刀,又在狄云的右肩上砍了一刀。幸好这一刀所砍的部位有"乌蚕衣"保护,否则狄云的右肩已给卸了下来。

水笙大叫:"花伯伯,别打了!"

狄云怒道:"你叫什么?我打不过,给他杀了便是。"他狂怒之下,举刀乱砍,忽然间右手将血刀交给左手,反手猛力打出。

花铁干哪料到这武艺低微的"小和尚"居然会奇兵突出,蓦地来这一下巧招,急忙转头相避,啪的一声,还是给这一掌重重击在颈中,只震得他半身酸麻。狄云一怔,心道:"这是那老乞丐伯伯教我的'耳光式'!"他一招得手,跟着便使出"刺肩式"和"去剑式"来。花铁干叫道:"连城剑法,连城剑法!"

狄云又是一怔,那日他在荆州万府和万圭等八人比剑,使出这三招之时,万震山也说是"连城剑法",当时他还道万震山胡说,但花铁干是中原大豪,见多识广,居然也说这是连城剑法,难道老乞丐所教的这三招,当真是连城剑法么?

他以刀作剑,将这三招连使数次,可是花铁干的武功岂是鲁坤、万圭等一干人所可比?除了第一招出其不意的打了他一掌之外,此后这三招用在他身上,已全无效用。到得狄云第四次又使"去剑式",将血刀往鬼头刀上挑去,花铁干早已有备,左足飞起,踢中他腕脉。狄云血刀脱手,花铁干一招"顺水推舟",双手刀剑齐向他胸口刺来。

噗噗两声,一刀一剑都刺中在狄云胸口,刀头剑头为"乌蚕衣"所阻,透不进去。水笙拿了一块石头,守候在旁,眼见狄云遇险,举起石头便向花铁干后脑砸去。花铁干上次短枪刺不进狄云身子,已觉奇怪,料来是他怀中放着铁盒或铜牌之类,枪头凑巧刺中坚物,但这次刀剑齐刺,决计不会又这么凑巧。他一呆之际,狄云猛力挥掌击出,水笙又自后攻到。

花铁干叫道:"有鬼,有鬼!"心下发毛:"莫非是陆大哥、刘兄弟怪我吃了他们的遗体,鬼魂出现,来跟我为难?"登时遍体冷汗,向后跃开了几步。

狄云和水笙有了这余裕,忙逃入山洞,搬过几块大石,堵塞入口。两人先前已将洞口堵得甚小,这时再加上几块石头,便即将洞口尽行封住。

两人死里逃生,心中都怦怦乱跳。只听得花铁干叫道:"出来啊,龟儿子,躲在洞中能躲一辈子么?你们在石洞里捉鸟吃么?哈哈,哈哈!"他虽放声大笑,心下可着实害怕,却也不敢便去掘水岱的尸体来吃。

狄云和水笙对望一眼,均想:"这人的话倒也不错。我们在洞里吃什么?但一出去便给他杀了,那可如何是好?"

花铁干若要强攻,搬开石头进洞,狄水二人血刀已失,也难以守御,只是他刀剑刺不进狄云身体,认定是有鬼魂作怪,全身寒毛直竖,不住颤抖。

狄云和水笙在洞口守了一阵,见花铁干不再来攻,心下稍定。狄云检视左臂伤口,见兀自流血。水笙撕下一块衣襟,给他包好。狄云将早已破烂不堪的僧袍大襟拉了过来,遮住胸口,以免给水笙见到自己胸口赤裸的肌肤,这么一拉,怀中跌了一本小册出来,便是得自宝象身上的那本《血刀经》。

八

羽衣

他适才和花铁干这场恶斗,时刻虽短,使力不多,心情却紧张之极,这时歇了下来,只觉疲累难当,想起那日在破庙中初见血刀经时,曾照着经上那裸体男子的姿式依样而为,精神立即振奋,心想花铁干决不罢休,少时恶斗又起,就算给他杀了,也当狠狠打他几掌,如此神疲力乏,怎能抗敌?随手翻开一页,见图中人形头下脚上,以天灵盖顶在地下,两只手的姿式更十分怪异。狄云当即依式而为,也头下脚上,倒立起来。

水笙见他突然装这怪样,只道他又发疯,心想外有强敌,内有狂人,那便如何是好?心中一急,不禁哭了出来。

狄云练不到半个时辰,顿时全身发暖,犹如烤火一般,说不出的舒适受用。他随手翻过一页,见图中那裸体男子以左手支地,身子与地面平行,两只脚却翻过来勾在自己颈中。这姿式本来极难,但他自练成"神照功"后,四肢百骸运用自如,当即依着图中所示照做,内息也依着图中红色绿色线路,在身上各处经脉穴道中通行。

这《血刀经》乃血刀门中内功外功的总诀,每一页图谱都须练上一年半载，方始有成。但狄云任督二脉既通，有了"神照功"这无上浑厚的内力为基础，再艰难的武功到了手中，竟也一练即成。他练了一式又一式，越练越觉兴味盎然。

水笙见他翻书练功，惊魂稍定。见他姿式希奇古怪，当真匪夷所思，不由得又好笑，又诧异，心道："天下难道真有这门武功？"走上两步，向地下翻开着的血刀经瞧去，一瞥之下，见图中所绘是个全身赤裸的男子，不由得满脸通红，一颗心怦怦乱跳："他练到后来，会不会脱去衣服，全身赤裸？"

幸好这可怕的情景始终没出现。

狄云练了一会内功，翻到一页，见图中人形手执一柄弯刀，斜势砍劈。狄云大喜，脱口而出："血刀刀法。"拾起一根树枝，照着图中所示使了起来。

这血刀刀法当真怪异之极，每一招都是在决不可能的方位砍将出去。狄云只练得三招，便已领会，原来每一招刀法都是从前面的古怪姿式中化将出来。前面图谱中有倒立、横身、伸腿上颈、反手抓耳等种种诡异姿式，血刀刀法中便也有这些令人绝难想像的招数。狄云当下挑了四招刀法用心练熟，心想："我须得不眠不息，赶快练上二三十招，过得四五天，再出去跟这姓花的决一死战。唉，只可惜没早些练这刀法。"

哪知花铁干竟不让他有半天余裕。狄云专心学练刀法，花铁干在洞外叫了起来："小和尚，你岳父大人的心肝吃不吃？滋味很好啊。"

水笙大吃一惊，推开石头，抢了出去。只见花铁干拿着鬼头刀，正在水岱的坟头挖掘，虽尚未掘到尸身，却也是指顾间的事。水笙大叫："花伯伯，花伯伯，你……你……全不念结义兄弟之情？"口中惊呼，抢将过去。

花铁干正要引她出来，将她先行击倒，然后再料理狄云，否则两人联手而斗，不免碍手碍脚。他见水笙奔来，只作不见，仍低头挖掘。水笙抢到他身后，右掌往他背心奋力击去。花铁干左手疾翻，快如闪电，已拿住了她手腕。水笙叫声："啊哟！"左手击出。花铁干侧身避过，反手点出。水笙腰间中指，一声低呼，委倒在地。

这时狄云手执树枝，也已抢到。花铁干哈哈大笑，叫道："小和尚活得不耐烦了，用一根树枝儿来斗老子。好，你是血刀门的恶僧，我便用你本门的兵刃送你归天。"反手从腰间抽出血刀,将鬼头刀抛在地下,霎时之间向狄云连砍三刀。这血刀其薄如纸,砍出去时的风声嗤嗤声响,花铁干心下暗赞:"好一口宝刀!"

狄云见血刀如此迅速的砍来,心中一寒,不由得手足无措,一咬牙,心道:"这就拼个同归于尽罢!"右手挥动树枝,从背后反击过去,啪的一声,结结实实的打在花铁干后颈。这一招古怪无比,倘若他手中拿的是利刀而不是树枝,已将花铁干的脑袋砍下来了。

其实花铁干的武功和血刀老祖相差无几,就算练熟了血刀功夫的血刀老祖,也决不能只一招便杀了他,更不用说狄云了。只是花铁干甚为轻敌,全没将这个武功低微的对手瞧在眼内,是以一上手便着了道儿。他一怔之间,提刀砍削,狄云手中树枝如狂风暴雨般劈将出去,乱砍乱削之中,偶尔夹一招血刀刀法,噗的一声,又一下打中在他后脑。花铁干身子一晃,叫道:"有鬼,有鬼!"回身一望,只吓得手酸足软,手一松,血刀落地,转身拔足飞奔,远远逃开。

他自从吃了义兄义弟的尸身后,心下有愧,时时怕陆天抒和刘乘风的鬼魂来找他算帐。先前刀剑刺不进狄云身体,已认定是有鬼魂在暗助敌人,这时狄云以一根树枝和他相斗,明明站在自己对面,水笙又遭点中穴道而躺卧在地,可是自己后颈和后脑却接连为硬物打中。谷中除自己和狄水二人之外,更有何人?如此神出鬼没的在背后暗算自己,不是鬼魅,更是什么?他转头看去,不论看到什么,都不会如此吃惊,但偏偏什么也看不到,不由得魂飞魄散,哪里还敢有片刻停留?

八　羽衣

狄云虽打中了花铁干两下,但他显然并没受伤,忽然没命价奔逃,倒也大出意料之外。俯身拾起血刀,见水笙躺在地下动弹不得,问道:"你给这厮点中了穴道?"

水笙道:"是。"狄云道:"我不会解穴,救你不得。"水笙道:"你只须在我腰间和腿上……"本想告知他穴道的部位,请他推宫过血,便可解开被封穴道,但说到"腿上"两字,想起这"小恶僧"最近虽然并没对自己无礼,以前可无恶不作,倘若乘着自己行动不得……

狄云见她眼中突然露出惧色,心想:"花铁干已逃走了,你还怕什么?"一转念间,随即明白她是害怕自己,不由得怒气急冲胸臆,大声道:"你怕我侵犯你,怕我对你……对你……哼,哼!从今而后,我再也不要见你。"气得伸足乱踢，只踢得白雪飞溅。他回到山洞中，取了血刀经，径自走开，再也不向水笙瞧上一眼。

水笙心下羞愧，寻思："难道是我瞎疑心，当真错怪了他？"

她躺在地下，一动也不动。过得一个多时辰，一头兀鹰从天空直冲下来，扑向她脸。水笙大声惊叫，突然红光一闪，血刀从斜刺里飞了过来，将兀鹰砍为两边，落在她身旁。

原来狄云虽恼她怀疑自己，仍耽心花铁干去而复回，前来加害于她，因此守在不远之处，续练血刀刀法。他掷出飞刀，居然将兀鹰斩为两边，血刀斩死了兀鹰后，略无阻碍，又飞了十余丈，这才落下。这么一来，他这招"流星经天"的刀法又已练成了。

水笙叫道："狄大哥，狄大哥，是我错了，一百个对你不起。"狄云只作没听见，不去理她。水笙又求道："狄大哥，你原谅我死了爹爹，孤苦伶仃的，想事不周，别再恼我了，好不好？"狄云仍然不理，但心中怒气，却也渐渐消了。

水笙躺在地下，直到第二日穴道方解。她知狄云虽一言不发，但目不交睫的在自己身边守了整整一晚，心中好生感激。她身子一能动弹，即刻去将那头兀鹰烤熟了，分了半边，送到狄云身前。狄云等她走近时，闭上了眼睛，以遵守自己说过的那句话："从今而后，我再也不要见你。"

水笙放下熟鹰，便即走开。狄云等她走远再行睁眼，忽听得她"啊"的一声惊呼，跟着又是一声"哎哟"，摔倒在地。狄云急跃而起，抢到她身边。水笙嫣然一笑站起，说道："我骗骗你的。你说从此不要见我，这却不是见了我么？那句话可算不得数了。"

狄云狠狠瞪了她一眼，心道："天下女子都是鬼心眼儿。除了丁大哥的那位凌姑娘，谁都会骗人。从今以后，我再也不上你当了。"

水笙却格格娇笑，说道："狄大哥，你赶着来救我，谢谢你啦！"

狄云横了她一眼，背转身子，大踏步走开了。

花铁干害怕鬼魂作怪，再也不敢前来滋扰，只好嚼些树皮草根，苦渡时光，有时以暗器手法掷石，也打到一两只雪雁。狄云每日练一两招血刀刀法，内力外功，与日俱增。

冬去春来，天气渐暖，山谷中的积雪不再加厚，后来雪水淙淙，竟开始消融了。

这些日子之中,狄云已将一本血刀经的内功和拳脚刀法尽数练全。他这时身集正邪两派最上乘武功之所长,虽经验阅历极为欠缺,而正邪两门功夫的精华亦未融会贯通,但单以武功而论,比之当年丁典,亦已有胜过。只是所习"神照经"仅为深湛内功,外功却以无人指点,除血刀门刀法之外,拳脚功夫仍极粗浅,但手足灵便,拳理已明,亦已不下于二流好手。

水笙跟他说话,狄云怕又上她当,始终扮作哑巴,一句不答,除了进食时偶在一起之外,狄云总是和她离得远远地,自行练功。他心中所想的,只是三个念头:出了雪谷之后,第一是到湘西故居去寻师父;第二是到荆州去给丁大哥和凌姑娘合葬;第三,报仇!

眼见雪水汇集成溪,不断流向谷外,山谷通道上的积雪一天比一天低,他不知离端午节还有几天,却知出谷的日子不远了。

一天午后,他从水笙手中接过了两只熟鸟,正要转身,水笙忽道:"狄大哥,再过得几天,咱们便能出去了罢?"狄云"嗯"了一声。水笙低声道:"多谢你这些日子中对我的照顾,若不是你,我早死在花铁干那恶人手中了。"狄云摇头道:"没什么。"转身走开。

八 羽衣

忽听得身后一阵呜咽之声,回过头来,只见水笙伏在一块石上,背心抽动,正自哭泣。他心中奇怪:"可以出去了,该当高兴才是,有什么好哭的?女人的心古怪得紧,我永远不会明白。"

其实,水笙到底为什么哭泣,她自己也不明白,只觉得很对不起人,又很伤心,忍不住要哭。

那天夜里,狄云练了一会功夫,躺在每日安睡的那块大石上睡着了。这块大石离山洞不远,以防花铁干半夜里前来盗尸或侵袭水笙。但这些时日中花铁干始终没再来,料想已然无事,是以他心无牵挂,睡得甚沉。

睡梦之中,忽听得远处隐隐有脚步之声,他这时内功深湛,耳目奇灵,脚步声虽远,已令他一惊而醒,当即翻身坐起,侧耳倾听,发觉来人众多,至少有五六十人,正快步向谷中而来。

狄云吃了一惊:"怎地有人能进雪谷来?"他不知谷中山峰蔽日,寒冷得多,外面积雪已融,谷中融雪却要迟到一个月以上。狄云一转念间,心道:"这些人定是一路追赶而来的中原群豪。现下血刀老祖已死,什么怨仇都已一了百了。嗯,水姑娘的表哥一定也来了,接了她去,那便再好不过。他们认定我是血刀门的淫僧,辩也辩不清楚的,我还是不见他们的好。让他们接了水姑娘去,我再慢慢出去不迟。"

他绕到山洞之侧,躲在一块岩石后面。听得脚步声越来越近,突然间眼前光亮,只见一群人转过了山坳,手中高举火把。这伙人约莫五十余人,每人都是一手举火炬,一手提兵刃。当先一人白须飘动,手中不拿火把,一手刀,一手剑,却是花铁干。

狄云见他与来人聚在一起,微觉诧异,但随即省悟:"这些人便是一路从湖北、四川追来的,花铁干是他们的首领之一,当然一遇上便会合了。却不知他在说些什么?"见一行人走进了山洞,当下向前爬行数丈,伏在冰雪未融的草丛之中。这时他和众人相距仍远,但他内功在这数月中突飞猛进,已能清楚听到山洞中诸人说话。

只听得一个粗涩的声音道:"原来是花兄手刃了恶僧,实乃可敬可贺。花兄立此大功,今后自然是中原群侠的首领,大伙儿马首是瞻,惟命是从。"另一人道:"只可惜陆大侠、刘道长、水大侠三位惨遭横死,令人神伤。"又一人道:"老恶僧虽死,小恶僧尚未伏诛。咱们须当立即搜寻,斩草除根,以免更生后患。花大侠,你说如何?"

花铁干道:"不错,张兄之言大有见地。这小恶僧一身邪派武功,为恶实不在乃师之下,或许犹有过之。这时候不知躲到哪里去了。他眼见大伙儿进谷,一定急谋脱身。众位兄弟,咱们别怕辛苦,须得杀了那小恶僧,才算大功告成,免得他胡说八道,散布谣言,败坏陆、刘、水三位大侠与水女侠的名声。"

狄云心中暗惊:"这姓花的胡说八道,歹毒之极,幸亏我没鲁莽现身,否则他们一齐来杀我,我怎能抵挡?"

忽听得一个女子的声音道:"他……他不是小恶僧,是一位挺好的正人君子。花铁干才是个大坏蛋!"说话的正是水笙。

狄云听了这几句话,心中一阵安慰,第一次听到她亲口说了出来:"他不是小恶僧,是一位挺好的正人君子!"这些日子中水笙显然对他不再起憎恶之心,但居然能对着众人说他是个正人君子,那确也大出他意料之外。

突然之间,他眼中忽然涌出了泪水,心中轻轻的道:"她说我是正人君子,她说我是挺好的正人君子!"

水笙说了这两句话,洞中诸人你瞧瞧我,我瞧瞧你,谁也不作声。火把照耀之下,狄云远远望去,却也看得出这些人的脸上都有鄙夷之色,有的含着讥笑,有的却显是颇有幸灾乐祸之意。

隔一会儿,一个苍老的声音道:"水侄女,我跟你爹爹是多年老友,不得不说你几句。这小恶僧害死了你爹爹……"水笙道:"不,不……"那老人道:"你爹爹不是那小和尚杀的?那么令尊是死于何人之手?"水笙道:"他……他……"一时接不上口。

那老人道:"花大侠说,那日谷中激斗,令尊力竭受制,是那小和尚用树枝打破了他天灵盖而死,是也不是?"水笙道:"不错。可是,可是……"那老人道:"可是怎样?"水笙道:"是我爹爹自己……自己求他打死的!"

她此言一出,洞中突然爆发一阵轰然大笑,只震得洞边树枝上半融不融的积雪簌簌而落。

笑声中夹着无数讥嘲之言:"自己求他打死,哈哈哈!撒谎撒得太也滑稽。""原来水大侠活得不耐烦了,伸了头出来,请他的未来贤婿打个开花!""谁说是'未来'贤婿?水大侠去世之时,那小和尚只怕早跟这位姑娘有上一手了,哈哈哈!"更有几个人厉声相斥:"世间竟有这般无耻女子,为了个野男人,连亲生父亲也不要了!"也有人冷言冷语的讽刺:"要野男人不要父亲,世上那也挺多。只不过指使奸夫来杀死自己父亲,这就骇人听闻了。"又一人道:"我只听见过什么'恋奸情热,谋杀亲夫'。今日世道可大不同了,居然有'恋奸情热,谋杀亲父'!"

八

羽衣

大家听了花铁干的话,先入为主,认定水笙和狄云早已有了不可告人的勾当,愤恨她回护"奸夫",因此说出来的话竟越来越不中听。这些江湖上的粗人,有什么污言秽语说不出口?

水笙满脸通红,大声道:"你们在说……说些什么?却也不知羞耻?"

那些人又一阵哄笑。有人道:"却原来还是我们不知羞耻了,真是滑天下之大稽。""好,好!水姑娘,我们不知羞耻。你和那小和尚在这山洞中卿卿我我,把父亲的大仇抛在脑后,那就知道羞耻了?"另一个粗豪的声音骂了起来:"他妈的,老子从湖北一路巴巴的追了下来,马不停蹄的,就是为了救你这小妹子。你这贱人这么无耻,老子一刀先将你砍了。"旁边有人劝道："使不得,使不得,赵兄不可鲁莽!"

那苍老的声音说道："各位忍一忍气。水姑娘年纪轻,没见识。水大侠不幸逝世,她孤苦伶仃的没人照料,大家别跟她为难。以后她由花大侠抚养,好好的教导,自会走上正途。大伙儿嘴上积点儿德,这雪谷中的事嘛,别在江湖上传扬出去。水大侠生前待人仁义,否则大家怎肯不辞劳苦的赶来救他女儿?咱们须当顾全水大侠的颜面,这件事就别再提了。快去抓了那小和尚来是正经,将他开膛破肚,祭奠水大侠。"

说话的老人大概德高望重,颇得诸人的尊敬,他这番话一说,人群中有不少声音附和,都道："是,是,张老英雄的话有理。咱们去找那小和尚,抓了他来碎尸万段!"

众人嘈杂叫嚣声中,水笙"哇"的一声,哭了出来。

忽听得远处有人长声叫道："表妹,表妹!你在哪里?"

水笙一听到这声音,知是表哥汪啸风寻她来了,自己受了冤枉,苦遭羞辱,突然听到亲人的声音,如何不喜?当下止了哭泣,奔向洞口。

有人便道："这痴心的汪啸风知道了真相,只怕要发疯!"那姓张的老者道："大家别吵,听我一句话。这位汪家小哥对水姑娘倒是一片真情,雪还没消尽,他就早了两日闯进谷来,想是路上不好走,失陷在什么地方,欲速则不达,反落在咱们后头了。这人也是命里不好,大家嘴头上修积阴德,水姑娘跟那小和尚的丑事,就别对他说。"群豪中有些忠厚的便道："正该如此!水姑娘一时失足,须当让她有条自新之路。何况这大半也是迫于无奈。否则好端端一个名门闺女,怎会去跟一个邪派和尚姘上了?"

却有人说道："汪啸风这么一个漂亮哥儿,平白无端的戴上了一顶绿帽子,未免太委屈了他罢,哈哈!""这叫做一个愿打,一个愿挨。钱兄,你出门这么久,嫂子在家中寂寞孤单,说不定你头上这顶帽儿,也有点绿油油了呢?""他妈的,你奶奶雄,这会儿你老婆才寂寞孤单!""不错,不错,我老婆寂寞孤单,你尊夫人这会儿有人陪伴,风流快活,一点儿也不寂寞孤单……"话未说完,砰的一声,肩头已挨了一拳。众人嘻笑不绝。

只听得汪啸风大叫"表妹,表妹"的声音又渐渐远去,显是没知众人在此。水笙奔出山洞,叫道:"表哥,表哥!我在这里,我在这里!"汪啸风又叫了声:"表妹,表妹,你在哪里?"水笙纵声叫道:"我在这里!"

东北角上一个人影飞驰而来,一面奔跑,一面大叫"表妹!"突然间脚下一滑,摔倒在地。水笙"啊"的一声,甚是关切,向他迎了上去。原来汪啸风听到了水笙的声音,大喜之下,全没留神脚下的洞坑山沟,一脚踏在低陷之处,摔了一交,随即跃起,急奔而来。水笙也向他奔去。两人奔到临近,齐声欢呼,相拥在一起。

狄云见到两人相会时欢喜亲热的情状,心中没来由的微微一酸。他始终不能忘情于师妹戚芳,虽在雪谷中和水笙同住半载,心中从未对她生过丝毫男女之情。只相处日久,一旦分手,不免有依依之感,心想:"她随表哥而去,那再好也没有了,但愿她今后无灾无难,嫁了她表哥,一生平安喜乐。"

忽听得汪啸风放声大哭,想必是水笙跟他说了水岱逝世的消息。过了一会,见汪啸风携着水笙之手,并肩过来。汪啸风呜咽道:"舅舅不幸遭难,我……我……我从小得他抚养长大,他待我就像是亲生儿子一般。"水笙听他说到父亲,不禁又流下泪来。汪啸风低声道:"表妹,自今而后,你我再也不分开了,你别难过,我一辈子总好好的待你。"水笙自幼便对这位表哥十分倾慕,这番分开,更是思念殷切,听他这么说,脸上一红,心中感到一阵甜甜之意。

八

羽衣

两人渐渐走近山洞。水笙忽然立定,说道:"表哥,你和我即刻走罢,我不愿见那些人了。"汪啸风奇道:"为什么?这许多伯伯叔叔和好朋友,大家不辞艰险的前来救你,在雪谷外守候了大半年,可算得义气深重,咱们怎能不好好的谢谢他们?"水笙低下了头,道:"我已谢过他们了。"汪啸风道:"大伙儿千里迢迢的从湖北赶到这儿,同来同回,岂不是好?再说,舅舅的遗体是要运回故乡呢,还是就葬在这里,也得向长辈们请示。陆伯伯、花伯伯、刘道长这三位怎样了?"

水笙道:"你和我先出去,慢慢再跟你说。花伯伯是个大坏蛋,你别听他胡说!"汪啸风自来对她从不违拗,这时黑暗中虽见不到她风姿,但一听到她柔软甜美的语声,早已心醉,便想顺她意思,先行离去。

忽听得山洞口一人道:"汪贤侄,你过来!"正是花铁干的声音。汪啸风道:"是,花伯伯!"水笙大急,顿足道:"你不听我话么?"汪啸风心想:"花伯伯是舅舅的义兄,长者之命,如何可违?这许多朋友为了相救表妹,如此不辞辛劳,大功告成之后却弃之不顾,自行离去,那无论如何说不过去。这一来,我声名扫地,以后在江湖上怎能立足?表妹是小孩子脾气,待会哄她一哄,陪个不是,也就是了。"当即携了她手,走向山洞。

水笙明知花铁干要说的决不是好话,但想:"我清清白白,问心无愧,任他如何污言诬陷,于我何损?"当下便随了汪啸风走去,脸上却已全无血色。

两人走到洞口。花铁干道:"汪贤侄,你来了很好。血刀恶僧已给我杀了,但还有一个小和尚漏网,咱们务当将他擒来杀却。这小和尚是害死你舅舅的凶手。"汪啸风大叫一声,唰的一下便拔剑出鞘,跟着回头向水笙瞧去,急欲看看这位表妹别来如何。

火光之下,只见她容颜憔悴,泪盈于眶。汪啸风心下怜惜,却见她在缓缓摇头,问道:"怎么?"水笙道:"我爹爹不是那……那……人害死的。"

众人听她这么说,尽皆愤怒,均想:"我们为了你今后好做人,瞧在水大侠的面上,才不泄露你和小淫僧的丑事,这时候你居然还在回护小淫僧,当真是罪不容恕了。你连'小和尚'三字也不肯说,还在'那人、那人'的,实在无耻已极!"

汪啸风见各人脸上均现怒色,很觉奇怪,心想表妹不肯和众人相见,而大伙又对她颇含敌意,中间定是另有隐情,便道:"表妹,咱们听花伯伯吩咐,先去捉了那小和尚来,将他千刀万段,祭我舅舅。其余的事,慢慢再说不迟。"

水笙道:"他……他也不是小和尚。"

汪啸风一愕,见到身旁众人均现鄙夷之态,心中一凛,隐隐觉得不对。他不愿即行查究此事,还剑入鞘,大声道:"众位伯伯叔叔,好朋友,请大家再辛苦一番,了结此事。姓汪的再逐一拜谢各位的大恩大德。"说着一揖到地。

众人都道:"不错,快去捉拿小恶僧要紧,别让他出谷跑了!"说着纷纷冲出洞去。

不知是谁在洞口掉了一根火把,火光在谷风中时旺时弱,照得"铃剑双侠"二人脸上也是一阵亮,一阵暗。两人执手相对,心中均有千言万语,不知从何说起。

狄云心想:"他表兄妹二人定有许多体己话儿要说,我这就走罢。"正想悄悄避开,却听得有两人快步走来,一人道:"你从这边搜来,我从那边搜去,兜个圈子,再在这里会合。"另一人道:"好!这一带雪地里脚印杂乱,说不定那小淫僧便躲在左近。"先说话的那人压低声音,笑道:"喂,老宋,这水姑娘花朵一般的人儿,小淫僧这半年中艳福可真不浅。"另一人哈哈大笑,道:"是啊,难怪那姓汪的心甘情愿戴这顶绿头巾。"两人嘻嘻哈哈的说了几句,分手去寻狄云。

狄云在旁听着,很为汪水二人难过,心想:"花铁干这人当真罪大恶极,捏造这些无耻谣言,污损水姑娘的声名,于他又有什么好处?"他不知花铁干生怕水笙揭露自己种种奸恶行径,务须先下手为强,败坏她声名,旁人才不会信她的话。狄云抬头向洞中望去,只见水笙退开了两步,脸色惨白,身子发颤,说道:"表哥,你莫信这种胡说八道。"

八
羽衣

汪啸风不答,脸上肌肉抽动。显然,适才那两个人的说话,便如毒蛇般在咬啮他的心。这半年中他在雪谷之外,每日每夜总是想着:"表妹落入了这两个淫僧手中,哪里还能保得清白?但只要她性命无碍,也就谢天谢地了。"可是人心苦不足,这时候见了水笙,却又盼望她守身如玉,听到那二人的话,心想:"江湖上人人均知此事,汪啸风堂堂丈夫,岂能惹人耻笑?"但见到她这般楚楚可怜的模样,心肠却又软了,叹了口气,摇了摇头,道:"表妹,咱们走罢。"

水笙道:"你信不信这些人的话?"汪啸风道:"旁人的闲言闲语,理他作甚?"水笙咬着唇皮,道:"那么,你是相信的了?"汪啸风低头默然,过了好一会,才道:"好罢,我不信便是。"水笙道:"你心中却早信了这些含血喷人的脏话。"顿了一顿,又道:"以后你不用再见我,就当我这次在雪谷中死了就是啦。"汪啸风道:"那也不必如此。"

水笙心中悲苦,泪水急涌,心想旁人冤枉我、诬蔑我,全可置之不理,可是竟连表哥也瞧得我如此下贱。她只想及早离开雪谷,离开这许许多多人,逃到一个谁也不认识她的地方去,永远不再和这些人相见。"世上信得过的,原来就只他一个……"

她拔足向外便奔,将到洞口时,忍不住回头向山洞角落望了一眼。这半年之中,她日夜都在这角落中安身。她性好整洁,十指灵巧,用树皮鸟羽等物编织了不少褥子、坐垫之类,这时临别,对这些陪伴了她半年的物事心中不禁依依。一瞥之间,见到自己织给狄云的那件鸟羽衣服,那日狄云生气不要,踢还给她,此后晚上她便作为被盖,以御寒冷,这时心中一动:"这些人口口声声说他是淫僧,要跟他为难,倘若找到了他,他寡不敌众,那便如何是好?"当下停住脚步,凝望着那件羽衣,一时彷徨无主,心下只想:"他们定要杀他,我帮他不帮?"

汪啸风见那件羽衣放在她卧褥之上,衣服长大宽敞,式样显是男子衣衫,心头大疑,问道:"这……这是什么?"水笙道:"是我做的。"汪啸风涩然道:"是你的么?"水笙冲口便想答道:"不是我的。"但随即觉得不妥,踌躇不答。汪啸风道:"是件男子衣衫?"声音更加干涩了。水笙点了点头。汪啸风又道:"是你织给他的?"水笙又点了点头。

汪啸风提起羽衣,仔细看了一会,冷冷的道:"织得很好。"水笙道:"表哥,你别胡猜,他和我……"但见他眼神中充满了愤怒和憎恨,便不再说下去了。汪啸风将羽衣往卧褥一丢,说道:"他的衣服,却放在你的床上……"

水笙心中一片冰凉,只觉这个向来体谅温柔的表哥,突然间变成了无比的粗俗可厌。她不想再多作解释,只想:"既然你疑心我,冤枉我,那就冤枉到底好了。"

狄云在洞外草丛之中,见到她受苦冤屈,脸上神情极是凄凉,心中难受之极:"我是个低贱之人,受惯了冤屈,那不算得什么。她却是个尊贵的姑娘,如何能受这不白之冤?"想到这里,义愤之心顿起,虽知山洞外正有数十个好手在到处搜寻,人人要杀他而甘心,却也顾不得了,当即踊身跃进山洞,说道:"汪少侠,你全转错了念头。"

汪啸风和水笙见他突然跳进洞来,都吃了一惊。狄云这时头发已长,已不是从前拔光头发的小和尚模样。汪啸风定了定神,才认了出来,当即拔剑出鞘,左手将水笙推开,横剑当胸,眼中如要冒出火来,长剑不住颤动,恨不得扑上去将他立时斩成肉酱。

狄云道："我不跟你动手。我是来跟你说，水姑娘冰清玉洁，你娶她为妻，真是天大的福气，不必胡思乱想，信了坏人的造谣。"

水笙万料不到他竟会在这时挺身而出，而他不避凶险的出头，只是为了要证明自己的清白，又感激，又耽心，忙道："你……你快走，许多人要杀你，这里太危险了。"

狄云道："我知道，不过我非得对汪少侠说明白这事不可，免得你受了冤枉。汪少侠，水姑娘是位好姑娘，你……你千万不可冤枉了她。"

狄云拙于言辞，平平常常一件事也不易说得清楚，何况这般微妙的事端，接连结结巴巴的说了七八句话，只有使汪啸风更增疑心。

水笙急道："你……你快走！多谢你的好意，我只有来生图报了，你快走！他们人多，大家要杀你……"

汪啸风听到水笙言语和神色间对他如此关怀，妒念大起，喝道："我跟你拚了！"嗤的一剑，向狄云当胸疾刺。

这一剑虽势道凌厉，但狄云这时是何等身手，一身而兼"神照功"、"血刀门"正邪两派绝顶武学之所长，眼见汪啸风剑到，身子微侧，便已避开，说道："我不跟你动手。我叫你好好的娶了水姑娘，别对她有丝毫疑心。她……她是个好姑娘。"

八
羽衣

他说话之际，汪啸风左二剑，右三剑，接连向他疾刺五剑。狄云若无其事的斜身闪开，心中奇怪："这人从前武功很好，怎么半年不见，剑法变得这么笨了？"

汪啸风猛刺急斫，每一剑都让他行若无事的闪开，越加怒发如狂，剑招更出得快了。

狄云道："汪少侠，你答允不疑心水姑娘的清白，我就去了。你的朋友们都要杀我，我可不能再多耽搁了。"汪啸风出剑越来越快，狄云单只内力深湛，轻功却是平平，虽内功是本，轻功是末，但此道未得人指点，于对方的快剑渐感难以应付，于是伸指一弹，铮的一声轻响，中指弹中了剑身。

汪啸风只觉虎口剧痛，长剑脱手落地，忙俯身去拾。狄云伸掌在他肩头一推，这一掌并没使多大力气，不料汪啸风竟抵受不住，给他一推之下，登时几个筋斗向后翻跌了出去，砰的一声，重重撞上山洞的石壁。

水笙见他跌得十分狼狈，忙奔过去相扶。狄云愕然，他绝不想将汪啸风推倒，只是要阻止他拾剑再打，哪想到他竟会摔得这么厉害，实大出意料之外。他跨上两步，也想去扶，说道："对不住，我当真……我不是故意的。"

水笙拉着汪啸风的右臂，道："表哥，没事罢？"汪啸风心中妒愤交攻，不可抑止，认定水笙偏向狄云，两人联手打了自己之后，反来讥讽，左掌横挥过来，啪的一声，重重打了她一个耳光，喝道："滚开！"水笙吃了一惊，表哥竟会出手殴打自己，那是从未想过的事情，伸手抚着脸颊，竟然呆了。汪啸风跟着又是一掌，击中她左颊。水笙惊惧之下，扑在狄云肩头，只觉这时候只有他方能保护自己。

狄云伸左臂搂住了她，侧身挡在汪啸风之前，怒道："好端端的，你……你干么打人？"只听得山洞外脚步声响，有几个人叫道："山洞里有人争吵，快去瞧瞧，莫非那小淫僧藏在里面？"

水笙退后两步，对狄云道："你快走罢……我……我永远记得你的好意。"

狄云瞧瞧汪啸风，又瞧瞧水笙，说道："我去了！"转身走向洞口。

汪啸风大叫："小淫僧在这里，小淫僧在这里，快堵住洞口，别让他逃走了！"水笙急道："表哥，你这不是害人么？"汪啸风仍然大叫："快堵住洞口，快堵住洞口！"

洞外七八名汉子听得汪啸风的叫嚷，当即拦在洞口。狄云快步而出，一人喝道："往哪里逃？"挥刀向他头顶砍落。狄云伸手在他胸口一推，那人直摔了出去，撞向身旁的三人，四个人纷纷跌倒。众人叫骂呼喝声中，狄云快步奔了出去。

群豪听得声音，从四面八方赶来，狄云早去得远了。几十人发足疾追，狄云心中害怕，躲在长草丛中，黑夜之中，谁也寻他不着。群豪只道他已奔逃出谷，呼啸叫嚷，追逐而出，片刻间人人追出。

过了好一会儿，狄云见到汪啸风和水笙也走了。汪啸风在前，水笙跟随在后，两人隔着一丈多路，越去越远，终于背影为山坡遮去。

片刻之前还是一片扰攘的雪谷，终于寂静无声。

中原群豪走了，花铁干走了，水笙走了。只剩下狄云一人。他抬起头来，连往日常在天空盘旋的兀鹰也没看见。

真是寂寞，孤另另地。只有消融了的雪水轻轻的流出谷去。

狄云心想:『世上哪有什么聚宝盆?这主人定是另有计谋。』问道:『这里主人姓什么?你说他不是本地人?』那人道:『你瞧,主人不是出来了吗?』

九 "梁山伯·祝英台"

  狄云在雪谷中又耽了半个月,将《血刀经》上的刀法、拳脚和内功练得纯熟无比,再也不会忘却,于是将《血刀经》烧成了灰,撒在血刀老祖的坟墓上。

  这半个月中,他仍睡在山洞外的大岩上。水笙虽然走了,他仍不敢到山洞里去睡,自然更不敢去用她的褥子、垫子。

  他想:"我该走了!这件鸟羽衣服不必带去,待该办的事情办了,就回这雪谷来住。外面的人聪明得很,我不明白他们心里想些什么。这里谁也不会来,还是住在这里的好。"

  于是他出了雪谷,向东行去。第一件事要回老家湘西麻溪铺去,瞧瞧师父怎样了。自己从小由师父抚养长大,他是世上唯一的亲人。

  从川边到湘西,须得横越四川。狄云心想若遇上了中原群豪,免不了一场争斗,自己和他们无怨无仇,诸般事端全因自己拔光头发、穿了宝象的僧衣而起。这时他武功虽已甚高,可是全无自信,料想只消遇上了一两位中原的高手,非给他们杀了不可。于是买了套乡民的青布衣裤换上了,烧去了宝象的僧衣,再以锅底煤焦抹黑了脸。四川湘西一带农民喜以白布缠头,据说是为诸葛亮服丧的遗风。狄云也找了一块污秽的白布缠在头上。一路东行,偶尔和江湖人物狭路相逢,谁也认他不出了。

  他最怕的是遇上了水笙和汪啸风,还有花铁干,幸好,始终没见到。

他脚程很快，但也一直走了三十多天，才到麻溪铺老家，其时天气已暖，田里禾秧已长得四寸来高了。越近故居，感慨越多，渐渐的脸上炙热，心跳也快了起来。

他沿着少年时走惯了的山路，来到故居门外，登时大吃一惊，几乎不相信自己的眼睛。原来小溪旁、柳树边的三间小屋，竟变成了一座白墙黑瓦的大房子。这座房子比原来的小屋少说也大了三倍，一眼望去，虽起得似颇为草草，但气派甚为雄伟。

他又惊又喜，仔细再看周遭景物，确是师父的老家，心想："师父发了财回家来啦，那可好极了。"他大喜之下，高声叫道："师父！"但只叫得一声，便即住口，心想："不知屋里还有没别人？我这副小叫化的模样，别丢了师父的脸，且瞧个明白再说。"也是他这些年来多历艰难，才有这番谨慎，正自思量，屋里走出一人，斜眼向他打量，脸上满是鄙夷神气，问道："干什么的？"

狄云见这人帽子歪戴，满身灰土，和这华厦颇为不称，瞧他神情，似乎是个泥水木匠的头儿，便道："请问头儿，戚师父在家么？"

那人哼了一声，道："什么七师父、八师父的，这里没有。"狄云一怔，问道："这儿的主人不是姓戚的么？"那人反问道："你问这个干么？要讨米嘛，也不用跟人家攀交情。没有，就是没有！小叫化，走，快走！"

狄云挂念师父，好容易千里迢迢的回来，如何肯单凭他一句话便即离去，说道："我不是讨米的，跟你打听打听，从前这里住的是姓戚的，不知他老人家是不是还住在这里？"那人冷笑道："瞧你这小叫化儿，就有这门子啰唆，这里的主人不姓七，也不姓八、姓九、姓十。你老人家乘早给我请罢。"

说话之间，屋中又出来一人，这人头戴瓜皮帽，衣服光鲜，是个财主家的管家模样，问道："老平，大声嚷嚷的，又在跟谁吵架了？"那人笑道："你瞧，这小叫化啰唆不啰唆？讨米也就是了，却来打听咱主人家姓什么？"那管家一听，脸色微变，向狄云打量了半晌，说道："小朋友，你打听咱主人姓名作甚？"

若是换作五六年前的狄云，自即直陈其事，但这时他阅历已富，深知人心险恶，见那管家目光中满是疑忌之色，寻思："我且不直说，慢慢打听不迟，莫非这中间有什么古怪。"便道："我不过问主人老爷姓什么,想大声叫他一声,请他施舍些米饭,老爷,你……你就是老爷罢?"他故意装得傻头傻脑,以免引起对方疑心。

那管家哈哈大笑,虽觉此人甚傻,但他竟误认自己为老爷,心中倒也欢喜,笑道:"我不是老爷,喂,傻小子,你干么当我是老爷?"狄云道:"你……你样子……好看,威风得紧,你……你一副财主相。"

那管家更高兴了,笑道:"傻小子,我老高他日当真发了大财,定有好处给你。喂,傻小子,我瞧你身强力壮,干么不好好做事,却要讨米?"狄云道:"没人叫我做事啊。财主老爷,你赏口饭给我吃,成不成?"那管家用力在那姓平的肩上一拍,笑道:"你听,他口口声声叫我财主老爷,不赏口饭吃是不成的了。老平,你叫他也去担土罢,算一份工钱给他。"那姓平的道:"是啦,凭你老吩咐便是。"

狄云听两人口音,那姓平的工头是湘西本地人,那姓高的管家却是北方人,当下不动声色,恭恭敬敬的道:"财主老爷,财主少爷,多谢你们两位啦。"那工头笑骂:"他妈的,胡说八道!"那管家笑得只跌脚,道:"我是财主老爷,你是财主少爷,这……这不是做了你便宜老子吗?"那工头揪着狄云耳朵,笑道:"进去,进去!先好好吃一顿,晚上开工。"狄云毫不抗拒,跟着他进去,心道:"怎么晚上开工?"

进得大屋,经过一个穿堂,不由得大吃一惊,眼前所见当真奇怪之极。只见屋子中间挖掘了一个极大的深坑,土坑边缘几乎和四面墙壁相连,只留下一条窄窄的通道。土坑中丢满了铁锄、铁铲、土箕、扁担之类用具,显然还在挖掘。看了这所大屋外面雄伟堂皇的模样,哪想得到屋中竟会掘了这样一个大土坑。

那工头道:"这里的事,不许到外面去说,知不知道?"狄云道:"是,是!我知道,这里风水好,主人家要葬坟,不能让外面人晓得。"那工头嘿嘿一笑,道:"不错,傻小子倒聪明,来吃饭罢。"

狄云在厨房中饱餐了一顿。那工头叫他在廊下等着,不可乱走。狄云答应了,心中愈益起疑。只见屋中一切陈设都十分简陋,厨房中竟没砌好的灶头,只摆着一只大行灶,架了只铁镬。桌子板凳等物也都是贫家贱物,和这座大屋实在颇不相称。

到得傍晚,进屋来的人渐多,都是左近年轻力壮的乡民,大家闹哄哄的喝酒吃饭。狄云随众而食,他说的正是当地土话,语音极正。那管家和工头听了,丝毫不起疑心,都道他只是本地一个游手好闲的青年。

众人饭罢,平工头率领大伙来到大厅之中,说道:"大家出力挖掘,盼望今晚运气好,如挖到了有用东西,重重有赏。"众人答应了,锄头铁铲撞击泥土之声,嚓嚓嚓的响了起来。一个年纪较长的乡民低声道:"掘了两个多月啦,屁也没挖到半个。就算这里真有宝贝,也要看你有没福气拿到手啊。"

狄云心想:"他们想掘宝?这里会有什么宝物?"他等工头一背转身,慢慢挨到那年长乡民身边,低声道:"大叔,他们要掘什么宝贝?"那人低声说道:"这宝贝可了不起。这里的主人会望气。他不是本地人,远远瞧见这里有宝光上冲,知道地里有宝贝,来买了这块地皮,怕走漏风声,先盖了这座大屋,叫咱们白天睡觉,夜晚掘宝。"狄云点头道:"原来如此,大叔可知道是什么宝贝?"那人道:"工头儿说,那是一只聚宝盆,一个铜钱放进了盆中,过得一夜,明早就变成了一盆铜钱。一两金子放进盆里,明早就变成了满盆黄金。你说是不是宝贝?"

狄云连连点头,说道:"真是宝贝,真是宝贝!"那人又道:"工头特别吩咐,下锄要轻,打烂了聚宝盆,可不是玩的。工头说的,掘到了聚宝盆后,可以借给咱们每个人用一晚,你爱放什么东西都成。你倒自己合计合计,要放什么东西。"狄云想了一会,道:"我常饿肚子,放一粒白米进去,明天变出一满盆白米来,岂不是好?"那人哈哈大笑,大声道:"好,好!"那工头过来呼叱:"快挖,快挖!"

狄云心想:"世上哪有什么聚宝盆?这主人决不是傻子,定是另有计谋,捏造聚宝盆的鬼话来骗人。"又低声问道:"这里主人姓什么?你说他不是本地人?"那人道:"你瞧,主人不是出来了么?"

狄云顺着他眼光望去,只见后堂走出一人,身形瘦削,双目炯炯有神,服饰华丽,约莫五十来岁年纪。狄云只向他瞧了一眼,心中便怦怦乱跳,转过了头,不敢对他再看,心中不住说道:"这人我见过的,这人我见过的。他是谁呢?"只觉这人相貌好熟,一时却想不起在哪里见过。

只听得那人道:"今晚大伙儿把西半边再掘深三尺,不论有什么纸片碎屑,木条砖瓦,一点都不可漏了,都要拿上来给我。"狄云听到他的说话之声,心头一凛,登时省悟:"是了,原来是他。"低下了头,斜眼又向他瞧了一眼，心道："不错，果真是他。"

这间大屋主人，竟便是在荆州万震山家中教了他三招剑法的老乞丐。

那时他衣服破烂，头发蓬乱，全身污秽之极，今日却是一个衣饰华贵的大财主，通身都变了相，因此直到听了他说话的声音，这才认出。

狄云立时便想从坑中跳将上去，和他相认，但这几年来的受苦受难，教会他事事都要郑重，不可鲁莽急躁，寻思："这位老乞丐伯伯待我很好，当年我和那大盗吕通相斗，已然落败，幸亏他出手相救。后来他又教了我三招精妙剑法，我才得大胜万门众弟子。现下想来，他这三招剑法甚为寻常，但当时却使我得以免受羞辱。"他自学了血刀经上所录的武功之后，见识大进，当年所学的三招"连城剑法"，这时想来已极为平庸。

又想："今日重会，原该好好谢他一番才是。可是这里是我师父的旧居，他在这里挖掘什么东西？他为什么要起这样一座大屋，掩人耳目？他从前是乞丐，又怎样发了大财？"暗自琢磨："还是瞧清楚再说。他虽是我恩人，要拜谢也不忙在一时。他怎不怕我师父回来？难道……难道……师父竟死了么？"他从小由师父养育长大，向来当他是父亲一般，想到师父说不定已经逝世，不由得眼眶红了。

突然之间，东南角上发出叮的一声轻响，一个乡民的锄头碰到了什么东西。那主人跃入坑中，俯身拾起一件东西。坑中众乡民都停了挖掘，向他望去，只见他手中拿着一根锈烂铁钉，翻来覆去的看了半晌，才抛在一边，说道："动手啊，快挖，快挖！"

狄云和众乡民忙了一夜，那主人始终全神贯注的在旁监督，直到天明，这才收工。多数乡民散去回家，有七八人住得远，便在大屋东边廊下席地而睡。狄云也在廊下睡了。睡到下午，众人才起身吃饭。狄云身上肮脏，有些臭气，旁人不愿和他亲近，睡觉吃饭时都离得他远远地。狄云正求之不得。他虽学会了小心谨慎，不敢轻信旁人，但要假装作伪，仍颇觉为难，时候一久，多半露出马脚，别人不来和他亲近，那再好也没有了。

吃过饭后，狄云走向三里外的小村，想找人打听师父是否曾经回来过。远远见到几个少年时的游伴,这时都已粗壮成人,在田间忙碌工作,他不愿显露自己身分,并不上前招呼,寻到一个不相识的十三四岁少年,问起那间大屋的情形。

那少年说道,大屋是去年秋天起的,屋主人很有钱,来掘聚宝盆的,可是掘到这时候还没掘到。那少年边说边笑,可见掘聚宝盆一事,在左近一带已成了笑柄。"原来的那几间小屋么?嗯,好久没人住啦,从来没人回来过。起大屋的时候,自然是把小屋拆了。"

狄云别过了那少年,闷闷不乐,又满腹疑团,猜不出那老乞丐干这件怪事到底是何用意。他在田野间信步而行,经过一块菜地,但见一片青绿,都种满了空心菜。

"空心菜,空心菜!"

蓦然之间,他心中响起了这几下清脆的顽皮的声音。空心菜是湘西一带最寻常的蔬菜,粗生粗长,菜茎的心是空的。他自离湘西之后,直到今日,才再看到空心菜。他呆了半晌,俯身摘了一根,闻闻青菜汁液的气息,慢慢向西走去。

西边都是荒山,乱石嶙峋,那里甚至油桐树、油茶树也是不能种的。那边荒山之中,有一个旁人从来不知的山洞,是他和戚芳以前常去玩耍的地方。他怀念昔日,信步向那山洞走去。翻过两个山坡,钻过一个大山洞,才来到这幽秘荒凉的山洞前。

一丛丛齐肩的长草,把洞口都遮住了。他心中一阵难过,钻进山洞,见洞中各物,仍和当年自己和戚芳离去时一模一样,没半点移动过,只积满了尘土。

戚芳用黏土捏的泥人,他用来弹鸟的弹弓,捉山兔的扳机,戚芳放牛时吹的短笛,仍这么放在洞里石上。那边是戚芳的针线篮。篮中剪刀已生满了黄锈。

当年逢到冬天农闲的日子,他常在这山洞里打草鞋或编竹筐,戚芳就坐在他身畔做鞋子。她拿些零碎布片,叠成鞋底,然后一针针的缝上去。师父和他的鞋子都是青布鞋面。她自己的,鞋面上有时绣一朵花,有时绣一只鸟,那当然是过年过节时穿的,平常穿的鞋子也都是青布面。若是下田下地做庄稼,不是穿草鞋,就是赤脚。

狄云随手从针线篮中拿起一本旧书,书的封面上写着"唐诗选辑"四个字。他和戚芳都识字不多,谁也不会去读什么唐诗,那是戚芳用来夹鞋样、绣花样的。他随手翻开书本,拿出两张纸样来。那是一对蝴蝶,是戚芳剪来做绣花样的。他心里清清楚楚的涌现了那天的情景。

一对黄黑相间的大蝴蝶飞到了山洞口,一会儿飞到东,一会儿飞到西,但两只蝴蝶始终不分开。戚芳叫了起来:"梁山伯,祝英台!梁山伯,祝英台!"湘西一带的人管这种彩色大蝴蝶叫"梁山伯,祝英台",大概从下江人那里学来的叫法。这种蝴蝶定是雌雄一对,双宿双飞,从不分开。

狄云正在打草鞋,这对蝴蝶飞到他身旁,他举起半只草鞋,啪的一下,就将一只蝴蝶打死了。戚芳"啊"的一声叫了起来,怒道:"你……你干什么?"狄云见她突然发怒,不由得手足无措,嗫嚅道:"你喜欢……蝴蝶,我……我打来给你。"

死蝴蝶掉在地下,一动也不动了,那只没死的却绕着死蝶,不住的盘旋飞动。

戚芳道:"你瞧,多作孽!人家好好一对夫妻,给你活生生拆散了。"狄云看到她黯然的神色,听到她难过的语音,才觉歉然,道:"唉,这真是我的不对啦。"

后来,戚芳照着那只死蝶,剪了个绣花纸样,绣在她自己鞋上。过年的时候,又绣了一只荷包给他,也是这么一对蝴蝶,黄色和黑色的翅膀,翅上靠近身体处有些红色、绿色细线。这只荷包他一直带在身边,但在荆州给捉进狱中后,就让狱卒拿去了。

狄云拿着那对做绣花样子的纸蝶,耳中隐隐约约似乎听到戚芳的声音:"你瞧,多作孽!人家好好一对夫妻,给你活生生拆散了。"

他呆了一阵,将纸蝶又夹回书中,随手翻动,见书页中还有许多红纸花样,有的是一尾鲤鱼,有的是三只山羊,那是过年时贴在窗上的窗花,都是戚芳剪的。

他正拿了一张张的细看,忽听得数十丈外发出石头相击的喀喇一响,有人走来。他心想:"这里从没人来,难道是野兽么?"顺手将夹着绣花纸样的书往怀中一塞。

只听得有人说道:"这一带荒凉得很,不会在这里的。"另一个苍老的声音道:"嘿,越荒凉,越有人来收藏宝物。咱们得好好在这里寻寻。"狄云心道:"怎么到这里来寻宝?"闪身出洞,隐身一株大树之后。

过不多时,便有人向这边走来,听脚步声共有七八人。他从树后望出去,只见当先一人衣服光鲜,油头粉脸,相貌好熟,跟着又有一人手中提着铁铲,走了过来。这人身材高高的,器宇轩昂。狄云一见,不由得怒气上冲,立时便想冲出去一把捏死了他。

这人正是那夺他师妹,送他入狱,害得他受尽千辛万苦的万圭。他怎么会到了这里?

旁边那个年纪略轻的,却是万门小师弟沈城。

那两人一走过,后面来的都是万门弟子,鲁坤、孙均、卜垣、吴坎、冯坦一齐到了。

万门本有八弟子,二弟子周圻在荆州城废园中为狄云所杀,只剩下七人了。狄云好生奇怪:"这批人到这里来,寻什么宝贝?难道也寻聚宝盆么?"

只听得沈城叫了起来:"师父,师父,这里有个山洞。"那苍老的声音道:"是吗?"语音中抑制不住喜悦之情。跟着一个高大的人形走了过来,正是五云手万震山。狄云和他多年不见,见他精神矍铄,步履沉稳,丝毫不见苍老之态。

万震山当先进了山洞,众弟子一拥而进。洞中传出来诸人的声音:"这里有人住的!""灰尘积得这样厚,多年没人来了。""不,不!你瞧,这里有新的脚印。""啊,这里有新手印,有人刚来过不久。""一定是言师叔,他……他将连城剑谱偷了去啦。"

狄云又吃惊,又好笑:"他们要找连城剑法的剑谱么?怎地搅了这么久,还是没找到?什么言师叔?师父说他二师兄言达平失踪多年,音讯不知,只怕早已不在人世,怎么又会钻了出来夺连城剑谱?那明明是我留下的手印脚印,他们瞎猜一通,真活见鬼了。"

只听万震山道:"大家别忙着起哄,四下里小心找一找。"有人道:"言师叔既来过这里,哪还有不拿了去的?"有人道:"戚长发这厮真工心计,将剑谱藏在这里,别人还真不容易找到。"又一人道:"他当然工于心计啊,否则怎么会叫'铁锁横江'?"万震山道:"刚才咱们远远跟着那乡下人过来,这人脚步好快,一会儿就不见了。这个人说不定也有点儿邪门。"万圭道:"本地乡下人熟悉山路,定是转上小路走了。若不是他,咱们就算再找上一年半载,恐怕也不会找到这儿来。"

狄云心想："原来他们是跟着我来的，否则这山洞这么隐僻，又怎会给他们找到。"

只听得各人乱轰轰的到处一阵翻掏。洞里本来没什么东西，各人这样乱翻，也不过是将几件破烂物事东丢来、西丢去的移动一下位置而已。跟着铁铲挖地之声响起，但山洞底下都是岩石，哪里挖得下去？

万震山道："没什么留着了，大伙出去，到外面合计合计。"众弟子随着万震山出来，走到山溪旁，在岩石上坐了下来。狄云不愿给他们发见，不敢走近。这八人说话声音甚低，听不见说些什么。过得好一会，八个人站起身来走了。

狄云心想："他们是来找连城剑谱，却疑心是给我二师伯言达平盗了去。我师父的家给改成了一座大屋子，那老丐说要找什么聚宝盆……啊，是了，是了！"

突然之间，一道灵光闪过脑海，猛地里恍然大悟："这老乞丐哪里是找什么聚宝盆，他也是在寻连城剑谱。他认定这剑谱是落入了我师父手中，于是到这里来仔细搜寻，为了掩人耳目，先起这么一座大屋，然后再在屋中挖坑找寻，生怕别人起疑，传出风声说是找聚宝盆，那自然是欺骗乡下人的鬼话。"

跟着又想："那日万师伯做寿，这老乞丐白天夜晚的来来去去，显然是别有用心。嗯，万震山他们找不到剑谱，岂有不到那大屋去查察之理？多半早已去查察过了。这件事尚未了结，我到那大屋去等着瞧热闹便是，这中间大有古怪，一百个不对头！"

"可是我师父呢？他老人家到了哪里？他的家给人搅得这么天翻地覆，他知不知道？"

"师妹呢？她是留在荆州城里，享福做少奶奶罢。万家的人要来搜查她父亲的屋子，多半不会给她知道。这时候，她在干什么呢？"

晚上，大屋里又四壁点起了油灯和松明。十几个乡民拿起了锄头铁铲挖地。狄云也混在人群中挖掘，既不特别出力，也不偷懒，要旁人越少留意到他越好。他头发蓬松，不剃胡子，大半张脸都给毛

九 "梁山伯·祝英台"

发遮住了,再涂上一些泥灰,当真面目全非,又想日间万震山等人跟随过自己,别给他们认了出来,于是将缠头的白布和腰间的青布带子掉换了使用。这一晚,他们在挖靠北那一边,那老乞丐背负着双手,在坑边踱来踱去。当然,他现在完全不像乞丐了,衣饰富丽,左手上戴着个碧玉戒指,腰带上挂了好大的一块汉玉。

突然之间,狄云听到屋外有人悄悄掩来,东南西北,四面都有人。这些人离得还远,那老丐显然并未知觉。狄云侧过身子,斜眼看那老丐,只听得脚步声慢慢近了,五个、六个……七个……八个,是了,便是万震山和他的七个弟子。但那老丐还是没发觉。狄云早听得清清楚楚,那八个人便如近在眼前,可是老丐却如耳朵聋了一般。

五年之前,狄云对那老丐敬若神明。他只跟老丐学了三招剑法,便将万门八弟子打得一败涂地,全无招架的余地。"但怎么他的武功变得这样差了,因为老了么？难道不是他么？是认错人了么？不,决不会认错的。"狄云却没想到是自己的武功进步到了极高境界,于他是清晰可闻的声音,在旁人耳中却全无声息。

八个人越来越近。狄云很奇怪:"这八人真好笑,谁还听不到你们偷偷掩来,还这么蹑手蹑脚,鬼鬼祟祟？"那八人又走近了十余丈,突然间,那老丐身子微微一颤,侧过了耳朵,倾听动静。狄云心想:"他听见了？他是聋的么？"其实,这八人相距尚远,若换作一两年前的狄云,他不会听到脚步声,再走近些,也还是听不到。

那八个人更加近了,走几步,停一停,显然是防屋中人发现。可是那老丐已经发觉了。他转过身来,拿起倚在壁角的一根拐杖,那是一根粗大的龙头木拐。

突然之间,那八人同时快步抢前,四面合围。砰的一声响,大门踢开,万圭当先抢入,跟着沈城、卜垣跟了进来。七人各挺长剑,将那老丐团团围住。

那老丐哈哈大笑,道:"很好,哥儿们都来了！万师哥,怎么不请进来？"

门外一人纵声长笑,缓步踏入,正是五云手万震山。他和那老丐隔坑而立,两人相互打量。过了半晌,万震山笑道:"言师弟,几年不见,你发了大财啦。"

这三句话钻入狄云耳中,他头脑中登时一阵混乱:"什么?这老丐便是……便是二师伯……二师伯……言达平?"

只听那老丐道:"师哥,我发了点小财。你这几年买卖很好啊。"万震山道:"托福!喂,小子们,怎么不向师叔磕头?"鲁坤等一齐跪下,齐声说道:"弟子叩见言师叔。"那老丐笑道:"罢了,罢了!手里拿着刀剑,磕头可不大方便,还是免了罢。"

狄云心道:"这人果然是言师伯。他……他?"

万震山道:"师弟,你在这儿开煤矿吗?怎么挖了这样大的一个坑?"言达平嘿嘿一笑,道:"师兄猜错了。小弟仇人太多,在这里避难,挖个深坑是一作二用。仇人给小弟杀了,就随手掩埋,不用挖坑。倘若小弟给人家杀了,这土坑便是小弟的葬身之地。"万震山笑道:"妙极,师弟真想得周到。师弟身子也不肥大,我看这坑够深的了,不用再挖啦。"言达平微笑道:"葬一个人是绰绰有余了,葬八个人恐怕还不够。"

狄云听他二人一上来便唇枪舌剑,针锋相对,不禁想起丁典的说话,寻思:"他们师兄弟合力杀了他们师父。受业恩师都要杀,相互之间又有什么情谊?听丁大哥说,他们师兄弟夺到了连城剑谱,却没得到剑诀。那剑诀尽是一些数字,什么第一字是'四',第二字是'四十一',第三字是'三十三',第四字是'五十三',第五字是'十八',丁大哥一直到死,也没说完。剑谱不是早在他们手中么?怎地又到这里来找寻?"

万震山道:"好师弟,咱俩同门这许多年,我的心思,你全明白,你的肚肠,我也早看穿了,大家还用得着绕圈子说话么?拿来!"说了这"拿来"两字,便即伸出了右手。言达平摇了摇头,道:"还没找到。戚老三的心机,咱哥儿俩都不是对手。我可万万猜不到他将剑谱藏在哪里。"

狄云又是一凛:"难道他们师兄弟三人合力抢到剑谱,却又给我师父拿了去?可是这些年来,怎地又丝毫没动静?是了,定是我师父下手异常巧妙,他们一直没觉察出来。师父既不在此处,剑谱自会随身携带,怎会藏在这屋中?他们拼命到这里来翻寻,那不是太傻了吗?"可是,他知道万震山和言达平决不是傻瓜,比自己聪明十倍也还不止。这中间到底隐藏着什么阴谋和机关?他猜不出,也知道不必去猜。

万震山哈哈大笑,说道:"师弟,你还装什么假?人家说咱们三师弟是'铁锁横江',手段厉害。我说呢,还是你二师弟厉害。拿来!"说着右手又向前一伸。

言达平拍拍衣袋,说道:"咱哥儿俩多年老兄弟,还能分什么彼此?师哥,这玩意儿要是兄弟得到了,凭我这点儿料,决计对付不了,非得你来主持大局不可,做兄弟的只能在旁协助,分一些好处。但要是师兄得到了呢,嘿嘿,师兄门下弟子虽多,功夫都还嫩着点儿,只怕也须让做兄弟的凑合凑合,加上一把手。"

万震山皱眉道:"你在那边山洞里,拿到了什么?"言达平奇道:"什么山洞?这附近有个山洞么?"万震山道:"师弟,你我年纪都这么一大把了,何必到头来再伤和气?请你拿出来,大家一同参详。今后有福同享、有难同当如何?"

言达平道:"这可奇了,你怎么一口咬定是我拿到了?要是我已得手,还在这里挖挖掘掘的干什么?"万震山道:"你鬼计多端,谁知道你干什么?"言达平道:"三师弟的东西,哪有这么容易找到的。我瞧啊,也不会是在这屋中,再掘得三天,倘若仍无结果,我也不想再搅下去了。"万震山冷笑道:"哼!我瞧你还是再掘十天半月的好,装得像些。"

言达平勃然变色,便要翻脸,但一转念间,忍住了怒气,道:"你要怎样才信?"放下拐杖,解开衣扣,除下长袍,抓住袍子下摆,倒转来抖了两抖,叮叮当当的跌出几两碎银子和一只鼻烟壶来,都掉在地下。

万震山道:"你有这么蠢,拿到了之后会随身收藏?就算是藏在身边,也必贴肉收的,不会放在袍子袋里。"言达平叹了口气,道:"师兄既信不过,那就来搜搜罢。"

万震山道:"如此得罪了。"向万圭和沈城使个眼色。两人点了点头,还剑入鞘,一左一右,走到言达平身边。万震山向卜垣和鲁坤又横个眼色,两人慢慢绕到言达平身后,手中紧紧抓住了剑柄。

言达平拍拍内衣口袋,道:"请搜!"万圭道:"师叔,得罪了!"伸手去摸他口袋。突然之间,万圭"啊"的一声尖叫,急忙缩手倒退,火光下只见手背上爬着一只三寸来长的大蝎子。他反手往土坑边一击,啪的一声,将蝎子打得稀烂,但手背已中剧毒,登时高高肿起。他要逞英雄,不肯呻吟,额上汗珠却已如黄豆般渗了出来。

言达平失惊道:"啊哟,万贤侄,你哪里去搅了这只毒虫来?这是花斑毒蝎,可厉害得很哪。这东西是玩不得的。师哥,快,快,你有解药没有?只要救迟了一步,那就不得了,了不得!乖乖我的妈!"

只见万圭的手背由红变紫,由紫变黑,一道红线,缓缓向手臂升上去。万震山知道中了言达平的陷阱,说不得,只好忍一口气,说道:"师弟,做哥哥的服了你啦。我这就认输。你拿解药来,我们拍手走路,不再来向你啰唆了。"

言达平道:"这解药么,从前我倒也有过的,只年深日久,不知丢在哪里了,过几天我慢慢跟你找找,或许能找得到。要不然,我到大名府去,找到了药方,另外给你配过,那也成的。谁教咱师兄弟情谊深长呢。"

万震山一听,当真要气炸了胸膛,这种毒蛇、毒蝎之伤,一时三刻便能要了人性命,只要这道红线一通到胸口,立时便即气绝毙命,说什么"过几天慢慢找找",此处到河北大名府千里迢迢,又说什么找药方配药,居然亏他有这等厚颜无耻,还说"谁教咱师兄弟情谊深长呢",眼见爱子命在顷刻,只得强忍怒气,心想君子报仇,十年未晚,便道:"师弟,这个筋斗,我栽定了。你要我怎么着,便划下道儿来罢。"

言达平慢条斯理的穿上长袍,扣上衣扣,说道:"师哥,我有什么道儿好划给你的?你爱怎么便怎么罢。"万震山心道:"今日且让你扯足顺风旗,日后要你知道我厉害。"说道:"好罢,姓万的自今而后,永不再和你相见。再向你啰唆什么,我姓万的不是人。"言达平道:"这个可不敢当。做兄弟的只求师哥说一句,那《连城剑谱》,该当归言达平所有。倘若兄弟侥幸找到,自然无话可说;就算落入了师哥手里,也当让给兄弟。"

万圭毒气渐渐上行,只觉一阵阵晕眩,身子不由自主的摇摇摆摆。鲁坤叫道:"师弟,师弟!"伸手扶住,撕破他衣袖,只见那道红线已过腋下。他转头向着万震山叫道:"师父,今日什么都答允了罢!"

万震山道:"好,这连城剑谱,就算是师弟你的了,恭喜!恭喜!"

这两句"恭喜",却说得咬牙切齿,满腔怨毒。

言达平道:"既是如此,让我进屋去找找,说不定能寻得到什么解药,那要瞧万贤侄是不是有这造化了。"说完慢吞吞的转身入内。万震山使个眼色,鲁坤和卜垣跟了进去。

过了好一会,三人都没出来,也没听到什么声息,只见万圭神智昏迷,由沈城扶着,已不能动弹。万震山心中焦急,向冯坦道:"你进去瞧瞧。"冯坦道:"是!"正要进去,只见言达平走了出来,满面春风的道:"还好,还好!这不是找到了吗?"手中高举着一个小瓷瓶,说道:"这是解药,治蝎毒再好不过了。万贤侄,你好大命啊。以后这种毒物可玩不得了。"说着走到万圭身边,拔开瓶塞,在万圭手背伤口上洒了些黑色药末。

这解药倒也真灵,不多时便见伤口中慢慢渗出黑血,一滴滴的掉在地下,黑血越渗越多,万圭手臂上那道红线便缓缓向下,回到臂弯,又回到手腕。

万震山吁了口气,心中又轻松,又恼恨,儿子的性命是保全了,可是这一仗大败亏输,还没动手即受制于人。又过一会,万圭睁开了眼睛,叫了声:"爹!"

言达平将瓷瓶口塞上,放回怀中,拿过拐杖,在地下轻轻一顿,笑道:"这就行啦,万贤侄,你今后学了这乖,伸手到人口袋里去掏摸什么,千万得小心才是。"

万震山向沈城道:"叫他们出来。"沈城应道:"是!"走到厅后,大声叫道:"鲁师哥、卜师哥,快出来,咱们走了。"只听得鲁卜二人"啊,啊,啊"的叫了几下,却不出来。孙均和沈城不等师父吩咐,径自冲了进去,随即分别扶了鲁坤、卜垣出来。但见两人脸无人色,一断左臂,一折右足,自是适才遭了言达平的毒手。

万震山大怒,他本就有意立取言达平的性命,这时更有了借口,这口恶气哪里还耐得到他日再出?当即唰的一声,长剑出鞘,刃吐青光,疾向言达平喉头刺了过去。

狄云从未见万震山显示过武功,这时见他一招刺出,狠辣稳健,心中暗道:"这一剑好像没什么漏洞。"狄云此时武学修为已甚深湛,虽无人传授,但在别人出招之时,自然而然的首先便看对方招数中有什么破绽。

言达平斜身让过，左手抓住拐杖下端，右手抓住拐杖龙头，双手一分，嚓的一声轻响，白光耀眼，手中已多了一柄长剑。原来那拐杖的龙头便是剑柄，剑刃藏在杖中，拐杖下端便是剑鞘。他一剑在手，当即还招，叮叮叮叮之声不绝，师兄弟二人便在土坡边上斗了起来。斗得数招，均觉坑边地形狭窄，施展不开，同声吆喝，一齐跃入坑中。

众乡民见二人口角相争，早已惊疑不定，待见动上了家伙恶斗，更吓得缩在屋角落中，谁也不敢作声。狄云也装出畏缩之状，留神观看两位师伯，只看得七八招，心想："二位师伯内力太过不足，招法却尽够了，就算得到了什么《连城剑谱》，恐怕也没什么用处，除非那是一部增进内功的武经。但既是'剑谱'，想来必是讲剑法的书。"

他又看几招，更觉奇怪："刘乘风、花铁干他们'落花流水'四侠的武功，比之我这两位师伯高得多了。两位师伯一味讲究招数变化，全不顾和内力配合。那是什么道理？当年师父教我剑术，也这么教。看来他们万、言、戚师兄弟三人全这么学的。这种武功遇上比他们弱的对手，自然占尽了上风，但只要对方内力稍强，他们这许多变幻无穷的剑招，就半点用处也没有了。为什么要这样学剑？为什么要这样学剑？"

只见孙均、冯坦、吴坎三人各挺长剑，上前助战，成了四人合攻言达平之势。

言达平哈哈大笑，说道："好，好！大师哥，你越来越长进啦，招集了一批小喽啰，齐来攻打你师弟。"他虽装作若无其事，剑法上却已颇见窒滞。

狄云心想："他师兄弟二人的剑招，各有各的长处。言师伯当年教了我刺肩、打耳光、去剑三式，用以对付万门诸弟子，那是十分有用的，用来对付万师伯，却半点用处也没有了。唉，他们大家都不懂，单学剑招变化，若无内力相济，那有什么用？半点用处也没有。真奇怪，这样浅显的道理，连我这笨人也懂，他们个个十分聪明，怎么会谁也不懂？难道是我自己胡涂了？"

突然之间，心头似乎闪过了一道灵光："丁大哥跟我说过那神照经的来历，显然，师祖爷梅念笙是懂得这道理的，却为什么不跟三个弟子说？难道……难道……难道……"他心中连说三个"难道"，背上登时渗出了一片冷汗，不由得打了个寒噤，身子也轻轻发抖。

旁边一个年老的乡民不住念佛："阿弥陀佛，阿弥陀佛，别弄出人命来才好。小兄弟，别怕，别怕。"他见狄云发抖，还道他是见到万言二人相斗而害怕，虽出言安慰，自己心中可也着实惊惧。

狄云心底已明白了真相，可是那实在太过阴险恶毒，他不愿多想，更不愿将已经猜到了的真相，归并成为一条明显的理路，只是既想通了关键所在，一件件小事自会汇归在一起。万震山、言达平、孙均、冯坦……这些人每一招递出，都令他的想法多了一次印证。"不错，不错，定是这样。不过，又恐怕不会罢？做师父的，怎能如此恶毒？不会的，不会的……可是，倘若不是，又怎会这样？实在太奇怪了。"

一张清清楚楚的图画在他脑海中呈现了出来："许多年以前，就是在这屋子外面，我和师妹练剑，师父在旁指点。师父教了我一招，很是巧妙。我用心的练，第二次师父却教得不同了，剑法仍然巧妙，却和第一次有些儿不同。当时，我只道是师父的剑法变幻莫测。这时想来，两次所教的剑招为什么不同，道理再也明白不过了。"

突然之间，心里感到一阵阵的刺痛："师父故意教我走错路子，故意教我些次等剑法。他自己的本事高得多，却故意教我学些中看不中用的剑招。他……他……言师伯的武功和师父应该差不多，可是他教了我三招剑法，就比师父高明得多……"

"言师伯却又为什么教我这三招剑法？他不会存着好心的。是了，他要引起万师伯的疑心，要万师伯和我师父斗将起来……"

"万师伯也是这样，他自己的本事，和他的众弟子完全不同……却为什么连自己的儿子也要欺骗？唉，他不能单教自己儿子，却不教别的弟子，否则的话，中间的假把戏立刻就拆穿了。"

言达平左手捏着剑诀，右手手腕抖动，剑尖连转了七个圈子，快速无伦的刺向万震山胸口。万震山横过剑身，以横破圆，斜劈连削，将他这七个剑圈尽数破解了。

狄云在旁看着，又想："这七个圈子全是多余，最终是一剑刺向万师伯的左胸，何不直截了当的刺了过去？岂不既快又狠？万师伯斜劈连削，以七个招式破解言师伯的七个剑圈，好像巧妙，其实笨得不得了，只须反刺言师伯小腹，早已得胜了。"

猛地里脑海中又掠过一幕情景：

他和师妹戚芳在练剑,戚芳的剑招花式繁多,他记不清师父所教的招数,给迫得手忙脚乱,连连倒退。戚芳接连三招攻来,他头晕眼花,手忙脚乱,眼看抵敌不住,已无法去想师父教过的剑招,随手挡架,跟着便反刺出去……

戚芳使一招"忽听喷惊风,连山若布逃",圈剑来挡,但他的剑招纯系自发,不依师授规范,戚芳这一招花式巧妙的剑法反而挡架不住。他一剑刺去,直指师妹肩头。正收势不及之际,师父戚长发从旁跃出,手中拿着一根木柴,啪的一声,将他手中长剑击落。他和戚芳都吓得脸色大变。戚长发将他狠狠责骂一顿,说他乱刺乱劈,不依师父所教的方法使剑,太不成话。

当时他也曾想到:"我不照规矩使剑,怎么反而胜了?"但这念头只一闪即逝,随即明白:"自然因为师妹的剑术还没练得到家。要是遇上了真正好手,我这般胡砍乱劈当然非输不可。"他当时又怎想得到:自己随手刺出去的剑招,其实比师父所教希奇古怪、花巧百出的剑法有用得多。

现下想来,那可全然不同了。以他此刻的武功,自己清清楚楚的看了出来:万震山和言达平两人所使的剑术之中,有许多是全然无用的花招,而万震山教给弟子的剑法,戚长发教给他和戚芳的剑法,其中无用的花招虚式更多。不用说,师祖梅念笙早瞧出三个徒儿心术不正,在传授之时故意引他们走上了剑术的歪路,而万震山和戚长发在教徒儿之时,或有意或无意的,引他们在歪路上走得更远,更加好看,更加没用。

临敌之时使一招不管用的剑法,不只是"无用"而已,那是虚耗了机会,让敌人抢到上风,便是将性命交在敌人手里。为什么师祖、师父、师伯都这么狠毒?都这么的阴险?"他们会和自己的儿子、女儿有仇么?故意坑害自己的徒弟么?那决不会。必定另有重大原因,一定有要紧之极的图谋。难道是为了那本《连城剑谱》?应该是的罢?万师伯和言师伯为了这剑谱,可以杀死自己师父,现在又拼命想杀死对方。"

不错,他们在拼命想杀死对方。土坑中的争斗越来越紧迫。万震山和言达平二人的剑法难分高下,但万门众弟子在旁相助,究竟令言达平大为分心,幸得他先使计伤了万圭、鲁坤、卜垣三人,不然这时早已输了。斗到分际,孙均一剑刺向言达平后心,言达平回剑一挡,剑锋顺势掠下。孙均一声"啊哟!"虎口受伤,跟着当的一声,长剑落地。便在这时,万震山已乘隙削出一剑,在言达平右臂割了长长一道口子。

言达平吃痛,急忙剑交左手,但左手使剑究竟甚是不惯,右臂上的伤势也着实不轻,鲜血染得他半身都是血污。七八招拆将下来,他左肩上又中了一剑。

众乡民见状,都吓得脸上变色,窃窃私议,只想逃出屋去,却谁也不敢动弹。

万震山决意今日将这师弟杀了,一剑剑出手,更加狠辣,嗤的一声响,言达平右胸又中一剑。

眼看数招之间,言达平便要死于师兄剑底,他咬着牙齿浴血苦斗,不出半句求饶的言语。他和这师兄同门十余年,离了师门之后,又明争暗斗了十余年,对他为人知之极深,出言相求只徒遭羞辱,绝无用处。

狄云心道:"当年在荆州之时,言师伯以一只饭碗助我打退大盗吕通,又教了我三招剑法,使我不受万门诸弟子的欺侮,虽然他多半别有用意,但我总是受过他恩惠,决不能让他死于非命。"当下假装不住发抖,提起手中铁铲在地下铲满了泥土。

只见万震山又挺剑向言达平小腹上刺去,言达平身子摇晃,已闪避不开。狄云手中的铁铲轻轻一抖,一铲黄泥向万震山飞去。泥上所带的内劲着实不小。万震山给这股劲力一撞,登时立足不住,腾的一下,向后摔出。

众人出其不意,谁也不知泥土从何处飞来。狄云几铲泥土跟着迅速掷出,都是掷向点在壁上的松明和油灯,大厅中立时黑漆一团,众人都惊叫起来。狄云纵身而前,一把抱起言达平便冲了出去。

狄云一到屋外,便将言达平负在背上,往后山疾驰。

他于这一带的地势十分熟悉,尽往荒僻难行的高山上攀行。言达平伏在他背上,只觉耳畔生风,犹似腾云驾雾一般,恍如梦中,真不信世间竟有这等武功高强之人。万震山和群弟子大呼追来,却和狄云越离越远。

狄云负着言达平，攀上了这一带最高的一座山峰。山峰陡峭险峻，狄云也从未上来过。他曾与戚芳仰望这座云围雾绕的山峰，商量说山上有没有妖怪神仙。戚芳说："哪一日你待我不好了，我便爬上山去，永远不下来了。"狄云说："好，我也永远不下来。"戚芳笑道："空心菜！你肯陪着我永远不下来，我也不用上去啦。"

当时狄云只嘻嘻傻笑，此刻却想："我永远愿意陪着你，你却不要我陪。"

他将言达平放下地来，问道："你有金创药么？"言达平扑翻身躯便拜，道："恩公尊姓大名？言达平今日得蒙相救，大恩不知如何报答才是。"狄云不能受师伯这个礼，忙跪下还礼，说道："前辈不必多礼，折杀小人了。小人是无名之辈，一些小事，说什么报答不报答？"言达平坚欲请教，狄云不会捏造假姓名，只是不说。

言达平见他不肯说，只得罢了，从怀中取出金创药来，敷上了伤口；抚摸三处剑伤，兀自心惊："他再迟得片刻出手，我这时已不在人世了。"

狄云道："在下心中有几件疑难，要请问前辈。"言达平忙道："恩公再也休提前辈两字。有何询问，言达平自当竭诚奉告，不敢有分毫隐瞒。"狄云道："那再好不过了。请问前辈，这座大屋，是你所造的么？"言达平道："是的。"狄云又问："前辈雇人挖掘，当然是找那《连城剑谱》了。不知可找到了没有？"

言达平心中一凛："我道他为什么好心救我，却原来也是为了那本《连城剑谱》。"说道："我花了无数心血，至今未曾得到半点端倪。恩公明鉴，小人实不敢相瞒。倘若言达平已经得到，立即便双手献上。姓言的性命是恩公所救，岂敢爱惜这身外之物？"

狄云连连摇手，道："我不是要剑谱。不瞒前辈说，在下武功虽然平平，但相信这什么《连城剑谱》，对在下的功夫也未必有什么好处。"言达平道："是，是！恩公武功出神入化，已然当世无敌，那《连城剑谱》也不过是一套剑法的图谱。小人师兄弟只因这是本门功夫，才十分重视，在外人看来，那也是不足一哂的了。"

狄云听出他言不由衷，当下也不点破，又问："听说那大屋的所在，本来是你师弟戚老前辈所住的。这位戚前辈外号叫作'铁锁横江'，那是什么意思？"他自幼跟师父长大，见师父实是个忠厚老实的乡下人，但丁典却说他十分工于心计，是以要再问一问，到底丁典的话是否传闻有误。

言达平道："我师弟戚长发外号叫作'铁锁横江'，那是人家说他计谋多端，对付人很辣手，就像一条大铁链锁住了江面，叫江中船只上又上不得、下又下不得的意思。"狄云心中一阵难过，暗道："丁大哥的话没错，我师父竟是这样的人物，他始终不向我显示本来面目。不过，不过他一直待我很好，骗了我也没什么。"心中仍然存着一线希望，又道："江湖上这种外号，也未必靠得住，或许是戚师傅的仇人给他取的。你和令师弟同门学艺，自然知道他的性情脾气。到底他性子如何？"

言达平叹了口气，道："非是我要说同门的坏话，恩公既然问起，在下不敢隐瞒半分。我这个戚师弟，样子似乎是头木牛蠢马，心眼儿却再也灵巧不过。否则那本《连城剑谱》，怎么会给他得了去呢？"

狄云点了点头，隔了半晌，才道："你怎知那《连城剑谱》确是在他手中？你亲眼瞧见了么？"

言达平道："虽不是亲眼瞧见，但小人仔细琢磨，一定是他拿去的。"

狄云道："我听人说，你常爱扮作乞丐，是不是？"言达平又是一惊："这人好厉害，居然连这件事也知道了。"便道："恩公讯息灵通，在下的作为，什么都瞒不过你。初时在下料得这本《连城剑谱》不是在万师哥手中，便是在戚师弟手中，因此便乔装改扮，易容为丐，在湘西鄂西来往探听动静。"

狄云道："为什么你料定是在他二人手中？"言达平道："我恩师临死之时，将这剑谱交给我师兄弟三人……"狄云想起丁典所说，那天夜里长江畔万、言、戚三人合力谋杀师父梅念笙之事，哼了一声，道："是他亲手交给你们的吗？恐怕……恐怕……不见得罢？他是好好死的吗？"

言达平一跃而起，指着他道："你……你是……丁……丁典……丁大爷？"丁典安葬梅念笙的讯息后来终于泄露，是以言达平听得他揭露自己弑师的大罪，便猜想他是丁典。

狄云淡淡道："我不是丁典。丁大哥嫉恶如仇。他……他亲眼见到你们师兄弟三人合力杀死师父，倘若我是丁大哥，今日就不会救你,让你死在万……万震山的剑下。"

言达平惊疑不定,道:"那么你是谁?"狄云道:"你不用管我是谁。若要人不知,除非己莫为。你们合力杀了师父之后,抢得《连城剑谱》,后来怎样?"言达平颤声道:"你既然什么都知道了,何必再来问我?"狄云道:"有些事我知道,有些事我不知。请你老老实实说罢。若有假话,我总会查察得出。"

言达平又惊又怕,说道:"我如何敢欺骗恩公?我师兄弟三人拿到《连城剑谱》之后,一查之下,发觉只有剑谱,没有剑诀,那仍无用,便跟着去追查剑诀……"狄云心想:"丁大哥言道,这剑诀和一个大宝藏有关。现下梅念笙、凌小姐、丁大哥都已逝世,世上已无人知道剑诀,你们兀自在作梦。"只听言达平继续说道:"我们三个人你不放心我,我不放心你,每天晚上都在一间房睡,这本剑谱,便锁在一只铁盒之中。我们把铁盒锁上的钥匙投入了大江,铁盒放在房中桌子的抽屉里,铁盒上又连着三根小铁链,分系在三人的手上,只要有谁一动,其余二人便惊觉了。"

狄云叹了口气,道:"这可防备得周密得很。"言达平道:"哪知道还是出了乱子。"狄云问道:"又出了什么乱子?"言达平道:"这一晚我们师兄弟三人在房中睡了一夜,次日清晨,万震山忽然大叫:'剑谱呢?剑谱呢?'我一惊跳起,只见放铁盒的抽屉拉开了没关上,铁盒的盖子也打开了,盒中的剑谱已不翼而飞。我们三人大惊之下,拼命的追寻,却哪里还寻得着?这件事太也奇怪,房中的门窗仍是在内由铁扣扣着,好端端的没动,因此剑谱定非外人盗去,不是万师哥,便是戚师弟下的手了。"

狄云道:"果真如此,何不黑夜中开了门窗,装作是外人下的手?"言达平叹了口气,说道:"我们三人的手腕都是用铁链连着的。悄悄起身去开抽屉,开铁盒,那是可以的,要走远去开门开窗,铁链就不够长了。"狄云道:"原来如此。那你们怎么办?"言达平道:"剑谱得来不易,我们当然不肯就此罢休。三个人你怪我,我怪你,大吵了一场,但谁也说不出什么证据,只好分道扬镳……"

狄云道:"有一件事我想不明白,倒要请教。你们师父既有这样一本剑谱,迟早总会传给你们,难道他要带进棺材里去不成?何以定要下此毒手?何以要杀了师父来抢这剑谱?"

言达平道:"我师父,我师父,唉,他……他是老胡涂了,他认定我们师兄弟三人心术不正,始终不传我们这剑谱上的剑法,眼看他是在另行物色传人,甚至于要将本门武功尽数传于外人。我们三人忍无可忍,迫于无奈,这才……这才下手。"

狄云道:"原来如此。你后来又怎断定剑谱是在你戚师弟手中?"

言达平道:"我本来疑心是万震山盗的,他首先出声大叫,贼喊捉贼,最是可疑。我暗中跟踪他,跟得不久,便知不是他。因为他在跟踪戚师弟。剑谱倘若是万震山这厮拿去的,他不会去跟踪别人,定是立即躲到穷乡僻壤,或是什么深山荒谷中去练了。可是我每次在暗中见到他,总是见他咬牙切齿,神色十分焦躁痛恨,于是我改而去跟踪戚长发。"

狄云道:"可寻到什么线索?"言达平摇头道:"这戚长发城府太深,没半点形迹露了出来。我曾偷看他教徒儿和女儿练剑,他故意装傻,将出自唐诗的剑招名称改得狗屁不通,当真要笑掉旁人大牙。不过他越做作,我越知他路道不对。我一直钉了他三年,他始终没显出半分破绽。当他出外之时,我曾数次潜入他家中细细搜寻,可是别说没连城剑谱,连寻常书本子也没一本。嘿嘿!这位师弟,当真是好心计,好本事!"

狄云道:"后来怎样?"

言达平道:"后来嘛,万震山忽然要做寿,派了个弟子来请戚长发到荆州去吃寿酒。当然哪,做寿是假,查探师弟的虚实是真。戚长发带了女儿,还有一个傻头傻脑的弟子叫什么狄云的一块儿去。酒筵之间,这狄云和万家的八个弟子打了起来,露出了三招精妙的剑术,引起了万震山的疑心……恩公,你说什么?"狄云凄然摇了摇头。言达平续道:"于是万震山将戚长发请到书房中去谈论,两人你一言我一语的说翻了脸。戚长发出手将万震山刺伤,从此不知所踪。奇怪,真是奇怪,真奇怪之极了。"

狄云道:"什么奇怪?"言达平道:"戚长发从此便无影无踪,不知躲到了何处。戚长发去荆州之时,决不会将盗来的剑谱随身携带,定是埋藏在这里一处极隐蔽的地方。我本来料想他刺伤万震山后,一定连夜赶回此间,取了剑谱再行远走高飞,是以一发生事故,我立即备了快马,抢先来到这里等候,瞧他这剑谱放在哪里,以便俟机下手,可是左等右等,他始终没现身。一过几年,看来他是永远不会回来了,我便老实不客气,在这里搅他个天翻地覆,想要掘那剑谱出来。可是花了无数心血,半点结果也没有。若不是恩公出手相救,姓言的今日连性命也送在这里了。嘿,嘿,我那万师哥可当真辣手!"

狄云道:"照你看来,你那戚师弟现下到了何处?"

言达平摇头道:"这个我可真猜想不出了。多半是天网恢恢,疏而不漏,在什么地方一病不起,又说不定遇到什么意外,给豺狼虎豹吃掉了。"

狄云见他满脸幸灾乐祸的神气,显得十分欢喜,心中大是厌恶,但转念一想,师父音讯全无,多半确已遭了不幸,便站起身来,说道:"多谢你不加隐瞒,在下要告辞了。"

言达平恭恭敬敬的作了三揖,道:"恩公大恩大德,言达平永不敢忘。"

狄云道:"这种小事,也不必放在心上。何况……何况你从前……你在这里养伤,那万震山决计找你不到的,尽管放心好了。"

言达平笑道:"这会儿多半他急得便如热锅上蚂蚁一般,也顾不到来找我了。"狄云奇道:"为什么?"言达平微笑道:"我那毒蝎伤了他儿子的手,必须连续敷药十次,方能除尽毒性。只敷一次,有什么用?"

狄云微微一惊,道:"那么万圭会性命不保?"言达平甚是得意,道:"这种花斑毒蝎,当真非同小可,那是西域回疆传来的异种,妙在这万圭不会一时便死,要他呼号呻吟足足一个月,这才了帐。哈哈,妙极,妙极!"

狄云道:"要一个月才死,那就不要紧了,他去请到良医,总有解毒的法子。"

言达平道:"恩公有所不知。这种毒蝎是我自己养大的,自幼便喂它服食各种解药,蝎子习于解药的药性,寻常解药用将上去便全无效验,任他医道再高明的医生,也只是用治毒虫的药物去解毒,那有屁用?只有一种独门解药,是这蝎子没服食过的,那才有用,世上除我之外,没第二个知道这解药的配法。哈哈,哈哈!"

狄云侧目而视，心想："这个人心肠如此恶毒，当真可怕！下次说不定我会给他的毒蝎螫中。丁大哥常说，在江湖上行走，害人之心不可有，防人之心不可无。还是问他拿些解药放在身边，这叫做有备无患。"便道："你这瓶解药，给了我罢！"

言达平道："是，是！"可是并不当即取出，问道："恩公要这解药，不知有什么用途？"狄云道："你的毒蝎十分厉害，说不定一个不小心我自己碰到了，身边有一瓶解药，那就放心些了。"言达平脸色尴尬，陪笑道："恩公于小人有救命之恩，小人怎敢加害？恩公这是多疑了。"狄云伸出手去，说道："备而不用，放在身边，那也不妨。"言达平道："是，是！"只得取出解药，递了过去。

狄云下得峰来，又到那座大屋去察看，见屋中众乡民早已散去，那管家和工头也已不知去向，空荡荡的再无一人。

狄云心道："师父死了，师妹嫁了，这地方我是再也不会来的了。"

走出大屋，沿着溪边向西北走去。行出数十丈，回头望去，这时东方太阳刚刚升起，阳光照射在屋前的杨树、槐树之上，溪水中泛出点点闪光，这番情景，他从小便看熟了的，不由得又想："从今而后，这地方我是再也不会来的了。"

他理一理背上的包裹，寻思："眼下还有一件心事未了，须得将丁大哥的骨灰，送去和凌小姐的遗体合葬，这且去荆州走一遭。万圭这小子害得我苦，好在恶人自有恶人磨，我也不用亲手报仇。言达平说他要呻吟号叫一个月才死，却不知是真是假。倘若他命大，医生给治好了，我还得给他补上一剑，取他狗命。"

自从昨晚见到万震山与言达平斗剑，他才对自己的武功有了信心。

狄云转开了头,哈哈大笑,说道:"是我救活了他,哈哈,哈哈!真好笑,天下还有比我更傻的人吗?"他纵声大笑,脸颊上却流下了两道眼泪。

十 《唐诗选辑》

湘西和荆州相隔不远，数日之后，狄云便到了荆州。这一条路，当年他随同师父和师妹曾经走过的。山川仍是这样，道路仍是这样。当年行走之时，路上满是戚芳的笑声。这一次，从麻溪铺到荆州，他没听到一下笑声。当然有人笑，不过，他没听见。

在城外一打听，知道凌退思仍做着知府。狄云仍这么满脸污泥，掩住了本来面目，走进城去。

第一个念头是："我要亲眼瞧瞧万圭怎样受苦。他的毒伤是不是治好了？也不知他是不是已经回来，说不定还留在湖南治伤。"

踱到万家门口，远远望见沈城匆匆从大门中出来，神情显得很急遽。狄云心道："沈城既在这里，万圭想来也已回家。一到天黑，我便去探探。"于是走向那个废园。

废园离万家不远，当日丁典逝世、杀周圻、杀耿天霸、杀马大鸣，都是在这废园之中，此番旧地重来，只见遍地荒草如故，遍地瓦砾如故。他走到那株老梅之旁，抚摸凹凹凸凸的树干，心道："那一日丁大哥在这株老梅树下逝世，梅树仍然这副模样，半点也没变。丁大哥却已骨化成灰。"

当下坐在梅树下闭目而睡。睡到二更时分，从怀中取出些干粮来吃了，出了废园，径向万家而来。绕到万家后门，越墙而入，到了后花园中，不禁心中酸苦："那日我身受重伤，躲入柴房。师妹不助我救我，已算得狠心，却去叫丈夫来杀我。"正要举步而前，忽见太湖石旁有三点火光闪动。

他立即往树后一缩,向火光处望去。凝目间,见三点火光是香炉中三枝点燃了的线香。香炉放在一张小几上,几前有两个人跪着向天磕头,一会儿站起身来。狄云看得分明,一个便是戚芳,另一个是小女孩,她的女儿,也是叫做"空心菜"的。

只听得戚芳轻轻祷祝:"第一炷香,求天老爷保佑我夫君得脱苦难,解肿去毒,不再受这蝎毒侵害的痛楚。空心菜,你说啊,说求求天菩萨保佑爹爹病好。"小女孩道:"是,妈妈,求求天菩萨保佑,叫爹爹不痛痛了,不叫叫了。"狄云相隔虽然不近,她母女俩的说话却听得清清楚楚,得知万圭中毒后果然仍在受苦,心中既感到幸灾乐祸的欢喜,又恼恨戚芳对丈夫如此情义深重。

只听戚芳说道:"第二炷香,求天老爷保佑我爹爹平安,无灾无难,早日归来。空心菜,你说请天菩萨保佑外公长命百岁。"小女孩道:"是,外公,你快快回来,你为什么不回来啊?"戚芳道:"求天菩萨保佑。"小女孩道:"天菩萨保佑外公,还要保佑爷爷和爹爹。"她从来没见过戚长发,妈妈要她求祷,她心中记挂的却是自己的祖父和父亲。

戚芳停了片刻,低声道:"这第三炷香,求天老爷保佑他平安,保佑他如意,保佑他早娶贤妻,早生贵子……"说着声音哽咽了,伸起衣袖,拭了拭眼泪。小女孩道:"妈妈,你又想起舅舅了。"戚芳道:"你说,求天老爷保佑空心菜舅舅平安……"

狄云听她祷祝第三炷香时,正自奇怪:"她在替谁祝告?"忽听得她说到"空心菜舅舅"五个字,耳中不由得嗡的一声响,心中只说:"她是在说我?她是在说我?"

那小女孩道:"妈妈记挂空心菜舅舅,天菩萨保佑舅舅恭喜发财,买个大娃娃给我,他是空心菜,我也是空心菜。妈妈,这个空心菜舅舅,到哪里去啦?他怎么也还不回来?"戚芳道:"空心菜舅舅去了很远很远的地方。舅舅抛下你妈不理了,妈却天天记着他……"说到这里,抱起女儿,将脸藏在女儿胸前,快步回了进去。

狄云走到香炉之旁,瞧着那三根闪闪发着微光的香头,不由得痴了。

他怔怔的站着,三根香烧到了尽头,都化了灰烬,他还是一动不动的站着。

第二天清晨,狄云从万家后园中出来,在荆州城中茫然乱走,忽然听得呛啷啷、呛啷啷的声音直响,是个走方郎中摇着虎撑在沿街卖药。狄云心中一动,他要亲眼瞧瞧万圭呻吟叫唤的惨状,于是取出十两银子,要将他的衣服、药箱、虎撑一古脑儿都买下来。那郎中很奇怪,这些都不是什么贵重东西,最多不过值得三四两银子,便高高兴兴的卖了给他。

狄云回到废园,换上郎中的衣服,拿些草药捣烂了,将汁液涂在脸上,又在左眼下敷了一大块草药,弄得面目全非,然后摇着虎撑,来到万家门前。

他将到万家门前,便把虎撑呛啷啷、呛啷啷的摇得大响,待得走近,嘶哑着嗓子叫道:"专医疑难杂症,无名肿毒,毒虫毒蛇咬伤,即刻见功!"

如此来回走得三遍,只见大门中一人匆匆出来,招手道:"喂,郎中先生,你过来,过来。"狄云认得他是万门弟子,便是当年削去他五根手指的吴坎。狄云此刻装束面貌与昔年大异,吴坎自认他不出。狄云生怕他听出自己语音,慢慢踱过去,更加压低嗓子,说道:"这位爷台有何吩咐,可是身上生了什么疑难杂症、无名肿毒?"

吴坎"呸"的一声,道:"你瞧我像不像生了无名肿毒?喂,我问你,给蝎子螫了,你治不治得好?"狄云道:"青竹蛇、赤练蛇、金脚带、铁铲头,天下一等一的毒蛇咬伤了人,在下都药到伤去。那蝎子嘛,嘿嘿,又算得什么一回事?"

吴坎道:"你可别胡吹大气,这螫人的蝎子却不是寻常家伙。荆州城里的名医见了个个摇头,你又治得好了?"狄云皱眉道:"有这等厉害?天下的蝎子嘛,也不过是灰毛蝎、黑白蝎、金钱蝎、麻头蝎、红尾蝎、落地咬娘蝎、白脚蝎……"他信口胡说,连说了二十来种,才道:"每种蝎子毒性不同,各有各的治法,就算是名医,若不是真有本事的,也未必懂得周全。"

吴坎见他形貌丑陋,衣衫褴褛,虽然说了许多蝎子的名目,但结结巴巴,口齿不清,料想也没什么本事,便道:"既是如此,你便去瞧瞧罢,反正是死马当作活马医。"狄云点了点头,跟他走进万府。

他一跨进门,登时便想起那年跟着师父、师妹前来拜寿的情景,那时候是乡下少年进城,眼中看出来,什么东西都透着华贵新鲜,和师妹两个东张西望,指指点点;今日再来,门庭依旧,心中却只感到一阵阵酸苦。他随着吴坎走过了三处天井,来到东边楼前。

吴坎仰起了头,大声道:"三师嫂,有个草头郎中,他说会治蝎毒,要不要他来给师哥瞧瞧?"呀的一声,楼上窗子打开,戚芳从窗中探头出来,说道:"好啊,多谢吴师弟,你师哥今天痛得更加厉害了,请先生上楼。"吴坎对狄云道:"你上去罢。"自己却不跟上去。戚芳道:"吴师弟,你也请上来好啦,帮着瞧瞧。"吴坎道:"是!"这才随着上楼。

狄云上得楼来,只见中间靠窗放着一张大书桌,放着笔墨纸砚与十来本书,还有一件缝了一半的小孩衣衫。戚芳从内房迎了出来,脸上不施脂粉,容色颇为憔悴。狄云只向她看了一眼,生怕她识得自己,不敢多看,便依言走进房去。只见一张大床上向里睡着一人,不断呻吟,正是万圭。他小女儿坐在床前的一张小凳上,在给爸爸轻轻捶腿。她见到狄云污秽古怪的面容,惊呼一声,忙躲到母亲身后。

吴坎道:"我这师哥给毒蝎螫伤了,毒性始终不消,好像有点儿不大对头。"狄云道:"嗯,是吗?"他在门外和吴坎说话时泰然自若,这时见了戚芳,一颗心扑通扑通乱跳,自觉双颊发烧,唇干舌燥,再也说不出话来。他走到床前,拍了拍万圭肩头。

万圭慢慢翻身过来,一睁眼看到狄云的神情,不由得微微一惊。戚芳道:"三哥,这位是吴师弟给你找来的大夫,他……他或许会有灵药,能治你的伤。"语气之中,实在对这郎中全无信心。

狄云一言不发,看了看万圭肿起的手背,见那手背又是黑黑一团,样子可怖,嘶哑着嗓子道:"这是湘西沅陵一带的花斑毒蝎咬的,咱们湖北可没这种蝎子!"

戚芳和吴坎齐声道:"是,是,正是在湘西沅陵给螫上的。"戚芳又道:"先生瞧出了蝎子的来历,定是能治的了?"语音中充满了指望。

狄云屈指计算日子,道:"这是晚上咬的,到现在么,嗯,已有七天七晚了。"

戚芳向吴坎瞧了一眼,说道:"先生真料事如神,那确是晚上给螫的,到今天已有七天七晚。"

狄云又道:"这位爷台是不是反手一掌,将蝎子打死了?若不是这样,本来还可有救。现下将蝎子打死在手背上,毒性尽数迫了进去,再要解毒,那就难了。"

戚芳本来听他连时日都算得极准,料想必有治法,脸上已有喜色,待听得这么说,又焦急起来,道:"先生说得明白不过,无论如何,要请你救他性命。"

狄云这次假扮郎中而进万家,本意是要亲眼见到万圭痛苦万状、呻吟就死的情景,以稍泄心中郁积的怒气,若他不死,便要亲手杀他报仇,至于救他性命之意,自然半点也没有。但他从来对戚芳便千依百顺,决不违拗她半点,这时听她如此焦急相求,心中一软,便想去打开药箱,取言达平的解药出来,但随即转念:"这万圭害得我好苦,又夺了我师妹,我不亲手杀他,已算客气之极,如何还能救他性命?"便摇了摇头,道:"不是我不肯救,实在他中毒太深,又耽搁了日子,毒性入脑,是不能救了。"

戚芳垂下泪来,拉着女儿的手,道:"空心菜,宝宝,你向这位伯伯磕头,求他救救爹爹的命。"

狄云急忙摇手,道:"不,不用磕头……"但那女孩很乖,向来听母亲的话,又知父亲重伤,心中也很焦急,当即跪在地下,向他咚咚咚的磕头。狄云右手五指已失,始终藏在衣袖之中,当即伸出左手,将女孩扶起。只见那女孩起身之时,颈中垂下一个金锁片来,金片上镌着四个字:"德容双茂"。

狄云一看之下,不由得一呆,想起那日自己在万家柴房之中昏晕了过去,醒转时身子已在长江舟中,身边有些金银首饰,其中有一片小孩儿的金锁片,上面也刻着这样四个字,莫不是……

他只看了一眼,不敢再看,脑海中一片混乱,终于渐渐清晰了起来:"我在万家柴房中晕倒,若不是师妹相救,更无旁人。从前我疑心她有意害我,但昨晚……昨晚她向天祝祷,吐露心事,她既对我如此情长,当日也决计不会害我。难道,难道老天爷有眼,我经历了这番艰难困苦之后,和师妹又能再团圆么?"

他想到"再团圆"三字,心中又怦怦乱跳,侧头向戚芳一瞥,见她满脸尽是关切之色,目不转睛的瞧着万圭,眼中流露出爱怜之极的神气。

狄云一见到她这眼色,一颗心登时沉了下去,背脊上一片冰凉,他记得清清楚楚,那日他和万门八弟子相斗,给他八人联手打得鼻青目肿,师妹给他缝补衣衫,眼光中也是这么爱怜横溢、柔情无限。现今,她这眼波是给了丈夫啦,再也不会给他了。

"要是我不给解药,谁也怪不得我。等万圭痛死了,我夜里悄悄来带了她走路,谁能拦得住我?我旧事不提,和她再做……再做夫妻。这女孩儿嘛,我带了她一起走就是了。唉,不成!师妹这几年来在万家做少奶奶,舒服惯了,怎么又能跟我去耕田放牛?何况,我形容丑陋,识不上几百个字,手又残废了,怎配得上她?她又怎肯跟我走?"这一自惭形秽,不由得羞愧无地,脑袋低了下去。

戚芳哪知道这个草药郎中心里,竟在转着这许许多多念头,只怔怔的瞧着他,盼他口中吐出两个字来:"有救!"

万圭一声长、一声短的呻吟,这时蝎毒已侵到腋窝关节,整条手臂和手掌都肿得痛楚难当。

戚芳等了良久,不见狄云作声,又求道:"先生,请你试一试,只要……只要减轻他一些……痛苦,就算……就算……也不怪你。"意思说,既然万圭这条命保不住了,那么只求他给止一止痛,就算终于难逃一死,也免得这般受苦。

狄云"哦"的一声,从沉思中醒觉过来,霎时间心中一片空荡荡地,万念俱灰,恨不得即刻就死了。他全心全意的爱着这个师妹,但她却嫁了他的大仇人,还在苦苦哀求自己,叫自己救这仇人。"我宁可是如万圭这厮,身上受尽苦楚,却有师妹这般怜惜的瞧着我,就算活不了几天,那又算得什么?"他轻轻吁了口气,打开药箱,取出言达平的那瓶解药,倒了些黑色粉末出来,放上万圭手背。

吴坎叫道:"啊哟……正……正是这解药,这……这可有救了。"

狄云听得他声音有异,本来说"这可有救了"五字,该当欢喜才是,可是他语音中却显得异常失望,还带着几分气恼,狄云觉得奇怪,侧头向他瞧了一眼,见他眼中露出十分凶狠恶毒的神色。狄云更觉奇怪,但想万门八弟子中没一个好人。万震山、言达平他们同门相残,万圭与吴坎的交情也未必会好,可是他何以又出来为万圭找医生治病?

万圭的手背一敷上药末,过不多时,伤口中便流出黑血来。他痛楚渐减,说道:"多谢大夫,这解药可用得对了。"戚芳大喜,取过一只铜盆来接血,只听得嗒、嗒、嗒一声声轻响,血液滴入铜盆之中。戚芳向狄云连声称谢。

吴坎道:"三师嫂,小弟这回可有功了罢?"戚芳道:"是,确要多谢吴师弟才是。"吴坎笑道:"空口说几声谢谢,那可不成。"戚芳没再理他,向狄云道:"先生贵姓?我们可得重重酬谢。"

狄云摇头道:"不用谢了。这蝎毒要连敷十次药,方能解除。"心中酸楚,但觉世上事事都是苦,说道:"都给了你罢!"将解药递过。

戚芳没料到事情竟这般容易,一时却不敢便接,说道:"我们向先生买了,不知要多少银子?"狄云摇头道:"送给你的,不用银子。"

戚芳大喜,双手接了过来,躬身万福,深深致谢,道:"先生如此仗义,真不知该当怎生相谢才好。吴师弟,请你陪这位先生到楼下稍坐。"狄云道:"不坐了,告辞。"戚芳道:"不,不,先生的救命大恩,我们无法报答,一杯水酒,无论如何是要敬你的。先生,你别走啊!"

"你别走啊!"这四个字一钻入狄云耳中,他心肠登时软了,寻思:"我这仇是报不成了,葬了丁大哥后,再也不会到荆州城来。今生今世,不会再和师妹相见了。她要敬我一杯酒,嗯,再多瞧她几眼,也是好的。"便点了点头。

酒席便设在楼下的小客堂中,狄云居中上座,吴坎打横相陪。戚芳万分感激这位大夫的恩德,亲自上菜。万府中万震山等一干人似乎都不在家,其余的弟子也没来入席饮酒。

戚芳恭恭敬敬的敬了三杯酒。狄云接过来都喝干了,心中一酸,眼眶中充盈了眼泪,知道再也无法支持,再坐得一会,便会露出形迹,当即站起,说道:"酒已足够,我这可要去了!从今以后,再也不会来了!"戚芳听他说话不伦不类,但这位郎中本来十分古怪,也不以为意,说道:"先生,大恩大德,我们无法相谢,这里一百两纹银,请先生路上买酒喝。"说着双手捧过一包银子。

狄云转开了头,仰天哈哈大笑,说道:"是我救活了他,是我救活了他,哈哈,哈哈!真好笑!天下还有比我更傻的人么?"他纵声大笑,脸颊上却流下了两道眼泪。

戚芳和吴坎见他似疯似颠,不禁相顾愕然。那小女孩却道:"伯伯哭了,伯伯哭了!"

狄云心中一惊,生怕露出了马脚,不敢再和戚芳说话,心道:"从此之后,我是再也不见你了。"伸手入怀,摸出那本从沅陵石洞中取来的夹鞋样诗集,拢在衣袖之中,垂下袖去悄悄放在椅上,不敢再向戚芳瞧上一眼,头也不回的去了。

戚芳道:"吴师弟,你给我送送先生。"吴坎道:"好!"跟了出去。

戚芳手中捧着那包银子,一颗心怦怦乱跳:"这位先生到底是什么人?他的笑声怎地和那人这么像?唉,我怎么了?这些日子来,三哥的伤这么重,我心中却颠三倒四的,老是想着他……他……他……"随手将银子放在桌上,以手支颐,又坐到椅上。

那张椅子是狄云坐过的,只觉椅上有物,忙站起身来,见是一本黄黄的旧书,封皮上写着"唐诗选辑"四字。

她轻呼一声,伸手拿起,随手一翻,书中跌出一张鞋样,正是自己当年在湘西老家中剪的。她张大了口合不拢来,双手发抖,又翻过几页,见到一对蝴蝶的剪纸花样。当年和狄云在山洞中并肩共坐、剪成这对纸蝶时的情景,蓦地里如闪电般映入脑海。她忍不住"啊"的一声叫了出来,心中只道:"这……这本书从哪里来的?是……是谁带来的?难道是那郎中先生?"

小女孩见母亲神情有异,惊慌起来,连叫:"妈,妈,你……做什么?"

戚芳一怔之间,抓起那本书揣入怀中,飞奔出楼,向门外直追出去。她自从嫁作万家媳妇以来,一直斯斯文文,这般在厅堂间狂奔急驰,那是从来没有的事。万家婢仆忽见少奶奶展开轻功,连穿几个天井,急冲而出,无不惊讶。

戚芳奔到前厅,见吴坎从门外进来,忙问:"那郎中先生呢?"吴坎道:"这人古里古怪的,一句话不说便走了。三师嫂,你找他干么?师哥的伤有反覆么?"戚芳道:"不,不!"急步奔出大门,四下张望,已不见卖药郎中的踪迹。

她在大门外呆立半晌,伸手又从怀中取出旧书翻动,每见到一张鞋样,一张花样,少年时种种欢乐情事,便如潮水般涌向心头,眼泪不禁夺眶而出。

她忽然转念:"我怎么这样傻?公公和三哥他们最近到湘西去见言师叔,说不定无意中闯进了那个山洞,随手取了这本书来,也是有的。这位郎中先生,怎会和这书有甚相干?"但随即又想:"不,不!

事情哪会这么巧法？那山洞隐秘之极，连爹爹也不知道，世上除我之外，就只师哥他……他一人知道，公公和三哥他们怎找得到？他们是去寻访言师叔，怎会闯进山洞去？刚才我摆设酒席之时，明明记得抹过这张椅子，哪里有什么书本？这本书若不是那郎中带来，却是从哪里来的？"

她满腹疑云，慢慢回到房中，见万圭敷了伤药之后，精神已好得多了。她手中握着那本书，便想询问丈夫，但转念一想："且莫莽撞，倘若那郎中……那郎中……"

万圭道："芳妹，这位郎中先生真是我的救命恩人，须得好好酬谢他才是。"戚芳道："是啊，我送他一百两银子，他又不肯受，真是一位江湖异人。这瓶解药……咦，解药呢？是你收了起来么？"卖药郎中将解药交了给她之后，她便放在万圭床前桌上，这时却已不见。万圭道："没有，不在桌上么？"

戚芳在桌上、床边、梳妆台、椅子、箱柜、床底、桌底各处寻找，解药竟影踪不见。她心中大急："难道我适才神智不定，奔出去时落在地下了？"说道："我记得清清楚楚，是放在桌上这只药碗边的。"万圭也很焦急，道："你快再找找，怎么会不见的？我刚才合了一忽儿眼，临睡着的时候，记得还看到这瓷瓶儿便在桌上。"

他这么一说，戚芳更加着急了，转身出房，拉着女儿问道："刚才妈出去时，有谁进来过了？"小女孩道："吴叔叔上来过，他见爹爹睡着了，就下去啦！"

戚芳吁了一口长气，隐隐知道事情不对，但万圭正在病中，不能令他担忧，说道："空心菜，你陪着爹爹，说妈妈去向郎中先生再买一瓶药，给爹爹医伤。"小女孩点点头，道："妈，你快回来。"

戚芳定了定神，拉开书桌抽屉，取出一柄匕首，贴身藏着，慢慢走下楼去，寻思："吴坎这厮在没人之处见到我，总是贼忒嘻嘻的不怀好意。这郎中是他请来的，莫非他和郎中串通了，安排下阴谋诡计？否则为什么那郎中既不要钱，解药又不见了？"

她一面思索，一面走向后园，到得回廊，只见吴坎倚着栏干，在瞧池里的金鱼。戚芳道："吴师弟，你一个人在这里？"吴坎回过头来，满脸眉花眼笑，道："我道是谁，原来是三师嫂。怎么不在楼上陪伴三师哥,好兴致到这里来?"戚芳叹了口气,道:"唉,我闷得很。整天陪着个病人,你师哥手上痛得狠了,脾气就越来越坏。不出来散散心,找个人说话解闷儿,可把人也憋死了。"吴坎一听,当真喜出望外,笑道:"三师哥也真叫做人心不足蛇吞象,有你这样如花似玉的一个美人儿相伴,还要发脾气,那可也太难侍候了。"

戚芳走到他身边,也靠在栏干上,望着池中金鱼,笑道:"师嫂是老太婆啦,还说什么如花似玉,也不怕人笑歪了嘴。"吴坎忙道:"哪里?哪里?师嫂做闺女时有闺女的美貌,做少奶奶时有少奶奶的俊俏。大家都说:荆州城里一朵花,千娇百媚在万家。"

戚芳嘿的一声,转过身来,伸出手去,说道:"拿来!"

吴坎笑道:"拿什么?"戚芳道:"解药!"吴坎摇头道:"什么解药?治万师哥伤的么?"戚芳道:"正是,明明是你拿去了。"吴坎狡狯微笑,道:"郎中是我请来的,解药是我寻来的。万师哥已敷过一次,少说也可免了数日的痛苦。"戚芳道:"郎中先生说道要连敷十次。"吴坎摇头道:"我懊悔得紧。"戚芳道:"懊悔什么?"吴坎道:"我见这草药郎中污秽肮脏,就像叫化子一般,料想也没什么本事,这才引他上楼,不过想找个事端,多见你一次,没想到这狗杀才误打误撞,居然有治蝎毒的妙药。这个,那可大违我本意了。"

戚芳听得心头火上冲,可是药在人家手中,只有先将解药骗到了手,再跟他算帐,强忍怒气,笑道:"依你说,要你师哥怎么谢你,你才肯交出解药?"

吴坎叹了口气,道:"三师哥独享了这许多年艳福,早就该死了。"戚芳脸上变色,咬住嘴唇皮不语。吴坎道:"那年你到荆州来,我们师兄弟八人,哪一个不是一见了你便神魂颠倒?狄云那傻小子一大到晚跟在你身边,我们只瞧得人人心里好生有气,大伙儿一合计,先去打他个头崩额裂再说……"戚芳道:"原来你们打我师哥,还是为了我哪!"

吴坎笑道:"大家嘴里说的,自然是另外一套啦,说他强行出头,去斗那大盗吕通,削了万门弟子的面子。其实人人心中,可都是为了师嫂你啊!你跟他补衣服,说体己话儿,这门子亲热的劲儿,我们师兄弟八人瞧在眼里,恼在心里,哪一个不是大喝干醋,只喝得三十二只牙齿只只都酸坏了。"

戚芳暗暗心惊："难道这还是因我起祸？三哥,三哥,你怎么从来都不跟我说？"脸上仍假装漫不在乎,笑道："吴师弟,你这可来说笑了。那时我是个乡下姑娘,村里村气的,打扮得笑死人啦,又有什么好看？"吴坎道："不,不！真美人儿用得着什么打扮？你若不是引得大伙儿失魂落魄,这个……"说到这里,突然住嘴,不再说下去了。

戚芳道："什么？"吴坎道："我们把你留在万家,我姓吴的也出过不少力气。可是,师嫂,你平时见了我笑也不笑,这不叫人心中愤愤不平么？"戚芳呸了一声,道："我留在万家,嫁给你万师哥,是我自己心甘情愿。你又出过什么力气了？那时候你又没来劝我一言半语,可真胡说八道！"吴坎摇头笑道："我……我怎么没出力气？你不知道罢了。"

戚芳更是心惊,柔声道："吴师弟,你跟我说,你出了什么力气,师嫂决忘不了你的好处。"吴坎摇头道："陈年旧事,还提它作甚？你知道了也没用,咱们只说新鲜的。"戚芳道："好罢,你不肯说就算了。快给我解药,要是有人撞见咱二人在这里,可不大妥当。"吴坎笑道："白天有人撞见,晚上这里可没人。"戚芳退后一步,脸如寒霜,厉声道："你说什么？"吴坎笑道："你要治好万师哥的伤,那也不难。今晚三更,我在那边柴房里等你,你若一切顺我的意,我便给你敷治一次的药量。"

戚芳咬牙骂道："狗贼,你胆敢说这种话,好大的胆子！"

吴坎沉着嗓子道："我早把性命豁出去了,这叫做舍得一身剐,敢把皇帝拉下马。万圭这小子什么地方强过我姓吴的了？只不过他是我师父的儿子,投胎投得好而已。大家出了力气,为什么让这臭小子一个儿独享艳福？"

戚芳听他连说几次"出了力气",心下起疑,只他污言秽语,可实在听不下去,说道："待公公回来,我照实禀告,瞧他不剥了你的皮。"

吴坎道："我守在这里不走。师父一叫我,我先将解药倒在荷花池里喂了金鱼。我问过那个郎中,他说解药就只这么一瓶,要再配制,一年半载也配不起。"他一面说,一面从怀中将解药取了出来,拔开瓶塞,伸手池面,只要手掌微微一侧,解药便倒入池中,万圭这条命就算是送了。

戚芳急道："喂,喂,快收起解药,咱们慢慢商量不迟。"吴坎笑道:"有什么好商量的?你要救丈夫性命,就得听我的话。"戚芳道:"倘若你从前真的对我有心,出过力气,那么……否则的话,我才不来理你呢。"

吴坎大喜,盖上了瓶塞,说道:"我要是说了实话,你今晚就来和我相会,是不是?"戚芳道:"那也得瞧你说的是真是假。骗人的话,又有什么用?"吴坎道:"千真万确,怎会有半点虚假?那是沈师弟想的计策。周师哥和卜师哥假扮采花贼,引得狄云这傻小子到桃红房中救人。这傻小子床底下的金器银器,便是我吴坎亲手给他放的。师嫂,我们若不是使这巧计,怎能留得住你在万府?"

戚芳只觉头脑晕眩,眼前发黑,吴坎的话犹如一把把利刀扎入她的心中,不禁低呼:"我……我错怪了你,冤枉了你!"

她一直不明白,狄师哥和她自幼一块儿长大,情深爱重,决不会去看中一个素不相识的女人。难道她挺风骚么?难道她能献媚,勾引了他吗?狄师哥向来忠实,就是一块糕、一粒糖,也决不随便拿人家的,人家真的给他,若不得师父准许,他也不拿,怎么会去偷盗人家的金银器皿。难道他突然来到富贵人家,见到这许多金银财宝,忽然之间贪心大作吗?

这些疑问,一直在她心中解不开,她虽迫不得已嫁了万圭,在她内心深处,对这个师哥始终念念不忘。幸好,吴坎解开了她心中的大疑问。

"我……我对不起师哥。我要找到他,跟他说一句'对不起!'我要……要死在他面前!"她身子摇摇晃晃,便欲摔倒,伸手扶住了栏干,说道:"我不信,哪有这回事?你编出来骗我的。"声音甚是苦涩。

吴坎急道:"你不信?好,别的人不能问,你去问桃红好了,她在后面那破祠堂里住。问过之后,可千万不能跟旁人说。我们师兄弟大家赌过咒,这秘密是说什么也不能泄漏的。若不是为了今晚三更,师嫂,为了你,我吴坎什么都甩出去啦!"

戚芳大叫一声,冲了出去,推开花园后门,向外急奔。

她心乱如麻,一奔出后门,穿过几座菜园,定了定神,找到了西北角那座小小的破落祠堂,见虚掩着门,便伸手推开了门,走了进去。

只见地下厚积了灰尘,桌椅残破,心想:"公公的妾侍桃红,怎么会住在这种地方?吴坎这贼子骗人,莫非……莫非他骗我到这里来,不怀好意?我还是快回去。"

突然之间,只听得踢踏、踢踏,缓慢的脚步声响,内堂走出一个女人来。那是个中年丐妇,低头弓背,披头散发,衣服秽污破烂。那丐妇见到有人,吃了一惊,立即转身回去。她将走进内堂,又转过脸来瞧了一眼,这一次看清楚了戚芳的相貌,不由得"啊"的一声惊呼。她倒退了两步,突然跪倒,说道:"少奶奶,你别说……别说我在这里。"戚芳大奇,问道:"你是谁?在这里干什么?"那丐妇道:"不……不干什么?我……我……"说着立刻站起,快步进了内堂。

只听得脚步声急,那丐妇从后门匆匆逃了出去。戚芳心想:"这女子不知为了什么事,见了我这等害怕……啊哟,想起来了,她……她便是桃红!"一想到是她,戚芳三脚两步,从祠堂大门纵出,踏着瓦砾,抢到后门,伸手从腰间拔出了匕首,喝道:"桃红,你鬼鬼祟祟的,在这里干什么?"

那丐妇正是桃红,听得戚芳叫出自己名字,已自慌了,待见到她手中持着一把明晃晃的匕首,更加害怕,双膝发抖,又要跪下,颤声道:"少奶奶,你……你饶了我。"

戚芳在万家只和桃红见了几次,没多久就从此不见她面,每一想到狄云要和这女人卷逃私奔,便心如刀割,是以这女人到了何处,她从来不问。就算有人提起,她也决计不听,那势必碰痛她内心最大的创伤。哪知她竟会躲在这里。这祠堂离万家不远,但戚芳做了少奶奶之后,事事谨慎,比之在湘西老家做闺女时大不相同,从不在外面乱走,虽曾多次见到这破祠堂的门口,却从来没进去过。

桃红此刻蓬头垢面,容色憔悴,几年不见,倒似是老了二十岁一般。吴坎叫戚芳到这祠堂中来找桃红询问真相,她虽当面见到了,但如桃红若无其事的慢慢走开,她便决计认不出来。

她扬了扬手中匕首,威吓道:"你躲在这里干么?快跟我说。"

桃红道:"我……我不干什么。少奶奶,老爷赶了我出来,他说要是见到我耽在荆州,便要杀了我。可是……我又没地方好去,只好躲在这里讨口吃的。少奶奶,除了荆州城,我什么地方都不认得,叫我到哪里去?你……你行行好,千万别跟老爷说。"

戚芳听她说得可怜,收起了匕首,道:"老爷为什么赶了你出来?

怎么我不知道？"

桃红垂泪道："我也不知道老爷为什么忽然不喜欢我了。那个湖南佬……那个姓狄的事，又不是我不好。啊哟，我……我不该说这种话。"

戚芳道："好罢，你不说，你就跟我见老爷去。"伸出左手，一把抓住了她衣襟。戚芳本性爱洁，桃红衣襟上满是污秽油腻，一把抓住，手掌心滑溜溜的极不好受。但她急于要查知狄云被冤的真相，便是再肮脏十倍的东西，这当儿也毫不在乎了。

桃红簌簌发抖，忙道："我说，我说，少奶奶，你要我说什么？"

戚芳道："狄……狄……那姓狄的事，到底是怎么？你为什么要跟他逃走？"

桃红心下惊惶，睁大了眼，一时说不出来。

戚芳凝视着她，心中所感到的害怕，或许比之桃红更甚十倍。她真不敢听桃红亲口说出来的事。如果她说：狄云当时确是约她私逃，确是来污辱她。那怎么是好？桃红一时说不出话，戚芳脸色惨白，一颗心似乎停止了跳动。

终于，桃红说了："这……这怪不得我，少爷逼着我做的，叫我牢牢抱住那姓狄的湖南乡下佬，冤枉他来强奸我，要带了我逃走。我跟老爷说过的，老爷又不是不信，只吩咐我千万别说出去，还给了我衣服银子。可是……可是……我又没说，老爷却赶了我出来。"

戚芳又感激，又伤心，又委屈，又怜惜，心中只说："师哥，是我冤枉了你，我原该知道你对我一片真心，这可苦了你，可真苦了你！"这时她并不憎恨桃红，反而有些感谢她，幸亏是她替自己解开了心中的死结。甚至对于吴坎，都有些感激，是他吐露了真相，是他指点自己到这破祠堂来找桃红的。

在伤心和凄凉之中，忽然感到了一阵苦涩的甜蜜。虽然嫁了万圭，但她内心中深深爱着的，始终只是个狄师哥，尽管他临危变心，尽管他无耻卑鄙，尽管他有千般的不是、万般的薄幸，但只有他，仍旧是他，才是戚芳叹息和流泪之时所想念的人。

突然之间，种种苦恼和憎恨，都变成了自悔自伤："要是我早知道了，便拼着千刀万剐，也要到狱中救他出来。他吃了这么多苦，他……他心中怎样想？"

桃红偷看戚芳的脸色,颤声道:"少奶奶,谢谢你,请你放了我走,我就出了荆州城,永不回来了。"

戚芳叹了口气,道:"老爷为什么赶你走?是怕我知道这件事么?"说着松手放开她衣襟,想要给她些银子,但匆匆出来,身边并无银两。

桃红见戚芳放开了自己,生怕更有变卦,急急忙忙的便走了,喃喃的道:"老爷晚上见鬼,要砌墙,怎么怪得我?又……又不是我瞎说。"戚芳追了上去,问道:"什么见鬼?砌墙?"桃红知道说溜了嘴,忙道:"没什么,没什么。喏,老爷夜里常常见鬼,半夜三更的起来砌墙。"

戚芳见她说话疯疯颠颠,心想她给公公赶出家门,日子过得很苦,脑筋也不大清楚了。公公怎么会半夜三更起来砌墙?家里从来没见过公公砌的墙。

桃红生怕她不信,说道:"是假的砌墙,老爷……老爷,半夜三更的,爱做泥水匠。我说了他几句,老爷就大发脾气,打得我死去活来的,又赶了我出来,说道再见到我,便打死我……"她唠唠叨叨的说个不停,弓着背走了。

戚芳瞧着她后影,心想:"她最多不过大了我十岁,却变得这副样子。公公不知为了什么要赶她出门?什么见鬼砌墙,想是这女人早就颠颠蠢蠢的。唉,为了这样一个傻女人,师哥苦了一辈子!"

想到这里,不禁怔怔的流下泪来,到后来,索性大声哭了出来。

她靠在一棵梧桐树上哭了一场,心头轻松了些,慢慢走回家来。她避开后园,从东面的边门进去,回到楼上。

万圭一听到她上楼的脚步声,便急着问:"芳妹,解药找到了没有?"戚芳走进房去,只见万圭坐起身子,神色甚是焦急,一只伤手搁在床边,手背上黑血慢慢渗出来,过了好一会,才"嗒"的一声,滴在床边的那只铜面盆里。小女孩伏在爹爹脚边,早睡熟了。

戚芳听了吴坎和桃红的话,本来对万圭恼怒已极,深恨他用卑鄙手段陷害狄云。这时看到他憔悴而清秀的脸庞,几年来的恩爱又令她心肠软了:"毕竟,三哥是为了爱我,这才陷害师哥,他使的手段固然阴险毒辣,叫师哥吃足了苦,但终究是为了爱我。"

万圭又问:"解药买到了没有?"戚芳一时难以决定是否要将吴坎的无耻言语告知丈夫,顺口道:"找到了那郎中,给了他银子,请他即刻买药材配制。"万圭吁了口气,心中登时松了,微笑道:"芳妹,我这条命啊,到底是你救的。"

戚芳勉强笑了笑,只觉脸盆中的毒血气味极是刺鼻,于是端过一只青瓷痰盂来接血,将铜盆端了出去。只走出两步,毒血的气息直冲上来,头脑中一阵晕眩,心道:"这蝎毒这么厉害!"快步走到外房,将脸盆放在桌边地下,转过身来,伸手入怀去取手帕,要掩住了鼻子,再去倒血。

她手一入怀,便碰到了那本唐诗,一怔之下,一颗心又怦怦跳了起来,摸出这本旧书,坐在桌边,一页页的翻过去。她记得清清楚楚,那日翻检旧衣,从箱子底下的旧衣服中见到了这本书,爹爹西瓜大的字识不上几担,不知从哪里拾了这本书来,她刚好剪了两个绣花样儿,顺手便夹在书里。那天下午和狄师哥一齐去山洞,便将这本书带了去,以后就一直留在那边。怎么会到了这里?是狄师哥叫这位郎中送来的么?

"这郎中……莫非……他……他右手的五根手指都给吴坎削去了。这郎中……这郎中……为什么?为什么他……他的右手始终不伸出来?"突然之间,她想起了这件事。她凝神回想那郎中扶起女儿,回想他开药箱、取药瓶、拔瓶塞、倒药末的情景,回想他接了自己送过去的酒杯,将酒杯送到唇边喝干,这许多事情,似乎都是用一只左手来做的,只不过当时没留心,实在记不真切。

"难道,他就是师哥?怎么相貌一点也不像?"她心烦意乱,忍不住悲从中来,眼泪一滴滴的都流在手中那本书上。

泪水滴到书页之上,滴在那两只用花纸剪的蝴蝶上,这是"梁山伯和祝英台",他们要死了之后,才得团圆……

万圭在隔房说道:"芳妹,我闷得慌,要起来走走。"但戚芳沉浸在回忆之中,没听见。她在想:"那天他打死了一只蝴蝶,将一对情郎情妹拆散了。是不是老天爷因此罚他受苦受难……"

突然之间,背后一个声音惊叫起来:"这……这是……连……连城剑谱!"

戚芳吃了一惊,一回头,只见万圭满脸喜悦之色,兴奋异常的道:"芳妹,芳妹,你从哪里得来了这本书?你瞧,啊,原来是这样,对了,是这样!"他双手按住了那本《唐诗选辑》,只见在一首题目写着

"圣果寺"的诗旁,现出"三十三"三个淡黄色的字来,这几行字上,溅着戚芳的泪水。

万圭大喜之下,忘了克制,叫道:"秘密在这里了,原来要打湿了,才有字迹出现!妙极,妙极!一定是这本书。空心菜,空心菜!"他大声叫嚷,将女儿叫醒,说道:"空心菜快去请爷爷来,说有要紧事情。"小女孩答应着去了。

万圭紧紧按着那本诗集,忘了手上的痛楚,只是说:"一定是的,不错,爹爹说那剑谱充作是《唐诗选辑》,那还不是?他们就是揣摸不出这中间的秘密。原来要弄湿书页,秘密才显了出来。"

他这么又喜又跳的叫嚷,戚芳已然明白了大半,心想:"这就是爹爹和公公所争的什么《连城剑谱》?这么说来,原来是爹爹得了去,我不知好歹,拿来夹了鞋样。爹爹不见了这本书,怎么不找?嗯,想来一定是找过的,找来找去找不到,以为是师伯盗去了。他为什么不问我,这真奇了!"

如果是狄云,这时候就一点也不会奇怪。他知道只因戚长发是个极工心计之人,即使在女儿面前,也不肯透露半点口风。不见了书,拼命的找,找不到,便装作没事人一般,暗暗察看,用各种各样的样子来侦查试探,看是不是狄云这小子偷了去?是不是女儿偷了去?只因为戚芳不是"偷",不会做贼心虚,戚长发自然查不出来。

万震山从街上回来,正在花厅吃点心,听得孙女叫唤,还道儿子毒伤有变,一碗豆丝没吃完,忙放下筷子,抱起孙女,大步来到儿子楼上,一上楼梯便听见万圭喜悦的声音:"天下事情真有这般巧法。芳妹,怎么你会在书页上溅了些水?天意,天意!"

万震山听到儿子说话的音调,便放了一大半心,举步踏进房中。

万圭拿着那本《唐诗选辑》,喜道:"爹,爹,你瞧,这是什么?"

万震山一见到那本薄薄的黄纸书,心中一震,忙将孙女儿放在地下,接过儿子递来的那本书,一颗心怦怦乱跳。花尽心血找寻了十几年的《连城剑谱》,终于又出现在眼前。

不错,正是这本书!他和言达平、戚长发三人联手合力、谋害师父而抢到的,正是这本书。三个人在客栈之中,翻来覆去的同看这本剑谱。可是这只是一本平平无奇的唐诗,和书坊中出售的《唐诗选辑》完全一模一样。他师父教过他们一套"唐诗剑法",以唐诗的诗句作剑招名字,这些诗句在这本书中全有。可是跟传说中的《连城剑谱》又有什么相干?

师兄弟三人曾拿这本书到太阳光下一页页的去照,想发现书中有什么夹层;也曾拿书中这几十首诗顺读、倒读、横读、斜读,跳一字读、跳二字读……想要找出其中所含的大秘密来……然而一切心血全白费了。三人互相猜疑,都怕给人家发现了秘密而自己不知。三人晚上睡觉之时,将书本锁入铁盒,铁盒又用三根小铁链分别系在三人的腕上。但一天早晨,这本书终于不翼而飞,从此影迹全无。于是十几年来无穷的勾心斗角,无尽的探访寻找。突然之间,这本书又出现在眼前。

万震山翻到第四页上,不错,书页的左上角撕去了小小的一角,那是他当年偷偷做下的记号,生怕言师弟或是戚师弟用一本同样的《唐诗选辑》来掉包,而自己却让蒙在鼓里。

万震山又翻到了第十六页,不错,当年自己划的那指甲痕仍在那里。这是真本!他点了点头,强自抑制内心喜悦,对儿子道:"正是这本书。你从哪里得来的?"

万圭的目光转向戚芳,问道:"芳妹,这本书哪里来的?"

戚芳自从一见到万圭的神情,心中所想的只是自己爹爹:"爹爹不知到了哪里?我这不孝的女儿,将他这本书拿到山洞之中,他这可找得苦了。在爹爹心中,这本书定是非常非常宝贵。不知这本旧书有什么用?然而这是我拿了爹爹的,是爹爹的书,决不能给公公强抢了去。"

如果在一天之前,还不知狄云惨受陷害的内情,对丈夫还是满腔柔情和体贴,那么在她心里,丈夫的份量未必便及不上父亲,何况,父亲不知哪里去了,不知会不会再回来。现今可不同了。"决不能让爹爹这本书落入他们手里。狄师哥去取了书来交给我,要我交还爹爹,当然不能给他们抢了去。不但为了爹爹,也为了狄师哥!"

当万圭问她"这本书哪里来的"之时,她心中只是在想:"怎样将书夺回来?"书是在公公手里。万震山武功卓绝,何况丈夫便在旁边,硬夺是不成的。她心中飞快的在转念头,眼珠骨溜溜的转动。

她看到了书桌旁那只铜盆,盆中盛着半盆血水,那是万圭洗过脸的水,滴了不少他手背上伤口中流出来的毒血。这盆水全成了紫黑色……如果悄悄将书丢进血水之中，他们就找不到了。可是，那本书只怕要浸坏。不过若不乘这时候下手，以后多半再也没有机会了，宁可将书毁了，也不能让他们称心如意……

万氏父子凝视着戚芳。万圭又问："芳妹，这本书哪里来的？"

戚芳一凛，说道："我也不知道啊，刚才我从房里出来，便见这本书放在桌上。这不是你的么？"

万圭一时想不明白，暂时不再追究，一心要将重大的发现说给父亲知道："爹，你瞧，这书页子一沾湿，便有字迹出来。"他伸出食指，指着《圣果寺》那首诗旁淡黄色的三个字："三十三"。

（如果他知道这是妻子的泪水，是思念狄云而流的眼泪，他心中怎样想？）

万震山伸指点着那首诗，一个字一个字数下去："路自中峰上，盘回出壁萝。到江吴地尽，隔岸越山多。古木丛青霭，遥天浸白波。下方城……"第三十三字，那是个"城"字！

万震山一拍大腿，说道："对啦，正是这个法子！原来秘密在此。圭儿，你真聪明，亏你想到了这个道理！要用水，不错，我们当年就是没想到要用水！"

（如果他知道这是媳妇的泪水，是思念另一个男人而流的眼泪，他心中怎样想？）

戚芳见他父子大喜若狂，聚头探索书中的秘奥，便拉着女儿的手走到内房，将她搂在怀里，轻声道："空心菜，那只面盆，你瞧见么？"小女孩点点头，道："瞧见的。"戚芳道："等会爷爷、爹爹和妈妈一起奔出去，妈妈将爷爷手里那本书放在抽屉里，你去拿出来，悄悄丢在面盆里，让脏水浸着，别给爷爷和爹爹看见，叫他们找不到。"

小女孩大喜，只道妈妈要玩个有趣游戏，拍掌笑道："好，好！"戚芳道："可别让爷爷和爹爹知道，也别跟他们说！"小女孩道："空心菜不说，空心菜不说！"

戚芳走到房外，说道："公公，我觉得这本书很有点古怪。"万震山转过身来，问道："什么古怪？"他内心早已隐隐觉得这本书突然出现，来得太过容易，恐怕不是吉兆，媳妇这么一说，更增他的疑虑。戚芳道："在这里！"说着伸出手去。万震山将书交了给她。

戚芳翻开书页，取了那两只纸剪蝴蝶出来，道："公公，你这书中,本来就有这两只蝴蝶么?"万震山将两只纸蝴蝶接了过去,细细察看,道:"没有!"戚芳道:"这是什么意思? 武林之中,可有哪一个人外号叫做'花蝴蝶'什么的? 江湖上有没有一个'蝴蝶帮'? 他们留下这本书,多半不怀好意。"

江湖人物留记号寻仇示警,原十分寻常。万震山生平坏事做了不少,仇家众多,听了戚芳的话,又见这一对纸蝴蝶剪得十分工细,不禁惕然而惊,寻思:"我有什么仇家外号叫做'花蝴蝶'? 有没有一个'蝴蝶帮'?"

他正自沉吟,忽听得戚芳喝道:"是谁? 鬼鬼祟祟的想干什么?"伸手向窗外屋顶上一指。万氏父子同时向窗外瞧去。戚芳反身从墙上摘下两柄长剑,一柄抛给万震山,一柄抛给万圭,叫道:"屋上有人!"万氏父子接住兵刃,戚芳拉开抽屉,将那本唐诗掷了进去,低声道:"莫给敌人抢了去!"万氏父子点了点头。三人齐从窗口跃出,登上瓦面,四下里一望,不见有人。万震山道:"到后面瞧瞧!"

三人直奔后院,只见墙角边人影一晃,万震山喝道:"是谁?"纵身而前,见那人是六弟子吴坎,问道:"见到敌人没有?"

吴坎见到师父、三师兄、三师嫂仗剑而来,只道事发,吓得面色惨白,待听师父如此询问,心中一宽,忙道:"有人从这边奔过,弟子赶了过来查问。"他是为自己掩饰,却正好替戚芳圆了谎。

四人直追到后门之外,吴坎连连唿哨,将孙均、冯坦等都招了来,自是没发见"敌人"的踪迹。

万震山和万圭记挂着《连城剑谱》,命孙均等继续搜寻敌踪,招呼了戚芳,回到楼房。万震山抢开抽屉,伸手去取……

抽屉之中,却哪里还有这本书在?

万氏父子这一惊自是非同小可,在书房中到处找寻,又哪里找得到了? 问小女孩道:"有没有人进来过?"小女孩道:"没有啊!"转头向母亲眨眨眼睛,十分得意。

万氏父子明明见到戚芳将书放入抽屉,追敌之时,始终没离开过她,当然不是她做的手脚。定是敌人施了"调虎离山"之计,盗去了剑谱!

万氏父子面面相觑,懊丧不已。

戚芳母女你向我眨眨眼,我向你眨眨眼,很是开心。

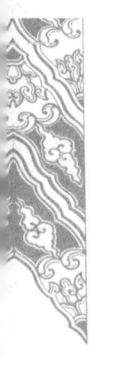

但见万震山双手不住在空中抓下什么东西来,随即整整齐齐的排在一起,倒似是将许多砖块安放堆叠一般,但月光下看得明白,地板上显是空无一物。

十一　砌　墙

万门弟子乱了一阵,哪追得到什么敌人?

万震山嘱咐戚芳,千万不可将剑谱得而复失之事跟师兄弟们提起。戚芳满口答允。这些年来,她越来越察觉到,万门师父徒弟与师兄弟之间,大家各有各的打算,你防着我,我防着你。

万震山惊怒交集,回到自己房中,只凝思着花蝴蝶的记号。仇人是谁?为什么送了剑谱来?却又抢了去?是救了言达平的那人吗?还是言达平自己?

万圭追逐敌人时一阵奔驰,血行加速,手背上伤口又痛了起来,躺在床上休息,过了一会,便睡着了。

戚芳寻思:"这本书爹爹是有用的,在血水中浸得久了,定会浸坏!"到房中叫了两声"三哥",见他睡得正沉,便出来端起铜盆,到楼下天井中倒去了血水,露出那本书来。她心想:"空心菜真乖!"脸上露出了笑容。

那本书浸满了血水,腥臭扑鼻,戚芳不愿用手去拿,寻思:"却藏在哪里好?"想起后园西偏房中一向堆置筛子、锄头、石臼、风扇之类杂物,这时候决计没人过去,当下在庭中菊花上摘些叶子,遮住了书,就像是捧一盘菊花叶子,来到后园。她走进西偏房,将那书放入煽谷的风扇肚中,心想:"这风扇要到收租谷时才用。藏在这里,谁也不会找到。"

她端了脸盆,口中轻轻哼着歌儿,装着没事人般回来,经过走廊时,忽然墙角边闪出一人,低声说道:"今晚三更,我在柴房里等你,可别忘了!"正是吴坎。

戚芳心中本在担惊,突然见他闪了出来说这几句话,一颗心跳得更是厉害,啐道:"没好死的,狗胆子这么大,连命也不要了?"吴坎涎着脸道:"我为你送了性命,当真是心甘情愿。师嫂,你要不要解药?"戚芳咬着牙齿,左手伸入怀中,握住匕首的柄,便想出其不意的拔出匕首,给他一下子,将解药夺过。

吴坎笑嘻嘻的低声道:"你若使一招'山从人面起',挺刀向我刺来,我用一招'云傍马头生'避开,随手这么一扬,将解药摔入了这口水缸。"说着伸出手来,掌中便是那瓶解药。他怕戚芳来夺,跟着退了两步。

戚芳心知用强不能夺到,侧身便从他身边走过。

吴坎低声道:"我只等你到三更,你三更不来,四更上我便带药走了,高飞远走,再也不回荆州了。姓吴的就是要死,也不能死在万家父子手下。"

戚芳回到房中,只听得万圭不住呻吟,显是蝎毒又发作起来。她坐在床边,寻思:"他毒害狄师哥,手段卑鄙之极,可是大错已经铸成,又有什么法子? 那是师哥命苦,也是我命苦。他这几年来待我很好,我是嫁鸡随鸡,这一辈子总是跟着他做夫妻了。吴坎这狗贼这般可恶,怎么夺到他的解药才好?"见万圭容色憔悴,双目深陷,心想:"三哥伤重,若跟他说了,他一怒之下去跟吴坎拼命,只有把事儿弄糟。"

天色渐黑,戚芳胡乱吃了晚饭,安顿女儿睡了,想来想去,只有去告知公公,料想他老谋深算,必有善策。这件事不能让丈夫知道,要等他熟睡了,再去跟公公说。戚芳和衣躺在万圭脚边。这几日来服侍丈夫,她始终衣不解带,没好好睡过一晚。直等到万圭鼻息沉酣,她悄悄起来,下得楼去,来到万震山屋外。

屋里灯火已熄,却传出一阵阵奇怪的声音来,"嘿,嘿,嘿!"似乎有人在大费力气的做什么辛苦劳作。戚芳甚觉奇怪,本已到了口边的一句"公公"又缩了回去,从窗缝中向房内张去。其时月光斜照,透过窗纸,映进房中,只见万震山仰卧在床,双手缓缓的向空中力推,双眼却紧紧闭着。

戚芳心道:"原来公公在练高深内功。练内功之时最忌受到外界惊扰,否则极易走火。这时可不能叫他,等他练完了功夫再说。"

只见万震山双手空推一阵,缓缓坐起,伸腿下床,向前走了几步,蹲下身子,凌空伸手去抓什么物事。戚芳心想:"公公练的是擒拿手法。"又看得片时,但见万震山的手势越来越怪,双手不住在空中抓下什么东西,随即整整齐齐的排在一起,倒似是将许多砖块安放堆叠一般,但月光下看得明白,地板上显是空无一物。

突然之间,她想到了桃红在破祠堂外说的那句话来:"老爷半夜三更起来砌墙!"可是万震山这举动决不是在砌墙,要是说跟墙头有什么关连,那是在拆墙洞。

只见他凌空抓了一会,双手比了一比,似乎认为墙洞够大了,于是双手作势在地下捧起一件大物,向空洞中塞了进去。戚芳看得迷惘不已,眼见万震山仍双目紧闭,一举一动决不像是练功,倒似是个哑巴在做戏一般。

戚芳感到一阵恐惧:"是了,公公患了离魂症。听说生了这病的,睡梦中会起身行走做事。有人不穿衣服在屋顶行走,有人甚至会杀人放火,醒转之后却全无所知。"

只见万震山将空无所有的重物塞入空无所有的墙洞之后,凌空用力推平,然后拾起地下空无所有的砖头,砌起墙来。

不错,他果真是在砌墙!满脸笑容的在砌墙!

十一 砌墙

戚芳初时看到他这副阴森森的模样,有些毛骨悚然,待见他确是在作砌墙之状,心中已有了先入之见,便不怕了,心道:"照桃红的话说来,公公这离魂症已患得久了。有病之人大都不愿给人知道。桃红和他同房,得知了底细,公公自然要大大不开心。"这么一来,倒解开了心中一个疑团,明白桃红何以被逐,又想:"不知他砌墙要砌多久,倘若过了三更,吴坎那厮当真毁了解药逃走,那可糟了。"

但见万震山将拆下来的"砖块"都砌入了"墙洞",跟着便刷起"石灰"来,直到"功夫"做得妥妥帖帖,这才脸露微笑,上床安睡。

戚芳心想:"公公忙了这么一大阵,神思尚未宁定,且让他歇一歇,我再叫他。"

就在这时,却听得房门上有人轻轻敲了几下,跟着有人低声叫道:"爹爹,爹爹!"正是她丈夫万圭的声音。戚芳微微一惊:"怎么三哥也来了?他来干什么?"

万震山立即坐起,略一定神,问道:"是圭儿么?"万圭道:"是我!"万震山一跃下床,拔开门闩,放万圭进来,问道:"得到剑谱的讯息么?"万圭叫了声:"爹!"伸左手握住椅背。月光从纸窗中映射进房,照到他朦胧的身形,似在微微摇晃。戚芳怕自己的影子在窗上给映了出来,缩身窗下,侧身倾听,不敢再看两人的动静。

只听万圭又叫了声"爹",说道:"你儿媳妇……你儿媳妇……原来不是好人。"戚芳一惊:"他为什么这么说?"只听万震山也问:"怎么啦?小夫妻拌了嘴么?"万圭道:"剑谱找到了,是你儿媳妇拿了去。"万震山喜道:"找到了便好!在哪里?"

戚芳惊奇之极:"怎么会给他知道的?嗯,多半是空心菜这小家伙忍不住说了出来。"但万圭接下去的说话,立即便让她知道自己猜得不对。万圭告诉父亲:他见戚芳和女儿互使眼色,神情有异,料到必有古怪,便假装睡着,却在门缝中察看戚芳的动静,见她手端铜盆走向后园,他悄悄跟随,见她将剑谱藏入了后园西偏房一架风扇之中。

戚芳心中叹息:"苦命的爹爹,这本书终于给公公和三哥得去了。再要想拿回来,那就千难万难了。好,我认输,三哥本来比我厉害得多。"

只听万震山道:"那好得很啊。咱们去取了出来,你装作什么也不知道,且看她如何。她要是不提,你也就不必说破。我总疑心,这本书到底是哪里来的。只怕……只怕……只怕……"他连说了三个"只怕",却不说下去。

万圭叫道:"爹!"声音显得甚是痛苦。万震山叫道:"怎么?"万圭道:"你儿媳妇……儿媳妇盗咱们这本剑谱,原来是为了……"说到这里,声音发颤。万震山道:"为了谁?"万圭道:"原来……是为了吴坎这狗贼!"

戚芳心头一阵剧烈震荡,几乎不相信自己的耳朵,心中只说:"我是为了爹爹。怎么说我为了吴坎?为了吴坎这狗贼?"

万震山的语声中也是充满了惊奇:"为了吴坎?"万圭道:"是!我在后园中见这贱人藏好剑谱,便远远的跟着她,哪知道她……她到了回廊上,竟和吴坎那厮勾勾搭搭,这淫妇……好不要脸!"万震山沉吟道:"我看她平素为人倒也规矩端正,不像是这样子的人。你没瞧错么?他二人说些什么?"万圭道:"孩儿怕他们知觉,不敢走得太近,回廊上没隐蔽的地方,只有躲在墙角后面。这两个狗男女说话很轻,没能完全听到,可是……可是也听到了大半。"万震山"嗯"了一声,道:"孩儿,你别气急。大丈夫何患无妻?咱们既得了剑谱,又查明了这中间的秘密,转眼便可富甲天下,你便要买一百个姬妾,那也容易得紧。你坐下,慢慢的说!"

只听得床板格格两响,万圭坐到了床上,气喘喘的道:"那淫妇藏好书本,很是得意,嘴里居然哼着小曲。那奸夫一见到她,满脸堆欢,说道:'今晚三更,我在柴房中等你,可别忘了!'的的确确是这几句话,我听得清清楚楚的。"万震山怒道:"那小淫妇又怎么说?"万圭道:"她……她说道:'没好死的,狗胆子这么大,连命也不要了!'"

戚芳在窗外只听得心乱如麻:"他……他二人口口声声的骂我淫妇,怎……怎么能如此的冤枉人家?三哥,我是一片为你之心,要夺回解药,治你之伤。你却这般辱我,可还有良心没有?"

只听万圭续道:"我……我听了他们这么说,心头火起,恨不得拔剑上前将二人杀了。只是我没带剑,又伤后没力,不能跟他们明争,当即赶回房去,免得那贼淫妇回房时不见到我,起了疑心。奸夫淫妇以后再说什么,我就没再听见。"万震山道:"哼,有其父必有其女,果然一门都是无耻之辈。咱们先去取了剑谱,再到柴房外守候。捉奸捉双,叫这对狗男女死而无怨!"

万圭道:"那淫妇恋奸情热,等不到三更天,早就出去了,这会儿……这会儿……"说着牙齿咬得格格直响。万震山道:"那么咱们即刻便去。你拿好了剑,可先别出手,等我斩断他二人的手足,再由你亲手取这双狗男女的性命。"

只见房门推开,万震山左手托在万圭腋下,二人径奔后园。

戚芳靠在墙上,眼泪扑簌簌的从衣襟上滚下来。她只盼治好丈夫的伤,他却对自己如此起疑。父亲一去不返,狄师哥受了自己的冤枉,现今……现今丈夫又这般对待自己,这样的日子,怎么还过得下去?她心中茫然一片,真不想活了,没想到去和丈夫理论,没想到叫吴坎来对质,只全身瘫痪了一般,靠在墙上。

十一 砌墙

过不多久,只听得脚步声响,万氏父子回到厅上,站定了低声商议。万圭道:"爹,怎不就在柴房里杀了吴坎?"万震山道:"柴房里只奸夫一人。那贼淫妇定是得到风声,先溜走了。既不能捉奸捉双,咱们是荆州城中的大户人家,怎能轻易杀人?得了这剑谱之后,咱们在荆州有许许多多的事情要干,小不忍则乱大谋,可不能胡来!"万圭道:"难道就这样罢了不成?孩儿这口气如何能消?"万震山道:"要出气还不容易?咱们用老法子!"万圭道:"老法子?"

　　万震山道:"对付戚长发的老法子!"他顿了一顿,道:"你先回房去,我命人传集众弟子,你再和大伙儿一起到我房外来。别惹人疑心。"

　　戚芳心中本就乱糟糟地没半点主意,只是想:"到了这步田地,我是不想活了,可是空心菜怎么办?谁来照顾她?"忽听得万震山说要用"对付戚长发的老法子"对付吴坎,脑袋上便如放上了一块冰块,立刻便清醒了:"他们怎样对付我爹爹了?非查个水落石出不可。公公传众弟子到房外边来,这里是不能耽了,却躲到哪里去偷听?"

　　只听得万圭答应着去了,万震山走到厅外大声呼叫仆人掌灯。不多时前厅后厅隐隐传来人声,众弟子和仆人四下里聚集拢来。戚芳知道只要再过得片刻,立时便有人走经窗外,微一犹豫,当即闪身走进万震山房中,掀开床帷,便钻进了床底。床帷低垂至地,若不是有人故意揭开,决不致发现她踪迹。

　　她横卧床底,不久床帷下透进光来,有人点了灯,进来放在房中。她看到万震山一对穿着双梁鞋的脚跨进房来,这双脚移到椅旁,椅子发出轻轻的格喇一声,是万震山坐了下来,又听得他叫仆人关上房门。

　　大弟子鲁坤和五弟子卜垣在沅陵遭言达平伤了左臂、右腿,幸好仅为骨折,受伤不重,这时虽仍在养伤,但师父紧急招集,仍裹着绷带、拄着拐杖前来听命。只听得鲁坤在房外说道:"师父,我们都到齐了,听你老人家吩咐。"万震山道:"很好,你先进来!"戚芳见到房门推开,鲁坤的一对脚走了进来,房门又再关上。

　　万震山道:"有敌人找上咱们来啦,你知不知道?"鲁坤道:"是谁?弟子不知。"万震山道:"这人假扮成个卖药郎中,今日来过咱们家里。"戚芳心道:"难道他知道卖药郎中是谁,那人到底是谁?"鲁坤道:"弟子听吴师弟说起过。师父,这敌人是谁?"万震山道:"这人乔装改扮了,我没亲眼见到,摸不准他底细。明儿一早,你到城北一带去仔细查查。现下你先出去,待会我还有事分派。"鲁坤答应了出去。

万震山逐一叫四弟子孙均、五弟子卜垣进来,说话大致相同,叫孙均到城南一带查察,叫卜垣到城东一带查察。吩咐卜垣之时,随口加上一句:"让吴坎查访城西一带,冯坦和沈城策应报讯。你万师哥蝎毒伤势未痊,不能出去了。"卜垣道:"是。"开门出去。

戚芳知道这些话都是故意说给吴坎听的,好令他不起疑心。只听得万震山道:"吴坎进来!"这声音和召唤鲁坤等人之时一模一样,既不更为严厉,也不特别温和。

戚芳见房门又打开了,吴坎的右脚跨进门槛之时,有些迟疑,但终于走了进来。这双脚向着万震山移了几步,站住了,戚芳见他的长袍下摆微动,知他心中害怕,正在发抖。

十一 砌墙

只听万震山道:"有敌人找上咱们来啦,你知不知道?"吴坎道:"弟子在门外听得师父说,便是那个卖药郎中。这人是弟子叫他来给万师哥看病的,真没想到会是敌人,请师父原谅。"万震山道:"这人是乔装改扮了的,你看他不出,也怪不得你。明天一早,你到城西一带去查查,要是见到了他,务须留神他的动静。"吴坎道:"是!"

突然之间,万震山双脚一动,站了起来,戚芳忍不住伸手揭开床帷一角,向外张去,一看之下,不由得大惊失色,险些失声叫了起来。

只见万震山双手已扼住了吴坎的咽喉,吴坎伸手使劲去扼万震山的两手,却毫无效用。但见吴坎的一对眼睛向外凸出,像金鱼一般,越睁越大。万震山双手手背上给吴坎的指甲抓出了一道道血痕,但他扼住了吴坎咽喉,说什么也不放手。吴坎发不出半点声音,只身子扭动,过了一会,双手慢慢张开,垂了下来。戚芳见他舌头伸了出来,神情可怖,不禁害怕之极。只见吴坎终于不再动弹,万震山松开了手,将他放在椅上,在桌上拿起两张事先浸湿了的棉纸,贴在他口鼻之上。这么一来,他再也不能呼吸,也就不能醒转。

戚芳一颗心怦怦乱跳,寻思:"公公说过,他们是荆州世家,不能随便杀人,吴坎的父亲听说是本地绅士,决不能就此罢休,这件事可闹大了。"

便在这时,忽听得万震山大声喝道:"你做的事,快快自己招认了罢,难道还要我动手不成?"戚芳一惊:"原来公公瞧见了我。"可是心中却也并不惊惶,反而有释然之感:"死在他手里也好,反正我是不想活了!"

正要从床底钻出来,忽听得吴坎说道:"师父,你……要弟子招认什么?"

戚芳一惊非小,怎么吴坎说起话来,难道他死而复生了?然而明明不是,他斜倚在椅上,动也不动。从床底望上去,看到万震山的嘴唇在动。"什么?是公公在说话,不是吴坎说的。怎么明明是吴坎的声音?"只听得万震山又大声道:"招认什么?哼,吴坎,你好大胆子,你里应外合,勾结匪人,想在荆州城里做一件大案子。"

"师父,弟子做……做什么案子?"

这一次戚芳看得清清楚楚了,确是万震山在学着吴坎的声音,难为他学得这么像。"公公居然有这门学人说话的本领,我可从来不知道,他这么大声学吴坎的声音说话,有什么用意?"她隐隐想到了一件事,但那只是朦朦胧胧的一团影子,一点也想不明白,只是内心感到了莫名其妙的恐惧。

只听得万震山道:"哼,你当我不知道么?你带了那卖药郎中来到荆州城,这人其实是个江洋大盗,吴坎,你和他勾结,想要闯进……"

"师父……闯进什么?"

"要闯进凌知府公馆,去盗一份机密公文,是不是?吴坎,你……你还想抵赖?"

"师父,你……你怎知道?师父,请你老人家瞧在弟子平日对你孝顺的份上,原谅我这一遭,弟子再也不敢了!"

"吴坎,这样一件大事,哪能就这么算了?"

戚芳发觉了,万震山学吴坎的口音,其实并不很像,只是压低了嗓门,说得十分含糊,每一句话中总是带上"师父"的称呼,同时不断自称"弟子",在旁人听来,自然会当是吴坎在说话。何况,大家眼见吴坎走进房来,听到他和万震山说话,接着再说之时,声音虽然不像,但除了吴坎之外,又怎会另有别人?而且万震山的话中,又时时叫他"吴坎"。

只见万震山轻轻托起吴坎的尸体,慢慢弯下腰来,左手掀开了床幔。戚芳吓得一颗心几乎停止了跳动:"公公定然发现了我,这一下他非扼死我不可了!"灯光朦胧之下,只见一个脑袋从床底下钻了进来,那是吴坎的脑袋,眼睛睁得大大地,真像是死金鱼的头。戚芳只有拼命向旁避让,但吴坎的尸身不住挤进来,碰到了她的腿,又碰到了她的腰。

只听万震山坐回椅上,厉声喝道:"吴坎,你还不跪下?我绑了你去见凌知府。饶与不饶,是他的事,我可做不了主。"

"师父,你当真不能饶恕弟子么?"

"调教出这样的弟子来,万家的颜面也给你丢光了,我……我还能饶你?"

戚芳从床帷缝中张望,见万震山从腰间拔出一柄匕首来,轻轻插入了自己胸膛。他胸口衣内显然垫着软木、湿泥、面饼之类的东西,匕首插了进去,便即留着不动。

戚芳心中刚有些明白,便听得万震山大声道:"吴坎,你还不跪下!"跟着压低嗓子学着吴坎的声音道:"师父,这是你逼我的,须怪不得弟子!"万震山大叫一声:"哎哟!"飞起一腿,踢开了窗子,叫道:"小贼,你……你竟敢行凶!"

只听得砰的一声响,有人踢开房门,万圭当先抢进(他知道该当这时候破门而入),鲁坤、孙均等众弟子跟着进来。万震山按住胸口,手指间鲜血涔涔流下(多半手中拿着一小瓶红水),他摇摇晃晃,指着窗口,叫道:"吴坎这贼……刺了我一刀,逃走了!快……快追!"说了这几句,身子一斜,倒在床上。

万圭惊叫:"爹爹,你伤得怎样?"

鲁坤、孙均、卜垣、冯坦、沈城五人或跃出窗子,或走出房门,大呼小叫的追了出去。府中前前后后,许多人惊呼叫嚷。

戚芳伏在床底,只觉得吴坎的尸身越来越冷。她心中害怕之极,可是一动也不敢动。公公躺在床上,丈夫站在床前。

只听得万震山低声问道:"有人起疑没有?"万圭道:"没有,爹,你装得真像。便如杀戚长发那样,没半点破绽。"

十一 砌墙

"便如杀戚长发那样,没半点破绽!"这句话像一把锋利的匕首,刺入了戚芳心中。她本已隐隐约约想到了这件大恐怖事,但她决计不敢相信。"公公一直对我和颜悦色,丈夫向来温柔体贴,怎么会杀害了我爹爹?"但这一次她是亲眼看见了,他们布置了这样一个巧妙机关,杀了吴坎。那日她在书房外听到"父亲和万震山争吵",见到"万震山被父亲刺了一刀",见到"父亲越窗逃走",显然,那也是万震山布置的机关,一模一样。在那时候,父亲早已给他害死了,他……他学着父亲的口音,怪不得父亲当时的话声嘶哑,和平时大异。如果不是阴差阳错,这一次她伏在床底,亲眼见到了这场惨剧,却如何能猜想得透?

只听得万圭道:"那贱人怎样?咱们怎能放过了她?"万震山道:"慢慢再找到她来炮制便是。这可要做得人不知、鬼不觉,别败坏了万家门风,坏了我父子名声。"万圭道:"是,爹爹想得真周到。哎哟……"万震山道:"怎么?"万圭道:"儿子手背上的伤处又痛了起来。"万震山"嗯"了一声,他虽计谋多端,对这件事可当真束手无策。

戚芳慢慢伸出手去,摸到吴坎怀中,那只小瓷瓶冷冷的便在他衣袋之中。她取了出来,放在自己袋里,心中凄苦:"三哥,三哥,你只听到一半说话,便冤枉我跟这贼子有暧昧之事。你不想听个明白,因此也就没听到,这瓶解药便在他身上。你父亲已杀了他,本来只不过举手之劳,便可将解药取到,但毕竟你们不知道。"

鲁坤一干人追不到吴坎,一个个回来了,一个个到万震山床前来问候。万震山袒露了胸膛,布带从颈中绕到胸前,围到背后,又绕到颈中。

这一次他受的"伤"没上次那么"厉害",吴坎的武功究竟不及师叔戚长发。这一刀刺得不深,并无大碍。众弟子都放心了,个个大骂吴坎忘恩负义,都说明天非去找他父亲算帐不可,请师父保重,大家退了出去。万圭坐在床前,陪伴着父亲。

戚芳只想找个机会逃了出去,她挨在吴坎的尸体之旁,心中说不出的厌恶,又怕万氏父子发觉,只是想不出逃走的法子。

万震山道:"咱们先得处置了尸体,别露出马脚。"万圭道:"还是跟料理戚长发一样么?"万震山微一沉吟,道:"还是老法子。"

戚芳泪水滴了下来,心道:"他们怎样对付我爹爹?"

万圭道:"就砌在这里么? 你睡在这里,恐怕不大好!"万震山道:"我暂且搬去跟你住。只怕还有麻烦的事。人家怎能轻易将剑谱送到咱们手中? 咱爷儿俩须得合力对付。将来发了大财,还怕没地方住么?"

戚芳听到了这一个"砌"字,霎时之间,便如一道闪电在脑中一掠而过,登时明白了:"他……他将我爹爹的尸身砌在墙中,藏尸灭迹,怪不得我爹爹一去之后,始终没消息。怪不得公公……不,不是公公,怪不得万震山这奸贼半夜三更起身砌墙。他做了这件坏事,心中不安,得了离魂病,睡梦里也会起身砌墙。这奸贼……这奸贼居然会心中不安……那才真奇了。不,他不是心中不安,他是得意洋洋,这砌墙的事,不知不觉的要做了一次又一次……刚才他梦中砌墙,不是一直在微笑么?"

只听万圭道:"爹,到底这剑谱有什么好处? 你说咱们要发大财,可以富甲天下? 难道……难道这不是武功秘诀,却是金银财宝?"万震山道:"当然不是武功秘诀,剑谱中写的,是一个大宝藏的所在。梅念笙老儿猪油蒙了心,竟要将这剑谱传给旁人,嘿嘿,这老不死的。圭儿,快,快,将那剑谱去取来。"

十一　砌墙

万圭微一迟疑,从怀中掏了那本书出来。原来戚芳一塞入西偏房的风扇之中,万圭跟着便去取了出来。

万震山向儿子瞧了一眼,接过书来,一页页的翻过去。这部唐诗两边连着封皮的几页都给血水浸得湿透了,兀自未干,中间的书页却仍是干的。

万震山低声道:"这剑谱咱父子能不能保得住,实在难说。咱们先查知了书中的奥秘,就算再给人夺去,也不打紧了。你拿枝笔来,写下来好好记着。连城剑法的第一招,出自杜甫的《春归》。"他伸手指沾了唾涎,去湿杜甫那首《春归》诗旁的纸页,轻轻欢呼了一声:"是个'四'字! 好,'苔径临江竹',第四个字是'江',你记下了。第二招,仍是杜甫的诗,出自《重经昭陵》。"他又沾湿手指,去湿纸页:"嗯,是'四十一'!"他一个字一个字的数下去:"一五、一十、十五、二十……'陵寝盘空曲,熊罴守翠微',第四十一个字,那是个'陵'字。'江陵'、'江陵',妙极,原来果然便在荆州。"

万圭道:"爹爹,你说小声些!"万震山微微一笑,道:"对!不可得意忘形。圭儿,你爹爹一世心血,总算没白花,这个大秘密,毕竟给咱们找到了!"突然之间,他将书掩上,一拍大腿,低声道:"敌人为什么将剑谱送到我手里,我明白啦!"

万圭道:"那是什么缘故?我一直想不透。"

万震山道:"敌人得了剑谱,推详不出其中的秘奥,又有什么屁用?咱们的连城剑法,每一招的名称都是一句唐诗,别门别派的人,任他武功通天,却也不知。这世界上,现今只我和言达平二人,才知第一招是什么诗句,第二招又是什么诗句。才知道第一个字要到《春归》这首诗中去找,第二个字要到《重经昭陵》这首诗中去寻。"

万圭道:"这连城剑法的名称,你不是已教了我们吗?"万震山道:"次序都是抖乱了的。"万圭道:"爹,你连我也不教真的剑法。"万震山微有尴尬之色,道:"我有八个弟子,大家朝晚都在一起,倘若单单教你,他们定会知觉,那便不妙了。"

万圭"嗯"了一声,道:"敌人的阴谋定是这样。他知道用水湿纸,便有字迹显出,因此故意将剑谱交给咱们,又故意用水显出几个字来,要咱们查出了剑谱里的秘奥,让咱们去寻访宝藏,他就来个'强盗遇着贼爷爷'。"万震山道:"对了!咱们须得步步提防,别落得一场辛苦,得不到宝藏,连性命也送掉了。"

他又沾湿了手指,去寻第三个字,说道:"剑法第三招,出于处默的《圣果寺》,三十三,第三十三字,'下方城郭近,钟磬杂笙歌'中的'城'字,'江陵城',对啦,对啦!那还有什么可疑心的?咦,怎么这里痒得厉害?"他伸右手在左手背上搔了几下,觉得右手也痒,伸左手去搔了几下,又看那剑谱,说道:"这第四招,是五十三,嗯,一五、一十、十五……第五十三字是个'南'字,'江陵城南',哈哈,咦!好痒!"低头向自己左手上看去,只见手背上长了三条墨痕,微觉惊诧:"今天我又没写字,手背上怎么有黑墨?"只觉双手手背上越来越痒,一看右手,也是有好几条纵横交错的墨痕。

万圭"啊"的一声,道:"爹爹,哪……哪里来的?这好像是言达平那厮的花蝎毒。"万震山给他一言提醒,只觉手上痒得更加厉害了,忍不住伸手又去搔痒。

万圭叫道:"别搔,是……是你指甲上带毒过去的。"

万震山叫道:"啊哟! 果真如此。"登时省悟,道:"那小淫妇将剑谱浸在血水之中,你的血中含有蝎毒……吴坎这小贼,偏不肯爽爽快快的就死,却在我手上搔了这许多血痕。他妈的,蝎毒传入了伤口之中,好在不多,谅来也不碍事。啊哟,怎地越来越痛了,哎唷,哎唷。"忍不住大声呻吟。

万圭道:"爹,你这蝎毒中得不多,我去舀水来给你洗洗。"万震山道:"不错!"大声叫道:"桃红,桃红! 打水来!"万圭眉头蹙起,心道:"爹爹吓得胡涂了,桃红早给他赶走了,这会儿又来叫她。"拿起一只铜脸盆,快步出房,在天井里七石缸中舀起一盆天落水,端进来放在桌上。万震山忙将双手浸入了清水之中,一阵冰凉,痛痒登减。

哪知道万圭手上所中的蝎毒遇上解药,流出来的黑血也具剧毒,毒性比之原来的蝎毒只有更加厉害,万震山手背上给吴坎抓出血痕深入肌理,一碰到这剧毒,实比万圭中毒更深。他双手在清水中浸得片时,一盆水已变成了淡墨水一般。墨水由淡转深,过不多时,变得便如是一盆浓浓的墨汁。

万氏父子相顾失色。万震山提起手掌,不禁"啊"的一声,失声惊呼,只见两只手几乎肿成了两个圆球。万圭道:"啊哟,不好,只怕不能浸水!"

万震山痛得急了,一脚踢在他腰间,骂道:"你既知不能浸水,怎么又去舀水来? 这不是存心害我么?"万圭痛得蹲下身去,道:"我本来不知道,怎么会来害你?"

戚芳在床底下听得父子二人争吵,心中也不知是凄凉,还是体会到了复仇的喜悦。

只听得万震山只是叫:"怎么办? 怎么办?"万圭道:"我楼上有些止痛药,虽不能解毒,却可止得一时之痛,要不要敷一些?"万震山道:"好,好,好! 快去拿来!"万圭道:"是否有效,孩儿可就不知,说不定越敷越不对头,爹爹又要踢我。"万震山骂道:"王八羔子! 这会儿还在不服气么? 老子生了你出来,踢一脚又有什么大不了? 快去,快去拿来。"万圭应道:"是!"转身出去。

万震山双手肿胀难当,手背上的皮肤黑中透亮,全无半点皱纹,便如一个吹胀了的猪尿泡一般,眼看再稍胀大,势非破裂不可,叫道:"我和你一起去! 可……可不能耽搁了。"将剑谱往怀中一揣,奔行如飞,抢出房门,赶在万圭之前。

戚芳听得二人远去,忙从床底爬了出来,自忖:"却到哪里去好?"霎时间六神无主,只觉茫茫大地,竟没一处可以安身:"他们害死我爹爹,此仇岂可不报?但这血海深仇,却如何报法?说到武功、机智,我和公公、三哥实差得太远,何况他们认定我和吴坎结了私情,一见面就会对我狠下杀手,我又怎能抵挡?眼下只有去……去寻找狄师哥,再作计较。可又不知他在哪里?空心菜呢?我怎能撇下了她?"一想到女儿,当即拔步奔向后楼,决意抱了女儿先行逃走,再想复仇之法。

在她内心,又还不敢十分确定万氏父子当真是害死了她父亲。万震山是个心狠手辣之徒,那绝无怀疑,但万圭呢?对于丈夫的柔情密意,终不能这么快便决绝的抛却。

她奔到楼下,听得万震山嘶哑的声音在大叫大嚷,心想:"这么叫法,要将空心菜吵醒了!"想到女儿会大受惊吓,便顾不得自身危险,轻轻走上楼去,小心不让楼梯发出声息。空心菜睡觉的小房就在她夫妻的卧室之后,只以一层薄板隔开。戚芳溜进小房,卧房中灯光映了进来,只见女儿睁大了眼,早已醒转,脸上满是怖色,一见到母亲,小嘴一扁,便要哭叫出来。戚芳忙抢上前去,将她搂在怀里,做个手势,叫她千万不可出声。空心菜既聪明,又听话,便一声不响,娘儿俩搂抱着躺在床上。

只听得万震山大叫:"不成,不成,这止痛药越止越痛,须得寻到那草头郎中,用他的解药来治。"万圭道:"是啊,只有那解药才治得这毒,等天一亮,叫鲁大哥他们大伙儿一齐出马,去寻那郎中。我手上的伤口也痛得很。"万震山怒道:"怎等得到天亮?啊哟,哎唷!受不了啦,受不了啦!"突然间脚下一软,倒在地下,痛得打滚,叫道:"快,快!拿剑来,将我这双手砍了!快砍了我的手!"只听得房中家具砰嘭翻倒,瓶碗乒乓打碎之声,响成了一片。

空心菜吓得紧紧的搂住了妈妈,脸色大变。戚芳伸手轻轻抚慰,却不敢作声。

万圭也十分惊慌,说道:"爹,你……你忍耐一会儿,你的手怎能砍了?咱们快找解药是正经。"万震山痛得再难抵受,喝道:"你为什么不砍去我双手,除我痛楚?啊,我知道了,你……你想我快快死了,好独吞剑谱,想独自个去寻宝藏……"万圭怒道:"爹,你痛得神智不清了,快上床睡一忽儿。我又不知剑招的次序,得了剑谱又有什么用?"

万震山不断在地下打滚,道:"你说我神智不清,你自己就存心不良。我……我痛得要死了……要死了……一拍两散,人家都得不到。"

突然之间,他红了双眼,从怀中掏出剑谱,伸手一页页的撕碎。他十根手指肿得便如一根根红萝卜般,动作不灵,但还是撕碎了好几页。

万圭大惊,叫道:"别撕,别撕!"伸手便去抢夺。他抓住了半本剑谱,万震山却抓住了另一半,牢不放手。那剑谱在血水中浸过,迄未干透,霉霉烂烂的,两人这么一拉扯,登时撕成两半。万圭呆了一呆,万震山又去撕扯。万圭不甘心让这已经到手的宝藏化作过眼云烟,忙伸手推开父亲。两人在地下你抢我夺,翻翻滚滚,将剑谱撕得更加碎了。

突然间听得万圭长声惊呼:"哎唷……糟了……我伤口中又进了毒,啊哟,好痛!"两人这么你拉我扯,剑谱上的毒质沾进了万圭手背上原来的伤口。片刻之间,万圭手背又高高肿起,剧痛椎心穿骨。他久病之后,耐力甚弱,毒素一入伤口,随血上行,发作迅速。父子二人在楼板上滚来滚去,惨呼号叫。

戚芳听了一会,究竟夫妻情重,再也不能置之不理,从床上站起身来,走到门口,冷冷的道:"怎么啦?两个在干什么?"

万氏父子见到戚芳,剧痛之际,再也没心情愤怒。万圭叫道:"芳妹,快去找那草头郎中,请他快配解药,哎唷,哎唷……实在……实在痛得熬不住了,求求你……"

戚芳见他痛得满头大汗的模样,心更加软了,从怀中取出瓷瓶,道:"这是解药!"万震山和万圭一见瓷瓶,同时挣扎着爬起,齐道:"好极,好极!快,快给我敷上。"

戚芳见万震山目光凶狠贪婪,有如野兽,心想若不乘此要挟,如何能查明真相,便道:"慢着,不许动!谁要动上一动,我便将解药抛出窗外,投入水缸,大家都死!"说着推开窗子,拔开瓷瓶的瓶塞,将

十一

砌墙

解药悬在窗外,只须手一松,瓷瓶落水,再也无用了。

万氏父子当即不动,我瞧瞧你,你瞧瞧我。万震山忽道:"好媳妇,你将解药给我,我让你跟了吴坎,远走高飞,决不阻拦,另外再送你一千两银子,让你二人过长远日子……哎唷,好痛……既然你心有他意,圭儿也留你不住……你……你放心去好了。"

戚芳心道:"这人当真卑鄙无耻,吴坎明明是你亲手扼死了,却还来骗人。"

万圭也道:"芳妹,我虽舍不得你,但没有法子,我答应不跟吴坎为难就是。"

戚芳冷笑一声,道:"你二人胡涂透顶,还在瞎转这卑鄙龌龊的念头。我只问一句话,你们老老实实的回答,我立刻给解药。"

万震山道:"是,是,快问,哎唷,啊哟!"

一阵风从窗中刮了进来,吹得满地纸屑如蝴蝶般飞舞。纸屑是剑谱撕成的,一片片飞出窗外。忽然,一对彩色蝴蝶飞了起来,正是她当年剪的纸蝶,夹在诗集中的。两只纸蝶在房中蹁跹起舞,跟着从窗中飞了出去。戚芳心中一酸,想起了当日在石洞中与狄云欢乐相聚的情景。那时候的世界可有多么好,天地间没半点伤心的事。

万圭连连催促:"快问!什么事?我无有不说。"

戚芳一凛,问道:"我爹爹呢?你们把他怎么了?"

万震山强笑道:"你问你爹爹的事,我——我也不知道啊。哎唷——我很挂念这位老师弟——哎唷!师兄弟又成了亲家,哎唷,好得很啊。"

戚芳沉着脸道:"这当儿再说些假话,更有什么用处?我爹爹给你害死了,是不是?害死他的法儿,就跟你们害死吴坎一样,是不是?你已将他尸身砌入了墙壁,是不是?"戚芳连问三声"是不是",万氏父子这一惊当真非同小可,没料想她不但知道自己父亲遭害,连吴坎被杀一事也知道了。万圭颤声道:"你……你怎知道?"

他说"你怎知道",便是直承其事。戚芳心中一酸,怒火上冲,便想松手将解药投入窗下的一排七石缸中。万圭眼见情势危急,作势便想扑将上去。万震山喝道:"圭儿,不可莽撞!"他知道当时情景之下,强抢只有误事。

忽然间,塌塌塌几声,空心菜赤着脚,从小房中奔了出来,叫道:

"妈,妈!"要扑入戚芳怀里。

万圭灵机一动,伸出左臂,半路上便将女儿抱了过来,右手摸出匕首,对准女儿的天灵盖,喝道:"好!咱们一家老小,今日便一起死了,我先杀了空心菜再说!"

戚芳大惊,忙叫道:"快放开她,关女儿什么事?"

万圭厉声道:"反正大家活不成,我先杀了空心菜!"匕首在空中虚刺几下,便向空心菜头顶刺落。戚芳道:"不,不!"扑过来抢救,伸手抓住万圭手腕。

万震山虽在奇痛彻骨之际,究竟阅历丰富,见戚芳给引了过来,当即手肘一探,重重撞在她腰间,夹手夺过她手中瓷瓶,忙不迭的倒药敷上手背。万圭也伸手去取解药。戚芳抢过女儿,紧紧搂在怀中。

万震山飞起一脚,将她踢倒,随手解下腰带,将她双手反缚背后,又将她两只脚都绑住了。空心菜大叫:"妈,妈,妈妈!"万震山反手一记巴掌,打得她晕了过去,但这一掌碰到自己肿起的手背,又大叫一声:"啊哟!"

那解药实具灵效,二人敷药之后,片刻间伤口中便流出血水,疼痛渐减,变为麻痒,再过得一阵,麻痒也渐减弱。父子二人大为放心,知道性命是拾回来了,见到房中的纸片兀自往窗外飞去,两人同声大叫:"糟糕!"扑过去拦阻飞舞的纸片。

但地下的纸屑已乱成一团,一大半掉入了窗外的缸中,有的正在盘旋跌落。万震山叫道:"快,快,快抢!"二人飞步奔下楼去,拼命去抓四散飞舞的碎纸。但数百片碎纸有的飘飘荡荡吹出了围墙,有的随风高飞上天。二人东奔西突,状若颠狂,却哪里又能收集碎片、使得撕碎了的剑谱重归原状?

万震山手上疼痛虽消,心中的伤痛却难以形容,气无可消,大声斥骂儿子:"都是你这小贼,跟我来争夺什么?若不是你跟我拉扯,剑谱怎会扯烂?"万圭叹了口气,不再去追抢碎纸,说道:"孩儿若不拦阻,爹爹早将这剑谱扯得更加烂了。"万震山道:"放屁!"他心中知道儿子所说是实,但还是不住的呼喝:"放屁,放屁,放屁!"

万圭道:"好在咱们知道那地方是在江陵城南,再到那本残破的剑谱中去查查,只要能再找到些线索,未始不能找到那地方。"万震山精神一振,道:"不错,那地方是在'江陵城南'……"

忽听得墙外有个声音轻轻的道:"江陵城南!"

万氏父子大吃一惊,一齐跃上墙头,向外望去,只见两个人的背影正向小巷中隐没。万圭喝道:"冯坦、沈城,站着别动!"

但那两人既不回头,也不站住,飞快的走了。万震山待要下墙追去,万圭道:"爹,楼上还有……还有那……那淫妇。"万震山转念一想,点了点头。

父子俩回到楼头,只见小女孩空心菜已醒了过来,抱住了妈妈直哭。戚芳手足被绑,却在不住安抚女儿。空心菜见到祖父与父亲回来,更"哇"的一声,惊哭起来。

万震山上前一脚,踢在她屁股之上,骂道:"再哭,一刀剖开你小鬼的肚子。"空心菜吓得脸都白了,哪里还敢出声。

万圭低声道:"爹,这淫妇什么都知道了,可不能留下活口。怎生处置她才是?"万震山微一沉吟,道:"刚才墙外二人,你看清楚是冯坦、沈城么?"万圭道:"正是那二人,错不了!只怕秘密已经泄漏,他们知道是在江陵城南。"万震山道:"事不宜迟,须得急速下手。这淫妇么,跟她父亲一般处置便了。"

戚芳早将生死置之度外,只放不下女儿,说道:"三……三哥,我和你夫妻一场,你杀我不打紧,我死之后,你须好好看待空心菜!"

万圭道:"好!"万震山道:"斩草除根,岂能留下祸胎?这小女孩精灵古怪,今日之事都给她瞧在眼里了,怎保得定她不说出来?"万圭缓缓点了点头。他很疼爱这个女儿,但父亲的话也很对,倘若留下祸胎,将来定有极大后患。

戚芳泪水滚下双颊,哽咽道:"你……你们好狠心,连……连这个小小女孩儿也不放过吗?"万震山道:"塞住她的嘴巴,别让她叫嚷起来,吵得通天下的人都听到了!"

戚芳想起女儿难保一命,突然提起嗓子,大叫:"救命,救命!"

静夜之中,这两声"救命"划破了长空,远远传了出去。

万圭扑到她身上,伸手按住她嘴。戚芳仍大叫:"救命,救命!"只嘴巴给按住了,声音郁闷。万震山在儿子长袍上撕下一块衣襟,递给了他,万圭当即将衣襟塞在戚芳口中。万震山道:"将她埋在戚长发的墓中,父女同穴,最妙不过。"

万圭点了点头,抱起妻子,大踏步下楼。万震山抱了空心菜。四个人进了书房。

戚芳瞧着书房西壁的那堵白墙,心想:"我爹爹是给老贼葬在这堵墙之中?"

万震山道:"我来拆墙,你去将吴坎拖来!小心,别给人见到。"万圭应道:"是!"奔向万震山的卧室。

万震山拉开书桌的抽屉,其中凿子、锤子、铲刀等工具一应俱全,他取出来放在墙边,瞧着那堵白墙,双手搓了几下,回头向戚芳望了一眼,脸上现出十分得意的神情。戚芳不禁打了个寒噤。万震山拿起铁锤和凿子,看好了墙上的部位,在两块砖头之间的缝中,将凿子凿进去。凿裂了一块砖头,伸手摇了几摇,便挖了出来,手法甚是熟练。他挖出一块砖头后,拿到鼻子边嗅了几嗅。

戚芳见了他挖墙的手法,想起适才见到他离魂病发作时挖墙、推尸、砌墙的情状,心中已然发毛,待见他去闻嗅夹墙中父亲尸体的气息,害怕、伤心、再加上愤怒,破口大骂:"你这奸贼,无耻的老贼!"只嘴巴给塞住了,只能发出些呜呜之声。

十一

砌墙

万震山伸手又去挖第二块砖头,突然脚步声急,万圭踉跄抢进,说道:"爹,爹!不好了,吴坎……吴坎……"身子在桌上一撞,呛啷一声响,油灯掉在地下,室中登时黑了,只有淡淡的月光从窗纸中透进来。

万震山道:"吴坎怎样?大惊小怪的,这般沉不住气。"万圭道:"吴坎不见啦!"万震山骂道:"放屁!怎会不见?"但声音颤抖,显然心中惧意甚盛。啪的一声,手中拿着的一块砖头掉下地来。

万圭道:"我伸手到爹爹的床底下去拉尸体,摸他不到,点了灯火到床底去照,尸体已影踪全无。爹爹房中帐子背后、箱子后面,到处都找过了,什么也没见到。"万震山沉吟道:"这……这可奇了。我猜想是冯坦、沈城他们搅的鬼。"万圭道:"爹,莫非……莫非……吴坎这厮没死透,闭气半晌,又活了过来?"万震山怒道:"放屁,你老子外号叫作'五云手',手上功夫何等厉害,难道扼一个徒弟也扼不死?"万圭道:"是,按理说,吴坎那厮一定给爹爹扼死了,却不知如何,尸体竟会不见了?难道……难道……"万震山道:"难道什么?"

万圭道："难道真有僵尸？他冤魂不息……"

万震山喝道："别胡思乱想了！咱们快处置了这淫妇和这小鬼，再去找吴坎的尸首。事情只怕已闹穿了，咱父子在荆州城已难以安身。"说着加紧将墙上砖头一块块挖出来。他睡梦中挖砖砌墙，做之已惯，手法熟练，此时虽无灯烛，动作仍十分迅捷。

万圭应了声："是！"拔刀在手，走到戚芳身前，颤声道："芳妹，是你对不起我。你死之后，可别怨我！"

戚芳没法说话，侧过身子，用肩头狠狠撞了他一下。万氏父子要杀自己，那也罢了，竟连空心菜也不肯饶，狼心狗肺，委实世所罕有。万圭给她一撞，身子一晃，退后两步，举起刀来，骂道："贼淫妇，死到临头，还要放泼！"

便在此时，只听得格、格、格几下声响，书房门缓缓推开。万圭吃了一惊，转过头去，惨淡的月光之下，但见房门推开，却不见有人进来。

万震山喝问："是谁？"房门又格格、格格的响了两下，仍无人回答。

微光之下，突见门中跳进一个人来。那人直挺挺的移近，一跳一跳的，膝盖不弯。万震山和万圭惊惧大骇，不自禁的退后了两步。

只见那人双眼大睁，舌头伸出，口鼻流血，正是给万震山扼死了的吴坎。万震山和万圭同声惊呼："啊！"戚芳见到这般可怖的情状，也吓得一颗心似乎停了跳动。空心菜吓得将脑袋钻入母亲怀里，不敢作声。

吴坎一动也不动，双臂缓缓抬起，伸向万震山。万震山喝道："吴坎小贼，老子怕……怕……你这僵尸？"抽出刀来，向吴坎头上劈落。突觉手腕一麻，单刀拿捏不定，呛啷一声，掉在地下，跟着腰间一麻，全身便动弹不得。

万圭早吓得呆了，见吴坎的僵尸搅倒了父亲后，又直着双臂，缓缓向自己抓来，只想大叫："吴师弟，吴师弟！饶了我！"可是声音在喉头哽住了，无论如何叫不出来，倒退了两步，腿下一软，摔倒在地。只见吴坎的右手垂了下来，摸到他脸上，手指冷冰冰地，没半分暖气。万圭吓得魂飞魄散，差一点就晕了过去。

突然之间，吴坎身子向前一扑，伏在万圭身上，一动也不动了。

吴坎身后，却站着一人。

那人走到戚芳身边，取出她口中塞着的破布，双手几下拉扯，便扯断了绑住她手足的绳子，回过身去，在万圭腰里重重踢了一脚，内力到处，万圭登时全身酸软。

戚芳先将空心菜抱起，颤声道："恩公是谁，救了我性命？"

那人双手伸出，月光之下，只见他每只手掌中都有一只花纸剪成的蝴蝶，正是那本唐诗中夹着的纸蝶，适才飘下楼去时给他拿到了的。戚芳一瞥眼间，见到他右手五根手指全无，失声叫道："狄师哥！"

那人正是狄云，斗然间听到这一声"狄师哥！"胸中一热，忍不住眼泪便要夺眶而出，叫道："芳妹！菩萨保佑，你……你我今日又再相见！"

戚芳此时正如一叶小舟在茫茫大海中飘行，狂风暴雨交加之下，突然驶进了一个风平浪静的港口，扑在狄云怀中，说道："师哥，这……这……这不是做梦么？"

狄云道："不是做梦，芳妹，这两晚我都在这里瞧着。这父子两人干的那些伤天害理事情，我全都瞧见了。吴坎的尸体，哼，我是拿来吓他们一吓！"

戚芳叫道："爹爹，爹爹！"放下空心菜，奔到墙洞之前，伸手往洞中摸去，却摸了个空，"啊"的一声叫，颤声道："没……没有！"

狄云打亮了火折，到墙洞中去照时，只见夹墙中尽是些泥灰砖石，却哪里有戚长发的尸体？说道："这里没有，什么也没有。"

戚芳在桌上拿过一个烛台，在狄云的火折上点燃了蜡烛，举起烛台，在夹墙中细细察看，却哪里有父亲的尸体，谁的尸体也没有。她又惊又喜，心中存了一线希望："或许，爹爹并没给他们害死。"转身向万圭道："三……三哥，我爹爹到底怎样了？"

万圭和万震山却不知她在夹墙中并没发现尸体，只道她见了父亲的遗体，便要动手复仇。万震山昂然道："大丈夫一身做事一身当，戚长发是我杀的，你冲着我报仇便是。"戚芳道："爹爹真的给你害死了？那么……他的尸首呢？"万震山道："什么？夹墙里的死人难道不是他？"戚芳道："这里有什么死人？"万震山和万圭面面相觑，脸色惨白，兀自不信。狄云拉起万震山，让他探头到墙洞中一看。

十一 砌墙

万震山颤声道:"世上真……真有会行走的僵尸?我……明明……明明……"忽地改口:"好媳妇,我……我是骗骗你的。咱师兄弟虽然不和,却也不致于痛下毒手。你怎么信以为真了?哈哈,哈哈!"他平时说谎的本领着实不错,但这时惊惶之下,张口结舌,说出来的谎话牵强之至,谁也不会相信。要是他倔强挺撞,戚芳和狄云还存着万一的希望,他这么一说,两人只有更加确信是他害死了戚长发。

狄云伸掌搭在他肩头,说道:"万师伯,你害得我好苦,这一切也不必计较了。我只问你:到底我师父是不是给你害死了?"说着运起"神照经"内功。霎时之间,万震山全身犹如堕入了一只大火炉中,似乎连血液也烧得要沸腾起来,片刻也难以抵受,想到戚长发的尸身竟会不知去向,心中惊疑惶恐,乱成一团,已全无抗拒之意,说道:"不……不错。戚长发是我杀的。"

狄云又问:"我师父的尸首呢?你到底放在什么地方?"万震山道:"我确是将他砌入了这夹墙之中,是尸变……变了僵尸么?"

狄云狠狠的凝视着他,想起这几年来,自己经历了无穷无尽的苦难,全是由于他父子的毒害,此刻万震山又亲口承认了杀死他师父,如何不教他怒火攻心?若不是已和戚芳相会,心中毕竟欢喜多过哀伤,立时便要一掌送了他性命。他一咬牙,提起万震山来,砰的一声,从那墙孔中掷了进去。万震山身子大,墙孔小,撞落了几块砖头,这才跌入。

戚芳"啊"的一声,轻声低呼。狄云提起万圭的身子,又掷入了墙洞,说道:"一报还一报,他父子这般毒害师父,咱们就这般对付他二人。"拾起地下的砖块,便砌了起来,片刻之间,便将墙洞砌好了。

戚芳颤声道:"师……师哥,你终于为爹爹报了这场大仇。若不是你来……师哥,这人的尸体,怎么办?"说着指了指吴坎的尸体。

狄云道:"咱们走罢!这里的事,再也不用理会了。"戚芳道:"他二人砌在墙中,还没死,倘若有人来救……"狄云道:"旁人怎会知道墙内有人?咱们把吴坎的尸体移出去,旁人更加不会到这里来查察。这两人在墙里活不多久的。"当下提起吴坎的尸身,走出书房,向戚芳招手道:"走罢!"

两人跃出了万家围墙,狄云抛下吴坎尸身,说道:"师妹,咱们到哪里去好?"

戚芳道:"你想爹爹真的是给他们害死了么?"狄云道:"但愿师父仍然健在。只是听万震山的说话,就怕……就怕师父已经遭难。咱们自该查个水落石出。"

戚芳道:"我得回去拿些东西,你在那边的破祠堂里等我一等。"狄云道:"我陪你一起去好了。"戚芳道:"不,不好!若给人撞见,多不方便。"狄云道:"我陪着你好些。万家还有别的弟子,可没一个是好人。"戚芳道:"不要紧。你抱着空心菜,在那边等我。"空心菜经了这场惊吓,抵受不住,早已在妈妈怀中沉沉睡熟。

狄云向来听戚芳的话,见她神情坚决,不敢违拗,只得抱过女孩,见戚芳又跃进了万家,便走向祠堂,推门入内。

过了一顿饭时分,始终不见戚芳回来,狄云有些耽心了,便想去万家接她,但生怕她不快,抱着空心菜,在廊下走来走去,想着终于得和师妹相聚,实是说不出的欢喜,但内心深处,却隐隐又感恐惧:不知师妹许不许我永远陪着她?心中不住许愿:"老天爷保佑,我已吃了这许多苦头,让我今后陪着她,保护她,照顾她。我不敢盼望做她丈夫,只要天天能见到她,她每天叫我一声'空心菜师哥'。老天爷,我这一生一世再也不求你什么了。"

突然之间,听得祠堂长窗内瑟瑟作声,似乎有人。狄云一侧身,站在窗下不动。过得片刻,长窗呀的一声推开,有人走了出来。

黑暗之中,隐约见到是个披头散发的丐妇,狄云便不在意下,只想:"怎么芳妹还不回来?"

空心菜在梦中"哇"的一声,惊哭出来,叫道:"妈妈,妈妈!"

那丐妇大吃一惊,缩在走廊的角落里,抱住了自己的头。狄云轻拍空心菜的肩膀,安抚她道:"别哭,别哭!妈妈就来了!妈妈就来了!"

那丐妇见出声的是个小女孩,狄云对她也似无加害之意,胆子大了起来,站起身来,慢慢走近,帮助他安抚空心菜:"宝宝好乖,别哭,妈妈就来了!"她低声向狄云道:"一个人睡着了就会见鬼,有人半夜三更起身砌墙头,不……不……你别问我……"

狄云问道:"你说什么?"那丐妇道:"没……没什么。老爷赶了我出来。他不要我了。从前,我年轻的时候,他好喜欢我。人家说:

十一 砌墙

一夜夫妻百夜恩,百夜夫妻海样深……老爷总有一天会叫我回去的。是啊,一夜夫妻百夜恩,百夜夫妻海样深……"

狄云心中一动:"师妹对她丈夫,难道就不念旧情么?"突然间胸口似乎充塞了一股闷气,头脑中一阵晕眩,抱着空心菜,便从破祠堂中冲了出去。

他决计猜想不到,这个满身污秽的丐妇,就是当年诬陷他的桃红。

地下滚满了珍珠、宝石、白玉、翡翠……所有的江湖豪客、官吏兵丁，人人都拼命地在抢，有的打了起来，有的扑上了金佛……

十二　连城宝藏

狄云越墙而入,来到万家的书房。其时天已黎明,朦朦胧胧之中,见地下躺着一人,依稀便是戚芳。狄云大惊,忙取火刀火石打了火,点着了桌上的蜡烛,烛光之下,只见戚芳身上全是鲜血,小腹上插了一柄短刀。

她身旁堆满了砖块,墙上拆开了一洞,万氏父子早已不在其内。

狄云俯身跪在戚芳身边,叫道:"师妹,师妹!"他吓得全身发抖,声音几乎哑了,伸手去摸戚芳的脸,觉得尚有暖气,鼻中也还有轻轻呼吸。

他心神稍定,又叫:"师妹!"戚芳缓缓睁开眼来,脸上露出一丝苦笑,说道:"师哥……我……我对不起你。"

狄云道:"你别说话。我……我来救你。"将空心菜轻轻放在一边,右手抱住了戚芳身子,左手抓起短刀的刀柄,想要拔了出来。但一瞥之下,见那口刀深深插入她小腹,足有半尺,刀子一拔出,势必立时送了她性命,便不敢就拔,只急得无计可施,连问:"怎么办?怎么办?是……是谁害你的?"戚芳苦笑道:"师哥,人家说:一夜夫妻……唉,别说了,我……你别怪我。我忍心不下,来放出了我丈夫……他……他……"

狄云咬牙道:"他……他……他反而刺了你一刀,是不是?"

戚芳苦笑着点了点头。

狄云心中痛如刀绞,眼见戚芳命在顷刻,万圭这一刀刺得她如此厉害,无论如何是救不活了。在他内心,更有一条妒忌的毒蛇在隐隐的咬啮:"你……终究是爱你丈夫,宁可自己死了,也要救他。"

戚芳道:"师哥,你答允我,好好照顾空心菜,当是你……你自己的女儿一般。"

狄云黯然不语,点了点头,咬牙道:"这贼子……到哪里去啦?"

戚芳眼神散乱,声音含混,轻轻的道:"那山洞里,两只大蝴蝶飞了进去,梁山伯,祝英台,师哥,你瞧,你瞧!一只是你,一只是我。咱们俩……这样飞来飞去,永远也不分离,你说好不好?"声音渐低,呼吸慢慢微弱了下去。

狄云一手抱着空心菜,一手抱着戚芳的尸身,从万家围墙中跃了出来。他本想一把火将万家的大宅子烧个干净,但转念一想:"这屋子一烧,万氏父子再也不会回来了,要为师妹报仇,得让这宅子留着。"

狄云奔到当年丁典毕命的废园中,在梅树下掘了个坑,将戚芳的尸身埋了,那柄短刀却收在身边。他决心要用这柄刀去取万氏父子的性命。

他伤心得哭不出眼泪来,只是不住自责:"为什么不将这两个恶贼先打死了,再丢进墙洞?为什么这样大意,终于害了师妹性命?"他不怪师妹,只怪责自己。

空心菜不住哭叫:"妈妈,妈妈!"叫得他心烦意乱。于是在江陵城外找了一家农家,给了十两银子,请一个农妇照管女孩。

他日日夜夜的守候在万家前后,半个月过去了,没见到万氏父子半点踪迹。奇怪的是,连鲁坤、卜垣、孙均、冯坦、沈城等几人也都失了踪,不再回到万家来。万家的婢仆乱得没头苍蝇一般,有的开始偷东西了,有的在吵嘴打架。

江陵城中,却有许多武林人物从四面八方聚集拢来。

一天晚上,狄云听到了几个江湖豪客的对话:

"那连城剑诀原来是藏在一部《唐诗选辑》之中,头上四字是'江陵城南'。"

"是啊,这几天闻风赶来的着实不少。就是不知这四个字之后是些什么字。"

"管他之后是什么字?咱们只管守在江陵城南。有人挖出宝藏,给他来个拦路打劫。"

"不错。就算劫不了,至少也得分上一份。见者有份,还少得了咱哥儿们的么?"

"嘿嘿!江陵书铺中这几天来买《唐诗选辑》的人可真不少。今儿我走进书铺,还没开口,伙计就说:'大爷,您可是要买《唐诗选辑》?这部书我们刚在汉口赶着捎来,要买请早,迟了只怕卖光了。'我很奇怪,问他:'你怎知我要买《唐诗选辑》?'你猜他怎么说?"

"不知道!他怎么说?"

"他妈的。那伙计说:'不瞒您老人家说,这几天身上带刀带剑、挺胸凸肚的练把式爷们,来到书铺子,十个倒有十一个要买这本书。五两银子一本,你爷合不合式?'"

"他奶奶的,哪有这么贵的书?"

"你知道书价么?你买过书没有?"

"哈哈,老子这一辈子可从没进过书铺子的门。书啊书的,老子这一辈子最爱赌钱,买赢就好,买书(输)可从来不干。嘿嘿,嘿嘿!"

狄云心道:"连城剑诀中的秘密可传出去了,是谁传出去的?是了,万氏父子的话给鲁坤他们听了去,万震山要追查,几个徒儿却逃走了。就这样,知道的人越来越多。"

想起当年与丁典同处狱中之时,也有许多江湖豪士闻风而来,却都给丁典一一打死了。"嗯,丁大哥的大事还没办。丁大哥的事可比我自己报仇要紧。"

凌小姐的父亲是荆州府的知府。狄云到江陵城中最大的棺材铺、墓碑铺一打听,便查知凌小姐的坟葬在江陵东门外十二里的一个小山冈上。

他买了一把铁铲,一把鹤嘴锄,出得东门,不久便找到了坟墓。墓碑上写着"爱女凌霜华之墓"七字。墓前无花无树。凌姑娘生前最爱鲜花,她父亲竟没给她种植一株。

"爱女,爱女,嘿嘿,你真的爱这个女儿么?"他冷笑起来,想到丁典和戚芳,忍不住泪水又流了下来。

他的衣襟,早就为悼念戚芳的眼泪湿透了。在凌霜华的墓前,又加上了新的眼泪。

山冈附近没人家,离开大路很远,也没人经过。但白天总不能刨坟。直等到天全黑了,才挖开墓土,再掘开三合土封着的大石,现出了棺木。

经历了这几年来的艰难困苦,狄云早不是个容易伤心、容易流泪的人了,但在惨淡的月光下见到这具棺木,想到丁大哥便因这口棺木而死,却不能不再伤心,不能不再流泪。

凌退思曾在棺木外涂上"金波旬花"的剧毒,虽然时日相隔已久,而且将棺木抬到此间下葬,料想棺外毒药早已抹去,但他不敢冒险伸手去碰棺木,拔出血刀,从棺盖的缝口中轻轻推了过去。那血刀削金断玉,遇到木材,便如批豆腐一般,他不用使劲,便已将棺盖的榫头尽数切断,右臂一振,劲力所到,棺盖飞起。

蓦然间,只见棺木中两只已然朽坏的手向上举着。棺盖一飞起,两只手便掉了下去,宛然会动一般。狄云吃了一惊,心想:"凌小姐入棺之时,怎地两只手会高举起来的?这真奇了。"只见棺中并无寿衣、被褥等一般殓葬之物,凌小姐只穿一身单衣。

狄云默默祝祷:"丁大哥,凌小姐,你二人生时不能成为夫妻,死后同葬的心愿终于得偿。你二人死而有灵,也当含笑于九泉之下了。"解下背上包袱,打了开来,将丁典的骨灰撒在凌小姐尸身上。他跪在地下,恭恭敬敬的拜了四拜,然后站起身来,将包骨灰的包袱裹在手上,便去提那棺盖,要盖回棺木。

月光斜照,只见棺盖背面隐隐写着有字。狄云凑近一看,只见那几个字歪歪斜斜,写的是:"丁郎,丁郎,来生来世,再为夫妻。"

狄云心中一寒,一交坐在地下,这几个字显是指甲所刻,他一凝思间,便已明白:"凌姑娘是给她父亲活埋的,放入棺中之时,她还没死。这几个字,是她临死时用指甲刻的。因此一直到死,她的双手始终举着。天下竟有这般狠心的父亲!丁大哥始终不屈,凌姑娘始终不负丁大哥。她父亲越等越恨,终于下了这毒手。"又想:"凌知府发觉丁大哥越狱,知道定会去找他算帐,急忙在棺木外涂上'金波旬花'的剧毒。这人的心肠,可比'金波旬花'还毒上百倍。"

他凑近棺盖,再看了一遍那两行字。只见这几个字之下,又写着三排字,都是些"四十一、三十三、五十三"等等数目字。狄云抽了一口凉气,心道:"是了,凌姑娘直到临死,还记着和丁大哥合葬的心愿。她答应过丁大哥,有谁能将她和丁大哥合葬,便将连城剑诀的秘密告知此人。丁大哥在废园中跟我说过一些,只是没说完便毒发而死。师父那本剑谱上的秘密,给师妹的眼泪浸了出来,偏偏给万氏父子撕得稀烂。我只道这秘密从此湮没,哪知道凌姑娘却写在这里。"

他默默祝告:"凌姑娘,你真是信人,多谢你一番好心,可是我此心成灰,恨不得自掘一穴,自刎而死,伴在你和丁大哥身边。只大仇未报,尚得去杀了万家父子和你父亲。金银珠宝,在我眼中便如泥尘一般。"说着提起棺盖,正要盖上棺木,蓦地里灵机一动:"啊哟,对了!万氏父子这时不知躲到了哪里,今生今世只怕再也找他们不着,但若将大宝藏的秘密写在当眼之处,万氏父子必然闻讯来看。不错,这秘密是个大大的香饵,万氏父子纵然起疑,再有十倍小心,也非来看这秘密不可。"

他放下棺盖,看清楚数目字,一个个用血刀的刀尖划在铁铲背上,刻完后核对一遍无误,这才手上衬了包袱布,盖上棺盖,放好石板,最后将坟土重新堆好。

"这个大心愿是完了!报了大仇之后,须得在这里种上数百棵菊花。丁大哥和凌姑娘最爱的便是菊花。最好能找到'春水碧波'的名种绿菊花!"

第二天早晨,江陵南门旁的城墙上,赫然出现了三行用石灰水书写的数目字。每个字都尺许见方,远远便能望见,"四、四十一、三十三、五十三……"奇怪的是,这几行字离地二丈有余,江陵城中只怕没那么长的梯子,能让人爬上去书写,除非是用绳子缒着身子,从城头上挂下来写。

离这三行字十余丈外的城墙脚边,狄云扮作乞丐,脱下破棉袄,坐在太阳底下捉虱子。

从南门进进出出的人很多,只几个时辰,江陵城中街市上、茶馆里,就有人纷纷谈论,也有不少人到南门外来亲眼瞧瞧。但这些数目字除了写的地位奇特之外,并没什么好看,一般闲人看了一会,胡乱猜测一番,便即走了,却有好几个江湖豪客留了下来。

这些人手中都拿着一本《唐诗选辑》，将城墙上的数字抄了下来，皱着眉头苦苦思索。

　　狄云见到孙均来了，沈城来了。过了一会，鲁坤也来了。

　　但他们并不知道"连城剑法"每一招的次序，虽然手中各有一部《唐诗选辑》，虽然城墙上写着大大的数字，又料到这些数字定是剑谱中的秘密，虽然偷听到了师父和他儿子参详秘密的法子，却不知每一个数字，应当用在哪一首诗中。

　　这世上，只有万震山、言达平、戚长发三人知道。

　　鲁坤等三人在悄悄议论。隔得远了，狄云听不到他们的说话。见三人说了一会话，便回进城去，过不多时，三个人都化了装出来。一个扮作水果贩子，挑了一担橘子，一个扮作菜贩，另一个扮作荷着锄头的乡民。三人坐在城墙脚边，注视来往行人。

　　狄云猜到了他们的心思。他们在等万震山到来。他们参不透这秘密，但只要跟随着万震山，便能找到宝藏，就算夺不到，分一份总有指望。再和师父相见当然危险万分，可是要发大财，怎能怕危险？

　　"连城剑谱"中头上四个数目字早已传开了，"四、四十一、三十三、五十三"，那便是"江陵城南"。"四、四十一、三十三、五十三"，以后还有一连串的数字，再蠢的人，也想得到那必是剑谱中的秘密。

　　在城墙脚边坐下来的人越来越多，有的化了装，有的大模大样以本来面目出现。狄云数了一数，一共有七十八人。再过一会，卜垣和冯坦也来了，他师兄弟二人不知为什么事争得面红耳赤，差点就要打架，但终于也安静下来，坐在护城河旁。

　　等到下午，万氏父子没出现。等到傍晚，万氏父子仍没出现。许多人已在破口大骂。万家的祖宗突然声名大噪，尤其是万震山的奶奶。

　　天快黑了，一个教书先生模样的人拿了一张纸，一只墨盒，一枝笔，摇头晃脑的，将城墙上这几行字抄了下来。一条大汉正闷得没地方出气，一把抓住那人，问道："你抄这些字干什么？"那先生道："老夫自有用处，旁人不得而问之也。"那大汉道："你说不说？不说，我就打。"提起醋钵大的拳头，在他鼻尖前摇来晃去。那先生吓怕了，颤声道："是……是人家叫我来抄的。"那大汉道："谁叫你抄的？"

那先生道:"一位老先生,不……不瞒你说,就是本城大名鼎鼎的万震山万老先生,你……你可得罪他老人家不得。"

"万震山"这三个字一出口,众人便哄了起来。狄云更加欢喜,只是这份欢喜之中,混着太多的仇恨和伤心。

那先生战战兢兢的在前面走,一脚高,一脚低,跌跌撞撞的直向东行,一百多人远远的跟着。万震山既然不来,便去找万震山。只有他,才参详得出其中的秘密。这件事已揭明了,人多势众,要硬逼着万震山去找宝藏。许多人称赞那大汉:"幸亏你老哥聪明,我们怎么没想到万震山会派人来抄数目字?要不是你老哥,大伙儿在城门边等上三天三夜,万震山却早将宝藏起了去啦。"那大汉很是得意,说道:"这酸秀才鬼鬼祟祟,我料得他干的不是好事。"似乎他自己干的却是好事。

狄云混在人群之中,隐隐觉得:"万震山老奸巨滑,决不会这样轻易便给人找到。其中定有鬼计。"这时一行人离开南门已有数里,他回过头来,又向城墙望去,一瞥眼间,只见一条人影从城墙边飞快掠过,向西疾奔。

狄云寻思:"这一群人钉着这个教书先生,决计不怕他走了。他们如找到万震山,也决不会离开了他。偌大一座江陵城,要寻万氏父子十分艰难,但要找这么乱七八糟的一大群人,却易过反掌,我何必跟在人群之中?"

他心念一动,闪身隐在一株树后,随即展开轻功,反身奔向南门,更向西行。循着那人影的去向急奔,不到一盏茶时分便追上了。狄云的内功既已修得炉火纯青,轻功相应而高,脚下迅捷异常。他追踪的那人轻功也甚了得,但比之狄云却又差得远了。那人丝毫不觉有人跟随,只快步奔跑。

狄云见他奔到一间小屋之前,推门入内。狄云守在门外,等他出来,过了一会,却见小屋的窗子中透出了灯光。他闪到窗下,从窗缝中向内望去,只见屋里坐着个老者,背向窗子,瞧不见他的面容。看他背影,便是适才所追踪那人。

那老者在桌上摊开一本书来,狄云一见便知是《唐诗选辑》,这本书近日来在江陵城中流行极广,居然这老者未能免俗,也有一本。

只见他取过一枝秃笔,在一张黄纸上写了"江陵城南"四个字,他口中轻轻念着"一五、一十、十五、十八……第十八个字",跟着在纸上写个"偏"字。

狄云大吃一惊:"这人居然能在这本唐诗中查得到字,难道他也会连城剑法?"瞧他背影,显然不是万震山。这老者穿着一件敝旧的灰色布袍,瞧不出是什么身分。

只见他查一会书,屈指计一会数,便写一个字,一共写了廿六个字。狄云一个字、一个字的读下去,见是:

"……西天宁寺大殿佛像向之虔诚膜拜通灵祝告如来赐福往生极乐"。

那老者大怒,将笔杆重重在桌上一拍,说道:"什么'向之虔诚膜拜,通灵祝告',又什么'如来赐福,往生极乐'!他奶奶的,'往生极乐',这不是叫人去见十殿阎王么?"

狄云听这人口音极熟,正思索间,那人侧头回过脸来。狄云身子一矮,缩在窗下,心道:"是二师伯,无怪他知道剑招。这却又是什么秘密了?原来是戏弄人的。"心中忍不住好笑:"这许多人花了偌大心思,不惜弑师父、害同门,原来只是一句作弄人的话。"

他没笑出声来,但屋中,言达平却大笑起来:"哈哈,叫我向如来佛虔诚膜拜,通灵祝告,这泥塑木雕的他妈的臭菩萨便会赐福于我,哈哈,他奶奶的,叫老子往生极乐。我们合力杀了师父,师兄弟三人你争我夺,原来是大家要争个'往生极乐'。江陵城中这几百条英雄好汉、乌龟贼强盗,争来争去,为的都是要'往生极乐',哈哈,哈哈!"笑声中却充满了凄惨之意,一面笑,一面将黄纸扯得粉碎。

突然之间,他站着一动不动,双目怔怔的瞧着窗外。

狄云想起自己所以遭此大难、戚芳所以惨死,起因皆在这连城剑诀的秘密,而这秘密竟是几句戏谑之言,心下悲愤之极,忍不住也要纵声长笑。

便在此时,只见言达平眼望窗外,似乎见到了什么。只听他喃喃自语:"到了这步田地,去天宁寺瞧瞧,那也不妨。江陵城南偏西,不错,确是有这么一座古庙。"他一挥手,拨熄了油灯,推门出来,展开轻功向西奔去。

狄云心下迟疑:"我去寻万震山呢,还是跟言师伯去?嗯,那一大批人易找得紧,还是先跟着言师伯瞧瞧。"当下盯住言达平的背影,追了下去。

不到小半个时辰,言达平便已到了天宁寺古庙之外。他先在庙外倾听半晌,又绕着那庙转了一个圈子,听得庙内庙外静悄悄地并无人踪,这才推门而入。

这天宁寺地处荒僻,年久失修,门朽墙圮,庙内也无庙祝和尚。言达平来到大殿,一晃火折,便要去点神坛上的蜡烛,火光之下,只见烛泪似乎颇为新鲜,心念一动,伸手去捏了捏,果然烛泪柔软,显然不久之前有人点过这蜡烛。他心下起疑,吹熄了火折,正要举步出外查察,突觉背后一痛,一柄利刃插进身子,大叫一声,便即毙命。

狄云躲在二门之后,见火光陡熄,言达平便即惨呼,知他已遭暗算,这一下事起仓卒,不及救援。他索性不动,要瞧伤害言达平的是谁。黑暗中只听得一人"嘿,嘿,嘿"冷笑。这声音传入耳中,狄云不由得毛骨悚然,这笑声阴森可怖,却又十分熟悉。

突然间火光抖动,有人点亮了蜡烛,烛光射到那人身上。那人慢慢的侧过脸来。

狄云险些脱口呼出:"师父!"

这人竟是戚长发。只见他向言达平的尸身踢了一脚,拔出他背上长剑,又在他背心上连刺数剑。

狄云见师父杀害自己同门师兄,手段竟如此狠毒残忍,这句"师父"的呼声刚到口边,便硬生生的忍住。

戚长发嘿嘿冷笑,说道:"二师哥,你也查到了连城剑谱中的秘密,是不是?嘿嘿!'江陵城南偏西,天宁寺大殿佛像,向之虔诚膜拜,通灵祝告',哈哈,二师哥,剑谱中说'如来赐福,往生极乐',你现下不是往生极乐了么?这不是如来赐福了么?"他转过头来,望着那尊面目慈祥的如来佛像。他脸上堆满戾气,恶狠狠的端详半晌,说道:"你奶奶的臭佛,戏弄了老子一生,坑害得我可就苦了!"纵身上了神坛,提起长剑,当当当三响,在佛像腹上连砍三剑。

一般佛像均是泥塑木雕,但这三剑砍在其上,却发出铮铮铮的金属之声。戚长发一怔,又砍了两剑,但觉着剑处极是坚硬。他拿起烛台凑近一看,只见剑痕深印,露出灿烂金光,戚长发一呆,伸指将两条剑痕之间的泥土剥落,但见闪闪发光,里面竟然都是黄金。

他忍不住叫道："大金佛，都是黄金，都是黄金！"

这座佛像高逾三丈，粗壮肥大，远超寻常佛像，如通体全以黄金铸成，少说也有五六万斤，那不是大宝藏是什么？

他狂喜之下，微一凝思，转到佛像背后，举剑批削，见佛像腰间似有一扇小小暗门。他不住用力砍削，泥塑四溅，只将长剑削得崩了数十个缺口，才将暗门四周的泥塑都削去了。只见那暗门也是黄金所铸，戚长发将剑伸进暗门周围的缝隙中去撬了几下，喜不自胜、心慌意乱之下，啪的一声，长剑竟尔折断。

他提起半截断剑，到暗门的另一边再去撬。又撬得几下，那暗门渐渐松了。戚长发抛下断剑，伸手指将暗门轻轻起了出来，举烛火照去，只见佛像肚里珠光宝气，霭霭浮动，不知这个大肚子之中，藏了有多少珍珠宝贝。

戚长发咽了几口唾沫，正想伸手到暗门之内去摸出些珠宝来瞧瞧，突觉神坛轻轻晃动。他心知有异，纵身便即跃下，左足刚着地，小腹上一痛，已给人点中了穴道，咕咚一声，摔倒在地。

神坛下钻出一个人来，侧头冷笑，说道："戚师弟，你找得到这儿，老二找得到这儿，怎么不想想，大师兄也找得到这里啊！"说话之人，正是万震山。

戚长发陡然发见大宝藏，饶是他精细过人，见了这许多珠宝，终于也不免喜出望外，一疏神间，竟着了万震山的道儿，恨恨的道："第一次你整我不死，想不到终于还是死在你的手下。"万震山得意之极，道："我正在奇怪，戚师弟，我扼死了你，将你封入夹墙之中，怎么又会活了过来？"戚长发闭目不答。

万震山道："你不回答，难道我就猜不到？那时你敌我不过，就即闭气装死，封入夹墙之后，居然能够脱逃。了不起！好本事！当时我见封墙的砖头有一块凸了出来，心中一直觉得不大妥当，可说什么也想不到是给你挣扎着逃走时踢出来的。"

万震山那日将戚长发封入了夹墙后，次日见到封墙的砖头有一块凸出，这件事令他内心十分不安，又不敢开墙察看戚长发的尸身，这才患上了离魂之症，睡梦中起身砌墙。他一直在怕戚长发的"僵尸"从墙洞里钻出来，因此睡梦中砌了一次又一次，要将墙洞封得牢牢的。他又冷笑道："嘿嘿，你也真厉害，眼睁睁的瞧着你女儿做了我儿媳妇,竟始终不现身。我问你,那是为了什么?为了什么?"

戚长发一口浓痰向他吐去。

万震山闪身避开,笑道:"老三,你要死得干脆呢,还是爱零零碎碎的受苦?你想死得痛快,就跟我说,你用什么法子在那小客店里盗了剑谱,让我和老二都追寻不到。"

戚长发冷笑道:"那还不容易?那晚我等你二人睡得像猪猡一般,便悄悄起身开了铁盒,将剑谱塞入抽屉之下与桌子的夹层之中,第二天早晨,剑谱自然无影无踪。我们三人争吵一场,分手而去,你在后面跟踪言达平,言达平在跟踪我,我就跟踪你,咱三人互相跟踪了一个月后各自散了,我这才回去小客店,在抽屉夹层中将剑谱取了出来,回家藏入衣箱的旧衣服间,却不知怎样,给我女儿拿去了。姓万的,你给我个痛痛快快罢!"

万震山狞笑道:"好,给你个痛快的。按理说,不能给你这便宜,只是你师哥没功夫了,须得赶快用烂泥涂好佛像。好师弟,你乖乖的上路罢!"说着提起长剑,便往戚长发胸口刺落。

突然间红光一闪,万震山一只右臂齐肘连刀,落在地下,身子跟着给人一脚踢开,正是狄云以血刀救了戚长发的性命。

他俯身解开戚长发的穴道,说道:"师父,你受惊了!"

这一下变故来得好快,戚长发呆了老大半晌,才认清楚是狄云,说道:"云……云儿,是你?"狄云和师父别了这么久,又再听到"云儿"这两个字,不由得悲从中来,说道:"是,师父,正是云儿。"戚长发道:"这一切,你都瞧见了。"狄云点了点头,道:"师妹,师妹,她……她……"

万震山断了一臂,挣扎着爬起,冲向庙外。戚长发抢上前去,一剑自背心刺入,穿胸而出。万震山一声惨呼,死在当地。

戚长发瞧着两个师兄的尸体,缓缓的道:"云儿,幸亏你及时赶到,救了师父的性命。咦,那边有谁来了?是芳儿吗?"说着伸手指着殿侧。

狄云听到"芳儿"两字,心头大震,转头一看,却不见有人,正惊讶间,突觉背上一痛。他反手抓住来袭敌人的手腕,一转头,只见那人手中抓着一柄明晃晃的匕首,正是师父戚长发。狄云大是迷惘,道:"师……师父……弟子犯了什么罪,你要杀我?"他这时才想起,适才师父一刀已刺在自己背上,只因自己有乌蚕衣护身,才又逃得了性命。

戚长发给他抓住手腕,半身酸麻,使不出半分力道,惊怒交集之下,恨恨的道:"好,你学了一身高明武功,自不将师父瞧在眼里了。你杀我啊,快杀,快杀,干么不杀?"狄云松开了手,仍是不解,道:"我怎敢杀害师父?"

戚长发叫道:"你假惺惺的干什么?这是一尊黄金铸成的大佛,你难道不想独吞?我不杀你,你便杀我,那有什么希奇?这是一尊金佛,佛像肚里都是价值连城的珍宝,你为什么不杀我?为什么不杀我?"他高声大叫,声音中充满了贪婪、气恼、痛惜,那声音不像是人声,便如是一只受了伤的野兽在旷野中嗥叫。

狄云摇摇头,退开几步,心道:"师父要杀我,原来为了这尊黄金大佛?"霎时之间,他什么都明白了:戚长发为了财宝,能杀死自己师父、杀死师兄、不顾亲生女儿死活,为什么不能杀徒弟?他心中响起了丁典的话:"他外号叫作'铁锁横江',什么事情做不出?"他又退开一步,说道:"师父,我不要分你的黄金大佛,你独个儿发财去罢。"他真不能明白:一个人世上什么亲人都不要,不要师父、师兄弟、徒弟,连亲生女儿也不要,有了价值连城的大宝藏,又有什么快活?

戚长发不相信自己的耳朵了,心想:"世上哪有人见到这许多黄金珠宝而不起意?狄云这小子定然另有诡计。"他这时已沉不住气,大声道:"你捣什么鬼?这是一座黄金大佛,佛像肚中都是珠宝,你为什么不要?你要使什么鬼计?"

狄云摇了摇头,正想走出庙去,忽听得脚步声响,许多人蜂拥而来。他纵身上了屋顶,向外望去,只见一百多人打着火把,喧哗叫嚷,快步奔来,正是那一群江湖豪客,只听得有人喝骂:"万圭,他妈的,快走,快走!"狄云本想要走,一听到"万圭"两字,当即停步。他还没为戚芳报仇。

这一群人争先恐后的入庙,狄云看得清楚,万圭让几个大汉扭着,目青鼻肿,已给人饱打了一顿,身上仍穿着那件酸秀才的衣衫。原来他乔装成个教书先生的模样,故意将城墙边的一众江湖豪士引开,好让万震山到天宁寺来寻宝。但在众人的跟随查究之下,终于露出了马脚。各人以性命相胁,逼着他带到天宁寺来。

戚长发听得人声，急忙跃上神坛，想要掩住佛像剑痕中露出来的黄金。但迟了一步，众人已见到他站在神坛之上，双手去掩佛像的大肚子。这时数十根火把照耀之下，庙中有如白昼。各人眼见到金光，一齐大声发喊，抢将上去，七手八脚的，便去斩剥佛像上的泥塑。各人刀砍剑削，不多时佛像身上到处发出灿烂金光。

跟着有人发见佛像背后的暗门，伸手进去，掏出了大批珠宝，站在后面的便用力将他挤开。珠宝一把把的摸出来。强有力的豪士便从别人手中劫夺。

突然间门外号角声呜呜吹起，庙门大开，数十名兵丁冲了进来，高叫："知府大人到，谁都不许乱动。"随后一人身穿官服，傲然而进，正是荆州府知府凌退思。他在城内城外耳目众多，这些江湖豪客之中便混得有他的部属，一得讯息，立时提兵赶来。

凌退思害死丁典、逼死女儿，仍对"连城诀"不得丝毫头绪，但他找寻荆州大宝藏的痴心始终不息，虽知梅念笙与此有关，但不知关键是在"唐诗剑法"。

他继续付出大批贿赂，在荆州府知府任上连任，又以"龙沙帮"帮主身份，派出帮众查探，终于得到讯息，这"连城诀"关连到一本《唐诗选辑》。

凌退思是翰林出身，文才卓超，一翻《唐诗选辑》，见有些诗篇是晚唐诗人所作，上距梁元帝五六百年，梁元帝的大宝藏绝无可能在唐诗中留有线索，于是进一步潜心侦查。才知原来梁元帝藏妥宝藏后，将所经手的官兵匠人尽数杀戮，后来他为北周官兵所害，宝藏就此绝无踪迹。到得大清康熙年间，忽有一位身具高强武功的高僧驻锡荆州天宁寺，无意中发现了宝藏，他将此讯息写成书信，托人送交给当时天地会广东红旗香主吴六奇，请他去发掘出来，作天地会反清复明之用。因怕泄漏机密，他将宝藏所在处用密码（剑诀）注入一本当时流传的《唐诗选辑》之中，送交吴六奇。吴六奇是他师兄的弟子，同门相传，和那高僧都会"唐诗剑法"，知道剑法的次序。不幸密码送到时，吴六奇遭难，为人所害，这剑诀密码便流落在外。送信人辗转将讯息传了出来，讯息若不与《唐诗选辑》连在一起，凑不成一块；得讯之人如不会"唐诗剑法"，虽知剑诀，但不知剑招次序，宝藏也就难以找到。梅念笙是那高僧与吴六奇的同派门人，会使"唐诗剑法",后来又得了剑诀,事机不密,落得给三个徒弟背叛杀害的下场。

一众江湖豪客见了这许多珠宝,哪里还忌惮什么官府?各人只拼命的抢夺珍宝。

地下滚满了珍珠、宝石、金器、白玉、翡翠、珊瑚、祖母绿、猫儿眼……

凌退思的部属又怎会不抢?兵丁先俯身捡拾,于是官长也抢了起来。谁都不肯落后。戚长发在抢、万圭在抢、连堂堂知府大人凌退思,也忍不住将一把把珠宝揣入怀中。

一抢夺,便不免斗殴。于是有人打胜了,有人流血,有人死了。

这些人越斗越厉害,有人突然间扑到金佛上,抱住了佛像狂咬,有的人用头猛撞。

狄云觉得很奇怪:"为什么会这样?就算是财迷心窍,也不该这么发疯?"

不错,他们个个都发了疯,红了眼乱打、乱咬、乱撕。狄云见到铃剑双侠中的汪啸风在其中,见到"落花流水"的花铁干也在其中,更有不少人是曾到雪谷中去救水笙、又出言侮辱她的群豪大汉,其中很有些是为人仁义的豪侠。他们一般的都变成了野兽,在乱咬、乱抢,将珠宝塞到嘴里,咬得格格作响,有的人把珠宝吞入了肚里。

狄云蓦地里明白了:"这些珠宝上喂得有极厉害的毒药。当年藏宝的皇帝怕魏兵抢劫,因此在珠宝上涂了毒药。"他想去救师父,但已来不及了。

这些人中毒之后,人人都难活命,凌退思、万圭、鲁坤、卜垣、沈城等人作了不少恶,终于发了大财,但不必去杀他们,他们都已活不成了。

狄云在丁典和凌姑娘的坟前种了几百棵菊花。他没雇人帮忙,全是自己动手。他是庄稼人,锄地种植的事本是内行。只不过他从前很少种花,种的是辣椒、黄瓜、冬瓜、白菜、茄子、空心菜……

他离了荆州城,抱着空心菜,匹马走上了征途。他不愿再在江湖上厮混,他要找一个人迹不到的荒僻之地,将空心菜养大成人。

他回到了川边的雪谷。

戚芳在万家给他的一百两银子,他早又取了来,除了在荆州城给丁典和凌姑娘整理坟墓之外,便是酬谢照顾空心菜那家农妇的一些使费,以及一路从鄂西来到川边的旅途膳宿之费。他在成都给空心菜买了一大包衣服鞋袜,自己也买了些棉衣裤和布衣裤、几十双草鞋,包成一大包都负在背上。来到川边石渠的雪谷口上,还剩下三十几两几钱银子,他在手里掂了掂,用力掷出,抛入了路边的峡谷之中,心道:"便有黄金万两,珍宝无数,在雪谷里又有什么用?"

但师妹没有一起来,今后永远永远不能再来了,再见她一面也不能,寂寞得很,凄凉得很。

"舅舅,舅舅,为什么你又哭了?你想念我妈吗?我们说好了的,谁也不许再哭!"

鹅毛般的大雪又开始飘下,来到了昔日的山洞前。

突然之间,远远望见山洞前站着一个少女。

那是水笙!

她满脸欢笑,向他飞奔过来,又笑又叫:"我等了你这么久!我知道你终于会回来的。你如不来,我要在这里等你十年,你十年不来,我到江湖上找你一百年!"

(全书完)

后　记

儿童时候，我浙江海宁袁花镇老家有个长工，名叫和生。他是残废的，是个驼子，然而只驼了右边的一半，形相特别显得古怪。虽说是长工，但并不做什么粗重工作，只是扫地、抹尘，以及接送孩子们上学堂。我哥哥的同学们见到了他就拍手唱歌："和生和生半爿驼，叫他三声要发怒，再叫三声翻筋斗，翻转来像只瘫淘箩。""瘫淘箩"是我故乡土话，指破了的淘米竹箩。

那时候我总是拉着和生的手，叫那些大同学不要唱，有一次还为此哭了起来，所以和生向来对我特别好。下雪、下雨的日子，他总是抱了我上学，因为他的背脊驼了一半，不能背负。那时候他年纪已很老了，我爸爸、妈妈叫他不要抱，免得滑倒了两个人都摔交，但他一定要抱。

有一次，他病得很厉害，我到他的小房里去瞧他，拿些点心给他吃。他跟我说了他的身世。

他是江苏丹阳人，家里开一家小豆腐店，父母替他跟邻居一个美貌的姑娘对了亲。家里积蓄了几年，就要给他完婚了。这年十二月，一家财主叫他去磨做年糕的米粉。这家财主又开当铺，又开酱园，家里有座大花园。磨豆腐和磨米粉，工作是差不多的。财主家过年要磨好几石糯米，磨粉的功夫在财主家后厅上做。这种磨粉的事我见得多了，只磨得几天，磨子旁地下的青砖上就有一圈淡淡的脚印，那是推磨的人踏出来的。江南各地的风俗都差不多，所以他一说我就懂了。

　　因为要赶时候,磨米粉的功夫往往做到晚上十点、十一点钟。这天他收了工,已经很晚了,正要回家,财主家里许多人叫了起来:"有贼!"有人叫他到花园里去帮同捉贼。他一奔进花园,就给人几棍子打倒,说他是"贼骨头",好几个人用棍子打得他遍体鳞伤,还打断了几根肋骨,他的半边驼就是这样造成的。他头上吃了几棍,昏晕了过去,醒转来时,身边有许多金银首饰,说是从他身上搜出来的。又有人在他竹箩的米粉底下搜出了一些金银和铜钱,于是将他送进知县衙门。贼赃俱在,他也分辩不来,给打了几十板,收进了监牢。

　　本来就算是作贼,也不是什么大不了的罪名,但他给关了两年多才放出来。在这段时期中,他父亲、母亲都气死了,他的未婚妻给财主少爷娶了去做继室。

　　他从牢里出来之后,知道这一切都是那财主少爷陷害。有一天在街上撞到,他取出一直藏在身边的尖刀,在那财主少爷身上刺了几刀。他也不逃走,任由差役捉了去。那财主少爷只是受了重伤,却没有死。但财主家不断贿赂县官、师爷和狱卒,想将他在狱中害死,以免他出来后再寻仇。

　　他说:"真是菩萨保佑,不到一年,老爷来做丹阳县正堂,他老人家救了我命。"

　　他说的老爷,是我祖父。

　　我祖父文清公(他本来是"美"字辈,但进学和应考时都用"文清"的名字),字沧珊,故乡的父老们称他为"沧珊先生"。他于光绪乙酉年中举,丙戌年中进士,随即派去丹阳做知县,做知县有成绩,加了同知衔。不久就发生了著名的"丹阳教案"。

　　邓之诚先生的《中华二千年史》卷五中提到了这件事:

　　"天津条约许外人传教,于是教徒之足迹遍中国。莠民入教,辄恃外人为护符,不受官吏钤束。人民既愤教士之骄横,又怪其行动诡秘,推测附会,争端遂起。教民或有死伤,外籍教士即借口要挟,勒索巨款,甚至归罪官吏,胁清廷治以重罪,封疆大吏,亦须革职永不叙用。内政由人干涉,国已不国矣。教案以千万计,兹举其大者:

　　"……丹阳教案。光绪十七年八月……刘坤一、刚毅奏,本年……江苏之丹阳、金匮、无锡、阳湖、江阴、如皋各属教堂,接踵被焚毁,派员前往查办……苏属案,系由丹阳首先滋事,将该县查文清甄别参革……"(《光绪东华录》卷一〇五)

所谓"参革","参"是"参劾",上司向皇帝奏告过失,"革"是"革职",皇帝根据参奏,下旨革职。我祖父受参革之前,曾有一番交涉。上司叫他将为首烧教堂的两人斩首示众,以便向外国教士交代。如果遵命办理,上司非但不参劾,还会保奏,向皇帝奏称我祖父办事能干得力,便可升官。但我祖父同情烧教堂的人民,通知为首的两人逃走,回报上司:此事是由外国教士欺压良民而引起公愤,数百人一涌而上,焚烧教堂,并无为首之人。跟着他就辞官,朝廷定了"革职"处分。

我祖父此后便在故乡闲居,读书做诗自娱,也做了很多公益事业。他编一部《海宁查氏诗钞》,有数百卷之多,但雕版未完工就去世了(这些雕版放了两间屋子,后来都成为我们堂兄弟的玩具)。出丧之时,丹阳推了十几位绅士来吊祭。当时领头烧教堂的两人一路哭拜而来。据我父亲、叔伯们的说法,那两人走一里路,磕一个头,从丹阳直磕到我故乡。丹阳虽距我家不很远,但对这说法,现在我不大相信了,小时候自然信之不疑。不过那两人十分感激,最后几里路磕头而来当然是很可能的。

前些时候到台湾,见到了我表哥蒋复璁先生。他当时是故宫博物院院长,以前和我二伯父在北京大学是同班同学。他跟我说了些我祖父的事,言下很是赞扬。那都是我本来不知道的。一九八一年,我去丹阳访问参观,当地人民政府的领导热诚招待,对我祖父当年的作为认为是反对帝国主义、维护人民利益的功绩,当地报纸上发表了赞扬文章。

和生说,我祖父接任做丹阳知县后,就重行审讯狱中的每一个囚犯,得知了和生的冤屈。可是他刺人行凶,确是事实,也不便擅放。但如不放他,他在狱中日后一定会给人害死。我祖父辞官回家时,索性悄悄将他带了来,就养在我家里。

和生直到抗战时才病死。他的事迹,我爸爸、妈妈从来不跟人说。和生跟我说的时候,以为他那次的病不会好了,连说带哭,也没有叮嘱我不可说出来。

这件事一直藏在我心里。《连城诀》是在这件真事上发展出来的,纪念在我幼小时对我很亲切的一个老人。和生到底姓什么,我始终不知道,和生也不是他的真名。他当然不会武功。我只记得他常常一两天不说一句话。我爸爸妈妈对他很客气,从来不差他做什么事。他在我家所做的工作,除了接送我上小学之外,平日就是到井边去挑几担井水,装满厨房中的几口七石缸。甚至过年时做年糕的米粉,家里也到外面去雇了人来磨,不请和生磨。

这部小说写于一九六三年,那时《明报》和新加坡《南洋商报》合办一本随报附送的《东南亚周刊》,这篇小说是为那周刊而写的,书名本来叫做《素心剑》。

一九七七年四月

敬告读者

为了维护读者、著作权人和出版发行者的合法权益,本书采用了新型数码防伪技术。正版图书的定价标示处及外包装盒上均贴有完好的防伪标签。刮开涂层,可见到一组数码,您可以通过两种途径查验真伪。

1. 拨打全国免费电话4008301315,按语音提示从左到右依次输入相应数码并按#键结束。
2. 扫描防伪标上的二维码,按提示输入相应数码。

读者如发现盗版图书,可向当地"扫黄打非"办公室、新闻出版局、公安机关、市场监督管理局等部门举报,或直接与我们联系。

联系电话:020-34297719　13570022400

我们对举报盗版、盗印、销售盗版图书等侵权行为的有功人员将予以重奖。

广州市朗声图书有限公司

飛雪連天射白鹿

笑書神俠倚碧鴛

金庸